内蒙古民族大学博士科研启动基金项目（项目编号BS645）

光明社科文库
·文学与艺术书系·

法式善散文分体研究

李艳丽 | 著

光明日报出版社

图书在版编目（CIP）数据

法式善散文分体研究 / 李艳丽著． -- 北京：光明日报出版社，2022.11

ISBN 978-7-5194-6915-3

Ⅰ.①法… Ⅱ.①李… Ⅲ.①古典散文—古典文学研究—中国—清代 Ⅳ.①I207.62

中国版本图书馆 CIP 数据核字（2022）第 216672 号

法式善散文分体研究
FASHISHAN SANWEN FENTI YANJIU

著　　者：李艳丽	
责任编辑：李　倩	责任校对：李佳莹
封面设计：中联华文	责任印制：曹　净

出版发行：光明日报出版社

地　　址：北京市西城区永安路 106 号，100050

电　　话：010-63169890（咨询），010-63131930（邮购）

传　　真：010-63131930

网　　址：http://book.gmw.cn

E - mail：gmrbcbs@gmw.cn

法律顾问：北京市兰台律师事务所龚柳方律师

印　　刷：三河市华东印刷有限公司

装　　订：三河市华东印刷有限公司

本书如有破损、缺页、装订错误，请与本社联系调换，电话：010-63131930

开　　本：170mm×240mm

字　　数：230 千字　　　印　　张：16

版　　次：2023 年 1 月第 1 版　　　印　　次：2023 年 1 月第 1 次印刷

书　　号：ISBN 978-7-5194-6915-3

定　　价：95.00 元

版权所有　　翻印必究

前　言

　　法式善一生虽仕途不顺，但著作等身，且种类多样。著作包括散文集《存素堂文集》《存素堂文续集》，诗集《存素堂诗初集录存》《存素堂诗二集》，诗话《梧门诗话》以及笔记整理类著述《陶庐杂录》《清秘述闻》等。法式善因广交文士，且文名颇著，友人先后刊印了其多部诗文集。其中，散文集《存素堂文集》四卷刊印于嘉庆十二年（1807），随后《存素堂文续集》也问世。21世纪以来，有关法式善的学术研究取得了一定的成就，相关论著数量逐渐增加，研究视角也逐渐多元化。但对法式善各类文体研究的重视程度有很大差异，研究比重严重失衡。表现为，研究其诗歌、诗话类作品的研究成果颇丰，但其散文作品长期以来一直未得到学界应有的重视，其散文即使在某些学术文章中被提及，也基本仅是研究者引用《存素堂文集》《存素堂文续集》中的只言片语来阐述自己的某种观点而已，未从散文研究角度出发，进行细致的散文文本研究和整体的散文史观探讨。鉴于此，本书重点研究法式善《存素堂文集》（四卷）、《存素堂文续集》（四卷 其中第三卷佚）、《八旗文集》《小仓山房往还书札全集》（补遗四十余篇）等文集中的散文作品，合计260余篇。并从文本出发，结合各种文体写作传统与特色，重点对其论、序、跋、书后、记等文体分别予以阐述，力图深入发掘法式善散文在思想内容、创作方法、艺术风格等方面的特色与成就，并将其散文作品置于空间与时间相结合的纵横交错的审美视野下，最大限度地揭示其散文的创作魅力及其在中国古代散文史上应有的文学地位。

　　本书由绪论、第一章法式善散文所用文体、第二章法式善的论体散文、第三章法式善的序体散文、第四章法式善的跋体散文、第五章法式善的记体散文和第六章法式善散文的历史地位构成。

绪论内容包括本书的研究背景、研究目的、研究意义、研究方法、文献综述、结构安排和创新等，其中本书结构安排和创新之处是重点。

本书第一章在分析法式善每种文体创作前，均具体阐述了中国古代论体散文、序体散文、跋体散文和记体散文的概念内涵和基本特征。这个问题，是本书展开研究的基础工作，因为只有把这些问题都搞清楚了，下面才可能对法式善散文进行分体研究，才能使法式善散文的研究走向深入。对中国古代散文这四种文体的每种文体概念的内涵与外延都做出较为准确的界定，对四种文体都做出源流上的系统梳理，都尽可能深入揭示出其基本特征，然后再联系到法式善对这些文体的使用情况，为之后法式善散文的分体研究，奠定坚实的基础。

本书第二章为法式善的论体散文研究。读者在法式善的论体散文中可以清晰地感受到其主张经世致用，坚持廉政为民，相信天人感召，强调个人作用，推崇才德兼备等思想内涵。法式善论体散文里的思想内涵还具有异于他人的鲜明思辨特点，如他全新的"君子小人辨"，以及他对狄仁杰和尔朱荣全新的独家评价，所论大都新人耳目，富于启示意义。关于法式善论体散文的艺术特色，本书主要从其章法安排和语言艺术两个方面来探讨，认为在章法布局上，其论体散文论说得法，持论公允，布局鸿阔，收篇妙远，均体现出章法艺术之美，同时，其论体散文的语言"存心恕而用笔周"即简而周，"随物屈曲而各中其理"即曲而中，"迭用奇偶，节以杂配"即骈散结合，在论说语言的锤炼上具有鲜明的艺术特点。

本书第三章为法式善序体散文研究。首先，法式善的序体散文种类多样，包括自序、他序、集序、赠序与寿序等，每类均有思想艺术俱佳的作品。其次，本书认为法式善的序体散文充分发挥了该种文体介绍情况、知人论世，说明缘由、阐释旨趣，述说原则、讲解体例的文体功用。描述交游、再现文坛，概括内容、揭示主旨，发挥了传播文献、还原历史等多种文体功能，并运用了多样的表现手法，在说明、议论、叙事和描写等方面，均有出色呈现。本书还认为法式善在序体散文里表达了自己对国家文教事业的关心，从"士不遇"、人才标准、人才之操守和家庭熏陶等方面阐述了自己较为进步的人才观。法式善的序体散文在语言锤炼上也取得了不菲的艺术成就，这主要从声律、用典、对偶三个方面体现出来。

第四章为法式善跋体散文的研究。本书认为法式善的跋体散文篇幅短小精悍，行文活泼自然，且变化多端。又由于法式善喜欢收藏书画，因此其跋体散文作品多为书画跋文。其跋体散文承继宋代苏轼、黄庭坚的风格，情趣高雅，富于文学艺术性。法式善跋体散文具有很高的思想文化价值，其中重要的是学术史料价值、艺术鉴赏价值和思想启迪价值。本章还对法式善书后文进行了探讨，将其书后文与其题跋文进行了对比。并且对前者进行了文本分析，认为法式善在书后文中体现出了强烈的史官意识、问题意识等。

第五章重点探讨法式善的记体散文。本章重点研究法式善记体散文中的书画像记和斋堂亭园记两类文章，认为法式善记体散文与宋代散文风格较为相似，对书画亭台的直接描写不多，重在阐发自己观点、抒发心绪，或借助释名而阐述思想，或写景状物富于诗情画意，或说理叙事喜欢引经据典。作者多方开拓，不断创新，从而使其记体散文在当时创造了思想艺术的新高度。

本书第六章即最后一章，从两个维度探讨法式善散文的历史地位，分别为：其在清代散文史及中国古代散文史上的地位。既将其放在清代乾嘉时期散文创作总体风格中进行横向对比考量，又将其置身于中国古代散文发展史中进行纵向师承探讨。本章还对法式善作文的原则及其对前人创作手法的继承，包括学习韩愈、欧阳修、苏洵、归有光及李德裕、权德舆等人的情形进行了探讨，认为法式善在散文风格上主"清真雅正"，同时仍能转益多师，不拘一格，自成一体。法式善散文自俱风貌，包括自然天成、学古而又重创新、简而明、气壮宽博、清老、渊雅得体、真情实意、言之有物等特色，还力求辨证看待制艺文、重视《文选》和金石文字等问题。这些特点在他生活的乾嘉时代是极其宝贵的。

结语部分总结全书。通过以上各章对法式善散文力求所作的全方位、多角度的系统分析与深入研究，完全可以得出这样的结论：法式善确为清代中叶散文领域创作之大家，他的散文作品不仅在少数民族作家的散文作品中属上乘之作，即便是置之于汉文作家的散文创作群中，也同样可圈可点。法式善的散文既继承了前代作家之优点，又能独出心裁，演绎出简洁却不简单、清老却不寡味的独具一格的文风，使之卓然立于中国散文史上。

目 录
CONTENTS

绪　论 …………………………………………………………… 1
第一章　法式善散文所用文体 ………………………………… 14
　第一节　论体散文 …………………………………………… 17
　第二节　序体散文 …………………………………………… 19
　第三节　跋体散文 …………………………………………… 25
　第四节　记体散文 …………………………………………… 30

第二章　法式善的论体散文 …………………………………… 37
　第一节　法式善论体散文的基本情况 ……………………… 38
　第二节　法式善论体散文的思想内涵 ……………………… 39
　第三节　法式善论体散文的艺术特质 ……………………… 54

第三章　法式善的序体散文 …………………………………… 72
　第一节　法式善序体散文的分类 …………………………… 72
　第二节　法式善序体散文的文体功能 ……………………… 73
　第三节　法式善序体散文的文体特征 ……………………… 84
　第四节　法式善序体散文的创作原则 ……………………… 93
　第五节　法式善序体散文的思想意义 ……………………… 99
　第六节　法式善序体散文的骈语特点 ……………………… 112

第四章　法式善的跋体散文 …………………………………… 115
　第一节　法式善跋体散文的特色 …………………………… 115

第二节　法式善跋体散文的类别 ………………………………………… 122
　第三节　法式善跋体散文的价值 ………………………………………… 126
　第四节　法式善的书后文 ………………………………………………… 135

第五章　法式善的记体散文 …………………………………………………… 148
　第一节　法式善记体散文的类型 ………………………………………… 148
　第二节　法式善记体散文的特点 ………………………………………… 165

第六章　法式善散文的历史地位 ……………………………………………… 169
　第一节　法式善散文在清代散文史上的地位 …………………………… 169
　第二节　法式善散文在清代散文作家中的地位 ………………………… 181
　第三节　法式善散文在中国古代散文史上的地位 ……………………… 192

结　语 …………………………………………………………………………… 222
参考文献 ………………………………………………………………………… 224
后　记 …………………………………………………………………………… 242

绪　论

　　法式善是清代中叶著名少数民族汉文作家，撰有散文集《存素堂文集》《存素堂文续集》，另有多篇单文留存于世，据作者统计，各类散文作品共计260余篇。作品数量众多，风格独特，质量上乘，但学界长期以来却很少有人关注。因此，本书重在将法式善的散文作品，依照不同体裁，力求分别进行深入系统的研究，以期揭示法式善散文作品的重要思想艺术和文化价值，界定其在中国古代散文史上应有的重要地位。虽然古典文学的研究有其独特性，不能对当代社会问题做出直接反映，"但它应该有对社会人生的终极关怀，并在对中国古代文学意义的理论阐述中，求真、问善、出美、激浊扬清，给人以借鉴和警示。这些虽然不是古代文学研究目的与意义的全部，却应是其中的重要内容"[①]。本书希冀通过系列研究，为批判继承中国古代文学遗产、繁荣当代散文创作做出自己的努力。

一、研究背景

　　法式善（1753—1813年），蒙古族，原名运昌，字开文、梧门，别号时帆、陶庐、诗龛、小西涯居士。姓伍尧。曾祖六格、祖父平安皆尚读书，父亲和顺亦由乡科起家。母，韩氏，汉族，自号端静闲人，博学多才，有《带绿草堂遗诗》一卷，可见，法式善从小生活在一个蒙汉结合、书香门第之家。七岁始读书，十二岁时祖父、父亲相继离世，家道中落，无力延师，韩氏亲课《离骚》、陶诗、经义等，至十六岁方入咸安宫学。乾隆四十三年（1778），中秀才，之后两年连中秀才、进士。榜名本为运昌，因才学过人，

[①] 詹福瑞. 中国古代文学研究的边缘化问题［J］. 文学评论，2001（6）：150.

为乾隆帝赐名"式善"（满文义：竭力有为）。后入翰林，为庶吉士，后任散馆检讨，参与编纂《四库全书》。乾隆四十八年（1783），改任国子监司业，相继任詹事府庶子。乾隆五十八年（1793），任国子监祭酒，任内因学术造诣和工作突出名声大噪，成为备受推崇的"旗籍祭酒"。嘉庆四年（1799），仁宗帝征集治国策略，法式善上书直言多条治国方略，却因涉及八旗军事等事宜而降职编修。两年后，方擢升为翰林院侍讲学士，但再次因大考成绩欠佳而降级。同年，承担大学士庆佳主持的《国朝宫史续编》部分编纂工作，但因编纂部分存在讹误，又被贬为庶子。不久后受命参加《全唐文》和《国朝文颖续编》两部官修丛书编修工作。晚年由于与朝廷理念不合，于嘉庆十四年（1809）乞病辞官，并借此机会致仕在家专门从事诗文创作。嘉庆十八年（1813）病卒，享年六十一岁。

法式善一生从事文化工作，多为闲官，虽"屡起屡踬，官不越四品"[①]，但他本人"宦心如云薄，诗情比石顽"[②]，作品卷帙浩繁，蜚声于乾嘉文坛。由于文坛声望极高，他的"诗龛"成为南来北往文士聚集之所，甚至很多人把能面见法式善并与之谈诗论画作为荣耀之事，程拜理先生评价其为"艺林宗匠，名满天下"。法式善以文学家、历史学家、编纂学家著称，著有散文集《存素堂文集》（四卷）、《存素堂文续集》（共四卷 卷三佚），诗集《存素堂诗初集录存》（二十四卷）、《存素堂诗二集》（六卷），诗话《梧门诗话》（十六卷）及笔记整理类文集《槐厅载笔》（二十卷）、《陶庐杂录》（六卷）及《清秘述闻》（十六卷）等。并且作为一名优秀的编纂家，曾参与过《国朝文颖》《四库全书》《全唐文》《熙朝雅颂集》（续编）等巨著的编纂。

作为清中叶著名少数民族文人，法式善现存诗歌4000余首。其诗歌创作遵从王士禛"神韵"说，创作取法唐代王孟韦柳，从题材至风格均以"自然"为要务，多为描写山水风光之作，尤工五言。袁枚引称其诗谓"真天籁"[③]，洪亮吉《岁暮怀人诗二十四首》之十《法祭酒式善》云："翰林诗格

---

① 宏伟. 法式善《梧门诗话》研究［M］. 沈阳：辽宁民族出版社，2006：9.
② 宏伟. 法式善《梧门诗话》研究［M］. 沈阳：辽宁民族出版社，2006：9.
③ （清）袁枚. 随园诗话［M］. 清乾隆十四年刻本. 1749：补遗（卷六）.

冠词场"①，其诗歌成就得到了时人的充分肯定。法式善将自己对诗歌的领悟全部写入《梧门诗话》（十六卷），进行了深入的诗歌理论探索。作为八旗诗人，法式善在《梧门诗话》中对蒙古族及其他少数民族诗人诗作都作了评介，非常难得。

但是因为法式善"诗龛盟主"的身份十分显赫，时人多将其诗歌作品作为考查对象，现代研究者也多将研究重点放在其家世、交往及诗歌理论与创作方面，因此，对其散文类作品的考察与研究少之又少，这间接导致了诗文研究比例严重失衡。"实际上，深入研究法式善散文作品，很容易发现其中深刻的思想内涵和很高的文学价值。法式善友人吴锡麒曾指出，'其诗之见于世者，人得而信之；其文之未见于世者，人且闻而疑之'②；刘锦藻亦云，'虽无宗派家数，亦无愧古文家之正法眼'③ "。因此，学界对其散文成就的忽视应是法式善文学研究和民族文学研究之一大憾事。

当然，研究法式善的散文，还得紧密结合其生活的时代背景。法式善生活于清代中叶，这一时期社会发展经历了两个阶段，分为前（雍正、乾隆时期）后（嘉庆、道光的前中期）两期。前期为清王朝盛世，后期开始国运趋衰，危机四起。但就这一时期散文成就而言，有学者认为堪称繁盛，因为清代散文形成了自己的独特风格："国朝文以康雍乾嘉之际为极盛，其时朴学竞出，文章多元，本经术虽微异，其趣要归于有则，无前明标榜依附之习"④。杜佑《通典》提要也议道："凡历代沿革，悉为记载，详而不烦，简而有要。元元本本，皆为有用之实学，非徒资记问者可比。"⑤ 概而言之，清代这一时期士风敦崇实学，有助于形成"雅正古朴"之风。"朴学的业绩主要体现在十二个方面：经书的注疏、文字学、音韵学、金石学、史学、地理学、天算学、类书的编纂、丛书的校刊、伪书的辨明、佚书的搜辑、古书的

---

① （清）洪亮吉. 洪北江诗文集［M］. 北京：商务印书馆，1935：岁暮怀人诗二十四首·法祭酒式善.
② （清）法式善. 存素堂文集［M］. 清嘉庆十二年刻增修本：吴锡麒序.
③ （清）刘锦藻. 清朝续文献通考［M］. 北京：商务印书馆，卷二百七十七经籍考二十一.
④ （清）沈粹芬，黄人. 王文濡，等. 国朝文汇［M］. 北京：北京出版社，1909：汤寿潜序.
⑤ （清）永瑢. 四库全书总目［M］. 清乾隆武英殿刻本. 北京：中华书局缩印本，1961：694.

校勘等。"①《四库全书总目》曾这样评价这一时期的"朴学"心态："说经主于明义理，然不得其文字训诂，则义理何自而推？论史主于示褒贬，然不得其事迹之本来，则褒贬何据而定？……今所录者，率以考证精核、辩论明确为主，庶几可谢彼虚谈，敦兹实学"②，作为清代主流的考证之学，其研究理念、考据方式一定不可避免地渗透到文人的生活方式、审美情趣，甚至于文学理念及文学创作中。但是目前关于清代中叶学人散文研究的文章及著作论述并不深刻，多将重心放在古文大派、大家上，与这一时期骈文研究成果丰硕形成了鲜明对比。另外，关于这一时期的散文，研究者多数都会提及影响清代文坛最大，延续时间最久，提倡义理、考据、辞章三者合一的散文流派——桐城派，至于对其他散文作家、作品形式及类型总结和概括得并不到位，往往以"桐"盖全。法式善的散文明显与桐城派有很多差异，其自成一家，不屑依门立派，甚至不自命文人，因此理应另当别论。

鉴于此，作者有志于将作家散文作为研究考察的对象，以期弥补法式善研究的一些缺憾。本书将法式善散文作品进行文体分类，主要从文本出发，结合各种散文文体的写作传统与特色，对法式善散文之论、序、跋、书后等文体分别予以阐述，深入发掘法式善在散文思想内容、创作方法、艺术风格等方面对前人的继承与创新。并将其散文作品置于空间与时间相结合的纵横交错的审美视野下，最大限度地彰显作家的创作魅力，给予其应有的文学地位。进而将其散文放在清代乾嘉时期散文创作总体风格下进行横向考量，再将其置身于中国古代散文史中进行纵向探讨。

二、研究目的和意义

中国古代散文发展到中国最后一个封建王朝清代，众体皆备，且各种散文文体几乎都表现出集大成的特征。据清末宣统年间《国朝文汇》所呈，"共收1356家（其中明遗民107家），顺治至嘉庆5朝951家，道光至光绪4朝298家"③。另据《清文海》所录"作者一千五百七十六人，文章约有一

---

① 李浩．中国古代文学研究方法导论［M］．北京：高等教育出版社，2013：96.
② （清）永瑢．四库全书总目［M］．清乾隆武英殿刻本．北京：中华书局，1961：18.
③ 张成德．中国古今名书大观［M］．太原：山西人民出版社，1996：909.

万八千三百八十三篇，共分一百〇五册"①，作者之巨、文章之博显而易见。即使如此，《清文海》仍无法展示出清代散文的全貌。可惜，学界对于这段时期散文成就的评价往往千篇一律，认为义理考据独占文坛，文学性不突出。如王文濡将清代散文创作分成四个阶段，分别为顺康遗老文人之文，乾嘉义理考据之文，道咸明道劭古之文和同光寻求变革之文。法式善生活的乾嘉时代属于其中第二阶段，但其文如果也用"义理考据"四字来概括，则很不精当。后郭预衡对清代散文进行了六分："顺治初年到康熙中期的所谓学人之文和文人之文，其特点是文章不成一统；而康熙中期至乾隆中期的所谓'治世之文'，皇权恩威并济，倡导'清真雅正'之文，但文人学者为文立论，在桐城主流之外，亦能别树一帜；三是乾隆、嘉庆之际的文章衰落，这一时期是清代朴学最盛之时，'亦文章之衰世'；四是嘉庆、道光年间的文章嬗变，文坛无'巨子'，桐城门户已难支持；五是道光、咸丰之际的文风新变，龚、魏诸人，讲究经世致用之学，文章具有新的时代气息；六是同治、光绪时期的桐城末流和古文文体的解放。"②郭氏此分虽比王氏四分法要详尽细致，但二者并无本质区别，仍认定乾嘉之际朴学兴盛而文章衰落。很多学者认为清代散文界没有出现司马迁、韩愈、欧阳修等功绩卓著的大家，或出入先秦，或师法汉魏，或范唐模宋，也没有前代散文之风格突出，具体如春秋战国之历史散文与诸子散文、两汉之史传散文、魏晋南北朝之抒情散文、唐宋八大家之古文、晚明之小品文等，它们或铺张扬厉，或摇曳生姿，或博雅沉雄，似乎是中国散文史上一座座不可逾越的丰碑。因此得出结论：清代文章不免一味拟古，在先人成法中翻筋斗。除此之外，与当代学界关于清代中叶的骈文研究成果颇丰的现状相比，此期散文的专门研究明显不足，尤其对于法式善这种少数民族作家的散文作品研究更是少之又少。清代散文通史研究颇多，但针对清代中叶乾嘉时期的散文进行专门论述的，并不多，即使有也多集中于桐城派、阳湖派等大的流派上，并不能总括散文全貌，往往以偏概全。毕竟，有数以千万计的有识作家，如法式善一样，他们并未开宗立派，也并未加入任何派别中，一方面继承前代散文优良传统，另一方面却在

---

① 南开大学古籍与文化研究所选. 清文海 [M]. 北京：国家图书馆出版社，2010：出版前言.
② 郭预衡. 中国散文史长编 [M]. 太原：山西教育出版社，2008：210.

大胆创新。

法式善是清代唯一一位参加《四库全书》编修的八旗蒙古族文人，其在清代政坛和文坛的特殊地位是不言而喻的。我们可以从他的散文作品中看出他的治国理念、人才观、创作观等，而这些是有别于其诗作的。因此，他的散文是他的世界观、人生观乃至创作观的有机组成部分，缺少对其散文作品的研究，是无法勾勒出其人其文之全貌的。本书希望通过相关阐述能将法式善高超的散文艺术更好地加以总结，从文体学角度概括出法式善散文的师承与特征，包括散文作品的主要思想内涵及艺术特色，不仅研究散文文本所体现的经典价值，也关注其同时代人对其散文文本原作的阐释和解读，更加看重正文与注文共存的文本环境产生的共生文本系统。进而将其与诗歌作品互为补充，与时代特色、民族特色相互参照，希望最终给予法式善散文在中国古代散文史上应有的地位。

品读法式善之散文，能感受到他虽官阶不高，但时刻以国事为重，人才为先。他的这些思想并不是生硬灌输，而是通过一些小事娓娓道来。此外，法式善时而偏重理性和写意，给读者以启迪和智慧；时而乐观旷达，引领读者积极向上；时而抒发情怀，扣动读者心弦；时而闲逸自适，给予读者极高的审美体验。其散文成就的确是中国传统文化宝库中的珍贵文化遗产，值得我们深入发掘和继承。本书对于法式善散文的研究，一是想真正从文本出发，脚踏实地分析其散文作品，绘制出公平、客观的法式善散文创作全貌；二是想通过大民族史观进行社会关照，领略中国古代散文的美学境界。

三、研究方法

本书采用了个案研究法、文本研究法、文献研究法等研究方法，坚持以文献资料为先导，以理论思考为中心进行文献资料的梳理与总结。并将宏观论述与微观剖析相结合，审美阐释与文化阐释相融合，力求使研究成果具有学术价值和史料价值。

本书拟从以下几个研究视角来探讨：

知人论世。知人论世的目的是通过了解法式善身世、家世对散文文本进行定位，进而发掘其创作心态，及因文生事、以文运事等写作意图。另外，

"知人论世"也与法式善的社会交往有着密不可分的关系，通过考察法式善交友结朋，能够多方位地探析作者的创作时机与心态，本书在研究过程中，很重视法式善友朋对其文章的评价，因为这不仅体现了评论者的一家之态度，也在一定程度上体现了时代文风的倾向。

从文体分析到文本细读。从法式善主要散文著作《存素堂文集》《存素堂文续集》等文集入手，以不同文体为切入点，分类阐述，包括序、跋、书后、记等多种文体类型，并结合各种文体写作特色，发掘法式善散文在该种文体创作中体现出的艺术特色、文学思想、时代定位。

纵横向对比。本书将法式善散文放在清代乾嘉时期散文创作总体风格下进行横向考量，再将其置身中国古代散文史中进行纵向师承探讨。从而力求深入探讨法式善作为少数民族作家的身份在其散文创作中到底处于何种地位，产生多大的影响。最后结合各个要素分析，力求明确法式善散文在清代文坛的历史地位。

四、文献综述

法式善是清代乾嘉时期著名的蒙古八旗学者、诗歌理论家及诗文作家。19世纪80年代以来，关于法式善的研究虽然取得了较为突出的成绩，但主要关注法式善的生平考证、《梧门诗话》研究、诗文研究、交游研究四个方面，还有很多问题，或者没有涉及其蒙古八旗作家的特殊身份，或者研究较为平面化尚有待于进一步加强深入。即便是对法式善文学创作的常规研究，也大都着眼于其诗歌创作，而很少研究其散文创作。如前所述，法式善散文创作成就很高，非常具有研究价值，因此本书选择法式善散文作为研究对象，力求全方位、多角度、深入而系统地进行研究。现将现阶段国内研究法式善概况总结如下：

第一，有关法式善的生平著述，前人研究积淀了丰富的史料。研究成果从早期赵相璧的《用汉文著作的蒙古学者兼诗人——法式善》（1982）到近期李淑岩的《法式善"宗陶"趣尚与乾嘉士林的隐逸之风》（2020），再到博士学位论文——宏伟《〈梧门诗话〉标点与释评》（2003）、刘青山的《法式善研究》（2011）、杨勇军的《法式善考论》（2013）等，在近35年的时间里，虽说专篇论述法式善生平著述的文章并不多，但学界积累的材料逐步丰富，且研究越发精准，越来越接近于其人其事的原貌。这些研究成果为本书的展开提供了充分的可资借鉴的作家背景材料。

第二，学界有关法式善《梧门诗话》研究是上述四个研究方面中较为充分的。博士论文、硕士论文已有《〈梧门诗话〉标点与释评》（宏伟 2003）、《论法式善〈梧门诗话〉美学观》（李前进 2007）、《〈梧门诗话〉诗学思想研究》（黄建光 2010）、《法式善〈梧门诗话〉的诗学思想》（图雅 2012）等。可见，法式善诗学思想名著《梧门诗话》十年来一直处于热点状态。期刊中较有代表性的有《从〈梧门诗话〉看法式善的唐诗观》（米彦青 2010）、《论〈梧门诗话〉的创作背景及其特点》（宏伟 2003）等。但其仅就诗歌而谈诗歌，并未将诗歌主张与作者其他文学主张贯穿。事实上，法式善的诗歌理论思想与其散文创作的主张必然有其相辅相成之处，其《梧门诗话》研究必将成为本书研究借鉴的重要组成部分。

第三，对于法式善的诗文创作情况的研究。首先，诗歌研究比较充分，但多集中于诗歌文本层面，研究尚不够充分，不够深入细致。尤其令人遗憾的是，与诗歌研究相比，法式善散文研究显然长久以来备受冷落，比重严重失衡。此类研究仅有马清福的《蒙古族文艺理论家法式善》（1986）和刘青山博士论文《法式善研究》（2011）的最后一章的第二小节略有涉及。这种情况显然与法式善在当时文坛的地位极其不相称。这也为本书的展开提供了较大的研究空间和可能性。法式善散文数量很多，除《存素堂文集》（四卷）、《存素堂文续集》、《存素堂文续集》（共四卷，卷三佚）外，另有四十篇遗文（详见第二章）。其次，对于法式善的诗文作品研究，多数研究者学术视野相对较为狭窄，不够开阔，多属文本个案研究，仅有少数几位学者注意到将法式善的文学创作置于时代之下进行宏观把握，这是非常具有前瞻性的。如魏中林早在 20 世纪 90 年代即已连续发表两篇文章——《法式善与乾嘉诗坛》（1992）和《法式善的诗学思想及其在乾嘉诗坛上的地位》（1993）探讨法式善在乾嘉文坛的实际地位，具有独到的学术眼光。但很可惜，这种研究视角在相当长时间内未受重视，直至 2013 年，蒋寅的《法式善——乾嘉之际诗学转型的典型个案》与李淑岩的《法式善怀人组诗与乾嘉文坛生态》才对此进一步展开论述。除此之外，我们能感受到学界对法式善散文地位的漠视，法式善的散文如上所述，共计 260 余篇，质量较高，但与此相关的研究成果却寥若晨星，只有刘青山、马清福、李淑岩等几位学者在文章中指出了法式善散文方面的艺术特色，但也仅为蜻蜓点水式研究，在其整篇文章中所占比重微乎其微。可见，法式善散文创作的价值与定位的确有待学界的进一步确认。值得注意的是，2015年由刘青山等人点校的《法式善诗文集》被人民文学出版社出版，为广大读者提供了详细可靠的法式善散文文本资料，且里面保留了很多法式善同时代人的评点。这为本书的研究工作提供了极大帮助。

第四，有关法式善交游部分。法式善生平以友朋文字为性命，以研求文献、宏奖风流著称于时①，"士有一艺攸长者，无不被其容接，主坛坫几三十年"，其交游非常广泛，不分身份贵贱与年龄长幼、不限地域南北，很多人成为法式善宴饮雅集的积极响应者，阶段性的诗歌唱和与亲密交往使参与之人彼此的创作题材、创作观相互靠近，彼此欣赏。有关其交游情况的研究，吴承忠《从法式善的游览活动看明清北京士人的游览路线》（2012）、李淑岩《法式善题画诗与京师文士生活趣尚》（2015）两篇论文及一些博硕论文的单章部分均有所述。这部分研究成果可以帮助我们打开研究视野，在散文的纵向发展历程中寻找法式善散文创作的师承脉络，也可以与同时代的散文作者作横向比较，分析其具有的时代特色和个人特质。将法式善的散文创作置身于历史性与时代性相交融的视角下，在纵横交汇的审美关照下最大限度地彰示法式善散文创作成就及其应有的地位。

也许是受到西方"纯文学观"的影响，法式善散文至今关注的人其实并不多，本书希望通过这样的研究号召大家将散文观进行扩大化、全面化研究。法式善散文文体集中于论、序、考、辨、跋、记，各体中很多属于"文章文体"抑或称为"应用文体"，虽不属于近现代西方引进的"纯文学文体"，但恰恰反映了古代文体概念的"大文学"概念。可以毫不夸张地说，一切中国古代散文首先都属于"应用文体"，而其中具有较高审美价值的优秀篇章属于"文学散文"，如司马迁的《报任安书》、诸葛亮的《出师表》、韩愈的《祭十二郎文》。因此没有纯粹的"应用文体"，只是需要区分其内部"应用性""文学性"所占比重的大小。在本书的第二章，作者已将法式善散

---

① 李淑岩. 法式善诗学活动研究［M］. 哈尔滨：黑龙江大学出版社，2013：96.

文进行了细致的文本分析和研究，其中的文学性比重很大。在法式善的笔下，各种文体可抒情、可写景、可叙事、可说理、可论证。因此，其散文大有研究的必要性。

总之，学术界对法式善现存的散文集的研究成果微乎其微，对其散文著作中论、序、考、辨、跋、书、例言、传、状、墓表、墓志铭、碑文、记、铭等文体更缺少文体学深入探讨。但学界的前期研究成果必会成为本书继续探究的基石。

五、本书的结构

本书由绪论、法式善各体散文探究和法式善散文历史地位三个大部分构成。在结构安排上，作者注意有分有总，分论总论结合，既有深入细致的个案研究，也有宏观上的整体把握。本书第二部分为分论，是对法式善散文的分体研究，依次论述法式善的论体散文、序体散文、跋体散文和记体散文，力求探讨法式善每类散文的思想内涵、艺术特点、审美风格、创作个性、文化价值等，重在个案研究。最后一章为总论，论述视角有纵有横，纵横结合，力求寻找到法式善散文的坐标定位，一方面把法式善散文放到整个散文发展史上进行纵向考察，另一方面把法式善与清代散文家进行对比，横向展开研究。全书结构安排，努力体现微观与宏观结合，分论与总论呼应，个案与整体兼顾，从而达到对法式善散文全方位、多角度、深层次的探讨。

绪论部分，主要包括本书的研究背景、研究目的、研究意义、研究方法、文献综述、结构安排、学术创新等内容。

第一章至第五章是分论，是本书的主体部分，是作者对法式善散文的分体研究，属于个案探讨。这部分由一章介绍文体和四章分四个板块分别论述组成，同时注意不是简单的面面俱到，而是力求各有侧重。

第一章主要介绍法式善散文所用的四种文体：论体散文、序体散文、跋体散文和记体散文，为后面四章的分体研究做准备。

第二章为法式善论体散文研究。法式善充分结合论体散文特色，强调经世致用、廉政为民、天人感召、个人作用、才德兼备等思想主张，将自己观点表达得很充分。此外，其论体散文中还闪烁着作家异于他人的思想火花，如他的全新"君子小人辨"及其对狄仁杰、尔朱荣进行的独家评价都值得读者细细品味。除了思想主张，该体散文的艺术特色也值得深入探讨，本书分别从其章法安排和语言艺术两方面探讨。论说模式多样、持论公允、布局鸿阔、结尾妙远，体现出其论体散文的章法艺术特色，简而周、曲而中、骈散结合等论说语言艺术也特别突出。

第三章为法式善序体散文研究。序体散文是法式善散文作品中数量最多的一种文体。法式善的序体散文种类多样，包括自序、他序、集序、赠序与寿序等；作者发挥了该种文体的知人论世、说明著述缘由和旨趣、评价作品、交代人物交往、点明含蓄之处以及体现文献学价值等几种文体功能；作者运用了多种序体散文表现手法，如说明、议论、叙事以及描写等，也遵循着严格的作序原则即"悉其人方为之序""助作者立不朽之言"；作家还在序体散文里阐述了自己对国家文教事业的关心，从"士不遇"、人才标准、人才之操守和家庭熏陶等方面阐述了自己的人才观。最后，本书从对偶、声律、辞藻三个方面探讨了法式善序体散文的语言艺术。

第四章为法式善跋体散文研究。本书先结合跋体散文的总体特征确定法式善此类文体的基本特征，包括篇幅短小，为文活泼，且变化多端；由于作家喜爱收藏书画，因此作品多集中于书画跋文。此外，法式善跋体散文具有极高的价值，包括学术史料价值、艺术鉴赏价值和思想启迪价值。为了与跋体散文相区别，本书将书后文与跋体文进行了对比，并对前者进行了文本鉴赏，从中可以分析出法式善强烈的史官意识、问题意识等。

第五章重点探讨法式善的记体散文。法式善记体散文多数集中于以下两类：书画像记与斋堂亭园记。本章分别从思想价值和艺术审美两方面探讨这两类散文的基本特征。法式善的记体散文对前人作品，既有继承，更有发展，形成了自己的鲜明个性。具体来说，法式善散文与宋朝散文较为相似，对书画亭台的直接描写不多，重在阐发自己观点、抒发心绪，或借助释名而阐述思想，或写景状物富于诗情画意，或说理叙事喜欢引经据典。作者多方开拓，不断创新，从而使其记体散文在当时创造了思想艺术的新高度，为中国古代记体散文的发展做出了重要贡献。

本书的第六章是总论，从宏观上对法式善散文进行整体关照。本书将法式善散文放在清代乾嘉时期散文创作总体风格下进行横向考量，再将其置身于中国古代散文史中进行纵向师承探讨。最后结合各个要素分析，力求明确法式善散文在中国散文史上的历史地位。从思想内涵上看，法式善师从顾炎武、李东阳等人，主张"经世致用"，从艺术手法看，法式善借鉴韩愈、欧阳修、归有光等人，散文风格上主"清真雅正"，虽然如此，仍转益多师，不拘一格，自成一体。此外，为深入揭示法式善散文成功的原因，本章还探讨了法式善独具特色的文学主张。

六、研究的创新

本书将法式善散文作为研究对象，重点研究其散文的思想内涵、文体特征、语言特点和审美价值等。从前学界对法式善著作中各类文体做深入探讨的少之又少。而本书则力图全面而深入地对法式善散文展开研究，包括其创作初衷、创作特色等，并从法式善散文艺术特色出发，从宏观角度探索其师承，并将其放在清代文学的大背景下给予应有的定位。

在法式善相关研究中，以上这些方面，向来是学界较少关注的，因此本书在这些方面展开系统研究，深入探讨，这对拓展法式善研究的领域自有创新意义。

在研究角度和结构安排上，本书也有自己的特点，也可以姑且看作是学术创新。本书并非对法式善散文从前到后，一直通论到底，而是注意宏观与微观结合，通论与个案并重。近年来文体学研究发展较快，人们从文体学角度来探讨文学作品艺术特点的论著越来越多。因此，本书首先对法式善散文进行文体分类，然后以四个板块的篇幅，分别对法式善论体散文、序体散文、跋体散文和记体散文四大类文体进行深入细致的研究，这对于人们阅读法式善的散文是很有益处的。从前，人们研究散文作品，很容易忽略文体研究，在具体论述中很容易忽略文体特点，所论针对性不强，对作品的揭示显得不够深入。所以本书先从文体入手，对法式善散文主要文体分别论述，分别探讨其不同特点，力求精准发力，定位准确，做到以理服人。同时，光有个案研究还不够，还显得零散，缺少高屋建瓴的概括。因此，本书最后一章便用了通论的形式，对法式善散文作宏观的把握，把法式善的散文放到中国古代散文发展的纵横轴上去考察，这样才能看出法式善散文的真正特点与成就。一个作家有如此突出的成就，一定与其所持的文学主张、文学思想有着密切关系。所以，本书还在通论中探讨了法式善的文学思想，并把这一问题与法式善的散文创作联系到一起，做了关联考察与因果探究。这些做法，在学术上应该是有所创新的。

第一章

法式善散文所用文体

在中国古代文论中,"文体"一词有其特殊内涵,如明人徐师曾《文体明辨序说》中将"文体"界定为"体裁",辨析各种体裁之特点。中国古代文体学强调"文章辨体",极重"体制为先",正如张戒《岁寒堂诗话》云:"论诗、文当以文体为先,警策为后"①,倪思言"文章以体制为先,精工次之。失其体制,虽浮声切响,抽黄对白,极其精工,不可谓之文矣"②,其他如"故词人之作也,先看文之大体,随而用心"③"先体制而后文之工拙"④"文辞以体制为先"⑤ 等,均体现了"辨体"为古代文学批评与创作的基本前提与准则。

本书研究对象为法式善散体文,散体文在中国古代文体中最常见的是韵文与散文两类,六朝始存"文""笔"之分,无韵者为笔,有韵者为文。日本弘法大师《文镜秘府论》西卷《文笔十病得失》引《文笔式》云:"制作之道,唯笔与文。文者,诗、赋、铭、颂、箴、赞、吊、诔等是也;作者,诏、策、移、檄、章、奏、书、启等也。即而言之,韵者为文,非韵者为笔。"⑥ 但本书认为,《文镜秘府论》中所涉无论诗、赋、铭、颂、箴、赞、吊、诔,抑或诏、策、移、檄、章、奏、书、启,均无法用文或笔单一区域进行限制,每种文体均亦散亦韵,它们独具中国特色。因此,本书对法式善的散文文体进行研究时充分考量各文体的灵活形式、文笔共融、骈散结合等特征。

---

① 丁福保.历代诗话续编 [M].北京:中华书局,1983:459.
② 玉海.影印文渊阁四库全书本 [M].卷二〇二.
③ (日)遍照金刚.文镜秘府论校汇考(第3册)[M].卢盛江,校考.北京:中华书局,2006:1464.
④ 严羽.沧浪诗话校释 [M].郭绍虞,校释.北京:人民文学出版社,1983:13.
⑤ 吴讷.文章辨体序说 [M].于北山,校点.北京:人民文学出版社,1962:9.
⑥ (日)遍照金刚.文镜秘府论校注 [M].王利器,校注.北京:中国社会科学出版社,1983:474.

<<< 第一章　法式善散文所用文体

　　文体是作品的语言承载体，非常重要，并不是无足轻重的外在形式，而是具有丰富的文体内涵的。各文体在漫长的演变过程中，诸要素相互作用相互影响，形成了足够稳定的特性，也具备各自独特之审美规范、文学特色及语言规则。正如《文心雕龙·镕裁》曰："规范本体谓之镕，剪截浮词谓之裁。裁则芜秽不生，镕则纲领昭畅"；薛雪《一瓢诗话》有"格有品格之格，体格之格。体格，一定之章程；品格，自然之高迈"①；胡应麟《诗薮》言"作诗大要不过二端：体格声调、兴象风神。体格声调有则可循，兴象风神无方可执"②，可见，每种文体存在不同的文体功能、不同主题、不同风格、不同章法结构及表现形式。因此，本书在分析法式善每一种文体时都结合该种文体的突出特色，进行阐述。

　　另外，每种文体的兴、盛、衰，均有其自身发展规律，我们无法回避"一代有一代之文体"这一事实，但如果仅关注此时代之一种极盛文体，而忽略其他文体；仅关注文体发展的时代外力作用，而不具体关注文体内部发展的自主性和自律性，着实不应该。清代文学集封建时代文学发展之大成，是古代文学的光辉总结期。各种文体在这个时代无所不备，齐头并进，共同繁荣，蔚为大观。"任何一个时代，文学都是以多元状态存在的，没有一种文体能够涵盖一切，不同文体之间的相互补充、彼此借鉴乃是文学得以兴盛与发展的最基本条件。清代文学的情况尤其如此。"③法式善生活的乾嘉时代以盛世余续局面示人，随着乾嘉学派达到全盛、《四库全书》问世，文人们开始"于历史沉积中附丽人生，于考据宏辨中满足逞才心理"④，一时间各类文学体裁井喷式发展。其中，戏曲、小说等新兴文学门类发展势头强劲，散文、诗词等传统文体在历经了元明低谷期后，至清代也迎来了再度勃兴的春天。每个时代的散文都有自身的特色，清代散文的特色恰恰就是在前代散文充分发展基础之上，孕育出了中国古代散文集大成的总结期。正如《国朝文汇序》所言：清代文章"集周、秦、汉、魏、唐、宋、元、明之大成，合理性、训诂考据、辞章而同化"，因此"乾、嘉之文博而精，与古为新，无美不具"。清文的兴盛主要有以下几个原因：深厚的古文历史积淀、科举前

---

① 薛雪．一瓢诗话［M］．杜维沫，校注．北京：人民文学出版社，2005：119．
② 胡应麟年谱长编［M］．嘉川，北京：商务印书馆，2021：100．
③ 冯仲平．中国文学史的理论维度［M］．桂林：广西师范大学出版社，2007：78．
④ 李淑岩．法式善怀人组诗与乾嘉文坛生态［J］．社会科学辑刊，2013（7）：178．

15

需熟读古文名篇领略要义、桐城派复古的倡议及统治者的重视（如御选《古文渊鉴》《唐宋文醇》）等。清人在这样的背景下，运用圆融、圆通的方式将前代散文特色融会贯通，形成了自身的特色。比如，他们很好地将学术与文学进行融合，使得散文理性更强，灵性稍显薄弱，但也文派繁多，风姿绰约。他们打通骈散，进而由于骈文元素的注入，散文也变得整饬华美了。同时，文学理论也呈现百家争鸣的场面等。

当然，虽然清代中叶的散文依旧是文坛的主流，但因为文化专制的存在，缺少了前代该种文体强大的势能。纵观绵延300余年的清代，除了清初百余年的康乾盛世外，其余时间基本都在文化专制中度过，统治者对异族的高度防范潜移默化地辐射到了诗文创作，正所谓"情动于中而形于言"，正如傅璇琮所言，清代各体虽均有成就，多了一些丰富文学经验的艺术细节，但可惜，却缺乏有力度的作品，这一点也是学人无法忽略的事实[1]。综合以上时代散文特征，本书尝试给法式善的散文在清代中叶寻求一个合理的定位。

本书对法式善《存素堂文集》《存素堂文续集》及作者在《八旗文集》《小仓山房往还书札全集》等文集中补遗四十余篇散文进行细致分析。两部文集之外的散佚文字包括《八旗文经》（三十五文）：（分别为：《康熙己未词科掌录序》《戒台园裕轩曹慕堂两先生祠记》《校永乐大典记》《借录山房画集记》《鹤征录序》《尚□堂诗集序》《洞麓堂文钞序》《春融堂文钞序》《钱南园遗诗序》《容雅堂诗集序》《竹屋诗钞序》《鄂刚烈遗墨跋》《石仓十二代诗选跋》《例授奉直大夫礼部主事吴君墓表》《耿处士墓表》《赠武功将军云南通判岸亭陈公墓表》《朝议大夫礼部员外郎前翰林院编修江南道监察御史谢君墓表》《朝议大夫宁夏府知府何君墓表》《予告三品御前太子少保吏部尚书梅庵铁公神道碑》《南阳清军同知林君墓志铭》《封中宪大夫浙江分巡温处兵备道李公志铭》《周赞平传》《武虚谷传》《侍卫恒公家传》《先妣韩太淑人行状》《洪稚存先生行状》《梧门诗话例言》《朋旧及见录例言》《复王谷塍进士论仕书》《复汪均之书》《与王柳树书》《借绿山房画集记》《校全唐文记》《重修尚氏家庙碑文》）、《小仓山房往还书札全集》[2] 补三文

---

[1] 傅璇琮，蒋寅. 中国古代文学通论（清代卷）[M]. 沈阳：辽宁人民出版社，2010：99.

[2] 朱士俊. 小仓山房往还书札全集[M]. 藏光绪石印本：卷二.

（分别为《答简斋先生书》《又答简斋先生书》《又答简斋先生书》），另有《明大学士李文正公畏吾村墓记》①《瓶水斋诗集序》②《惕甫未定稿跋》③。

大体来说，法式善散文文体共有论、序、考、辨、跋、书、传记、书后、例言、状、墓表、铭等类。可谓种类繁多，特色各异。从数量上来看，各类散文共计260余篇。其中占比较大的文体有序体散文111篇，跋体散文46篇，记体散文39篇。论体散文虽数量不多，仅为8篇，却是考察法式善思想主张的重要文献。下面，我们对法式善所使用的这四种文体的概念及其特征分别予以论述，以作为第二章法式善散文分体研究的主要依据。

第一节　论体散文

何为"论体散文"？"论"为分析判断事物的原理，或者进一步引申、阐明事物道理的文字、言论。作为文体，论是一种陈述观点或议论事宜的文体，是中国古代散文的重要类别，类似于今天的议论文。《文心雕龙·论说》指出："原夫论之为体，所以辨证然否；穷于有数，追于无形，钻坚求通，钩深取极；乃百虑筌蹄，万事之权衡也。故其义贵圆通，辞忌枝碎；必使心与理合，弥逢莫见其隙；辞共心密，敌人不知所乘；斯其要也。是以论如析薪，贵能破理。"④刘勰认为论体散文的主要目的是"辨证然否"，为达这一主旨必须穷追不舍、深入探究，自具体至抽象，自现象至本质，抓住关键因素加以突破，总之，做到论述严密，结论自然无懈可击。论体散文是中国古代散文中重要文体之一，相当于今之论说类文章。刘勰认为题目中出现议、说、传、注、赞、评、叙、引等字的单篇文章，均属广义的论体散文范畴，林纾甚至将论体文的范围扩至更大：

---

① 法式善. 明李文正公年谱[M]. 乾嘉就年刻本：卷五.
② 舒位. 瓶水斋诗集[M]. 曹光甫，点校. 上海：上海古籍出版社，2009：810-811.
③ 姚鼐. 惜抱轩手札（第四册）[M]. 民国刊本. 此文转引自眭骏. 王芑孙年谱[M]. 上海：华东师范大学出版社，2010：452.
④ （梁）刘勰. 文心雕龙[M]. 范文澜，注. 北京：人民文学出版社，2011：卷四.

> 论之为体，包括弥广。议政，议战、议刑，可以书己所见，陈其得失利病，虽名为议，实论体也。释经文，辨家法，争同异，虽名为传注之体，亦在可出以议论。至于正史传后，原有赞评之格，述赞非论，仍寓褒贬，既名为评，亦正取其评论得失，仍论体也，不过名称略异而已。且唐宋之赠序、送序中语，何者非论，特语稍敛抑，而文集、诗集之序，虽近记事，而一涉文利弊，议论复因而发。欧公至于记山水、厅壁之文，亦在加以凭吊，凭吊古昔，何能无言，有言即论，故曰，论之为体广也。①

虽说林纾将论体文的范围扩大至所有说理、议论的文字，甚至包括序体文等，而狭义之论体散文则专指题目中有"论"字的文章。

关于论体散文艺术特色的论述，曹丕在《典论·论文》曾指出："夫文本同而末异，盖奏议宜雅，书论宜理，铭诔尚实，诗赋欲丽"②，这就鲜明地提出了"理"为论体散文之旨归。刘勰也在《文心雕龙·论说》篇对论体散文特色进行了阐述："论也者，弥纶群言，而研精一理"，陆机的《文赋》不仅将"论"从之前的"书论"单列出来，而且概括出其特色为"精微而朗畅"，即认为该体讲究分析论述精密而叙述明畅。以上论述，要而言之，认为说理要论述集中，一般只针对一人一事一理"辨证然否"，即论体散文具有归一性③，此类观点此后延续各个时代，始终得到历朝文人认可。当代学者张群等也持类似观点，认为凡以"论"名篇的作品，"大多根据一个论点，做周详的推理论证，重在见解精深、逻辑严密"④。简而言之，论和辨是该种文体的主流，这是所有论者一致的观点。

很多学者认为论体散文源于先秦诸子散文，因为两者不仅均具有思辨畅想、文理兼备的风格、鲜明的主体意识，而且所论的内容如社会问题等也基本相同，持此观点的清代学者如姚鼐，在《古文辞类纂》中认为论辩类文章

---

① 林纾. 春觉斋论文［M］. 北京：人民文学出版社，2011：60-61.
② 陈柱. 中国散文史［M］. 上海：华东师范大学出版社，2017：127.
③ （梁）刘勰. 文心雕龙［M］. 范文澜，注. 北京：人民文学出版社，2011：卷四.
④ 张群. 诸子时代与诸子文学［M］. 济南：齐鲁书社，2008：100.

多出于古之诸子①，余嘉锡在《古书通例》中也认为"论文之源，出于诸子"②，且因为"先秦诸子很多以君主为假定阅读对象"③，清代论体散文多将君王等当作潜在读者。

在法式善《存素堂文集》中，有一些以"论"名篇的散文，为了论述方便，本书统称之为"论体散文"。其论体散文共有8篇。其中，史论2篇，人物论6篇，虽数量不多，但其思想价值和艺术成就都很高，并且对后世产生了较大的影响。身为文学家、评论家、艺术家，法式善常从士大夫、学者的视域出发来"议论古今时世人物或评经史之言，正其讹谬"④，因此，他的论体文总是能够突破传统史书、史家模式化的樊篱与界限，独出心裁，屏除习见，另辟蹊径，于是从议论主旨、论证结构、论辩手法，再到情感释放，都能够做到收放灵活，独具一格，而且论思缜密，气韵达畅，展现了较强的艺术魅力，因此，值得我们深入系统研究。

第二节　序体散文

作为中国古代文体之重要一类，序体散文"追溯著述源流，阐释文本功能，记述写作始末，介绍著述内容，探讨方法，阐明意义，或紧或散，长短不拘，随文而易，适题为文，其间一点事实，一点掌故，一点观点，一点抒情气息，无疑为我国文献宝库增添了独特的样式"⑤。一般序体散文语言条理清晰、叙事次第有序、逻辑严谨，助作者阐明创作意图、帮读者把握全书脉络，且表现手法多样。

一、序体散文的概念

《广韵》（泽存堂本）第三卷中曾分别为绪、叙、序作解，指出"绪"：

---

① （清）姚鼐. 古文辞类纂［M］. 上海：上海古籍出版社，1998：36.
② 余嘉锡. 古书通例［M］. 北京：中华书局，2009：244.
③ 郭雪峰. 先秦诸子与魏晋论体散文［J］. 山东农业大学学报（社会科学版），2018（5）：90.
④ （清）吴讷. 文章辨体序说［M］. 于北山，校点. 北京：人民文学出版社，1998：45.
⑤ 张昳. 论序跋的文献学价值［J］. 图书馆理论与实践，2010（8）：47.

基绪说文，丝耑也（丝线的开头）；"叙"：次第，绪也；"序"：庠序，东西墙谓之序①。显然，前两个字互训，且似乎和今天文体学意义上的"序"意义更接近。而"序"字义解反倒离核心含义较远。但如果进一步参详《说文解字》之"序"，其则被解释为"东西墙谓之序。按堂上以东西墙为介。礼经谓阶上序端之南曰序南。谓正堂近序之处曰东序、西序"②。可见，《广韵》之谓序，已含有古代周礼中等级次序之义。又，按《说文》"次弟谓之叙。经传多假序为叙。周礼、仪礼序字注多释为次第是也。序、绪也。此谓序为绪之假借字。从广。予声。徐吕切。五部"。从上古音系看，"序"与"叙"二字均系邪纽鱼部上声，构成假借。再，《尔雅》云："序，绪也。"③此处"序"通"绪"，自然也与"叙"同义。至此，序、绪、叙三字基本可以认定，都含有"开端""次序"之义。

因此，可以得出这样的结论：序体散文的内容和作用有两个，一是交代写书缘由，安排次序，使读者在读正文之前有头绪，此为"序""绪"；二是要说明书的主要内容，使读者对书的梗概有初步了解，此为"叙"。

二、序体散文的源头

序体散文作为一种文体，对于其源头的说法，一般有三种观点。

其一，认为始自《尚书序》。

陈骙《文则》较早提出这种观点："大抵文士题命篇章，悉有所本。自孔子为《书》作序……文遂有序。"④但此说法早已被人所质疑，因为《尚书序》的作者究系何人，一直以来聚讼纷纭。早期的扬雄《法言·问神篇》虽言："昔之说《书》者，序以百"⑤，却并未谈及此序出于何人之手，后班固《汉书·艺文志》第一次明确提出是孔子所作，但是这种说法至朱熹时代即被人推翻，认为是秦汉人所作，到明清学者这里，已经完全颠覆了孔子作《书序》的说法，因为该序体制成熟，显然不可能是序之雏形。

其二，认为始自《毛诗序》。

---

① （宋）陈彭年. 广韵［M］. 清文渊阁四库全书本：卷三.
② （清）段玉裁. 说文解字注［M］. 清嘉庆二十年经韵楼刻本：卷九篇下.
③ （晋）尔雅［M］. 郭璞，注. 四部丛刊景宋本：卷上.
④ （宋）陈骙. 文则［M］. 民国景明宝颜堂秘笈本：文则卷之上.
⑤ （汉）杨雄. 扬子法言［M］. 李轨，注. 四部丛刊景宋本：问神卷第五.

明刘师曾在《文体明辨》中认为最初的"序文"起源于春秋时期的《毛诗序》。"序之体，始于《诗》之大序，首言六义，次言风雅之变，又次言二南王化之自。其言次第有序，故谓之序也。"①持此观点的还有元徐俊之《诗文轨范》、明吴讷《文章辨体》及郎瑛《七修类稿》。另，《昭明文选》"序"体选文也把《毛诗序》列为首篇，表明此立场。但是否因此可以认为《毛诗序》为序体散文之源头呢？并不是，有关于此序之作者，一直以来也是疑点重重。有孔子、子夏、毛公、卫宏各说，加之其体制也极其成熟，自然无法被视为序文最初源头。

其三，认为始自《易传》。

姚鼐曾在《古文辞类纂》中指出："序跋类者，昔前圣作《易》，孔子为作《系辞》《说卦》《文言》《序卦》《杂卦》之传，以推论本源，广大其义。"②持同种观点的还有孙梅《四六丛话》、张相《古今文综评文》等。对比前两种源头之猜想，这一种观点似乎更趋于合理。于雪棠《周易与中国上古文学》指出："《易》传可以看作是从各个方面对《易》本经所作的一篇总序。也正是从这个意义上，刘勰和姚鼐才提出《易》是序这种文体的本原。"③的确，《序卦》篇将卦分为上下两篇，而且讲到六十四卦次序安排问题，对读者理解全书体例安排大有裨益，的确可以算作序文的早期雏形。

作者更倾向于第三种观点。

三、序体散文的分类

为了较为系统地说明序体散文的特点和深入了解法式善的序体散文，我们先把序体散文予以分类，然后分别予以说明。

（一）自序和他序

有关于自己作品创作意图的叙述，即自序；对他人诗文集、书法绘画等作品的阐释，即他序。④

清代赵翼《陔余丛考》卷二十二中讲到自序、他序的早期雏形的指出：

---

① （明）贺复徵.文章辨体汇选［M］.清文渊阁四库全书补配清文津阁四库全书本：卷二百八十一．
② （清）姚鼐.古文辞类纂［M］.清道光元年合河康氏家墅刻本：序目．
③ 黄霖.中国文学研究（19辑）［M］.上海：复旦大学出版社，2012：164．
④ 朱欢欢.周必大序跋文研究［D］.沈阳：沈阳师范大学，2014．

"……何休、杜预之序左氏、公羊，乃传经者之自为序也；史迁、班固之序传，乃作史者之自为序也；刘向之叙录诸书，乃校书者之自为序也。其假手于他人以重于世者，自皇甫谧之序左思《三都》始。"①

《史记·太史公自序》即典型成功的"自序"体例。《文通》中对于司马迁自序评价甚高："盖由后人妄探作者之意而为之；故多穿凿附会，依阿简略，甚或与经相戾，而鲜有发明。独毛诗序及司马迁以下诸儒，著书自为之序，然后己意了然而无误耳。"②

历史上典型的"他序"有皇甫谧为左思《三都赋》所作之序，一时洛阳纸贵。自此，古人经常在成文之后请有名望之人、同行专家或知己密友为己作序。他序既有为单篇诗词文赋所作的，如《三都赋序》；也有为一部文集、诗集等所作，如萧统《陶渊明集序》、高诱《淮南子序》等。

法式善序体散文有自序和他序两种不同形式。研究法式善创作的多篇自序，可以了解法式善本人很多不为人知的心声与经历。《诗龛声闻集序》中讲到小时候喜欢声诗，后作应制体诗歌，适性陶情之作少了，而酬答之作却多了。又如《存素堂诗集序》里写到《诗集》成书过程的艰难。再如《陆先生七十寿序》开头介绍自己生辰和出生地："乾隆十八年正月，法式善生于西华门养蜂坊"③ 等。

法式善作自序倾向于阐明自身立场、内心诉求等；在他序中则更多以作序者本人观感体验为主，从读者角度出发探讨诗文集等的内容等，如果序作者与文本作者关系亲密，交往深切，序文中往往还会提及文本作者的仕宦生平、才能品行、编纂过程等情况，读者可以将其视为小篇人物传记来读，并在此基础上理解文本，事半功倍。相对于自序而言，法式善《存素堂文集》中绝大多数是为他人作序。

（二）集序、赠序与寿序

按写序缘由来考虑，序体散文又可分为集序、赠序和寿序三种。

首先，目前所见最早的集序是曹植的《前录序》：

> 故君子之作也，俨乎若高山，勃乎若浮云，质素也如秋蓬，擒藻也

---

① （清）赵翼.陔余丛考［M］.清乾隆五十五年湛贻堂刻本：卷二十二.
② （明）朱荃宰.文通［M］.明天启刻本：卷十.
③ （清）法式善.存素堂文集［M］.清嘉庆十二年刻增修本：卷三.

如春葩。氾乎洋洋，光乎皭皭，与《雅》《颂》争流可也。余少而好赋，其所尚也，雅好慷慨，所著繁多，虽触类而作，然芜秽者众，故删定，别撰为《前录》七十八篇。①

这篇序虽然篇幅不长，但已经具备集序的最基本内容要素：文集编纂过程。

在之后的朝代，集序逐渐变得普遍起来，如萧纲的《昭明太子集序》、萧统的《陶渊明集序》、独孤及的《左补睛安定皇甫公集序》、杜牧的《李贺集序》、杨炯的《王勃集序》、刘禹锡的《相国李公集序》等。

集序在漫长的发展过程中，逐渐丰富自身的思想内容：不仅涉及编纂过程，还涉及作者小传、文风品评以及此序创作缘由等，文中还蕴含了作序者的文学主张。《存素堂文集》中，此类序体散文所占比重最大，包括各类集序（文集、诗集）、录序、诗钞序、文钞序、印簿序、年谱序等。

最先将"赠序"作为独立文体来考察的是姚鼐，他将赠序归功于唐代，"唐初赠人，始以序名，作者亦众。至于昌黎，乃得古人之意，其文冠绝前后作者"②。赠序是文人之间的临别赠言，"从创作目的和内容来分类，赠序文可分为叙情类、颂扬类、劝勉类、借题言志类，这种分类方法突出了赠序文的文体功能；从形式上来分类，赠序文可分为诗前小序、众诗之序、赠诗附序、无诗之序等，这种分类方法可以见出赠序文的发展历程"③。《文苑英华》《唐文粹》《宋文鉴》等都把赠序归为"序"，实际上虽名为"序"，但和本书所论法式善各类书序、集序性质完全不同，是与"临别"有关的文字，因此姚鼐的《古文辞类纂》将其独立分出。法式善序体散文中只有一篇赠序——《赠曹复堂序》文末言："书此赠之，以坚复堂之志。"④ 赠序本质上是一种议论，它与一般的议论文字不同之处在于锁定的读者对象——受序之人。赠受双方之间的交情、立场、地位等的不同决定了赠序文字的千变万化，"验人文字之有意境与机轴，当先读其赠送序；序不是论，却句句是论，

---

① （唐）欧阳询.艺文类聚［M］.清文渊阁四库全书本：卷五十五杂文部一.
② （清）姚鼐.古文辞类纂［M］.上海：上海古籍出版社，1998：36.
③ 杜文婕.赠序的命名与分类［J］.齐鲁学刊，2017（5）：134.
④ （清）法式善.存素堂文集［M］.清嘉庆十二年刻增修本：卷三.

不惟造句宜敛，即制局亦宜变"①。赠序既然是朋友间送别所言自然就当言之有物，免不了规劝、勉励、安慰，感情充沛。既颂扬对方，又当注意分寸，正所谓"使施者不夸，而守者弥浃"（张相《古今文综》）。法式善赠序文中既有安慰对方的不利遭遇的，也有勉励对方不要放弃，继续奋斗的。

  寿序文来源于赠序文，早期与赠序同，缘诗而作，后发展成无诗作序，成为独立文体。寿序作为一种祝寿的实用性文章，文体演变历程漫长。南宋末年，《佩韦斋集》卷十二之《李侍郎母夫人庆寿诗序》言："学士大夫相率为歌诗所作之序文……诗曰：孝子不匮，永锡尔类。盖言锡类所以为孝也，因为之序"，此文实为寿诗所作的序文，成为寿序之源头。至明代，寿序终与寿诗分道扬镳，成为独立文体，不再为诗而序，而是成为专门独立的祝寿之文。但随之而来的是寿序本身的应酬功能被无限放大，"铺扬名德，艳羡高位，颂祷长年，誉谀子孙"的现象比比皆是，这逐渐限制了寿序的健康发展。清初时，"有识之士号召摒弃应酬积习，端正写作态度，取法明代诸人特别是归有光之作，试图补偏救弊，将步入歧途的寿序创作拉回正轨"②。明清易代的特殊历史环境，使寿序无论是情感、内容、语言都有所改进，迎来了文体之新变，详见代亮所作论文《清初遗民寿序的新变及其意义》。清方苞认为其起源于明代，是在明代极其重视生日礼仪的习俗下形成的。一般来说，寿序的内容和写法可因人而不同，大要将其生平中可景仰的事迹加以颂扬，如叙亲朋好友，亦可叙亲情、述交谊，以致劝勉等，或议论，或抒情均可。③ 文字可长可短，可散可骈。法式善文集中寿序所占比重不大，但也自具特色，值得一读。

  （四）序体散文的文体归属问题

  在中国古代文章学分类中，自南北朝《昭明文选》起，序体散文即作为一种独立文体而存在。明代吴讷《文章辨体》和徐师曾《文体明辨》也沿用此法，并阐述序体散文之性质、特征。清代，序体散文仍被视为独立文体而存在，如姚鼐《古文辞类纂》就将序体散文列为第二大类。

  但随着中国文学的现代转型，序体散文失去了其独立的文体地位，变成

---

① 林纾. 韩柳文研究法［M］. 香港：龙门书店，1969：22.
② 代亮. 清初遗民寿序的新变及其意义［J］. 苏州大学学报（哲学社会科学版），2016（4）：154.
③ 蒋金芳. 唐代赠序文研究［D］. 大连：辽宁师范大学，2007.

了现代文类的从属类。学界对其文体的归属共有三类观点：

其一，归入应用文类。因为序体散文本身较强的目的性，如自序之自我表达需要，他序之应人之请需求等①。《实用文体写作格式与技巧大全》曾述："序跋类文体的写作与应用文写作一样，是以满足人们的实际需要为目的，有很强的客观性、真实性；从适用范围上来看，序跋类文体多属于人们现代交际范畴，是社会交际中的一种特殊方式和手段。"② 下文中论述法式善序体散文"文体功能"部分即体现其应用文类特色。

其二，归入散文类。序体散文的确具有散文之特性，如它既可说明、议论，又可描叙、抒情；它可长可短，可骈可散，可俗可雅，不拘一格，庄谐杂出，千姿百态。庄重如文天祥之《指南录后序》、曾国藩之《经史百家简编序》；诙谐如钟嗣成之《录鬼簿序》、张罗澄《书〈偷头记〉后》。唐弢《庵序跋》指出："……至于梓印书文，一卷行世，自不免前序后跋，抒其所见，言之有物，成为一篇篇美丽的散文，一个个深邃的感情的渊薮，令人反复吟诵，莫逆于心。"③ 下文法式善散文的"文体特征""艺术特色"部分即阐述其散文特色。

其三，归入文学批评类。序体散文作为中国传统的文学批评方式，无处不在，而且蔚为大观，它也因此成为人们表达文学主张、阐明文学立场的重要载体。汉学家宇文所安曾指出："中国文学思想有几个比较大的资料来源，'序'就是其中的一个。"④

第三节　跋体散文

在对法式善跋体散文展开全面系统而深入的研究时，我们有必要对跋体散文的文体特征做一番探讨，了解了跋体散文的文体特征，才能更准确地揭

---

① 彭林祥. 新文学序跋研究[D]. 武汉：武汉大学，2010：9.
② 金宏宇. 文本周边：中国现代文学副文本研究[M]. 武汉：武汉大学出版社，2014：35.
③ 李乔. 书旅[M]. 北京：商务印书馆，2010：193.
④ 宇文所安. 中国文论：英译与评论[M]. 王柏华，陶庆梅，译. 上海：上海社会科学院出版社，2003：8.

示法式善跋体散文的思想艺术特质。

一、跋体散文的概念、起源与发展轨迹

《尔雅·释言》云："跋，躐也"，《汉书》注："蹋也"，从足，具备"踩踏""践踏"之义，引申为"足后"，进而变成诗文集、书籍、书画后面文字称为"跋"，又被称为"书后""跋尾""题跋"等。贺复征《文章辨体汇选》说："跋，足也。申其义于下，犹身之有足也"，形象地诠释了跋文附于文后，引申作品之义。内容及主要特点被徐师曾概括为："其词考古证今，释疑订谬，而专以简劲为主。"①

为了叙述方便，我们把题跋这种文体样式统称为跋体散文。

跋体散文按照写作对象的不同，可以分为画跋、书跋、文跋等多种类别，所以关于它的起源，不能一概而论。

画跋，如《尚书故实》载："《清夜游西园图》，顾长康画，有梁朝诸王跋尾处。"② 从中可以推断出画跋至少起源于南北朝。画中题跋伴随着中国画，尤其是文人画的发展而兴盛，优秀的画跋可以增加画面的可读性，文画互补，或论画析理，或书写心境，或赞美自然，题写在画面的空白处，篇幅短小，文字平易，形式灵活多样，能给人以画外的启发。

书跋，如唐张彦远《历代名画记·叙自古跋尾押署》载："前代御府自晋宋至于隋，收聚图书皆未可印记，但备列当时鉴识艺人押署。开元中，玄宗购求天下图书，亦命当时鉴识人押署跋尾"③，从中可以推断出书跋至少起源于唐代官方藏书。

文跋，如明吴讷《文章辨体》载："汉晋诸集，题跋不载；至唐韩、柳，始有读某书及读某文题其后之名。迨宋欧、曾而后，始有跋语"，可见，文跋至晚出现在宋代欧阳修、曾巩时代，如欧阳修有《集古录》，后又有《集古录跋尾》二百四十余篇，文章都为自己多年收藏的金石碑铭、书画字帖写的碑刻考证、史实纠谬、真伪考辨之文，著名篇章如《隋老子庙碑跋》等，开创了学术性题跋之先河，被认为是最早的跋文。

---

① （明）贺复征. 文章辨体汇选［M］. 清文渊阁四库全书补配清文津阁四库全书本：卷三百六十四.
② （唐）李绰. 尚书故实［M］. 民国景明宝颜堂秘笈本.
③ （元）盛熙明. 法书考［M］. 四部丛刊续编景钞本：卷八附录.

明代毛晋《津逮秘书》中记录了宋代题跋之盛，收录了宋代很多题跋：苏轼之《东坡题跋》、黄庭坚之《山谷题跋》、秦观之《淮海题跋》、陆游之《放翁题跋》、欧阳修之《六一题跋》、曾巩之《元丰题跋》、朱熹之《晦庵题跋》等几十家，两宋题跋文数量庞大，种类繁多，且发展成了时代风尚，从一般诗文集、词集扩展至奏议集、谏稿集、制诰集、尺牍集等新型题跋文。

金元时，万回、王恽、柳贯等人也写过一些题跋，但未产生太大影响。

明代题跋数量有所增加，藏书家、刻书家都有写作跋文的习惯。王士禛《香祖笔记》卷七："遁园居士言：'金陵盛仲交家多藏书，书前后副页上必有字，或记书所从来，或记他事，往往盈幅，皆有钤印。常熟赵定宇少宰阅《旧唐书》，每卷毕，必有碎字数行，或评史，或阅之日所遇某人某事，一一书之。冯具区校刻监本诸史，卷后亦然，并以入梓。前辈读书，游泳赏味处可以想见'，此语良然。予所见刘钦谟（昌）官河南督学时所刻《中州文表》，每卷亦然。"① 该文展示了当时为附庸风雅，出书必备题跋之风气。钱谦益《牧斋初学集·跋渭南文集》中讽刺了这种社会级现象："坊间椠本，不问何书，必有跋尾附赘其后，如涂鸦结蚓，漫流不可。了试一阅之，支离剽剥，千补百缀，天吴紫凤，颠倒裋褐，穷子为他家数宝，人皆知其无看囊一钱耳。"② 当然，明代跋文也不可因此一概否决，如毛晋跋文特色鲜明，成就较高，王象晋曾评价毛晋跋文："或剔前人之隐，或揭后人之鉴，或单词片句，扼要而标奇；或明目张胆，核讹而黜谬。平章千古，荟萃百家，其用意良已勤矣。"③ 至明清时代，跋文获得进一步发展，出现了藏书题跋，如黄丕烈《思适斋书跋》中的藏书、刻书题跋，具有很高的文献价值。

二、跋体散文与序体散文的区别

跋体散文与序体散文既有联系，又有区别，为了充分说明跋体散文的文体特征，也有必要对两种文体，予以区分。

在起源时间上，文集类跋体散文产生于晋代，要比序体散文晚一些。

---

① （清）王士禛.香祖笔记［M］.清文渊阁四库全书本：卷七.
② （清）黄宗羲.明文海［M］.清涵芬楼钞本：补遗.
③ （清）周中孚.郑堂读书记［M］.民国十年刻吴兴丛书本：卷三十二史部十八.

由于跋文处于文末、书末的位置所限，很多情况下，是对序文的补充，一般都写得简明扼要。跋文本与序文为一类，如古文选家姚鼐、曾国藩等均将"序跋"作为同一大类进行选文的。首次将跋与序并列的是吕祖谦《宋文鉴》；首次将跋体散文单独为类的是曾巩《元丰类稿》卷五十"金石类跋尾"。

序跋二者内容、写作对象没有泾渭分明，著作中有的只有序，有的只有跋，有的二者并存。序跋在内容上稍有区别，序重全书总说，跋重因感而发，乘兴握管，或者叙著者事迹，或者辨学术源流，或者考订版本差异，或者品评作品优劣，内容较为灵活。序文的语言详细丰富，跋文的语言简劲英朗，如《文章辨体汇选》言："跋语不可太多，多则冗；尾语宜峭拔，使不可加。"① 序文绝大多数是根据作品内容、风格进行展开，跋没有这样的限制，灵活得多，清代姚华《论文后编》里谈道："（跋）言可自姿，体更无拘。"跋体散文与各类作品联系紧密，有引导读者阅读、欣赏、品味、推动作品传播之功效。

还有一点值得注意，就是历史上很多学者在对序跋类文体进行论述时，多将重心放置在序体散文上，缺少对跋体散文的关注。如清姚鼐《古文辞类纂》对序体散文集中论述，选文众多，但对跋文没有涉及；曾国藩《经史百家杂钞》跋文只选录了欧阳修之《集古录跋尾》十篇，数量较序体散文少得可怜。

除此之外，清代跋体散文也有着和前代一样的问题。《四库全书总目·珂雪词提要》言："陈维崧集有贞吉《咏物词序》，云：'吟成十首，事足千秋。赵明诚《金石》之录，逊此华焉。'"显然总目认为此种序跋着实属于文人之间的互相推崇、相互标榜，直接沿袭明季风气，多溢美之词，不够中肯客观。本书分析法式善跋体散文，主要分析其有别于序文之处，相同之处，则略之。

清代跋体散文远承宋代议论文和小品文遗风，近袭明代书画题跋遗韵。仍然主要叙述著述编辑、出版经过等。如尤云鹗跋戴名世《南山集偶钞》、周韶音跋鲁一同《通甫诗存》、李瀚章跋姚鼐《惜抱轩全集》、姚燮《复庄

---

① （明）贺复征. 文章辨体汇选 [M]. 清文渊阁四库全书补配清文津阁四库全书本：卷三百六十八.

诗问》自跋等。

清代统治者实行文字狱等文化高压政策的同时,思想上严格控制,甚至罗织各种罪名,严惩违忌言行之人。又开设四库馆,笼络文人学者。导致乾嘉时期之后,考据、金石、版本、校雠之学大兴,学术的繁荣极大带动了清代跋体散文的发展。

书法、绘画等艺术的兴盛发展为题跋提供了丰富的养料,很多题跋作者在这些方面都具有极高的艺术修养;此期跋体散文不再着重于宋人小品文的长篇议论,评时论政之文数量大幅下降,多集中在谈艺论道方面。而且,藏书、书画的题跋比较常见,一般有作者自己的题跋、同时期人的题跋和后人的题跋三种,内容主要围绕创作历程、收藏关系、考证等展开。其中藏书家之题跋数不胜数,如王绍曾、杜泽逊《渔洋杜书记》中收录王士禛640则跋文,《知圣道斋读书跋》收录彰元瑞130多则题跋,《拜经楼藏书题跋记》收录吴骞321则题跋等。

清代题跋最盛,也最具价值,有其自身时代原因。乾隆期间用木活字印刷取代了传统的铜活字印刷,极大地发展印刷业,《四库全书》就是清代活字印刷的代表作,民间活字印刷业也远远超过了元明。

印刷业的发展也大大推动了个人别集、书画的大量问世。清初即有很多著名学者具有较高鉴赏能力,又富收藏,如钱谦益、梁清标、刘墉、梁同书、翁方纲、姚鼐、钱沣、孙承泽、何焯、卞永誉、钱大昕等,都大量写有跋体散文,包括鉴定真伪、优劣,考证版本等,且有专集问世。乾嘉年间,社会稳定、经济繁荣,盛世下的文艺事业也异常兴盛,绘画书法更加活跃,名家辈出,宫廷画、人物画、水墨画各类画作兴盛,帖学、碑学争奇斗艳。

除此之外,清代也是一个民族书画繁荣的时代,少数民族艺术家人才辈出。清朝入关后,从皇帝到王公大臣,很多人从事书画创作和收藏工作,如"清顺治皇帝善画山水及肖像画;康熙皇帝主持编辑了《佩文斋书画谱》;乾隆皇帝做书画赐予臣下,并编辑了书画著录《石渠宝笈》《秘殿珠林》等……其他少数民族书画家还有纳兰性德、唐岱、法式善、松年、布颜图、改琦、笪重光、安岐等"①。

---

① 荆建设. 清代蒙古族书画家法式善作品风格特征分析与研究——从《梧门诗话》诗论思想研究其书画风格 [J]. 美与时代(下),2012(10):56.

综上，多种因素共同促成了跋体文在清代的兴盛。

第四节　记体散文

　　法式善的记体散文是其散文创作的重要类别，有的写人叙事，有的记阁写景，不一而足。虽然篇幅不算很多，但也有25篇，篇篇记叙、描写、议论兼而有之，且贯穿着作者浓烈的主观意识，其中诸多篇章借助写景述亭书写自己情怀，不论思想，还是艺术，都自具特色，是探索法式善独特思想意识和审美情趣的重要篇章。因此，在分析法式善记体散文独特魅力之前，有必要对该种文体的特征进行梳理，以此结合其独特的文体特征，深入剖析作家散文特色。

　　刘熙《释名·释典艺》曰："记，纪也，纪识也"，提到了记体散文的最原始功能——纪识，即以备不忘，可见最初的功用是具有实用性的，不涉及文学。

　　明代徐师曾也在《文章明辨序说》中谈道："记者，纪事之文也"，吴讷在《文章辨体序说》也擅长于从叙事角度看待记体散文。

　　记体散文，简单说来，以"记"名篇，集记叙、描写、抒情、议论、说理于一体，是古代文体中重要的一个类别。它的发展经历了先秦的萌芽期、汉魏六朝的孕育期，直至唐代得以确立。

　　在古代各类文体中，记体散文是非常重要的一类，但是从它产生直至得到人们认可，获得自己的独立文体地位，这期间经历了漫长的历史流变。

　　该种文体最早可追溯到先秦的《考工记》《学记》《礼记》和《乐记》等，但从内容上看，《考工记》记载战国时各种官署手工业行业规范和制造工业，《学记》论述古代教育制度和教学情况，其他均类似。这与后世记体散文内容明显不符。且多为整部著作以"记"命名，并非单独篇章，后人仅以萌芽期视之。

　　六朝时出现以"记"命名的单篇文章，但数目不多，且主题多与宗教相关，少数无关宗教的记文中，仅《桃花源记》一篇具备了后世记体散文的大致特点，可见此期记文创作并不完备，仍处初级。

　　另外，这一时期文学观念也未对此种文体有特别清晰的归类，从曹丕

《典论·论文》的四科分类法，到陆机《文赋》的十类文体，再到挚虞《文章流别论》均未提及"记"一类，可见当时"记"之一体尚未成型。《文心雕龙》中有"书记"一称，曰"总领黎庶，则有谱籍；簿录医历星筮，则有方术占式；申宪述兵，则有律令法制；朝市征信，则有符契券疏；百官询事，则有关刺解牒；万民达志，则有状列辞谚"①，显然刘勰把所有行诸文字而难以划分明晰文类归属的文章统归"书记"类了，范围比后世所谓"记体散文"广泛得多，且认识仍很模糊，文体界限不清。直至李昉在《文苑英华》中才首次将"记"单列一体，将刘勰及各种文体分门别类，书称"书牍"类，另状、牒、令、疏等，归于他类，只留"记"体单独分类。徐师曾在《文体明辨序说》中解释过这种文早于名的现象，其实和很多文体的产生流变差不多，"汉魏以前，作者尚少""盛自唐始也"，因为唐之前记体文数量少，人们认为没有立名的必要。

但本书并不认同这一理由，据严可均《全上古三代秦汉三国六朝文》所录，上古至六朝的记体为106篇，实际数量只能比这些多不会少，因此作品尚少一说不太站得住脚。但由于这些记体散文多与宗教有关，如翻译记、造像记、佛经杂记等，且文学性不算强，缺乏佳作，因此很容易被排挤于文人墨客视线之外。另外一个原因要从记体散文表达方式看，其不拘一格，有的重描写，有的重抒情，有的重叙事，有的重议论，叙事仅为一方面，的确花样繁多。贺复征《文章辨体汇选》按功能将记体文分为考工、叙事体、议论体、变体、愈体五类。正是由于内容和手法都繁杂多变，所以前人不易分门别类，因此，相当长时间内不予立目，基于此，也有人把"记体散文"称为"杂体文""杂记文"。

直至唐朝，记体散文这种不系统、不突出的零星创作状态开始转变。随着唐代社会经济、文化的发展，人们的文学观念发生了巨大变化，开始有意识地进行记体散文创作。记体散文在唐代异军突起，得到前所未有的关注，元结、李华、独孤及、李白、杜甫、王维、韩愈、柳宗元等大家均有记作出现。尤其是李华等人作为唐代古文运动之先驱，力求变革文风，大力开拓散文题材。如其所作厅壁记《中书政事堂记》写"政事堂"曾经是宰相们议论朝政之地，唐初即已成立。但到了天宝年间，臣强君弱之势形成，李华针对

---

① （梁）刘勰. 文心雕龙注［M］. 范文澜，注. 北京：商务印书馆，2006：455.

事实，列举了诸多"宰相主生杀之柄，天子掩九重之耳"的颠倒朝纲之行，又与古代宰辅忠于职守的情况进行对比，意在使当朝统治者引以为戒。全篇文字骈散结合，张弛有度，语言简练，是典型的唐代记体散文。此时的记体散文多数不再与宗教有关，而是指涉方方面面，既有记录祭祀开展的步骤、宫殿营建的过程，也有表现文人及百姓的日常生活。唐代的亭台楼阁记除了记叙营造修建之过程，还加重了写景部分。如柳宗元《桂州裴中丞作訾家洲亭记》中："日出扶桑，云飞苍梧，海霞岛雾，来助游物。其隙则抗月槛于回溪，出风榭于篁中。昼极其美，又益以夜。列星下布，颢气回合，邃然万变，若与安期羡门接于物外。"① 可见，景观之美的渲染非常成功，显然艺术手法较前代成熟很多。

　　这一时期记体散文无论是在数量、题材还是质量方面，都远远超过前代。据《全唐文》《唐文续拾》《唐文拾遗》记载，唐代约有800篇，其中，营建类400余篇，占此最重，其余厅壁记、功德记约250篇，器物记、山水记各50余篇，人物记约130篇，数量之巨绝非前代可比。题材类型方面，据《文苑英华》《唐文粹》归纳统计，有纪事、宴游、祠庙、阁楼、古迹、书画等20余类。不仅数量、题材发生变化，记体散文原来的实用性也逐渐减弱，而文学性有所增强，正如钱穆先生所言："韩柳二公，实乃承于辞赋五七言诗盛兴之后，纯文学之发展，已达灿烂成熟之境，而二公乃站于纯文学之立场，求取融化后起诗赋纯文学之情趣风神以纳入短篇散文之中，而使短篇散文亦得侵入纯文学之阃域。"② 早期记体散文多以客观实录为主，偶含慰藉劝勉、歌功颂德之义。唐人作记，继承前人秉承《春秋》之义，如权德舆《吏部员外郎南曹厅壁记》亦云："昔《春秋》书士縠曰'堪其事也'，鲁语曰'署所以朝夕虔君命也'。今因官署而举事任，《春秋》丘明之志也。至若龙朔咸亨，改复之说，此皆不书。"③ 唐人乐用春秋笔法予以褒贬劝诫，如陈宽《颖亭记》云："俾览者惩之，当敏树政，无敏树亭，以钩匠氏之意也。"④ 唐人作记甚至以修史自任，刘禹锡《山南西道新修驿路记》云："既讫役，

---

① （清）嘉庆敕撰.全唐文［M］.清嘉庆内府刻本卷五百八十.
② 钱穆.中国学术思想史论丛（第四册）［M］.北京：生活·读书·新知三联书店，2021：179.
③ （宋）李昉.文苑英华［M］.明刻本：卷七百九十八.
④ （宋）姚铉.唐文粹［M］.四部丛刊景元翻宋小字本：重校正唐文粹卷第七十四.

南梁人书事于牒，请纪之以附于史官地理志"①，沈亚之《万胜冈新城记》云："时亚之客寿春，得详其语而书之，以备史听"② 等。但在唐代，尤其韩柳等人，在描写各类事物的同时还会倾注自己的情感与体悟，这是一个本质的变化。比如，有些亭台楼阁记虽为应邀创作，但作者在围绕命名展开论述时，重点在表达自己的思想和观点。③ 如苏轼《思堂记》，本应阐述章质夫建思堂之初衷，却从反面立论，从自己之"不思"写起，通过与张质夫之"思"的对比，既写出友人章氏的"思无邪"，也写出自己的坦荡直率性格，主体意识强烈。

　　记体散文入宋，首先是数量上远远超过前朝各代之总和，《文苑英华》存记体散文37卷，《宋文鉴》存记8卷。内容上，唐记多以记事为主，至宋，记文被赋予了人之灵魂，原来的以记事写物摹景转为以"人"为主，一改以往正面写实之静态描写，以动态结合作者的个体意识、个人情绪，做到真正的"物为我用"。典型篇章如范仲淹《岳阳楼记》将写作重心放在登楼之"人"的感官体验上，以此衬托文末"仁人之心"以及作者饱含社会责任感的忧乐观——"先天下之忧而忧，后天下之乐而乐"。除此之外，学记、藏书记比比皆是，题材新颖，不为前代所有。如南宋叶适所云："'记'虽愈及宗元犹未能擅所长也。至欧、曾、王、苏始尽其变态。"④杨庆存概括宋记特征为"立意高远""题材丰富""格局善变"与"兼取骈语"。宋记出现这样的发展趋势，由主客观两种因素所致，客观方面，宋代实行"右文抑武"策略，文人参加科举愿望强烈，而记体散文是科举考试必考内容之一，因此文人会在考前进行大量该种文体的训练与创作；主观方面，宋代思想开放，很多读书人受儒释道三家思想共同影响，既报有经世济民的夙愿，又非常注重自身的修养。横跨三家思想使宋人处世包容，宠辱不惊，进退自如，表现在文学上，就有了闲情逸致之气，且包罗万象。宋记对生活的方方面面都有所涉猎，因此大量记体散文问世。题材方面又出现了"题名记""学记""藏书记""书院记"等新类型。表现手法也从最原始的记叙为主，转为议论、抒情、说理逐渐增加，再相继融入其他文体的写作手法，使文体产生

---

① （宋）祝穆.新编古今事文类聚［M］.清文渊阁四库全书本：续集卷三居处部.
② （清）嘉庆敕撰.全唐文［M］.清嘉庆内府刻本：卷七百三十七.
③ 钱蕾.北宋记体文研究［D］.南京：南京大学.2014：27.
④ （宋）叶适.习学记言［M］.清文渊阁四库全书本：卷四十九.

"新变",是为"破体"。比如,一些亭台楼阁记中,作者对事物相关情况只字未提,而是直接围绕命名展开议论说理,如李昭玘《负日轩记》全篇未记"轩",甚至无"轩"字,但围绕"负日"二字而展开,谈论人对天地万物应持之态度和如何处理人与万物的关系。再如张耒《进斋记》,亦不提"斋"字,通篇议论。读者完全不知轩、斋为何人所建,何人命名,这种写法完全打破了记体散文原有的体制规范却更符合宋人的人生态度,即认为记体散文本身的价值在于传世,而具有传世价值的并非亭台楼阁建筑物本身,而是其名称意蕴。因此通过宋记,我们可以"窥见宋代文人士大夫对社会政治的参与意识与深切关怀,对人的道德修养的强烈专注,对于读书治学的重视,以及对人与物之关系的超越性认识"①。这对之后的朝代产生了巨大影响,记体散文继续发展创新,不仅文章数量激增,描写范围也多样化,题材广泛,直至清代将记体散文发展推向高峰。

总体来说,记体散文卷帙浩繁,内容种类众多,关于内容的类别,历来众说纷纭。如前所述,《文苑英华》《唐文粹》已对记体散文内容进行分类,明代贺复征《文章辨体汇选》也有学宫、佛宇、神庙、祠堂、遗爱、官署、古迹、亭阁、园墅、游览、兴复、图画、技艺、花石、杂记十五类别分法②。当然,有人认为分类过细,并无益于人们对记体散文的理解,清末林纾就曾在《春觉斋论文》中将前人的分类进行合并归类:"然勘灾、浚渠、筑塘、修祠宇、纪亭台,当为一类;记书画、记古器物,又别为一类;记山水又别为一类;记琐细奇骇之事,不能入正传者,其名'书某事',又别为一类;学记则为说理之文,不当归入厅壁;至游燕觞咏之事,又别为一类;综名为记,而体例实非一。"③ 林氏化繁为简的做法的确可取,但是将说理文、小品等一概纳入,又并不十分恰切。褚斌杰后来在《中国古代文体概论》中将记体散文分为台阁名胜类、山水游记类、书画杂物类和人事杂记类,学界认为这种分法还是比较清晰直观的,被大多数人认可④。

本书重点阐述法式善的两类记体文,分别为书画像记及斋堂亭园记。

首先,书画像记类,始于唐代终盛于宋代。

---

① 钱蕾. 北宋记体文研究[D]. 南京:南京大学,2014.
② 车少佳. 周必大记体文研究[D]. 重庆:重庆师范大学,2016.
③ (清)林纾. 春觉斋论文[M]. 北京:人民文学出版社,1959:59.
④ 车少佳. 周必大记体文研究[D]. 重庆:重庆师范大学,2016.

第一章　法式善散文所用文体

韩愈《画记》体现了唐代书画记特色，详细描述古今人物书画像全部内容，事无巨细，不曾遗漏。① 正如韩愈自述写作的缘由"记其人物之形状与数，而时观之，以自释焉"②，后人多奉此为书画像记之正体。宋人秦观《五百罗汉图记》即有意模仿韩愈而作记："余家既世崇佛氏，又尝览韩文公《画记》，爱其善叙事，该而不繁缛，详而有轨律，读其文恍然如即其画，心窃慕焉，于是仿其遗意，取罗汉佛之像而记之。顾余文之陋，岂能使人读之如即其画哉？"③ 秦观显然将韩愈作为画记的最高水准，也对画中各类人物状态、情趣及自然景致一一进行描述。

然而，北宋还有些作者并不推崇韩愈，从而另辟蹊径，开创了书画像记的新样式。比较典型的是苏轼《仁宗皇帝御飞白记》开头即名篇："问世之治乱，必观其人。问人之贤不肖，必以世考之"④，全文均不提及画面具体内容和细节，却围绕世之治乱与人之贤不肖的相互关系进行阐述。他在《文与可画筼筜谷偃竹记》只述画竹之法"成竹于胸"，自己学画之心得，并引申一切事物发展的道理。通过议论说理，作者从侧面呈现出文与可的绘画追求和高超技巧，更重要的是表现出了其人品。正如苏轼所云："退之《画记》近似甲名帐耳，了无可观，世人识真者少，可叹亦可悯也。"⑤ 这一类型作品，有欧阳修之遗风。可见，宋代书画记较唐代作品主观色彩强烈很多，书画本身只作"发端""起兴"之用，重心则在于作者抒发情感与议论世事，如欧阳修之《仁宗御飞白记》虽对书法进行了正面评价，却主要通过自己与子履对话叙写飞白的来历和作记的缘由。从两人对话中，我们体会到作者是借写飞白来称美仁宗之德政道化。如杨庆存所言："唐代书画记是以书画作品为重心，兼及与作品有直接关联的人或事，体现出鲜明的记事性和客观性。宋人则不墨守此式而多变化，往往借题发挥，纵横议论，灵活自由，贯穿己意，表现出强烈的写意性和抒情性。"⑥ 北宋现存该种记体文章几乎都是为记录宋仁宗御作的，除了欧阳修《仁宗御飞白记》，还有晏殊《御飞白书

---

① 车少佳. 周必大记体文研究［D］. 重庆：重庆师范大学，2016.
② （唐）韩愈. 昌黎先生文集［M］. 宋署本：卷第十三.
③ （宋）秦观. 淮海集［M］. 四部丛刊景明嘉靖小字本：三十八记.
④ （宋）苏轼. 东坡集［M］. 明成化本：卷三十一.
⑤ （清）陈鸿墀. 全唐文纪事［M］. 清同治十二年方功惠广州刻本：卷八十二.
⑥ 杨庆存. 宋代散文体裁样式的开拓与创新［J］. 中国社会科学，1995（6）：157.

35

记》、司马光《仁宗赐张公御书记》、苏轼《仁宗皇帝御飞白记》、黄庭坚《仁宗皇帝御书记》和陈师道《御书记》。但除了晏殊骈文通篇称颂御书外，余作均以散体表现人之思想情感，实际叙述并不在御书本身。

  以上四节所论，为法式善散文所使用的四种主要文体及其特征，这是本书研究的基础，所以古代散文文体，是我们研究法式善散文必须要明确的对象。只有把这些文体弄明白了，我们才可能从文体学角度，来展开对法式善散文的深入研究。

第二章

法式善的论体散文

从本章起至第五章，分别为法式善各种主要类别文体呈现，共选取作家极具代表性的论体散文、序体散文、跋体散文和记体散文四种文体展开多角度多层面的全方位探讨。清代文体辨别受到考证学思潮的影响与渗透，带有学术辩证的思想。它直接来源于明代辨体风气，如深入分析文体特征的《绝句辨体》（杨慎），立志建立文体序列的《文章辨体》（吴讷）、《文体明辨》（徐师曾）。受此影响，清人自是对文体特征研究透彻，且将文体考证发扬光大。法式善生活在此年代，当然对各体散文特征了然于胸。

从法式善论体散文中，读者可以清晰地感受到其主张经世致用，坚持廉政为民，相信天人感召，强调个人作用，推崇才德兼备等思想内涵，其异于他人的鲜明思辨特点，其持论公允，布局鸿阔，收篇妙远等章法艺术之美，及简而周、曲而中、骈散结合的鲜明艺术特点。在法式善的序体散文研究中，作者将其自序、他序、集序、赠序与寿序等思想艺术俱佳的作品作为考量对象，认为该类文体充分发挥了知人论世、阐释旨趣、述说原则、讲解体例、描述交游、概括内容、传播文献等多种文体功能，且说明、议论、叙事和描写等多种表现手法并用，甚至殷切地表达了作者对国家文教事业的关心、进步的人才观等，另外，序体文语言在声律、用典、对偶等方面的锤炼上也呈现了不菲的艺术成就。接下来为法式善跋体散文研究，此类文章篇幅短小精悍，行文活泼自然，变化多端，承继宋代苏轼、黄庭坚的风格，情趣高雅，且具有极高的学术史料价值、艺术鉴赏价值和思想启迪价值，此外，还将作者的书后文与题跋文进行了对比，做了大量文本分析，发掘书后文中的强烈史官意识、问题意识等。最后重点探讨记体散文，重点探讨书画像记和斋堂亭园记两类文章，发现其散文风格与宋朝散文较为相似，对书画亭台的直接描写不多，重在阐发自己观点、抒发心绪，或借助释名而阐述思想，或写景状物富于诗情画意，或说理叙事喜欢引经据典。

在法式善《存素堂文集》中，有一些以"论"名篇的散文，为了论述方便，本书统称之为"论体散文"。

法式善论体散文共有8篇。其中，史论2篇，人物论6篇，虽数量不多，但其思想价值和艺术成就都很高，并且对后世产生了较大的影响。身为文学家、评论家、艺术家，法式善常从士大夫、学者的视域出发来"议论古今时世人物或评经史之言，正其讹谬"①，因此，他的论体文总是能够突破传统史书、史家模式化的樊篱与界限，独出心裁，屏除习见，另辟蹊径，于是从议论主旨、论证结构、论辩手法，再到情感释放，都能够做到收放灵活，独具一格，而且论思缜密，气韵达畅，展现了较强的艺术魅力，因此，值得我们深入系统研究。

第一节 法式善论体散文的基本情况

本章仅就法式善《存素堂文集》中以"论"名篇的作品展开论述，从思想、艺术两方面深入系统揭示其论体散文特征。法式善论体散文虽数量不多，仅为8篇，但思想内涵和艺术成就不容低估，这也是了解法式善思想观念的重要途径之一。

这8篇文章从内容来看，有2篇史论，即《唐论》和《宋论》，6篇人物论，即《郑鄤论》《狄仁杰论》《魏孝庄帝论》《姚崇论》《李东阳论》《宋庠包拯欧阳修论》。这6篇人物论，论述的也是历史人物，也可以看作属于史论的范围，当作史论来读。据吴讷《文章辨体序说》，史论可分为"史家之论"和"非史家之论"。法式善并非将自己定位于史学专家，他是以"学者""士大夫"的身份来评介古今时事人物、谈经史之言、正其讹谬的。众所周知，史家断语向来不虚美不隐恶，一般是站在历史的制高点上，对历史人物事件给出肯定或否定的评价。但文人评史，却会从丰富复杂的人性出发，往往不空谈历史，而是借古讽今，借古喻今，将本朝当权者作为潜在读者，提示告诫其借鉴历史的教训与经验。因此，法式善论体散文不受"史家"和"史书"传统模式限制，从论题到结构，乃至行文，都能做到自然独

---

① （清）吴讷.文章辨体序说［M］.于北山，校点.北京：人民文学出版社，1998：45.

特，收放自如，情真意切，尽显大家风范。当然，每位论者的论点不会是也不可能是绝对正确而全面、无懈可击的，因此法式善的一些观点并不是尽善尽美，但如果我们从法式善民本主义思想出发去考量他的那些不似完满的论述，还是可以理解其文心与民心的。

第二节　法式善论体散文的思想内涵

　　文以载道，古法有之，是中国古典文学最基本的创作观，也是中国哲学思想的最高境界。最早提出"文以载道"观的是北宋周敦颐，他提出"文所以载道也，轮辕饰而人弗庸，徒饰也，况虚车乎"①，将不载承道之文比作没有设有目的地的空车，这里的道即为儒家之伦理道德。当然，如再往前追溯，周敦颐并非"文以载道"观的首倡者，因为在宋之前，"征圣""明道""宗经"等主张已然出现，但是周氏是将"文以载道"四字明确提出之人。这种思想渗透到中国文论，就生发出"文"与"道"有着天然的联系："文以载道"强调创作主体要具备较高的道德修养，关注现实及民生疾苦，寄希望于创作改变现实。当然，由于周氏理学家这一身份，"文以载道"一经提出便沾染上了理学色彩，"道"为目标，"文"为手段，成了很多人对"文以载道"的理解。但当对法式善的论体散文进行深入分析后，读者会发现作者不仅运用论体散文阐述了自己心中之"道"，而且非常重视"文"，将"文"提升高度，尽力做到文道并举。

　　法式善散文中那种春风化雨似的劝诫教化，很多人可能会认为很落后陈腐，但是中国古典文学本身就有"文以载道"的文统观念，教化之功用是不可回避。自伟大诗人屈原"路漫漫其修远兮，吾将上下而求索"的高唱开始，直至明清时期的"三言""二拍"，虽然各个时期，不同文学样式承载的道德教化程度有别，境界高低有异，但它们带给后世的启迪和警策是极其丰富，很有价值的。在法式善的时代，人们的以文传道观直接来源于戴震，对学术之三分，但又有所改革。典型者如姚鼐："余尝论学问之事，有三端焉：

---

① （宋）周敦颐. 通书·文辞. 中国哲学史教学资料选辑（下）[M]. 北京：中华书局，1981：5.

曰义理也，考证也，文章也。是三者苟善用之，则皆足以相济；苟不善用也，则或至于相害。今夫博学强识而善言德行者，固文之贵也；寡闻而浅识者，固文之陋也。然而世有言义理之过者，其辞芜杂俚近，如语录而不文；为考证之过者，至繁碎缴绕，而语不可了。当以为文之至美，而反以为病者，虽美不能无偏，故以能兼长者为贵，而兼之中，又有害焉，岂非能尽其天之所与之量，而不以才自蔽者之难得欤？"① 对义理、考据、辞章三者之平衡成为当时古文的主流。其中，对道的坚守是清中叶古文理论体系的大趋势。法式善入仕虽晚，且官不过四品，但在进士及第时颇欲有所作为，可叹现实给他屡屡打击，"屡起屡踬"，后转而"闭户吟新诗，不问尘世事"。他的一生很好地诠释了儒家"达则兼济天下，穷则独善其身"的理念。接下来，本书就结合法式善的散文对其一些儒家思想分述为以下五点。

一、主张经世致用

经世致用思想是儒家学说的传统命题。所谓"经世致用"，即为学、为文须于国家有益。② 儒家这种思想源远流长，且不为某一朝代所独有。自先秦诸子至清初，治学为文直面社会，探讨为人、为学、为政之道，以求济世为民的学人，大有人在。清王朝虽是少数民族政权，但为了适应汉人传统，照顾汉人情绪，进一步巩固政权，仍将儒家思想作为治国安邦之本。可是，这种思想在不同的历史时期会呈现出不同的面貌，仅就清代而言，其发展就分早晚两期，且泾渭分明。以嘉庆道光为界，清初学者们为振兴民族，出现了著名思想家顾炎武、黄宗羲等人倡导的"经世之学"。顾炎武认为："文需有益于天下"（《日知录》卷十九），黄宗羲言："学必原本于经术而不为蹈虚，必证明于史籍而后足以应务"。但随着社会逐步稳定，到了乾隆时期，学术思想界逐渐处于高压态势之下，学者们受制于文化专制，多是埋头于古典文献之中，从事着整理、考证的工作，以致"乾嘉学派"独步天下。加之当时的古文大派桐城派大倡"义理""考据""辞章"，影响盛于一时，因此当时文人不愿谈论时务已成常态，清初倡导的"经世致用"逐渐呈淡出态势，很多文人创作时被迫放弃了"经世致用"的积极精神，而尊崇程朱，逃

---

① 惜抱轩全集（卷四）[M]．北京：中国书店出版社，1991：78.
② 夏征农，陈至立．辞海（第六版）[M]．上海：上海辞书出版社，2009：238.

避现实，文坛再次刮起了"复古模拟"之风。直到嘉道年间，统治者颇想励精图治有所作为，拯救时弊，当政伊始即逮捕奸臣和珅，撤销一大批与之相关的官员，杜绝浪费之风，终止了康乾时期的南巡，而且终止"文字狱"。但在"以孝治天下"的清朝，嘉庆不敢推翻一切前朝的措施与政策，因此，没有进行彻底的改革，甚是令人惋惜。所以，正如柳诒徵评价法式善所生活的乾嘉时期："清初诸儒之所诣，远非乾、嘉间人所可及。乾嘉间人仅得其考据之一部分，而于躬行及用世之术，皆远不逮。其风气实截然为二，不可并为一谈也。"① 柳氏慧眼如炬，一针见血地指出了此期学人缺乏躬行精神，所作皆为形而上，毫无实际用处，此语虽涉为学，实则同样适用于清中期的文坛。

法式善生活的年代横跨乾嘉两朝。祖上几代均作清代内务府官员，职位均不高。"高祖梦成官内务府郎中、曾祖六格官内务府内管领、祖父平安官内务府员外郎、嗣父和顺官圆明园银库负责人、四弟寿昌官内务府内管领"②，可谓"内务府世家"。包衣加上内务府的特殊身份，使法式善家族具有了平民旗人所不具备的特权和身份，可以直接亲近皇帝本人，往往能够受到帝王的青睐。法式善从小在汉文化圈长大，家族汉文化背景深厚，心理上高度接受汉文化，以科举考试的方式入仕，并与众多汉族文人成为挚友，多次雅集创作，因此，文学创作观表现出了与传统儒家观相趋同，注重学习借鉴汉文坛历代大家的散文创作方法，以及高度融入新的时代文风的特点，尤其是儒家"经世致用"思想。他在乾隆五十八年（1793 年）被擢升为国子监祭酒，任内六年因其学术造诣和对国子监的贡献而备受推崇，与盛昱并称为清代最有才能的"旗籍祭酒"。但集文人、学者、官员等多重身份于一身的法式善，却能够摆脱时代风气的束缚，发出"亲政维新"之呼声，提出包括"诏旨宜恪遵""军务宜有专摄""督抚处分宜严""旗人无业者宜量加调剂也""忠说宜简拔""博学鸿词科"在内的多项意见，涵盖诏令、八旗生计、吏治等多方内容，虽然想法尚处于初步，但对嘉庆帝寄予厚望。谁料嘉庆皇帝违背"求言"初衷，"率循旧章"，中缀"维新"，因此法式善的上书遭到皇帝留中不发，后被降职。这对于一心关注家国之事的法式善来说不可

---

① 柳诒徵. 中国文化史［M］. 上海：上海古籍出版社，2013：863.
② 杨勇军. 法式善家世考［J］. 民族文学研究，2013（4）：145.

41

谓不是个打击，但他关心国事的意志并没有因此削减，他将希望寄托在其他官员身上，希冀他们能在自己的职责范围之内，或多或少在某种程度或某一方面整治吏治，体恤百姓，他的这些努力与主张都在他的文章中有所表现。本书认为，法式善的救世思想主要来自顾炎武①和李东阳。

（一）"卓哉亭林子"——追慕顾炎武

先谈顾炎武对法式善经世致用思想的影响。法式善在《存素堂诗初集录存》《陶庐杂录》及《槐厅载笔》中多次谈及顾炎武及他的代表作《天下郡国利病书》，并表达了自己的崇拜之情，如诗中写到"君今为大臣，翰墨特余事，当自际遇惜，隐合苍生意"②"郡国伏利病，为政当周知"③"卓哉亭林子，群籍一一治"④等，这种思想同样延伸至其散文创作中。嘉庆六年（1801年），他曾向户部侍郎英和推荐了《天下郡国利病书》，正如诗中所言，"胸中留此书，事来辄应之"⑤。散文《唐论》中，法式善提出了君王要"防微杜渐"的思想，这一思想对于清代统治者来说同样意义非凡："故人皆谓唐之乱亡，由于方镇之跋扈；方镇之跋扈，由于宫掖之不肃清；宫掖之不肃清，其端皆起于太宗。太宗能以功烈盖父之愆，除乱致治，比隆汤武，可谓英主矣。至于以宫妾兴，以宦官废，未能逆睹，寻其终始，有足感者。防微杜渐，君子所以兢兢也哉"⑥，文章表面谈唐朝之事，实则折射清朝之实。人们一直以来认为唐太宗李世民"以功烈盖父之愆，除乱致治，比隆汤武"⑦，以良君视之，但法式善显然发人之所未发，他认为太宗早期犯了不可饶恕的错误——对"宫掖"之事听之任之，最终祸及后代，亡国而终。这种论述实际上表现了作者防微杜渐的政治思想，显然他是在为巩固清王朝统治而做出努力，是在为清王朝长治久安出谋划策做着长远的规划。他渴望统治者能听到他的心声，从源头杜绝一切危害政权、危害社会的现象，防患于未然。

---

① 陈金陵. 发出维新呼声的法式善 [J]. 内蒙古社会科学，1984（6）：4.
② （清）法式善. 存素堂诗初集录存 [M]. 清嘉庆十二年王墉刻本：卷十二.
③ （清）法式善. 存素堂诗初集录存 [M]. 清嘉庆十二年王墉刻本：卷十二.
④ （清）法式善. 存素堂诗初集录存 [M]. 清嘉庆十二年王墉刻本：卷十二.
⑤ （清）法式善. 存素堂诗初集录存 [M]. 清嘉庆十二年王墉刻本：卷十二.
⑥ （清）法式善. 存素堂文集 [M]. 清嘉庆十二年刻增修本：卷一.
⑦ （清）法式善. 存素堂文集 [M]. 清嘉庆十二年刻增修本：卷一.

（二）"一生低首李长沙"——景仰李东阳

法式善的以天下为己任的情怀还与李东阳的相关思想紧密相连。法式善敬慕明代前贤李东阳，几乎时人无人不知，无人不晓。查揆曾将法式善对李东阳的崇拜写入诗中："诗龛高会等无遮，载笔槐厅已满家。虾菜亭边闲得句，一生低首李长沙。"① 法式善校过《怀麓堂集》、修过《明李文正公年谱》、作过《李东阳论》《西涯考》《西涯图跋》《修李文正公墓祠记》《西涯墓记书后》《修李文正公墓祠记》及《明大学士李文正公畏吾村墓碑文》等各体散文，以及诗歌《西涯诗》《题白石翁移竹图后》等，这些作品均与李东阳有关。自嘉庆二年（1797年）西涯旧址被法式善考订后，他于每年六月九日（李东阳生辰日）召朋唤友齐聚一堂，为东阳作寿诗、绘寿图，并作大量题画诗，此举成为京都文坛一大盛事。《明李文正公年谱》记录了他亲自寻得李东阳墓地所在之地——畏吾村②，为东阳重修年谱，"因采集各书编为七卷，前五卷唐仲冕校补，后两卷谢振定校阅，于东阳事迹搜采无疑"③。大兴朱珪称式善为"西涯后身"，法式善本人也乐于接受。法式善的想法及行动受李东阳影响之深可见一斑，那么，这种影响当然包括东阳之经世致用思想。嘉庆四年（1799年），仁宗征询治国之策，法式善曾亲自疏奏多条教育与治国意见，"己未春上疏，请旗人屯田塞外事，但因违祖制，降官编修"④，甚至落得个"照溺职列，一革职"⑤ 的下场，而这一事件与戴殿泗写到的东阳当年"条陈十事""保全善类"之举动何其相似 ⑥。可见，致力于纠正明初台阁体诗风的李东阳一直将经世作为旨归、为国计民瘼而思，而这些与法式善一心为国、一心为民的思想有着高度一致性。对于李东阳这样一个在历史上颇具争议的人物，法式善却为其多次举办西涯宴饮，有学者认为他实际是在隐晦地表达自己为福长安冤情的辩驳，也是在为自己的主张、心绪找表达的出路。⑦

---

① （清）查揆. 筼谷诗文钞［M］. 清道光刻本：诗钞卷九.
② （清）法式善. 明李文正公年谱［M］. 清嘉庆九年蒙古法式善诗龛京师刻本：卷五.
③ （清）张之洞. 顺天府志［M］. 清光绪十二年刻十五年重印本：一百三十卷附录一卷.
④ （清）昭梿. 啸亭杂录［M］. 清钞本：卷九.
⑤ （清）昭梿. 啸亭杂录［M］. 清钞本：卷九.
⑥ （清）戴殿泗. 风希堂诗集［M］. 清道光八年九灵山房刻本：诗集卷五翰苑稿.
⑦ 黄义枢. 清代的"名贤生日祭"雅集［J］. 文学史话，2020（5）：69.

法式善就这样，将"经世致用"思想深入自己的多篇散文中，如其《宋论》分析了宋亡之原因为君子难去小人，对当世君子具有一定的警醒作用；《狄仁杰论》论述了狄仁杰的"自保"心态，愧对高祖、太宗，表达了对今之大臣的权谋之术的不屑；《宋庠包拯欧阳修论》提出了论人功过的客观、全面性之重要性；《魏孝庄帝论》提及了皇帝对功臣的刻薄寡恩。这些观点，今天看来未必全部精当，但结合他生活的年代——清代由盛转衰之期，又都具有其合理因素，也可以看出他超于常人的洞察力。他的思想正符合他一直以来主张的人才观：

> 天下求小才私智可以备一官之用者，未尝无人。惟至国家利害安危，大机括所在，大形势所关，非晓事之臣，不能洞其几微，晰其体要。晓事二字，何可易得？必须有一种识见，能知人之所不能知。有一种气魄，能断人之所不能断。而其心一出于公平正大，无所避忌。然后事至，了不为凝滞。……做事人最要有略，方处置得宜。然有大略，有远略，有雄略……识不远者，不能见大略。器不大者，不能知远略。识远气大而无雄才壮气者，不能具雄略。雄略天授，不可学而至。故人当以拓充器识为先也。①

法式善散文也时常论及儒家道统，如《成均同学齿录序》，历数前代的国子学教化不深，名实不副等不好的社会风气："秦汉以后，虽有国子之名，其世官久废，所教悉民间俊秀。西汉时，博士弟子多至数千人，东汉太学生三万余人。唐总国子、太学、广文、四门律书算，凡七学，每岁业成，上于礼部，然而名实相副，往往难之。以迄于宋、元、明之末，学业不勤，士习日下，说者以为教化未深也。"② 然后提及清代"崇儒重道""累洽重熙"，朝廷录用人才程序严格，待遇又好，考试制度极其严密，因此人才济济。

法式善的"经世致用"思想来源于中国儒家传统，且重点继承了顾炎武和李东阳两位前贤思想，他将这种思想充分运用于自己的散文创作中，意在从身、家、国直至天下，一以贯之，求善求美，的确体现了儒家经典的精

---

① （清）法式善.陶庐杂录［M］.清嘉庆二十二年陈预刻本：卷五.
② （清）法式善.存素堂文集［M］.清嘉庆十二年刻增修本：卷一.

髓。结合他所处的时代综合考量，我们不得不承认，这种思想的确是难能可贵的。

后学陈用光对法式善论体散文评价甚高，多次指出其"立论精彩""立论透辟"，石韫玉评价其"立论宏通"，王芑孙评价其"独出正论"，孙星衍评价其"持论极正"，他们所谓的"论"之正、宏、透，实际上都和法式善"以古喻今"的经世思想相关。在这些评论者中，不乏法式善的同道中人。比如，陈用光曾极力主张文章"适用"原则，孙星衍曾在山东道员任上大力主张拯救时弊，石韫玉历任四川重庆府知府、山东按察使等职，以其包含救世的"独学庐"思想闻名①，因不肯同流合污，遭人陷害，弹劾辞官。法式善与这些人交好，正反映出这批有识之士的共同祈向。

二、坚持廉政为民

清朝中期，廉洁为政与勤政为民思想尚数主流。收录在《钦定四库全书》中的《渊润类函》载"景公问：'廉政何如？'对曰：'其行水也，美哉水乎！其浊无不涂，其清无不洒'"②，《皇朝经世文三编》载"罢贪婪之吏，举贤良廉洁者，与百姓休养生息，是之谓安内欲夷之不入寇也"③，《通鉴辑览》载"诏赃吏不得赎罪"，④《续资治通鉴》载"元失其政，所在纷扰，生民涂炭。吾率众至此，为民除害耳"⑤，《二希堂文集》亦有"何谓信于天，以信于民者？卜之何谓信于民以诚，以治民者？卜之诚之道贵豫，而忠于民"⑥之论，不一而足。以上所载均批判了清朝官员贪赃枉法之行为，并记录下他们受到的严厉处分。法式善作为参与修撰《四库全书》的官员，必定对此种观点极为熟悉并受其影响。

如前所述，法式善一生横跨乾、嘉两朝。乾隆帝早期以廉洁为政、勤政为民而闻名，他时常告诫群臣："为政之道，莫先于勤。朕日理万机，唯日孜孜不敢暇逸。朕既恪恭于上，亦必须诸臣黾勉于下，庶交修不逮，疏忽之

---

① 张晓旭.石韫玉与独学庐思想［J］.黑龙江史志，2013（12）：50-52.
② （清）永瑢，等.钦定四库全书总目［M］.清乾隆武英殿钞本：卷三十地部八.
③ （清）陈忠倚.皇朝经世文三编［M］.清光绪石印本：卷十三治体一.
④ （清）傅恒.御批通鉴辑览［M］.清文渊阁四库全书本：卷一百三.
⑤ （清）毕沅.续资治通鉴［M］.清嘉庆六年递刻本：二百十三.
⑥ （清）蔡世远.二希堂文集［M］.清文渊阁四库全书本：卷二.

渐无自而萌。近见各部院办事，尚属秉公，但所奏事件较少于前，从来政简刑清原属国家上理，若未能臻上理之实效而徒务清简之虚名，必致将应办事件日就废弛矣。……自古人君未明求衣，闻鸡问政。人臣夙兴夜寐，靖恭尔位，堂廉之间，动色相戒，诚以勤怠之关即敬肆之所由判也。凡人之心敬难而肆易，敬则日习于勤劳，肆则日流于安逸，心果克勤，则虽无事可办，亦不失敬事之意。若心图安逸，则虽当事之际，亦不过视为具文耳。"① 所谓上行下效，法式善生活在这样的年代，自然受这样励精图治的风气影响。

《宋庠包拯欧阳修论》一文中法式善就很好地诠释了其"廉政为民"之思："然吾观宋庠循简以道自处，包拯直节著在朝廷。使人人皆效宋庠、包拯之所为，渐摩化导驯，至于一世再世。若徽宗狗马声色，穷边黩武，诸弊端有以杜其机于不萌，而九州四海隐受其福。固不少矣。"② 法式善通过肯定褒扬包拯、宋庠"循简直节"与严正批判宋徽宗"狗马声色"，呈现其"廉洁为民"观。廉洁是任何一个时代、任何一个社会永恒的话题与不懈的追求，法式善很清楚廉洁为民的重要性，希望黎民百姓成为最终受惠者。

张立均认为"吏治腐败是封建社会肌体的毒瘤，是统治阶级自身无法解决的问题。作为封建统治阶级的一员，法式善、裕谦、倭仁、瑞洵、锡良等人，从不同角度认识到了吏治腐败的严重危害，强调廉政为民的官德意识"③，显然，法式善"廉政为民"思想得到人们的高度肯定。但是，由于时代、身份等因素，他的思想必然会存在着一定局限性，而且也不可能仅凭此一条即从根本上扭转社会腐败的局势。

三、相信天人感召

"天人感召"或"天人感应"学说源于中国先秦哲学，西汉董仲舒将其发展为一整套有体系的神秘主义学说，它也因此成为程朱学中的重要组成部分。"天人感召"学说是儒家哲学中一种唯心主义思想的体现。它包括两种思想：一为天命难违，天可以影响、主宰人事。一为人的行为可以感动或惹怒上天，从而改变天原本之意志，比如，人若为善，天则喜悦，示人以祥

---

① （清）王先谦. 东华续录 [M]. 清光绪十年长沙王氏刻本：乾隆十.
② （清）法式善. 存素堂文集 [M]. 清嘉庆十二年刻增修本：卷一.
③ 张力均. 中国蒙古学文库 [M]. 沈阳：辽宁民族出版社，2007：93.

瑞，即出现凤凰、麒麟、灵芝等吉祥之物；反之，人若为恶，天就会愤怒，对人施以恶兆，就会发生各种灾异事件。清代是中国封建制最后一个王朝，是封建制的集大成和完成期。清代在思想上崇儒重道，大力提倡程朱理学，在很多清人眼中，以上两种思想都存在，这里可以史学家和文学家为例进行分析。前者如蓝鼎元《修史试笔》所言："敬宗有志用度而不家，文宗徒事外貌而无实，天不佑唐，度亦安能如之何哉"，王夫之《读通鉴论》等文中同样也有类似观点。后者如吴孟坚《读史漫笔》"武后韦后"中所言武则天、韦后篡权，全因"太宗之人伦不正"招致"天谴"，沈德潜在《湖海文传》卷四中指出"天人之相应何以征，征于唐太宗之欲，侧言从正论，实能以恤民者格天，而天旋以仁民者报君也"，肯定统治者以"恤民"而达到"格天"的效果。可见，"天人感召"思想虽是唯心史观，但在清代仍具有普遍影响。

法式善的"天人观"同样符合时代特色，即两种观念俱存。在《唐论》中指出"唐之得天下也以争夺，其失天下也亦以争夺。其兵之兴也以宫妾，而兵之废也以宦官。观于此天人感召之机盖不爽矣"①。此论符合"天人感召"说的第一点，即唐之兴亡均由天注定，而且都是同样因素所致。《狄仁杰论》中对于狄仁杰辅佐武则天的行为，法式善颇有微词，认为其玩弄权谋之术，以求自保，并不是真心致力于恢复唐室。最终得出结论："唐室之复，殆有天矣。"这一论断又符合"天人感召"之说的第二层意思，即唐代最终"以唐代周"，并没有改朝换代，更名为"武"，主要是由于唐历代皇帝的功德，而不是由于狄仁杰所谓的"委曲求全""隐忍迁就"；另外，《姚崇论》中，指出宋朝"虽有奸恶如章惇、蔡京、秦桧、韩侂胄等人，要不至若汉之莽、操，唐之禄山之甚，非忠厚之报耶"，把宋朝奸臣的危害不及汉唐归因于上天对于宋朝以宽仁治天下的回报。

四、强调个人作用

法式善论体散文中多次突出帝王或个人在朝代兴衰更替中之重大作用，甚至认为时代变迁是由某个个体决定的，如《唐论》指出："自高祖至中宗，数十年中，再罹女祸。玄宗亲乎祸乱，而复败于女子。宪宗志平僭叛，而不

---

① （清）法式善．存素堂文集［M］．清嘉庆十二年刻增修本：卷一．

克终其业。穆宗以后,藉内竖拥立者且七君,国是又何论乎。顾人皆谓唐之乱亡,由于方镇之跋扈;方镇之跋扈,由于宫掖之不肃清;宫掖之不肃清,其端皆起于太宗。"① 文中用类似于天道轮回的方式展开论述,神化"女祸"之事,认为此事在唐代定期反复重演,最终导致王朝衰败。显然,在法式善看来,封建统治者是否有能力杜绝"女祸"甚至决定了整个王朝的走向。显然这种个人决定论是缺乏理论依据的,也是不符合历史实际的,体现了法式善历史观的局限性。

不可否认,在历史发展进程中,封建帝王的确会起到一些作用,但绝不可能也绝不应该起全部作用,社会发展是多种因素共同作用的结果。而在各个因素中,人民群众显然是主要创造者和历史助推手,"几千年人类社会的历史充分证明,人民群众是历史的创造者"②。纵观唐代发展,前期统治者采取的"均田制""府兵制"等一系列顺应历史潮流的举措使人民安居乐业,社会稳定,但可惜,后期藩镇割据、地主集团利益争夺使百姓生活困苦,最终农民起义爆发,唐王朝走向落幕。对于这些,统治者个人是无法挽回的,因为个人的作用毕竟有限。在这一点上,法式善的哲学史观是险隘的,也是偏颇的。

再如,《宋论》开篇即直接说明:"宋之亡也,不由于小人,而由于君子。不由于君子之不能容小人,而由于君子之不能去小人。其不能去小人,非有私也。大抵诸君子意在惜才,而不知才有可惜,有不可惜;在用人,而不知人有可用,有不可用。呜呼!是所谓忠厚之过也。…… 使数君子者本其学问、经济,而出之以果断,则宋之治,上媲唐虞,又何论汉唐乎?乃其于小人也,知之而不能除,能除而不能尽。"③ 法式善认为宋代之所以灭亡,完全是因为君子"忠厚",缺少果断除去小人的魄力。表面上看,和《唐论》一样,将"君子""小人"的历史作用无限放大,这是不符合史实的。但如果结合法式善在其《陶庐杂录》中的君子小人论综合考量,能发现法式善更为全面的论点。《陶庐杂录》所言"责备贤者,须全得爱惜裁成之意。若于君子身上,一味吹毛求疵,则为小人者反极便宜,而世且以贤者为戒矣。若

---

① (清)法式善. 存素堂文集 [M]. 清嘉庆十二年刻增修本:卷一.
② 于江河. 近代蒙古族哲学及社会思想史论文集 [M]. 北京:民族出版社,1999:98.
③ (清)法式善. 存素堂文集 [M]. 清嘉庆十二年刻增修本:卷一.

当君子道消之时，尤宜深恕曲成，以养孤阳之气"，显然可作为《存素堂文集》相关论述的有益补充。如果我们把两篇文章结合起来理解，就能够感受到法式善的观点并不偏颇，如果仅在某一篇文章中割裂理解，就容易造成误解。

五、推崇才德兼备

儒家传统的人才观总是将人才与小人对举：君子易事而难说也，说之不以道，不说也，及其使人也，器之。小人难事而易说也，说之虽不以道，说也，及其使人也，求备焉。或是从君子修为来谈："人人有贵于己者，弗思耳矣"。① 但法式善在《宋论》中指出：世人虽都知道要任贤树能，但却未必知此人才非彼人才，而且一旦模糊人才与非人才之间的差异与界限，最终有可能会导致一个朝代走向灭亡："诸君子意在惜才，而不知才有可惜，有不可惜；在用人，而不知人有可用有不可用。呜乎，是所谓忠厚之过也。"② 宋代各帝，重用人才，右文抑武，改革科举制度一度网罗了大批人才，文教振兴，甚至太庙铁卷藏书"本朝不杀士大夫""皇帝与士大夫共治天下"，遂衍生成了"文人盛世"。如欧阳修、王安石、包拯、宋庠等，均为治国安邦之才，他们也的确在某种程度上推动了社会进步；但另有一些人，如韩侂胄、章惇、蔡京等人却卖国求荣、德行有亏，给国家造成损失。为何如此？其实两类人都是人才，只不过相差的是一"德"字。如章惇，年轻时谈古论今、颇有才学，和苏东坡曾是朋友，其子章援还拜在苏轼门下。后来章惇任宰相，开始排除异己，因政见不合，对包括苏轼在内的当朝三十几位大臣多次进谗言：将他们贬谪到偏远之地，章惇恃才败德，造成了国家巨大损失。后来，政局微妙变化，章惇被贬至雷州半岛，章援写信给苏轼请求其谅解自己父亲，苏轼不计前嫌，帮其渡过难关。二人气度与人品立见高下，法式善之所以在文中写章惇，隐含之义呼之欲出。另外，他在《姚崇论》篇首即评价姚崇"德蕴于中而难知，才著于外而易见。姚崇盖才有余而德不足者也"③，姚崇初任宰相时，将朝政治理得焕然一新，他提拔才德，罢黜奸佞，

---

① （清）焦循. 孟子正义 [M]. 清嘉庆道光焦氏丛书本：卷二十三.
② （清）法式善. 存素堂文集 [M]. 清嘉庆十二年刻增修本：卷一.
③ （清）法式善. 存素堂文集 [M]. 清嘉庆十二年刻增修本：卷一.

极大减少了官僚陈腐之气。但后期做事做人却并不尽如人意，藏有私心，因此被法式善视为"德不足"。正如《菜根谭》所言："德者才之主，才者德之奴。有才无德，如家无主而奴用事矣，几何不魍魉猖狂。"① 可见，法式善人才观是符合辩证法的，"才"才是考量人才之根本，如若德行有亏，即便才华突出，万不可重用。这种观点，对于封建官员来说，实属难得。

按朱玉泉等人的观点：才德之辨在不同的历史时期，有不同的体现。分无才即德观、重德轻才观、重才轻德观、以才为德观和才德兼备观。② 显然法式善的主张属最后一种，这当然与其生活的社会背景有关。中国传统教育观是"伦理"先行"德行"为本的。自孔子提出："有德者必有言"（《论语·宪问》）与"行有余力，则以学文"（《论语·学而》）起，德行与学习的关系一直是大家关心的话题。至清代由于朴学的发扬光大、四库馆的开张，崇尚鸿博成为社会风尚，才德兼备理应成为大家努力的方向。但是随着科举考试制度的深入实施，人们越发关注那些与考试相关的儒家内容，整个社会教育均以八股文教学为中心，读四书只为学习八股之题目，学五经实为学习八股之材料，完全是应试之模式。至于道德修养、纲常伦理只停留在字面纸张上，很多人行为上却并不践行。章太炎先生言："宋明儒者多耿介，清儒多权谲"③，刘师培先生进而论述："明儒之学，用以应世，清儒之学，用以保身。明儒直而愚，清儒智而谲。明儒尊而乔，清儒弃而湿。"④ 朝廷虽推崇文教，但专制对文人限制诸多，研究学问所要考虑的禁忌很多，人们渐渐缺少了独立人格，因此就出现了区别于前代的"弃而湿""智而谲"，这种情况发展至清代中叶，更不容乐观，当时国家上层已然关注到了此种现象，随即提出"崇实黜虚"之号召，引领大家以德为实，力转士风日下之颓势。康熙帝就曾撰写《乡举里选解》来阐明国家这一选人之立场。法式善正是结合这一社会实际而大力提倡"才德兼备"的。

---

① （明）洪自诚. 菜根谭 [M]. 明刻本：前集.
② 朱玉泉. 教育至尊. 中华教育经典（中）[M]. 北京：中国建材工业出版社，1998：1537.
③ 章太炎. 章太炎全集. 清儒·检论 [M]. 上海：上海人民出版社，198：69.
④ 章太炎. 章太炎全集. 清儒得失论 [M]. 上海：上海人民出版社，198：71.

六、思想的独创性

以上所谈，是法式善论体散文所体现出的一般思想主张。下面我们再来看一下法式善论体散文所蕴含的独创性思想意识。

文贵独创，有创见的文章才能启迪读者，说理不尚模仿，重在观点独到，刘勰《文心雕龙·论说》就指出文章应该"师心独见，锋颖精密"[1]，法式善显然真正做到了别出心裁，不拾人牙慧，他大胆质疑，深入推理，观点新颖独特。他的论体散文以广阔的视角审视各种因素，对时局、形势的洞察极其深刻。下面分三点论述：

（一）宋之亡也，不由于小人，而由于君子

法式善论体散文剖析宋朝亡国之因，认为并不是小人误国，而是君子缺乏杀伐决断之态度而不能屏退小人。

清初王夫之也曾撰有《宋论》一文，该文以史为鉴，蕴含深刻的历史哲思，但文中重心在于探讨君子小人和同之辨，而且力赞宋太祖之能养士，"诗曰：'鸢飞戾天，鱼跃于渊。''周王寿考，遐不作人。'飞者，不虞其击也；跃者，不虞其纵壑也。涵泳于天渊之中，而相期于百年之效，岂周之士能自贵哉？文王贵之也"[2]。用文王类比宋太祖，觉得他们能养"士"，用纯粹的心去求士，并不论人才行谊具有"瑕疵"与否。总体说来，王夫之的观点比较传统。

古人多将君子与小人的判断作为划分人格的分水岭，认为君子明大义，从大局出发，小人从自身利益出发，君子不会因私利损害大众利益，小人恰恰相反。在大多数人眼中，君子是完美的，几乎没有瑕疵。如刘宝楠《正义》所言："君子儒，能识大而可大受；小人儒，则但务卑近而已。"[3] 反观法式善的"君子小人观"，其观点显然较前者更加深入。在其看来，君子小人之辨并没有恒定唯一之标准，而且在他看来，君子做法也并非无懈可击，这与王夫之之言论相去甚远："宋之亡也，不由于小人，而由于君子。不由于君子之不能容小人，而由于君子之不能去小人。其不能去小人，非有私

---

[1] （梁）刘勰. 文心雕龙注［M］. 范文澜，注. 北京：商务印书馆，2006：328.
[2] 王夫之. 宋论［M］. 刘韶军，译. 北京：中华书局，2013：卷一.
[3] （清）刘宝楠. 论语正义［M］. 北京：中华书局，1990：37.

也。大抵诸君子意在惜才，而不知才有可惜，有不可惜；在用人，而不知人有可用，有不可用。呜呼！是所谓忠厚之过也。"① 君子导致祸乱是"忠厚"过度，缺少杀伐决断，甚至优柔寡断，反让小人有了可乘之机，致使大局受损。法式善这种见解，未必完全正确，但更发人深省。

历史上，对于宋亡原因，比较有代表性的论断如《宋元通鉴》中：

> 至论其大可鉴戒者，则宋初立国，君子小人并用，而君子多至摈斥，小人多至显融。迨建中、靖康间，曾、蔡之徒，更迭为相，而南渡以后，则汪、黄、秦、汤、韩、史、贾诸人，相继擅权，内小人，外君子，遂致善类销亡，而士人无赖，陈亮所谓"举国之人皆风痹不知痛痒，竟忘君父之大雠"，以是辽、金虽灭，元遂起而乘之，而宋因以亡。②

薛应旂认为宋亡原因在于小人当道、人伦夷荡，重点强调严君子小人之辨，但法式善反其道而行之，从君子身上探究原因，确实耳目一新。

（二）其智足以卫身，其术实足以济变，其心实不足以对高祖太宗

在《狄仁杰论》一文中，法式善对于狄仁杰的"卫身济变"之"心机"并不认可，而是诟病的。文章指出："其智足以卫身，其术实足以济变，其心实不足以对高祖太宗。"③

其实长期以来历史上对狄仁杰的评价是褒贬不一的。总体来说，明代之前有褒有贬。狄仁杰去世后，新、旧《唐书》《资治通鉴》等正史中的"狄仁杰传"均持褒扬态度。如在《资治通鉴》中，司马光就赞赏狄仁杰举能任贤："天下桃李，悉在公门矣。"其余如高适《三君咏·狄梁公》称赞狄仁杰："梁公乃贞固，勋烈垂竹帛。昌言太后朝，潜运储君策"④，赞美之意有加。

但是，众所周知，唐代前期，女性参与政权成为风尚。高阳公主、武则天、韦氏、太平公主等多位位高权重的女性都或多或少参政，产生或大或小

---

① （清）法式善. 存素堂文集［M］. 清嘉庆十二年刻增修本：卷一.
② （明）薛应旂. 宋元通鉴［M］. 明天启六年长洲陈仁锡刊本：宋元通鉴序.
③ （清）法式善. 存素堂文集［M］. 清嘉庆十二年刻增修本：卷一.
④ （清）曹寅，彭定求，等. 全唐诗［M］. 北京：中华书局，1991：2208.

的影响，有的甚至引起政治震动。因此，"唐玄宗即位后，为防后宫干政，避免女主临朝，推行了包括不设皇后在内的一系列后宫政策"①。可见，唐代关于女人干政，人们当时的态度已经发生了改变，而对于俯首为武则天服务的狄仁杰，评价自然也在悄然变化。实际上，历史上对于狄仁杰评价的分歧也主要集中在这一点上。晚唐志人小说《松窗杂录》中就对狄仁杰颇有微词。由于当时的文人距武则天时代较近，因此言论稍隐晦，不愿明言，且以笔记小说形式呈现了出来。

明清之后对于狄仁杰的评价又出现了一边倒的褒扬。如《明经世文编》："臣闻唐臣狄仁杰，宋臣寇准，韩琦，富弼，范仲淹功名事业起于边圉……庶朝廷用之者，既贤，而一代真才必有如狄仁杰，韩琦诸臣者，出为国家经略矣。议者犹以贤者在位，能者在职，强所不能，既坏其人，尤坏其事臣，谓不然夫所谓贤者，非默默株守之谓也。"②清代官修《全唐文》中就曾全文收录狄仁杰七篇奏折，足见对其政绩、吏政、持法、为民的肯定。

可是，法式善虽参与过《全唐文》的编纂，但却并不认同该书对狄仁杰的评价，而是独出心裁地从正反两个方面论述，得出了自己的观点，足见其魄力之大与见识之高："幸而，易之从其说，而武后感悟，中宗得以复位，易周而为唐；不幸，而易之不从其说，而武后不感悟，中宗不得复位，亦将易唐而为周乎！仁杰其何所恃而为此？盖仁杰处其身于有利无祸之地，而隐忍迁就以为之。济，则已之功也，名也；不济，则时也，命也，已无与也。吾故曰：唐室之复殆有天焉。"③法式善认为狄仁杰确实心存使自己处于"有利无祸之地"之心机，在覆周为唐的过程中，并未起到应有的作用。有意思的是，其好友孙星衍读过该书后，还替法式善的言论犀利圆场，认为"虽狄公才力甚大，不必以此说绳之，然足以警夫无狄公之才，而托于权变之术以自全者"④，模糊法式善对于狄公的过低评论，将其引申为对那些"无狄公之才"的人的警醒。可见，关于狄仁杰，法式善与时人的确存在着不同的态度。法式善的看法未必完全正确，但是他的看法却不无道理，还是能够给人以深刻启示的。

---

① 汪达文. 古代小说中的狄仁杰形象流变研究［D］. 北京：北京外国语大学，2015.
② （明）陈子龙. 明经世文编［M］. 明崇祯平露堂刻本：卷三百八十四.
③ （清）法式善. 存素堂文集［M］. 清嘉庆十二年刻增修本：卷一.
④ （清）法式善. 存素堂文集［M］. 清嘉庆十二年刻增修本：卷一.

(三) 魏孝庄帝有负于尔朱荣，且甚于刘邦有负于韩信

法式善在《魏孝庄帝论》中将"尔朱荣"与"韩信"相提并论。尔朱荣何许人也？北魏时期权臣、军事家，他曾拿下葛荣，平定了北方六镇叛乱。法式善认为尔朱荣对魏庄的功劳相较于韩信之于汉高祖刘邦，有过之而无不及。因此，给出："魏孝庄帝有负于尔朱荣，且甚于刘邦有负于韩信"①的评价。

其实清人论及尔朱荣之文并不少。尔朱荣完成平六镇后就走上了人生巅峰，之后他以一人之力左右一国之局势，于是北魏朝廷被尔朱荣把持，达到了事皆决于尔朱荣，令皆出自尔朱氏的地步。《全唐文》一百六十一卷记录了尔朱荣"控制北魏局势"的全过程；乾隆朝官修的《通鉴辑览》中对尔朱荣评价得相对比较客观，功过均录。但是，确实很少有人如法式善这般将尔朱荣的贡献提高到如此高度，甚至将尔朱荣与韩信相提并论，这实属少见。正如法式善自己所言："世知汉高于韩信为寡恩，而不知魏庄于尔朱荣，其寡恩为尤甚！吾故表而著之，不然若荣者岂得与信并论乎？魏庄又岂得与汉高并论乎。"② 法式善清楚觉察到：虽然尔朱荣位极人臣，但他从未想过篡权夺位，部下曾多次劝他黄袍加身，但都被他拒绝了，即使如此，他仍被皇帝猜忌，不得善终。法式善在文中将其与汉代名人韩信作比，给一直以来风评不佳的历史人物正名翻案，的确体现了法式善师心独见与对人才的惋惜之情，观点未必完全合适，但是足以令人警醒。

第三节 法式善论体散文的艺术特质

法式善论体散文不仅具有深刻的思想主张，还体现出了鲜明的艺术特色。本书并不论述法式善论体散文的全部艺术特点，而是着眼于作家该种文体独特的文体特征，力求揭示出法式善散文的独到之处。

一、章法布局

法式善的论体散文，很讲究章法布局和结构安排，很得文章之法。因

---

① （清）法式善. 存素堂文集 [M]. 清嘉庆十二年刻增修本：卷一.
② （清）法式善. 存素堂文集 [M]. 清嘉庆十二年刻增修本：卷一.

此，这里我们有必要先来探讨法式善论体散文的章法之美。

所谓章法，顾名思义，就是文章各部分之间存在的逻辑关系和法则。刘勰在《文心雕龙·章句》中曾论及"夫人之立言，因字而生句，积句而成章，积章而成篇"①，明确提出了字、句、章、篇的环环相扣的特点。高步瀛《文章源流》不仅重视"立意虽善，而文不足以达之，犹未善也，故谋篇继之"②，而且列举出了详细的写作方法，如"某处用正，某处用反，某处只淡淡点缀，某处为全篇精神所聚"③。因此"文章是立意与行文的结合体，而行文包括篇章的外在结构的设定、内在语言的表达"④。可见，对于论体散文来说，作者的思辨、论证过程、正确的谋篇布局与恰当的语言表达都至关重要。法式善就很擅长用辨事析理的方法撰写论体散文，条理细密、论述朗畅，即达到了朱熹所谓"义理之次第"⑤ 之要求。

下面就让我们分别从立论、持论、布局、结尾四方面，具体分析法式善论体散文的为文之法。

（一）论说得法

《文心雕龙》指出论体散文应该"归余于终，则撮辞以举要"⑥，意即用简练精粹之语点睛论点，纲举目张，提纲挈领。文中其他语句与举要之辞是从属、支撑的关系⑦，也即陆机所谓"众辞"与"片言"之关系。⑧ 因此，开篇立论提纲挈领，极为关键。树立论点应是论体散文作者所应考虑之首要因素。⑨ "如果从效果出发，论体文创作者可分为两类：一类是破坏性攻击，重在驳论；一类是建设性攻击，重在立论。"⑩ 驳论模式重在推翻某种传统观点，"打破某种偶像和与其相应的思想上观念上的陈规旧律，他们的论作中

---

① （梁）刘勰. 文心雕龙注 [M]. 范文澜，注. 北京：商务印书馆，2006：570.
② 余祖坤. 历代文话续编 [M]. 南京：凤凰出版社，2013：1320.
③ 余祖坤. 历代文话续编 [M]. 南京：凤凰出版社，2013：1321.
④ 臧鲁敏.《文选》论体散文研究 [D]. 泉州：华侨大学，2015.
⑤ （宋）朱熹. 四书章句集注 [M]. 宋刻本：论语卷九.
⑥ （梁）刘勰. 文心雕龙注 [M]. 范文澜，注. 北京：商务印书馆，2006：542.
⑦ 李艳丽. 法式善论体散文刍论 [J]. 殷都学刊，2019（9）：93.
⑧ （晋）陆机. 陆士衡文集 [M]. 清嘉庆宛委别藏本：卷一赋一.
⑨ 李艳丽. 法式善论体散文刍论 [J]. 殷都学刊，2019（9）：93.
⑩ 杨朝蕾. 魏晋南北朝论体文创作主体论 [J]. 五邑大学学报（社会科学版），2015（2）：49.

充满激烈争辩的富有论战性的文字"[1];立论模式重在建设,虽有新的见解,但目的并不是与已有的观念产生冲突,而是在原有观念上锦上添花,同样独具魅力。法式善的8篇论体散文中,驳论类占3篇(《郑鄤论》《宋庠包拯欧阳修论》《李东阳论》);立论类占5篇(《姚崇论》《唐论》《北魏孝庄帝论》《宋论》《狄仁杰论》)。下面仅就驳论、立论两种模式各举一例说明:

1. 关于驳论

驳斥反面论点称为"辨"(辩)。徐师曾《文体明辨》载有"辩,判别也。其字从言……盖执其言行之是非真伪而大义断之也。"所谓"辩"——驳论是说文章以反驳披露别人错误观点为主要手段,然后在反驳错误观点过程之中宣扬真理。驳论的方法一般是指直接驳斥对方错误观点、直接揭穿对方虚假论据、直接分析对方论证之不合逻辑等。法式善在《宋庠包拯欧阳修论》中运用的论辩模式即为驳论法。文章首段指出了包拯对宋庠以及欧阳修对包拯的评判均不高[2]:

> 然包拯之论宋庠也,谓"秉衡轴七年,殊无建明,少效补报,而但阴拱持禄,安处以为得策。"欧阳修之论包拯也,谓"取其所不宜取,岂惟自薄其身,亦所以开诱他时言事之臣,倾人以觊得"。二臣之论,皆是也。[3]

然而,法式善笔锋一转,从第二段即开始批驳包拯和欧阳修之言论,他开始直接驳斥对方错误观点、直接揭穿对方论据虚假与不足,并且直接分析对方论证之不合逻辑,最终确立了自己的观点——"宋庠有道""包拯直节":"然吾观宋庠循简,以道自处;包拯直节,著在朝廷。使人人皆效宋庠、包拯之所为,渐摩化导驯至于一世再世。"[4] 于是法式善认为宋、包可以杜绝社会很多弊端于萌芽之状态,理应成为后人效仿之模范。而且文章还指出,虽说包拯曾批评过宋庠,欧阳修曾批评过包拯,但因为都是君子,人们

---

[1] 杨朝蕾. 魏晋南北朝论体文创作主体论[J]. 五邑大学学报(社会科学版),2015(2):49.
[2] 李艳丽. 法式善论体散文刍论[J]. 殷都学刊,2019(9):94.
[3] (清)法式善. 存素堂文集[M]. 清嘉庆十二年刻增修本:卷一.
[4] (清)法式善. 存素堂文集[M]. 清嘉庆十二年刻增修本:卷一.

可以体谅批评者的良苦用心，而被批评者也甘心引咎，更加谨慎小心行事。这样的分析论证，说理都很充分。

2. 关于立论

所谓立论，就是文章从正面阐述作者观点与主张。此类文章需注意论点鲜明正确，论据充分真实，论证逻辑严密。法式善论体散文的立论部分非常值得称道，如《唐论》中：

> 唐之得天下也以争夺，而其失天下也亦以争夺。其兵之兴也以宫妾，而兵之废也以宦官。观于此天人感召之机盖不爽矣。①

此处作者用"天人感召"来阐释唐王朝之兴亡，不是人为可以干预的，这样的说法貌似老生常谈，似乎不符实际。②但仔细品味，会发现作者在其中暗蕴文心。如果读者拨开迷雾，就会发现这段议论中有一更加重要之机关——"争夺"，因为它一针见血地指出唐代得天下，靠的也是抢夺，并不光彩。而最终，等待唐代的下场同样也是被人抢走了基业，失了天下。③因此石韫玉认为此文"立论宏通"④，陈用光也认为其"立论亦极有精采"⑤，由此可见法式善论体散文立论技巧之一斑。

（二）持论公允

很多人评论法式善论体散文，都认为文章所论做到了"持论公允"。所谓"持论公允"，即指立论公正，评论允恰，符合情理，这其实与他一直以来学习欧阳修散文笔法有联系。吴锡麒论法式善诗文："论时帆之诗，而以为摩诘；论时帆之文，而以为庐陵。"⑥法式善的《宋论》《唐论》等文章的确均与欧阳修的《朋党论》《五代史宦者传论》等名篇有着异曲同工之妙，平允持论，援古史而论今事。当然，法式善论体散文实际上师承多家，并不囿于欧阳修一人，他如曾巩。曾巩也曾写过《唐论》一文，虽说内容上与法

---

① （清）法式善. 存素堂文集 [M]. 清嘉庆十二年刻增修本：卷一.
② 李艳丽. 法式善论体散文刍论 [J]. 殷都学刊, 2019 (9): 94.
③ 李艳丽. 法式善论体散文刍论 [J]. 殷都学刊, 2019 (9): 95.
④ （清）法式善. 存素堂文集 [M]. 清嘉庆十二年刻增修本：卷一.
⑤ （清）法式善. 存素堂文集 [M]. 清嘉庆十二年刻增修本：卷一.
⑥ （清）法式善. 存素堂文集 [M]. 清嘉庆十二年刻增修本：吴锡麒序.

式善之《唐论》有很大不同，立论不一致，但都是旨在阐明己论，引古析今，论得失而重议理，卓然自立，而不露锋芒。

再如在《魏孝庄帝论》一文中，法式善着重批判孝庄帝的刻薄寡恩。为求持论公允，作者通篇拿孝庄帝与汉高祖刘邦对比，拿尔朱荣与韩信对比，让读者深刻感受到孝庄帝寡恩尤甚。文章先以"尔朱荣有功魏庄，过于韩信之于汉高。魏庄有负尔朱荣，甚于汉高之于韩信"[①] 来立论，然后再从三个方面之差异展开论述，一为两位大臣是否为称帝之必要条件，二为面对大臣的请求帝王之态度，三为帝王处死大臣的时机。通篇都是一扬一抑，但给出的史实论据完全令人信服，进而使文章论点立于不败之地：

  盖高祖不得信，不失为帝。孝庄不得尔朱荣，即不得为魏君。观荣之擒葛荣，诛元颢，戮邢杲，剪韩娄、丑奴、宝夤，功烈不在信下。[②]
  及荣启北人为河南诸州，而帝不许。以视信欲自立为王，而高帝许之者。其度量又何如哉？[③]
  至于帝之手刃荣，与信之死于钟室，轻重缓急有间矣。夫汉高之于信，有不得不诛之势。魏庄之于荣，有必欲诛之心，不可不辨也。或曰：河阴之役，荣罪滔天，此可诛之时也，不诛之于获罪之时，而诛之于成功之后。[④]

通过鲜明的对比，作者顺理成章地得出以下结论：魏庄之进退无据，自贻伊戚固宜。所可惜者，荣以将帅之材，匡颓极敝，恢然大志终乖于道义，身死而名辱。[⑤]

再如前文论述的《狄仁杰论》，法式善也是运用正反论证的手法，态度公允，说理透辟，于是得出对狄仁杰与众不同的较为客观的评价，这的确是一般的"仅立少论"博人眼球的苛刻论断所不可同日而语的。难怪王芑孙评论《狄仁杰论》一文"独出正论，推勘尽致，却得其平，不同苛断"。《李

---

① （清）法式善. 存素堂文集 [M]. 清嘉庆十二年刻增修本：卷一.
② （清）法式善. 存素堂文集 [M]. 清嘉庆十二年刻增修本：卷一.
③ （清）法式善. 存素堂文集 [M]. 清嘉庆十二年刻增修本：卷一.
④ （清）法式善. 存素堂文集 [M]. 清嘉庆十二年刻增修本：卷一.
⑤ （清）法式善. 存素堂文集 [M]. 清嘉庆十二年刻增修本：卷一.

东阳论》等也是如此,法式善都是站在一个公正的立场上,对人物做出公允而恰切的评判,这里就不需要再加详论了。

(三) 布局宏阔

中国古代文论中有关布局与格局的术语颇多,诸如"识""器""量"等皆是。黄庭坚曾论"一丘一壑,自须其人胸次有之,但笔间那可得?"①,意在阐明作者之胸襟怀抱决定了文章之布局安排。沈德潜《说诗晬语》中也曾指出"第一等襟抱作第一等学识,斯有第一等真诗"②。

从布局上来论,文章历来有所谓"鸿阔"和"偏狭"之别。"鸿阔",指文章结构布局广阔而严谨,内容多重,立意深远。而"偏狭"指文章格局狭促,内容单一,立意肤浅。虽然法式善的论体散文以篇幅短小者居多,但这丝毫不影响其文章鸿阔之布局。也就是说,在法式善这里,文章布局鸿阔与否主要取决于内容的丰富、层次的多样和文意的深远,与篇幅长短并无绝对关系。③

如法式善的《唐论》一文,在文章立论之后,法式善将唐高祖与朱温类比,进一步阐释二人极其相似的"争夺"发迹史。而后,文意顿转:"然高祖创业三百年,而朱温旋败,后之论者,终以盗贼归之,何其遭遇不同耶!"④论断何其独特,的确一针见血地指出了过往正史中那些以成败论功绩之观点的偏颇。这一点其实是继承了司马迁《史记》论项羽等人的基本精神的,因此,法式善这类文章很有历史和现实意义。

这里非常值得注意的是朱温,他最初参加农民起义军,后归附唐军,被僖宗赐名"全忠",后来步步高升,晋封为"梁王"。"梁王"朱温于是以河南为中心,不断扩充势力,逐渐成了唐末最大的割据势力。朱温于天复元年(901年)率军入关,控制了唐王朝的中央政权。天祐元年(904年),他用武力杀唐昭宗,立昭宗子李柷为唐哀帝。天祐四年(907年),朱温终夺取哀帝位,代唐称帝,建国号为梁,改年号为开平,史称"后梁"。但是好景不长,仅仅在位六年,即被其子朱友珪弑杀。上谥号神武元圣孝皇帝,庙号太祖。

---

① (宋)黄庭坚. 豫章黄先生文集编 [M]. 四库丛刊景宋乾道刊本:第二十七.
② (清)沈德潜. 说诗晬语 [M]. 清乾隆刻沈归愚诗文全集本:卷上.
③ 李艳丽. 法式善论体散文刍论 [J]. 殷都学刊, 2019 (9):94.
④ (清)法式善. 存素堂文集 [M]. 清嘉庆十二年刻增修本:卷一.

表面上看来，文章是在为常被后世贯以"盗贼"之名的朱温打抱不平，实则是将"争夺"之罪归于唐高祖李渊。李渊同样是在镇压农民起义的过程中，不断招降纳叛，不断扩充自己的实力，最终灭隋建唐的。"争夺"之实是无法否定的。法式善能够大胆说出一代开国之君靠抢夺得天下之历史事实，确实胆识可嘉。

接下来，法式善综观唐史，举了数个例子，来验证论点中"兵兴之源"——女祸及"兵废之源"——内竖的恶劣影响。论述设计高祖、中宗、玄宗、穆宗及其后面七位国君。然后追根溯源，最终将祸患之源归咎于唐太宗："顾人皆谓唐之乱亡，由于方镇之跋扈；方镇之跋扈，由于宫掖之不肃清；宫掖之不肃清，其端皆起于太宗。"① 读至这里，读者似乎感觉到一种神秘的力量笼罩着唐代。可文章最后一句却更具深意，将思想又进一步升华："太宗能以功烈盖父之慝，除乱致治，比隆汤武，可谓英主矣。至于以宫妾兴，以宦官废，未能逆睹寻其终始，有足感者。防微杜渐，君子所以兢兢也哉。"② 至此，读者方明白作者之意，原来法式善是在提醒今之帝王"防微杜渐"，而不是一味深陷"天人感应"而毫无作为，只有这样，国家才可世代良性发展下去。

整篇《唐论》共计276字，的确为文短意丰之杰作。论体散文的基本结构不仅全部存在，而且依据"女祸"和"宦官"的关键词，从历史兴衰的宏观角度，简要列举出了唐朝与此相关的历代君王的相似之处，如高祖李渊时的武则天之祸，中宗李显的韦氏之祸，玄宗李隆基的杨玉环之祸等。表面上意在说明唐亡是"顺天应人"的结局，实则笔锋一转，是在劝诫今之君王注意防微杜渐。文章篇幅虽小，却如大海容纳百川，结构简单却布局鸿阔，独具匠心，令人称叹。

（四）收篇妙远

法式善论体散文非常重视结尾，文章收尾处常常具有深意，故而人们曾以"妙远"一词来形容。其散文结尾的幽深妙远，集中表现在《宋庠包拯欧阳修论》《唐论》与《狄仁杰论》等篇章中。

如《宋庠包拯欧阳修论》，法式善在开篇提及历史上的两件事，即包拯

---

① （清）法式善. 存素堂文集 [M]. 清嘉庆十二年刻增修本：卷一.
② （清）法式善. 存素堂文集 [M]. 清嘉庆十二年刻增修本：卷一.

曾弹劾宋庠懒政以及欧阳修曾弹劾包拯判案不公,貌似法式善也觉得包拯和欧阳修的评论有些许道理。但笔锋一转,"然吾观宋庠循简以道自处;包拯直节著在朝廷。使人人皆效宋庠、包拯之所为,渐摩化导驯至于一世再世"①。可见,法式善并不同意之前包拯和欧阳修对于同僚的弹劾,之后又加深文意:"以君子而攻君子,人皆谅其用心之无他;而受其攻者,每甘心引咎,以至于畏首而畏尾。呜呼!攻之者过矣!善论世者,虽贤如拯与修之言,亦必取而折夫中。"② 法式善提出由于评价双方均为君子,即使彼此评论攻击,也不会是出于一己私利,而是出于为国家公器之立场。然后提出"攻之者过矣"。提醒那些"善论世者",切记"折中",不可太过,切忌只盯着别人的一件错事或小过失不放,要顾全大局。本来文章至此可以结束,但结尾一句立意又极其妙远:"不然,章惇小人之尤者也,而胡为逆知端王之不可立哉?"③ 虽说章惇是小人,却可预见端王不能立,为何?章惇其实与文中所论人物没有丝毫关系,但是却可以作为一个很好的案例支持上文观点,深化全文。这正如孙星衍评价该文"结处每能放宽一步,得妙远不测之神,而无节外生枝之累,此是得古人三昧处",不得不承认论者的确抓住了法式善此文的精妙之处。

再如《唐论》,本来全文集中在"天人感召"之说解释周没代唐这一现象,结尾却抛出一个"防微杜渐"的劝诫,这就与《宋庠包拯欧阳修论》有着异曲同工之妙。

洪亮吉评《李东阳论》时也指出了"末段亦断不可少"。文章前面部分都是反复推论狄仁杰的自保处安,结尾却是"虽然,当武后之时,能以勋业自盖如仁杰者,固已难矣",同样意味深长,承认狄公的缺陷,但也肯定狄公的功绩。他的评论角度恰好与《宋庠包拯欧阳修论》中告诫世人的"论世观"一致。可见,各篇之间也可以运用"互见法"相互印证,综合理解,以此透彻理解法式善论体散文的艺术特色。

二、语言锤炼

论及法式善论体散文艺术,其章法固然令人称道,而其语言艺术亦值得

---

① (清)法式善. 存素堂文集 [M]. 清嘉庆十二年刻增修本:卷一.
② (清)法式善. 存素堂文集 [M]. 清嘉庆十二年刻增修本:卷一.
③ (清)法式善. 存素堂文集 [M]. 清嘉庆十二年刻增修本:卷一.

深入探究。论其语言锤炼,撮其要,以下几点应该予以特别注意:

(一) 存心恕而用笔周

在法式善 8 篇论体散文中,《唐论》277 字,《宋论》329 字,《魏孝庄帝论》321 字,《狄仁杰论》388 字,《姚崇论》321 字,《宋庠包拯欧阳修论》323 字,《李东阳论》499 字,《郑鄤论》347 字。这些篇章均属于短小精悍之作,其语言特点完全符合《文心雕龙·论说》所说的"其义贵圆通,辞忌枝碎",即论体散文语言要论述集中,切忌支离破碎。

在法式善论体散文所论及人物中,情感倾注最多的当属李东阳,但文章字数尚不足 500 字。《筼谷诗文钞·题法梧门小像》言:"诗龛高会等无遮,载笔槐厅已满家。虾菜亭边闲得句,一生低首李长沙"[①],此诗道出了法式善对东阳的仰慕之情。法式善曾亲自寻得李东阳墓地所在之地——畏吾村,并在《明李文正公年谱·明大学士李文正公畏吾村墓记》(卷五)中记录了自己发现墓地的全过程,前有宛平令章君、武进胡君、大兴郭君寻而不得,后有法式善亲自走访确定墓地所在,而且修复了东阳公祠。同治年间人谭宗浚在《荔村草堂诗钞·访李文正故居》中描写了自己与法式善故地重游畏吾村,表达了深深的物是人非之感:"畏吾故业尚流传,夕照寒鸦古木攒。提倡骚坛今古少,支持党局去留难。遗琴旧调知消歇,猎碣完文孰校刊。不独前朝台榭圮,诗龛陈迹亦摧残。"光绪年间《顺天府志》记录因法式善认为朱景英编纂的东阳年谱"简略",故"采集各书编为七卷,前五卷唐仲冕校补,后两卷谢振定校阅,于东阳事迹搜采无疑",可见在编纂李东阳年谱上,法式善可谓倾尽全力。法式善一生写有大量关于东阳的诗文,其中,诗有《西涯诗》《题白石翁移竹图后》等十余篇;文有《李东阳论》《西涯考》《西涯图跋》等数篇,甚至校李公之《怀麓堂集》等。总之,按《啸亭杂录·诗龛》(卷九)概括为"先生慕李西涯之为人,访其墓田,代为葺理,又邀朱石君太傅、谢芗泉侍御等,鸠工立祠,岁时祭享焉"。但即使如此,《李东阳论》作为字数最多的一篇论体散文,也不过 500 字,足以见法式善论体散文用笔的简洁畅达。

论体散文结构安排贵在"周",即全文紧紧围绕论点展开,一气呵成,情畅理顺,开阖有度,环环紧扣。法式善论体散文在"周"方面的体现,前

---

① (清) 查揆. 筼谷诗文钞 [M]. 清道光刻本:诗钞卷九.

>>> 第二章　法式善的论体散文

文思想内容和章法两部分中均有论述。布局如此鸿阔，议论渗透骨里，持论公允，反复腾挪，让人无法反驳。正如赵怀玉所言"持论极平，无隙可乘，存心恕而用笔周"。

这里再换一个角度，选取各篇虚词的使用来展示法式善论体文论述之"周"。为了阐明观点，法式善论体散文会选取一系列启发式语词，如"然……而……何其……耶?"(《唐论》)、"……何哉?""……又何哉?""何耶？盖……"(《姚崇论》)、"所谓……非耶?"(《魏孝庄帝论》)、"岂……哉?""然……使……若……而……固……矣"(《宋庠包拯欧阳修论》)、"使……则……则……""使……何以……及致……并不……耶?"(《李东阳论》)一步步将论点推进，体现其说理之周密。

具体来说，如《宋庠包拯欧阳修论》中"然吾观宋庠循简，以道自处；包拯直节，著在朝廷。使人人皆效宋庠、包拯之所为，渐摹化道，驯至于一世再世。若徽宗狗马声色，穷边黩武诸弊端，有以杜其机于不萌，而九州四海隐受其福，固不少矣"。此处，作者认为宋庠循简、包拯直节，本身就是对前文他人的评价的反驳，既是驳论，又在立论，因此用"然"转折。接下来从宋、包二人行为对世人的导摹驯化论起，用"使""若"等虚词，从多方假设论述二人对社会的积极影响，论述的确非常严密，无懈可击。

为了让文章结合得更紧密，会选择一些修辞手法加强文章各部分的联系，如重复："……其迹近于……其迹近于……其迹近于……其迹近于……其迹近于……其迹近于……"(《姚崇论》)；如对比："其……足以……其……足以……其……不足以……""幸而……不幸而……""济则……不济则……"(《狄仁杰论》)、"不由于……而由于……""不亡于……而亡于……"(《宋论》)等。

具体说来，如法式善评价姚崇的行为，就运用了一系列排比句："崇先设事以坚帝意，因以十事上，其迹近于要。帝兴寺宇，建言'佛不在外而在心'，其迹近于谲。以馆局华，谢不敢居，其迹近于矫。避开元号改名，其迹近于诣。赵诲受赇，署奏营减，其迹近于私。请车驾幸东都，其迹近于逢迎。二子在洛无状，帝召问，揣帝意以封，其迹近于欺。至于帝不主其语则惧，高力士为解乃安，其迹近于患得患失"，分阶段分层次将姚崇的表面行为一层层剥离出来给读者看。作者写来的确可以说是层层深入，用笔周密。

(二) 随物屈曲而各中其理

《易·系辞下》云："其旨远，其辞文，其言曲而中，其事肆而隐。"据孔颖达《周易正义》疏云："其旨远者，近道此事，远明彼事，是其旨意深远。其辞文者，不直言所论之事，乃以义理明之，是其辞文饰也……其言曲而中者，变化无恒，不可为体例，其言随物屈曲而各中其理也。其事肆而隐者，其辞放肆显露，而所论义理深而幽隐也。"在这里，所谓"曲而中"可以理解为语言虽变化多端，却可以"随物赋形"，达到准确表达事理之目的，正如《周易》所言："其言曲而中，变化无恒"①，达到准确表达事理之目的。

在中国古代文论中，"言与道"的辩证关系一直是讨论的永恒话题。很多人都认为法式善的散文有北宋大文学家欧阳修之遗风，主要体现在"纡徐散朗"这个方面，简言之，为"曲"。孙星衍评《李东阳传》"（法式善）文多纡徐散朗近庐陵"②便是明证。欧阳修散文具有纡徐往复之美，正如清人魏禧《日录》所言"欧文之妙，只是说而不说，说而又说，是以极吞吐往复、参差离合之致"。林纾《春觉斋论文》中也云，"欧文讲神韵，亦于顿笔加倍留意，如《丰乐亭记》曰……本来作一层说即了，而欧公特为夷犹顿挫之笔，乃愈见风神"。

在法式善的论体散文中，笔势曲折这一点表现得淋漓尽致，作者很好地将欧文之纡徐运用于自己的写作之中。这里我们同样用虚词摘录的方式来展现这一语言特色。如"大抵……在……而不知……在……而不知……""虽有……要不至……非……耶？""虽……犹……而……"（《宋论》）、"……故……不然，若……乎？……乎？"（《魏孝庄帝论》）、"方……则……。否则……虽……焉。乃……而……"（《唐论》）、"是所谓……也""不亡于……而亡于……而……以致之"（《宋论》）、"其何所……盖……而……""吾故曰……。不然……弗……遑计……哉。虽然……固……矣。"（《狄仁杰论》）、"而……居然……。虽然……也"（《姚崇论》）、"……虽，亦……不然……而……"（《宋庠包拯欧阳修论》）、"……弗……而……以则……适以……岂少哉？""虽然……则……又……乎哉"（《宋庠包拯欧阳

---

① 周易[M].王弼,注.四部丛刊景宋本：卷八.
② (清)法式善.存素堂文集[M].清嘉庆十二年刻增修本：卷一.

修论》）等。

　　除此之外，法式善不仅在文学上效仿欧阳修，做人亦学欧阳修。因为法式善性格平易，又喜奖掖后进，当时的文人名士都慕名而来，以诗文投赠。吴锡麒称其奖藉士类，乐与有成，一时贤士大夫，屦满户外，四方宾客，奉尺牍问讯者，日数十至。这种现象像极了欧公当年积极培养新进士人，成为北宋重要的改革家和古文运动的灵魂人物，苏轼、苏辙等人就是这些新进人才中的佼佼者。

　　具体篇章来说，《姚崇论》中法式善讽刺那些操正论者，常苦近迂之人，言辞见解多腐朽陈旧，不合时宜，但法式善这篇文章却不拘旧论。文中将三朝宰相姚崇的一系列行为做排比，体现了姚崇"才有余"与"德不足"两方面特点："观崇之始进也，帝曰：'卿宜速相朕'，崇先设事以坚帝意，因以十事上，其迹近于要。帝兴寺宇，建言'佛不在外，而在心'，其迹近于谲。以馆局华，谢不敢居，其迹近于矫。避开元号改名，其迹近于诣。赵诲受赇，署奏营减，其迹近于私。请车驾幸东都，其迹近于逢迎。二子在洛无状，帝召问，揣帝意以对，其迹近于欺。至于帝不主其语则惧，高力士为解之乃安，其迹近于患得患失。"① 姚崇历任武则天、唐睿宗、唐玄宗三朝宰相，有"救时宰相"之美誉，是中国历史上的著名宰相。特别是在玄宗朝早期，对"开元盛世"的形成贡献尤多。如文中提到的上言十事、阻帝兴寺、劝阻公主干政等做法都是对社会发展有益的建议。而涉及自身行为的，文中提到了不居华府、避讳改名等俭以养德、为尊者讳。乾隆时人毕沅《续资治通鉴》所言"姚崇以十事献之，明皇终致开元之盛"②，蔡上翔《王荆公年谱考略》中指出："周勃、霍光之于汉，能定策而终以致疑；姚崇、宋璟之于唐，善政理而未尝遭变。记在旧史，号为元功。未有独运庙堂，再安社稷，弼亮三世，粒宁四方，崛然在诸公之先，焕乎如今日之懿。若夫进退之当于义，出处之适其时，以彼相方，又为特美"，均对姚崇评价甚高。

　　法式善在文中虽肯定了姚崇才华，但实有弦外之音，指出由于玄宗执政之初锐意革新，急于求成，姚崇正是看出了这一点，选择"以术驭之"，而不是"以诚格之"，最终得以实现自己抱负。作者对这种"英主"加"才

---

① （清）法式善.存素堂文集［M］.清嘉庆十二年刻增修本：卷一.
② （清）毕沅.续资治通鉴［M］.清嘉庆六年递刻本：卷一百十九.

65

臣"的组合其实也并不反对，但讽刺的重点是姚崇后期为亲信、儿子营私舞弊的行为。法式善用到了"要""谲""矫""谄""私""逢迎""欺患得患失"等词语来表达对姚崇一系列行为的不满，也传达了一个道理——才德兼备方为至上。文章最后劝解那些"才不如崇"的人要"以德自勖"，显然又回到了最初的"才德论"，文以载道的文学主张体现得非常明显，这即是"曲而中"。王芑孙评《姚崇论》"此则确识时务，其言曲而中，有论世知人之美"。

（三）迭用奇偶，节以杂佩

整体来说，法式善论体散文中的骈文句式，并不太严格工整，虽有骈文对偶的句子框架，但却不严守规则，读来倒有一种突破之美。

如："荣启北人为河南诸州，而帝不许，以视信欲自立为王，而高帝许之者，其度量又何如哉"①（《魏孝庄帝论》）、"尔朱荣有功魏庄，过于韩信之于汉高；魏庄有负尔朱荣，甚于汉高之于韩信""盖高祖不得信，不失为帝，孝庄不得尔朱荣，即不得为魏君""至于帝之手刃荣，与信之死于钟室，轻重缓急，有间矣"②（《魏孝庄帝论》）、"唐之得天下也以争夺，而其失天下也亦以争夺"③（《唐论》），以上这些属于《文心雕龙·丽辞》篇中的"反对"。读起来，句子错落有声，声调抑扬顿挫，虽与骈文类似却又突破了骈文格式之严谨。可见，法式善虽然处于这样的骈文大盛时代之下，为文却仍以散行为主，自然轩朗，论古说今，评人论事不受任何拘束。同时，他也懂得吸收骈文之长处，充分汲取了骈文之整饬、简洁、寓意深广的优势，使得文章骈散相间，奇偶相生，错落有致，大大提升了语言表现力，正如刘勰所言"迭用奇偶，节以杂佩"，在句式上表现出骈散结合的特色。

法式善在对偶句运用上，以正对、反对、当句对居多，事对却少。

所谓"正对"即"事异义同者也"（《文心雕龙·丽辞》）④。《存素堂文集》论体散文中的"正对"如"姑虽一时谲谏之词，然而祸福之念，利害之见，未尝泯于中而绝于外也"⑤（《狄仁杰论》），"观荣之擒葛荣，诛元

---

① （清）法式善．存素堂文集［M］．清嘉庆十二年刻增修本：卷一．
② （清）法式善．存素堂文集［M］．清嘉庆十二年刻增修本：卷一．
③ （清）法式善．存素堂文集［M］．清嘉庆十二年刻增修本：卷一．
④ （梁）刘勰．文心雕龙注［M］．范文澜，注．北京：商务印书馆，2006：588.
⑤ （清）法式善．存素堂文集［M］．清嘉庆十二年刻增修本：卷一．

颢，戮邢杲，剪韩娄、丑奴、宝夤，功烈不在信下"①（《魏孝庄帝论》）等。

所谓"反对"，即"理殊趣合也"，指相反事例却体现同一道理，如"济则己之功也、名也，不济则时也、命也，已无与也。"②（《狄仁杰论》）"大抵诸君子意在惜才，而不知才有可惜，有不可惜；在用人，而不知人有可用，有不可用"③（《宋论》）等。

多数为"单句对"，少数为"当句对"。"单句对"指上下句单独作对，"当句对"指一句之中，文字自然成偶。前者如"夫汉高之于信，有不得不诛之势；魏庄之于荣，有必欲诛之心。不可不辨也"④（《魏孝庄帝论》）、"与其使父母蒙垢丑于天下而心不安，不若一身蒙垢丑于地下而心安也，此诚仁人孝子之用心矣"⑤（《郑鄤论》）、"顾体仁之意，人皆知之，帝之意，则人不知"⑥（《郑鄤论》）；"当句对"如"幸而易之从其说，而武后感悟，中宗得以复位，易周而为唐。不幸而易之不从其说，而武后不感悟，中宗不得复位，亦将易唐而为周乎"⑦（《狄仁杰论》）、"姚崇盖才有余而德不足者也"（《姚崇论》）等⑧。

还有"顶针对"。"顶针对"又称"联珠对"，是指前一句的结尾词作为下一句开头词出现，使文句前后接续，气势连贯，畅达流利。如"唐之乱亡，由于方镇之跋扈；方镇之跋扈，由于宫掖之不肃清；宫掖之不肃清，其端皆起于太宗"（《唐论》）、"乃其于小人也，知之而不能除，除之而不能尽"（《宋论》）"宋之亡也，不由于小人，而由于君子；不由于君子之不能容小人，而由于君子之不能去小人"（《宋论》）等。

从对句字数上看，选取比较随意灵活，并不按传统的四六句安排，长短错落，灵活多样。其中四四句式居多，如"（太宗）至于以宫妾兴，以宦官

---

① （清）法式善. 存素堂文集［M］. 清嘉庆十二年刻增修本：卷一.
② （清）法式善. 存素堂文集［M］. 清嘉庆十二年刻增修本：卷一.
③ （清）法式善. 存素堂文集［M］. 清嘉庆十二年刻增修本：卷一.
④ （清）法式善. 存素堂文集［M］. 清嘉庆十二年刻增修本：卷一.
⑤ （清）法式善. 存素堂文集［M］. 清嘉庆十二年刻增修本：卷一.
⑥ （清）法式善. 存素堂文集［M］. 清嘉庆十二年刻增修本：卷一.
⑦ （清）法式善. 存素堂文集［M］. 清嘉庆十二年刻增修本：卷一.
⑧ （清）法式善. 存素堂文集［M］. 清嘉庆十二年刻增修本：卷一.

废，未能逆睹，寻其终始，有足感者"①（《唐论》）、"生乎古人之后而论古人，弗要其所历之终始，而权其轻重缓急，以究夫用心之所在，则以是为非、以白为黑，适以重古人之不幸者，岂少哉"②（《宋庠包拯欧阳修论》）、"以诚格之，必不能通，以术驭之，或有可济"③（《姚崇论》）等。其他如三三句"观荣之擒葛荣，诛元颢，戮邢杲，剪韩娄、丑奴、宝夤，功烈不在信下"④（《魏孝庄帝论》）等。五五、六六句如"是健、迁任其易，东阳任其难。健、迁所见者小，东阳所见者大。健、迁所处者安，东阳所处者危"⑤（《宋庠包拯欧阳修论》）等。七七句如"德蕴于中而难知，才著于外而易见。姚崇盖才有余而德不足者也"⑥（《姚崇论》）、"且国家之弊，生于疏略者易知，生于周密者难觉，周密又出于君子则尤难觉"⑦（《宋庠包拯欧阳修论》）、"其智实足以卫身，其术实足以济变，其心实不足以对高祖、太宗"⑧（《狄仁杰论》）等。八八句如"不诛之于获罪之时，而诛之于成功之后，何哉"⑨（《魏孝庄帝论》）、"其兵之兴也以宫妾，而兵之废也以宦官"（《唐论》）⑩等。

　　法式善论体散文之所以出现以上骈散结合的特点，从《存素堂文集》全集来看，主要取决于法式善力主行文自然。他在《与徐尚之论文书》中明确指出当时文风的弊端："为文致饰于外，如优俳登场，衣冠笑貌，进退俯仰，一一曲肖"⑪，矫揉造作缺乏自然。赵怀玉在《亦有生斋集》中写到"以所著《存素堂文初钞》见示，读之则气疏以达，言醇而肆"⑫。明清时期有很多以继武"唐宋八大家"为己任的古文家，在处理骈散关系时力排偶文，绝对维护散文传统，间接使散文创作日趋偏狭，典型如方苞所言"古文中不可

---

① （清）法式善. 存素堂文集[M]. 清嘉庆十二年刻增修本：卷一.
② （清）法式善. 存素堂文集[M]. 清嘉庆十二年刻增修本：卷一.
③ （清）法式善. 存素堂文集[M]. 清嘉庆十二年刻增修本：卷一.
④ （清）法式善. 存素堂文集[M]. 清嘉庆十二年刻增修本：卷一.
⑤ （清）法式善. 存素堂文集[M]. 清嘉庆十二年刻增修本：卷一.
⑥ （清）法式善. 存素堂文集[M]. 清嘉庆十二年刻增修本：卷一.
⑦ （清）法式善. 存素堂文集[M]. 清嘉庆十二年刻增修本：卷一.
⑧ （清）法式善. 存素堂文集[M]. 清嘉庆十二年刻增修本：卷一.
⑨ （清）法式善. 存素堂文集[M]. 清嘉庆十二年刻增修本：卷一.
⑩ （清）法式善. 存素堂文集[M]. 清嘉庆十二年刻增修本：卷一.
⑪ （清）法式善. 存素堂文集[M]. 清嘉庆十二年刻增修本：卷一.
⑫ （清）赵怀玉. 亦有生斋集[M]. 清道光元年刻本：文卷三序.

入语录中语，魏晋六朝藻丽俳语，汉赋中板重字法，诗歌中隽语，南北史佻巧语"①，此五种不可录之语中即包含骈偶之文。但法式善显然并不偏废骈文，主张为文自然，不拘骈散，如刘声木《桐城文学渊源考》所言"（用光）师事姚鼐，又游于翁方纲之门。为学力宗汉儒而不薄程朱，其'文义法谨严，言有体要，淡而弥旨，气韵胚胎欧、曾，诗则直抒胸臆，自情和厚，书味融浃'"②。陈用光与法式善相交甚深，对法式善《存素堂文集》的评价很高，评点之处高达47处之多，这主要取决于两人为文方面有很大的相似性，其中很突出的一个方面就是为文平和自然。陈用光在序中指出"文章之密，因世递增，而亦人心感于天地自然之文，有所不能已于此也"③。点明法式善在骈文对偶的运用上，不追求典重华丽，以"朗畅"为主。一般说来，散行的文字适用于表达质朴、深沉之感，骈偶文字适用于抒发激切昂扬之情，且从文体特点来看，传统的骈句不适合于议论说理，主要用于抒情写景，如《四六丛话》中所言"夫文采葩流，枝叶横生此骈体之长也"。但法式善显然有意突破传统骈文这一局限，强化了其说理的作用，虽无惊涛拍岸之势，却有余音绕梁之味。

骈文至清代乾嘉时期达到高峰，"骈文"这一称法即产生于此时，之前一直以"四六"行世，且骈文大家辈出。袁枚在《胡稚威骈体文序》中谈到散骈区别："散行可蹈空，而骈文必征典"④，作骈文者多为雅有实学之人，这与乾嘉朴学相互照应。但需注意，虽然法式善学识渊博，而且翰林出身，熟悉时文，但在骈文句式上，选择的并不是典重故实。魏中林认为法式善"在历史典籍的整理、辑佚、考订、编纂和著述方面著作极多，学问既广且深，致有'群谓先生平生学问为文人领袖'之誉，但他却避免了当时绝大多数'学人'獭祭典故、饾饤词章的通病，在'自然浅近'中追求'独抒性情'，确乎难能可贵，又极见其'性情'"⑤。的确，搜集、整理当代材料是法式善治学的显著特点，"他以官居翰林院学士、国子监

---

① （清）沈廷芳．方望溪先生后传．隐拙轩集［M］．乾隆二十二年刻本：卷三．
② 傅璇宗．续修四库全书总目提要·集部［M］．上海：上海古籍出版社，2014：221．
③ （清）法式善．存素堂文集［M］．清嘉庆十二年刻增修本：卷一．
④ （清）袁枚．小仓山房集［M］．清乾隆刻增修本书集卷十一．
⑤ 魏中林．清代诗学与中国文化［M］．成都：巴蜀书社，2000：59．

祭酒、司业之职，留意于搜集清代科举考试资料，编著科名故实二书《清秘述闻》及《槐厅载笔》"①。这部作品记录了清代科举考试内容（儒家经典），考试形式（乡试、会试、殿试三种），考官种类（主副主考官及同考官、房官等），记载了顺治至嘉庆年间历科考官、试题及省、会、殿元的籍贯、姓氏、字号、出身、任职时间等信息，难怪朱珪称这两部著作"实事求是，文献足征，详矣，确矣"②，为我们研究清代科举制度、教育制度甚至人物生平提供了翔实数据。法式善曾在《送赵味辛赴青州司马任》一诗中云"我自与君交，始治散体文。君力主雅正，弗事搜典坟"③，清楚地表明自己的创作不常使事用典，这与当时的汉学家们"獭祭"差异较大。显然，法式善能跳脱当时的汉学圈，综合吸取诸家之长，这在当时汉学独步天下的大环境下，很具代表意义。

同时，乾嘉时期又是骈散分庭抗礼的时期，出现了骈文与散文源出同流，相辅相成的文学主张。如《国朝骈体正宗续编》中指出"骈中无散，则气壅而难疏；散中无骈，则辞孤而易瘠。两者但可相成不能偏废"④，王昶在《湖海文传》中指出"今古骈散，殊体诡制，道通为一"，桐城派大家姚鼐的《论文偶记》也曾提出"文贵参差。天之生物，无一无偶，而无一齐者。故虽排比之文，亦以随势曲注为佳。好文字与俗下文字相反，如行道者，一东一西，愈远愈善，一欲巧，一拙；一欲利，一欲钝；一欲柔，一欲硬；一欲肥，一欲瘦；一欲浓，一欲淡；一欲艳，一欲朴；一欲松，一欲坚；一欲轻，一欲作为独立文体来考察的是姚鼐重；一欲秀合，一欲苍莽；一欲偶俪，一欲参差。夫拙者，巧之至，非真拙也；钝者，利之至，非真钝也"。法式善与曾燠、王昶、姚鼐交好，在《存素堂文集》《八旗诗话》《梧门诗话》《存素堂诗初集录存》《清秘述文》中多次提及三人，并在与其无数次的诗文交往过程中表现出文学观念趋同。总体来说，清代多数作者都不同程度地做到了"参义法于古文""以骈偶运散行之气"，法式善骈散结合的创作方法，又体现了乾嘉时期的总体文学倾向。

综上所述，法式善论体散文遵循"出于诸子""研精一理"之特征，将

---

① 陈金陵. 清史浅见［M］. 沈阳：辽宁民族出版社，2013：268.
② （清）法式善. 槐厅载笔［M］. 清刻本：朱珪序.
③ （清）法式善. 存素堂诗初集录存［M］. 清嘉庆十二年王塽刻本：卷十一.
④ （清）张鸣珂. 国朝骈体正宗续编［M］. 清光绪十四年寒松阁刻本：卷二.

其作为阐发思想的重要载体。法式善论体散文清晰地展现了他经世致用、廉政为民、天人感召、个人作用、才德兼备等思想。作者善于运用持论方式、布局安排、结尾处理等艺术手段及简而周、曲而中、骈散结合等语言艺术，使其论体散文达到了一个新的高度。

第三章

法式善的序体散文

中国古代散文中的序体文是古籍正文的辅助性文本，但它并不像一些人认为的那样可有可无，因为"它的内容直接指涉正文，其广阔的言说空间和指涉范围与正文构成了说明、评价的关系，呈现出一种'互文性''共生性'，并为文本的解读提供一种（可变化的）氛围"[1]。本章将法式善的序体散文作为研究对象，对其文体功能、文体特征、作序原则、文学主张等一一进行探讨，以期使读者对法式善的序体散文有更为深入的了解。

第一节　法式善序体散文的分类

按照上文所述，这里我们将法式善散文中的序体散文进行分类。本书所评述对象均选自《存素堂文集》，该《文集》共四卷，涵盖文体12类，其中收录序67篇，跋29篇，书4篇，书后7篇，例言3篇，传6篇，状2篇，墓表1篇，墓志铭1篇，碑文4篇，记15篇，铭9篇；各类文章共183篇，其中，序体散文占36.6%，比例非常高，值得学界注意。

67篇序体散文分布情况是：卷一19篇，卷二33篇，卷三15篇。

他序比重很大，共49篇，如《赠曹复序》《吴云樵编修诗序》《桐华书屋诗草序》《备遗杂录序》《借观录序》等。

自序共12篇，具体篇章包括《存素堂诗初集录存序》《存素堂诗初集录存序》《清秘述闻序》《槐厅载笔序》《成均课士录存序》《成均课士续录序》《成均学选录序》《重修族谱序》《备遗杂录序》《明李文正公年谱序》等。

集序60篇，包括诗钞序、日记序、汇钞序、文钞序、年谱序、族谱序、杂录序、诗草序、制艺序等名目，如《鲍鸿起野云集序》《清籁阁诗集序》

---

[1] 热拉尔·热奈特. 热奈特论文集［M］. 天津：百花文艺出版社，2001：71.

《北海郑君年谱序》《吴凤白必悔斋制艺序》等。

寿序7篇，如《何双溪先生六十寿序》《陆先生七十寿序》《朱石君先生七十有二寿序》《初太翁八十寿序》等。

第二节 法式善序体散文的文体功能

"文体功能是在特定条件下，作者通过赋予独特的语言秩序以某种意义或某种具体功能，从而施加于读者所产生的效能。"① 某种程度上来说，序体散文的产生是为了消弭作者和读者之间的理解障碍，使作者隐喻之义更加明了的一种文体。法式善的序体散文具有多种文体功能，从而使之承载了广泛的思想内容，具有无比丰富的信息量。

一、介绍情况，知人论世

序体散文可以介绍作者（自己或他人）情况、谈论文集、诗集、画册、年谱等著述背景，叙述生平行状和写作缘起，抒写作者情志。

早期，孔子、孟子就已经开始对作者的创作意图、创作心态、社会背景等进行分析和评论，并且发展形成著名的"知人论世"法。《孟子·万章下》言："一乡之善士斯友一乡之善士，一国之善士斯友一国之善士，天下之善士斯友天下之善士。以友天下之善士为未足，又尚论古之人。颂其诗，读其书，不知其人，可乎？是以论其世也，是尚友也。"② 孟子谈到与古人交朋友时，将"论世"作为"知人"的必要前提，这一观点成为延续千年的中国古代文学批评的一个重要论断。之后，《十翼》对《周易》的创作进行多维度揣度和议论，包括《周易》产生的年代，作者创作心态以及各个卦象代表的含义。③ 南宋朱熹曾言："论其世，论其当世行事之迹也。言既观其言，而不

---

① 周利荣.传媒发展与文学文体演变［M］.西安：陕西师范大学出版社，2015：101.
② （汉）赵岐注.孟子［M］.四部丛刊景宋大字本：卷十.
③ 周易正义［M］.王弼，韩康伯，注.孔颖达，疏.北京：中华书局，1980年影印本：前言.

可以不知其为人之实，是以又考行也。"① "言行合一"方能深入了解其人。直至清代章学诚《文史通义·文德》中进一步解释道："不知古人之世，不可妄论古人之辞也。知其世矣，不知古人之身处，亦不可遽论其文也。"将"知人"与"论世"并提，将其视为"论文"的必经之途。

从严格意义上来说，脱离作者，而一味东拉西扯，这算不上真正意义的序跋文。因此，顾及全书、顾及全人，甚至顾及时代的作序方法传统一直延续至清。有清一代，文集、别集数量一直长盛不衰。有别集可考者多达三万余家，文人学者几乎人人存集，清中期的序体散文数量自然急剧增加。撰写序体散文的作者不遗余力地搜集整理文集作者传记资料，或为其年谱作序，搜集本事，把知人论世的诗学阐释法引入文集等批评中，使文章具有了文论和史料双重价值。

法式善序体散文同样做到了"知人论世"，具体分析如下：

如在《北海郑君年谱序》一文中，法式善便引用孟子原话，明确提到了"知人论世"观：

> 孟子曰，诵其诗，读其书，不知其人可乎？是以论其世也。夫人于朋友之有卓越之行者，其出处行事尚不欲使淹没。况生古人后，而又为素所宗法，苟其遗闻佚事，杂见于残编断简中，而不竭毕生之精力，二采取，则我负古人不小也。②

作者认为对于自己友人的卓越行为尚且不能让其湮没无闻，何况古人那些逸闻轶事呢？如果任其在残篇断简中逐渐消失，必为我类读书人所不齿。这篇文章接下来又举一"知人论世"成功案例，主张后世作文可以这篇《北海郑君年谱》为榜样：

> 若孝廉此书，可谓得尚友之方者矣。本传有不为父母群弟所容之文，据史承节碑证定为无不字。又引魏晋时有郑冲与何晏同解论语，在

---

① （宋）朱熹．四书章句集注［M］．宋刻本：孟子卷第十．
② （清）法式善．存素堂文集［M］．清嘉庆十二年刻增修本：卷二．

康成后证周礼,疏郑冲之孙语为谬误,皆有关于知人论世之大者。①

法式善既对古人、他人家世如此关心,对自己的家族渊源自然没有怠慢之理。他曾经亲自修缮族谱,撰有《重修族谱序》一文,收录于《存素堂文集》中。文章开头即交代自己长久以来并未对自家世系了解甚多,只是大概知晓,甚是惋惜:

吾家先世虽繁衍,然莫详其世系。我曾祖修族谱时,惟记有元以来历三十五世之语,而未载世居何地,相沿为蒙乌尔吉氏。②

乾隆帝某次对询法式善家世时,曾告诉法式善其本姓应为"伍尧氏",这激起了法式善重振修缮族谱之决心。

再如在《吴兰雪香苏山馆诗集序》中写到自己的好友吴嵩梁:"始余以诗知兰雪之人,今余以兰雪之人知兰雪之所以为诗矣。余之交于兰雪者,岂独诗哉,岂独诗哉!"可见,法式善其人其诗本为一体,"知人论世"一说呼之欲出;《梅庵诗钞序》一文从铁保诗歌窥其一生;《方雪斋诗集序》里写到人之性格与文章之风格的相似之处:"其温纯如其待人,其缜密如其行事,其豁达如其襟抱,其洒落缠绵如其酒酣耳熟时之声音笑貌"③;《李兕塘中允诗集序》中,对于好友李兕塘的性格癖好了如指掌,"兕塘生平耽苦吟,每当构思,屏弃一切,有薛道衡、陈后山之癖。病笃时,犹手操笔墨,点窜其生平著述,呕血数升不辍""然性伉直,不习世故,发为议论,直抒胸臆,每出俦辈万万,稍忤己意辄面诤"④;《王子文秀才诗序》中子文"好游名山水,虚心善问,不慕荣利,他日所就,必不止此。余终当究观其全集,于其性情心术有得也,而后为之序云"。《存素堂文集》中,此类言语比比皆是,可见法式善深谙此道,在序体散文中尽量将文本作者的身世、品行告知读者,帮助读者更深刻地理解作品原文。

---

① (清)法式善. 存素堂文集[M]. 清嘉庆十二年刻增修本:卷二.
② (清)法式善. 存素堂文集[M]. 清嘉庆十二年刻增修本:卷二.
③ (清)法式善. 存素堂文集[M]. 清嘉庆十二年刻增修本:卷一.
④ (清)法式善. 存素堂文集[M]. 清嘉庆十二年刻增修本:卷二.

二、说明缘由，阐释旨意

一些序体散文会对写作对象的著述、整理、刊刻的缘由和旨意进行介绍，以此使读者对文本的成书过程有更深入的了解，从中体悟作者创作的初衷、刊刻的过程等。法式善的序体散文中，同样有此类叙述。

如在嘉庆二年，法式善官祭酒，撰《成均课士续录》，在《成均课士续录序》中，述说自己刊刻此书的缘由：

> 自己卯迄今戊午，三阅岁矣。法式善得与诸文士讲艺成均，朝考夕究，士靡不各以其能自献。即遐方僻土，见闻稍陋，耳目染濡，亦争自被濯，喁喁如矣。课程既严，佳文日出，择其尤者，剞劂以行，犹前志也。①

《借观录序》里写了《借观录》名字的由来：

> 暇辄焚香瀹茗，摩挲为乐。闻有名书画在某所，虽与其人不相习，必欣然往就，或竟日忘返，或携归，细领其意趣而远之。以是名流隽士，皆乐以书画供先生评赏。先生有所品定，则笔之于书，题甲署乙，鉴别精审，无论已得未得，统名之曰《借观录》。②

《诗龛声闻集序》是自序，文中写到自己为何将诸生所作之文结成此集，并出版问世，使为文不没于世：

> 记官祭酒，时进诸生讨论诗文，尝以古人图像命题，闲及于论辨、颂赞、箴铭、词曲、骈俪各体，往往有佳者。恐其久而散佚也，爰以类编之，分四十八卷，题曰诗龛声闻集。夫人未有不自惜其精力者，当其意有所注，聚精会神为之，蕲有以胜于人。其胜于人与不胜于人，不可

---

① （清）法式善. 存素堂文集［M］. 清嘉庆十二年刻增修本：卷一.
② （清）法式善. 存素堂文集［M］. 清嘉庆十二年刻增修本：卷一.

知也，而为之心之苦，则终有不可没者在，余此编之所以作也。①

这些序文对作文的相关情况都做了必要的说明和交代，这对于作者深入细致理解作品原文，是很有帮助的，因此很值得重视。

三、述说原则，讲明体例

序体散文通常会对文集、诗集、画册、年谱等著述创作原则、体例等进行介绍，这是序体散文的基本功能。吕思勉在《史通评》中提到"书之有序，其义有二。一曰：序者，绪也，所以助读者，使易得其端绪也。二曰：序者，次也，所以明篇次先后之义也"②，从而帮助读者在阅读文本之前，了解作者的创作原则，对全书的次序、体例有初步掌握，这对读者而言，的确很有必要。

首先要提的是法式善之自序，乾隆五十一年（1786年）法式善撰写《同馆试律汇钞序》一文，指出《同馆试律汇钞》的选文原则即不选、不释："意在备一代掌故，钞而不选，亦不加释，犹前编例也"；《成均学选录序》开篇即述："乾隆甲寅，法式善再官成均，既仿前此《课艺》之例，辑制义若干首，附以五言排律，序而行之矣"；《槐厅载笔序》中可以看出《槐厅载笔》的编写体例以及内容充实、有资掌故、考证详核等特色：

> 余官翰林学士时，辑录科场贡举官职、姓氏、编年、系地，题曰清秘述闻……又恐无以传信，检阅群书，互相参证。岁月既久，抄撮渐多，凡十二门，厘为二十卷，题曰槐厅载笔，备掌故而已。然而言必求其有，当事必期于可征，虽耳目所及，尚多挂漏。③

《备遗杂录序》则重在说明编书过程中体例的变迁，由最初的进行分类到后来的不予分类。还提到了学习司马迁的"记录旧记与杂言"，虽被一些人讥讽，但仍不改初衷：

---

① （清）法式善. 存素堂文集 [M]. 清嘉庆十二年刻增修本：卷一.
② 吕思勉. 吕著史学与史籍 [M]. 上海：上海人民出版社，1981：129.
③ （清）法式善. 存素堂文集 [M]. 清嘉庆十二年刻增修本：卷一.

> 初欲析其类，曰朝制、曰家范、曰食货、曰教令、曰典实、曰书籍，备遗忘焉。岁月迁流，楮墨浣败，未能成书。适因养疴伏枕，甄综之，随检随钞，不复别其门类，但分为八卷，题曰备遗杂录。①

在《清秘述闻序》中，法式善交代了自己按年排序，按类编载，考证，无法确定之处，暂阙略之的撰写原则：

> 考详备爆直之暇——缀诸纸笔同馆诸先生见之，谓可备文献之征。遂分年编载，事以类从，厘为十六卷。其不可考者，仍阙之，以待补云。②

《明李文正公年谱序》也为自序，文里交代了编写此年谱之体例、备采材料的辛苦，征引繁富之特点，可见其良苦用心：

> 余迩来修书殿阁，逸文秘本往往而在，因备采涯翁事实，厘为七卷，重锓板于京师。或且以征引繁富为嫌，然使识涯翁、议涯翁者，皆有所折衷焉。此固区区用心之所在与。③

《洪文襄公年谱》也是法式善受人所托编订的年谱。虽然洪文襄公有才、有位、有功，但后世子孙却因读书渐少，遗集渐散，疏于保管，因此年谱难辑，但法式善毅然接受邀请，文中也交代了自己编写年谱的辛苦。《洪文襄公年谱序》一文中，法式善以个性之情、个体之思深入体悟和阐释其他人著作的编写体例、精神情思和艺术才华，可以说不遗余力：

> 余固辞不获，乃汇其断烂文字，征诸稗史、丛书，及史馆之轶闻琐事，用吕大防、洪兴祖诸家分编《昌黎年谱》之例，以月系年，以事系月，厘然、井然，取材于《明史纪事本末》《绥寇纪略》《八旗通志》，间附以《家乘》。其于文义字句有剪裁，无增益，征信益以志慎也。若

---

① （清）法式善. 存素堂文集 [M]. 清嘉庆十二年刻增修本：卷二.
② （清）法式善. 存素堂文集 [M]. 清嘉庆十二年刻增修本：卷一.
③ （清）法式善. 存素堂文集 [M]. 清嘉庆十二年刻增修本：卷二.

>>> 第三章 法式善的序体散文

其不可知者，则宁缺之以待补云。①

相较而言，他序在这方面表现得不如自序充分。可能是由于法式善对于自己的完成的著作、辑录等深有感触，在体例安排，原则遵循方面有自己的坚持，因此写得深刻透彻，轻松自如。而对于他人作品成书原则和体例，谈论得就相对少些，但也不是没有。如《康熙己未词科掌录序》写阮元编写《掌录》的体例即参仿了《丙辰词科掌故录》，而且更加详细：

芸台中丞抚浙，政暇，询诸两家后人，求其遗稿，残毁殆尽，志例亦无由寻讨。中丞发凡起例，参仿杭大宗《丙辰词科掌故录》而加详焉，甫脱稿，邮寄余属校勘。②

这些足以说明，法式善的他序，也是写得非常仔细的。

四、描述交游，再现文坛

通过阅读法式善序体散文，读者还可以很清楚地了解当时的人物之间交往的状况。序文作者往往与文集、诗集、画册等作者或作者的家人朋友有一定来往，这是再自然不过的事情。所以序体散文中经常会出现人物之间的过从往来。法式善的序体散文中，交代自己与写作对象交游之文字比比皆是。

《钱南园诗集序》中提及钱沣先生本是法式善的好友初颐园的授业老师，但他也有幸因此与钱先生多了些梳理文章义理、指画诗文隐奥的机会；《梅庵诗钞序》记叙自己与同馆学士梅庵、阆峰两人，出入与偕、侍直内廷、扈跸行幄的过往经历；《重刻有正味斋全集序》详细记叙法式善与吴锡麒诗歌唱和的美好过往；《李凫塘中允诗集序》中充满了悼念亡友的呜咽之音；《王莳亭双佩斋诗集序》中描述了法式善、王莳亭和袁枚三人之间的深厚感情和彼此规劝；《桐华书屋诗草序》评价王莳亭长子王香圃经常问字于我，虽居所相聚较远，但无论风雨，常常通宵达旦相聚吟诗唱和："香圃上舍为莳亭太仆冢子，工近体诗，尤工七言，尝问字于余。余居距宣武门外十里许，香

---

① （清）法式善. 存素堂文集 [M]. 清嘉庆十二年刻增修本：卷二.
② （清）法式善. 存素堂文集 [M]. 清嘉庆十二年刻增修本：卷二.

圃尝冒雨雪□蹇至，宿余家，竟夕讽咏不辍，盖嗜学其天性也。"①

除此之外，序文还有对于群体交往的描述文字，如描写同年举人之间的深厚情谊：

> 夫农之合耦而耕者，他日或遇于都邑，其话言色笑之相亲，必有异乎人人者矣。贾之共厘而市者，他日或遇于江湖，其赢缩有无之相急，必有异乎人人者矣。而况士以文章相取质，道义相摩厉，功名相激劝，偕荐于有司，共登于天府者哉。然则，予之流连于同举，岂独一人之私宜，亦诸君子之所共拳拳者已。②

用类比手法，由"农"之"遇于都邑"，"贾"之"遇于江湖"，推论到"士"之"同举"，热情赞美文人举子之间的友情。

五、概括内容，揭示主旨

概述文集、诗集、画册、年谱等著述主旨、内容提要等，序文作者可以以此将作者本人在原集中含蓄表达之处，言简意赅地表达出来，以便于读者对原作的深入理解。

首先，需要注意的是，法式善序体散文在评论文集、诗集等主旨内容或画册、年谱风格等内容时，其态度往往是极其谦逊的。《兰雪堂诗集序》中称自己不能画、不善书、不工诗。如今受人之托为谢宾王前辈作序，深感惭愧：

> 余不能画，而喜购画；不善书，而喜论书；不工诗，而喜作诗。如是者三十年。近日臂痛，几不克握笔，画与书无望矣。忝官翰林，司撰述，赓歌飏拜，史臣职也，故于诗未尝一日辍。海内称诗家遂以余为知诗，窃滋愧已。③

---

① （清）法式善. 存素堂文集 [M]. 清嘉庆十二年刻增修本：卷二.
② （清）法式善. 存素堂文集 [M]. 清嘉庆十二年刻增修本：卷一.
③ （清）法式善. 存素堂文集 [M]. 清嘉庆十二年刻增修本：卷二.

第三章 法式善的序体散文

《点苍山人诗集序》是法式善为沙琛前辈作的序，文中也同样谦虚地表示，不敢对其作品论定，只称得上"商榷"：

> 余甚异焉，四海九州之大，工著作、擅藻鉴者，不知凡几。如仆者，所谓爝火之明耳，安敢操绳执墨，论断当世之贤豪？即偶为评泊，不过聊备商榷，暂取笑乐，又安足以为文章之定价？①

以上所举，都印证了赵怀玉序中对法式善的评价之确切："……业之勤、取之博、受之虚，而胸次之不超……"（赵怀玉序）②

其次，在法式善序体散文中，虽然很少直接言及各类文集内容，但却会在很有限的篇幅中将文集内容做高度凝练的概括，而且会对文章风格进行剖析揭示，这一点给人的印象非常深刻。如《清籁阁诗集序》中指出诗境以"清妙"为佳："诗则时时读之，清妙足移人情性。即以画不必于皴染间求之，而可于歌啸间遇之也"③；《李凫塘中允诗集序》中写李凫塘诗歌的"真"："世称其诗旷逸似太白，沈雄似少陵，固矣。然吾所以爱之者，非以似太白、少陵也，知凫塘不求似于太白、少陵，而凫塘之真出矣"。④ 这些都从侧面表现了法式善将诗文融通，融冶诗论于文论之中，以增添散文的艺术性，有利于摆脱载道与实用之束缚。当然，由于受篇幅的限制，序体散文中的评述一般都是点到为止，语焉不详，这与后世系统的文学评论差距较大，这一点在下文"法式善文学主张"中将有详细阐述。

法式善序体散文涉及文集、诗集、画册、年谱等著述主旨、内容提要等的文字虽然不多，但也足具特色。《清秘述闻序》一文中提及自己累积材料的来源，也就是最终成书的过程：

> 凡夫史氏掌记，秘府典章，获流览焉。嗣后，再充日讲起居注官，司衡之命，试题之颂，皆尝与闻。又充办事翰林官，玉堂故事，前辈嘉

---

① （清）法式善. 存素堂文集［M］. 清嘉庆十二年刻增修本：卷二.
② （清）法式善. 存素堂文集［M］. 清嘉庆十二年刻增修本：卷二.
③ （清）法式善. 存素堂文集［M］. 清嘉庆十二年刻增修本：卷二.
④ （清）法式善. 存素堂文集［M］. 清嘉庆十二年刻增修本：卷一.

谭，与夫姓字、里居、迁擢、职使益得搜考详备。曝直之暇，一一缀诸纸笔。①

关于《清秘述闻》的成书过程，阮元在《梧门先生年谱》乾隆五十七年壬子条目中说明：

> 文成公又以《四库全书》告竣，各省所进遗书，有应销毁本，有应发还本，重复错乱，堆积如山，清理疏难，委先生治之。先生立道、德、仁、艺四号，缮写书名，分册章之。是年，有《清秘述闻》之编。②

可见该书的成型与梧门先生《四库全书》的搜集整理工作密不可分。

再如《槐厅载笔序》"……辑录科场贡举官职、姓氏、编年、属地，题曰《清秘述闻》"③；《备遗杂录序》"……然好泛滥搏稽，意有所会，辄便札录，糊墙填箧累累然"④；《伯玉亭诗集序》"悯灾伤，如闻其哀痛之声焉；饬官方，如睹其丁宁之致焉。……至于太行绵亘数千里，汾河之源发于昆仑，其濡染于诗也，必有磅礴浩荡之奇气缠绵固结于笔墨间。先生抚晋且十年，式太白之庐，访玉溪之里，修遗山之墓，流风余韵，转益多师"⑤ 等将诗集中的内容与玉亭先生的抚晋经历相关联，读来也给人很深刻的印象。

六、传播文献，还原历史

序体散文的文献学价值体现于读者往往能通过阅读序文了解很多作品产生的社会背景、意识形态、风土人情等，而这些成为正史材料的有力补充和佐证。庆格在为铁保《惟清斋全集》作序时，曾说"先生以硕德重望，出镇疏勒抚驭，余闲寄情歌咏，著《玉门诗钞》二卷"。表明该诗集为铁保被贬西域后所作，读者除了能了解铁保当时的个人处境外，还能够体味到西域独特的地理风貌、气候环境和风土人情等。

---

① （清）法式善．存素堂文集［M］．清嘉庆十二年刻增修本：卷一．
② （清）阮元．梧门先生年谱［M］．清嘉庆二十一年刻本：卷三．
③ （清）法式善．存素堂文集［M］．清嘉庆十二年刻增修本：卷一．
④ （清）法式善．存素堂文集［M］．清嘉庆十二年刻增修本：卷二．
⑤ （清）法式善．存素堂文集［M］．清嘉庆十二年刻增修本：卷二．

>>> 第三章 法式善的序体散文

法式善所作《使琉球日记序》就很具有文献学价值。清代中前期,历经了二百余年战乱的日本,非常渴望文治。因此,此期成为日本继接受唐宋文化后的第二个文化输入高峰。日本学者甚至认为,清代文化对日本的渗透影响丝毫不亚于唐宋文化。法式善这篇序文的内容正好印证了当时的两国交流的繁盛。文章真实记录了当时的中日关系,以及中国当时正在积极履行化导抚绥日本之职责的情景:

琉球邈处海隅,财赋歉薄,典制简陋。顾其人多畏偲,而知慕礼义,一二秀颖之士颇解文字。我朝德泽涵濡,奉使之臣,又皆有以化导而抚绥之。……此书之传,不独为士君子洽闻之助,抑可以征我圣朝声教之所震叠,虽僻夷小国,不啻在疆服之内也。①

自康熙朝以来,尤其是乾嘉时期,清代博学鸿词科继承唐代科举考试原则而考试律赋,律赋因此成为士子们朝夕揣摩、研习之对象。此外,此期骈文复兴,骈文成为科举律赋的书面表达形式,产生一大批律赋大家,包括吴锡麒、陈沆、顾元熙、鲍桂星,甚至产生了一些赋论家,包括李调元、浦铣、王芑孙、汪庭珍、朱一飞等。针对这一社会现象,法式善在《同馆诗律续钞序》一文中,做了如下描述:

洪惟国家文教蜚英,雅音嗣响,而协律谐声之辞,则莫盛于词馆。明年庚戌,欣逢我皇上八旬庆典,移正科礼闱于己酉,而恩科继之。计四载中三举廷试、寿考,作人之隆,旷古未有。金闺名彦,于于焉来。含淳咏德,舞蹈讴吟,能无操管以俟乎?夫文人之心,日出不穷。试律虽诗之一体,缘情体物,亦各有怀抱所存,学识所蕴焉。譬之山川出云,百卉春生,往者已故,而来者方新。其迹未尝相袭,而其机则各自具也。又况圣天子中和建极,久道化成,多士幸生斯时,有不从容陶冶、蔚然日上者哉?班生不云乎,扬洪辉、播芳烈,久而愈新,用而不竭。②

---

① (清)法式善. 存素堂文集 [M]. 清嘉庆十二年刻增修本: 卷一.
② (清)法式善. 存素堂文集 [M]. 清嘉庆十二年刻增修本: 卷一.

83

这些描述还原了当时骈文兴盛的历史原貌，其历史文化文献价值不容忽略。这和《清史稿·胡天游传》记录的情形"清初陈维崧、毛奇龄稍振起之，至天游奥衍入古，遂臻极盛。而邵齐焘、孔广森、洪亮吉辈继起，才力所致，皆足名家"① 高度吻合，这是一个骈文大家众多的时代，骈文体力除之前的制诰外，启、序、书、记、引、疏、论、议、碑志等，无体不备。

第三节 法式善序体散文的文体特征

序体散文按照文体特征，可以分为以说明为主、以议论为主、以叙事为主、以描写为主等几种情形。《实用方志编纂学》指出："序文的文笔最宜灵活多样，可叙述、可说明、可抒情、可议论；其文体，可以是记叙文、可以是抒情文、可以是议论文，甚而也可以采用对话之类的特殊形式。总之，可以调动多种写作方法，务要使序文出情、出理。"② 谭家健也在《中国古代散文史稿》中表达了与此相近的观点："序跋是古人讨论学术、抒发感情、表达政见的一种重要文体形式，一般适宜议论、抒情，也有用来叙事的……还有的用于讨论、批评，甚至考订、补订……"③ 法式善序体散文数目众多，形式多样，文体特征更是不一而足，因此，这里需要分而述之。

一、以说明为主的序体散文

以说明为主的序体散文，主要说明作者著书立说的动机，写作过程，介绍著述的基本情况，包括作品的内容、体例等。由于序体散文篇幅较短，因此简单对创作基本情况进行条分缕析的说明，这是最简捷的途径，也是最常用的一种方法。为了能最大限度地发挥这种说明的作用，法式善在序体散文中综合运用了对比分析、举例说明、以小见大等说明方法。

（一）对比分析

法式善在《成均同学齿录序》第三、第四段，以历代史料（包括秦汉、

---

① 赵尔巽. 清史稿[M]. 民国十七年清史馆铅印本：胡天游传.
② 王亚洲，晁文璧，梅森，等. 实用方志编纂学[M]. 合肥：黄山书社，1988：89.
③ 谭家健. 中国古代散文史稿[M]. 重庆：重庆出版社，2006：53.

唐、宋、元直至明末)作为基础,运用古今对比方法,说明前朝虽然学子众多,但教化未深、风气不佳,称其为"文治致隆"实在是名实不符。直至清代,崇儒重道,科举录取程序严格,士人待遇优渥,考试制度严密,才形成了规模宏巨、典制裔皇、人才辈出的盛况:

> 秦汉以后,虽有国子之名,其世官久废,所教悉民间后秀。西汉时,博士弟子多至数千人,东汉太学生三万余人。唐总国子、太学、广文、四门律书算,凡七学,每岁业成,上于礼部,然而名实相副,往往难之。以迄于宋、元、明之末,学业不勤,士习日下,说者以为教化未深也。
>
> 我国家崇儒重道,累洽重熙。直省贡监生有志肄业者,悉由州县官牒送入监考验,质学兼优,然后录取。例设员额,按名补充,法甚谨也。膏火之费,周助之资,帑金岁以万计,而且修横舍以便其起居,储经史以供其诵读,施甚渥也。领之以卿相,董之以祭酒、司业,犹复分职于监丞,广其司于博士,而专其责于助教、学正、学录,典甚详也。有季考,有月课,有会讲,有撰述,有背经,有轮课,有奖赏,有甄别,有惩戒,有稽察,制甚密也。以故人材蔚起,得士之盛,直跻唐、宋、元、明而上之。①

这种鲜明的对比手法,法式善同样运用于《任畏斋二莪草堂诗稿序》里。该文将任畏斋的晚年形象与早年形象进行对比,具有极大的反差。"晚年屡以似续为念,宦情日澹,特以受朝廷恩重,不敢不自效。然其居闲,莳花艺竹,萧然如儒素,见者莫识其为百战将军也。"

法式善还有《伊墨卿诗集序》,该文从闽人集团说起,将少谷、石仓和墨卿进行对比:

> 昔顾华玉称郑少谷之为诗也,古言精思,霞映天表。程孟阳称曹石仓之为诗也,清丽为宗。少谷、石仓皆闽人,而不溺于闽派。且少谷好游名山,峻陟冥搜,经时忘返,便道武夷,深入九曲,绝粮抱病而不

---

① (清)法式善. 存素堂文集 [M]. 清嘉庆十二年刻增修本: 卷一.

悔。石仓具胜情,辟石仓园,水木清淑,宾友欷集,声伎杂进,享诗酒宴谈之乐,其风流旨趣,有足称者。吾友伊子墨卿,闽产也,躬际昌期,遇合较二子优矣。而其为诗及夫好游名山、具胜情,较二子则无不同。……(墨卿)其涉境更广,诗且益奇,岂得以少谷、石仓限君哉?又岂得以少谷、石仓之诗限君之诗哉?①

法式善《志异新编序》中还曾描述做官和作书对人的影响,可谓一易一难。"居一官而有裨益人,且使人信服之也,其势易;著一书而有裨益人,且使人信服之也,其势难。"②《香雪山庄诗集序》里,他将吴文炳和施闰章诗歌作比;《寄闲堂诗集序》中,他又把陶渊明和显庵先生进行对比等,这些对比都很有说服力,把要说明的事物鲜明地呈现出来,让人感到所写内容真实可信。

(二) 举例说明

举例说明也是法式善序体散文常用方法之一。如《成均课士续录序》中,法式善就曾用举例子的方法说明清代人才济济的情况:

> 忆甲寅决科,余拔取十人,衰然居首者则莫晋也,次为刘嗣绾、陈超、曾卢泽、王德新、张树穀、陈栻、许会昌、萧培厚、陈球。是科获俊六人、乙卯获俊二人,王德新、陈栻俱荐而未中。莫晋旋登上第,选翰林,御试优等,超擢侍讲兼日讲起居注官,今且主试八闽矣。稽古之荣,有逾于此者耶?③

再如,《重刻己亥同年齿录序》中,法式善还用举例方法说明举子文章留存后世之困难的情景。其中所举范例即唐代中宗神龙年间的"雁塔留名"及宋代登科者信息的辑录。但文章认为,即使举子将名字、诗句刻于塔下,将登科士子信息辑录,这仍然无法保留长久,只能将一两个非常著名的人物记录在案,其他人的信息,历朝历代散佚者仍是多数,这实在令人惋惜,因此更加有必要将新科举子"齿录"(包括科举时同榜者姓名、年龄、籍贯、

---

① (清)法式善. 存素堂文集 [M]. 清嘉庆十二年刻增修本:卷二.
② (清)法式善. 存素堂文集 [M]. 清嘉庆十二年刻增修本:卷三.
③ (清)法式善. 存素堂文集 [M]. 清嘉庆十二年刻增修本:卷二.

三代等）信息整理辑录留存：

> 虽然，唐一代进士皆题名雁塔，今无存焉者；宋一代登科录传者，独朱子及文信国二榜。今新举之士，亦莫不刊其所谓"齿录"者。然或久别而不能记其名矣，或骤接而不能举其姓矣，使其中有朱子、文信国其人，虽百世犹旦暮也；使其中无朱子、文信国其人，虽屡书之犹无书也。信国以榜首，固宜烜赫一时；朱子甲第最后，而一榜之士且赖其力以著闻。然则出处穷达、后先之适然者，诚不足道，而所由常存而不敝者，又岂在区区识录也哉？遂以告诸君子而书之，亦以志予区区之私，又有在诗人《頍弁》雨雪之思之外也。①

由于有了实例，文章说服力就增强了，同时也使文字更生动形象了，便于读者深入详细地了解事物的本来，使文章更具可读性。

（三）以小见大

"以小见大"法也是个别反映一般的一种很有效的说明途径。作者往往从眼前小事甚至是日常琐事生发出去，点石成金，谈到立意高远之事，增加文章的广度和深度，使文章的说理更加透彻。

如法式善的《康熙己未词科掌录序》述说自己受阮元中丞之托对《丙辰词科掌故录》进行校勘，后又出于职责之便，对其加以扩充，使之灿烂称备。此文本为掌故一类书序而已，但是作者却从此书衍生开去，谈到了元明以来科举一途的衰落，以及有清一代对科举的重新振兴，借一件小事而说明大问题，收到了很好的艺术效果。法式善的《重锓稼轩词序》一文，也是通过小事而见大问题，令人深思，给人以有益启示。难怪吴锡麒评论该文"小中见大，煞有关系"②。

二、以议论为主的序体散文

序体散文中的议论，通常都是针对作者、作品或社会现象而展开的。但序体散文之论较专门的议论文而言，自由度还是很大的，显示出作者思维的

---

① （清）法式善.存素堂文集［M］.清嘉庆十二年刻增修本：卷一.
② （清）法式善.存素堂文集［M］.清嘉庆十二年刻增修本：卷二.

跳跃性，而这一点反倒成了序体散文的特色。如徐端在《梅庵诗钞序》中从书家、诗家、选家的区别写起，以褚遂良、欧阳询、杜审言、虞永兴、颜平原、张旭、苏轼、黄庭坚等人的成就作为论据，展开论述，线索清晰，论证有力，语言流畅，文采斐然。另外，很多文集虽然出现在《四库全书提要》中，但囿于体例、思想等条件所限，并不如私人序文作者的观点那么鲜明、透彻。如郑樵《尔雅注·序》"百家笺注皆可废"的观点以及罗愿《尔雅翼·序》中关于语言、经典、名物的产生由来的阐述，在《四库全书提要》中均不得见。明尚书尹宗伯的《洞麓堂集》虽被置于《四库全书提要》卷首，但显然论述较官方，比较关注尹宗伯之"心学"成就，而法式善作《洞麓堂集序》时，则为尹氏文集"淹没二百余年而复出于今日""公之节不显于生前，而彰于身后""公之文不著于当时而隆于右文之代"而高兴不已。由此足可见两种序文议论角度的确差距极大，个人文集中的序文议论往往比官修书籍要灵活自由，自然生动，有时文笔更是熠熠生辉，具有极强的可读性，能够牢牢抓住读者。

议论，首先要立论精彩。法式善的《鲍鸿起〈野云集〉序》即以精彩的议论开启序文。作者"诗之为道也，从性灵出者，不深之以学问，则其失也纤俗；从学问出者，不本之以性情，则其失也庞杂。兼其得而无其失，甚矣其难也"①的观点清楚地点明了诗之性灵与诗之学问之间的辩证关系，难怪初颐园评论该文"议论极有精采"。法式善的这种"性灵"主张应与友人袁枚等人的主张有关。袁枚是当时反对复古主义和形式主义的先锋，对那些讲求"格调""神韵""学问"的主张均有所非议。他吸取了晚明公安派的文学主张，并加以延伸，提出了著名的"性灵说"，主张作家要蕴胸中之真情，写自然之文字，其《黄生借书说》就颇为后人称颂。同时代人，互为友朋，相互必有影响，法式善在这方面精神与袁枚是相同的，此点在下文论述。

议论，其次要论据充分。如《志异新编序》中，法式善一开头即亮出论点"吾尝谓：居一官而有裨益人，且使人信服之也，其势易；著一书而有裨益人，且使人信服之也，其势难"②。虽说法式善对于《志异新编》等作品的"虚实"问题理解得没有现代人那么透彻，但他仍认为虽为"志异"实为

---

① （清）法式善. 存素堂文集[M]. 清嘉庆十二年刻增修本：卷二.
② （清）法式善. 存素堂文集[M]. 清嘉庆十二年刻增修本：卷三.

"实录",还用福兰泉先生的人品作保,认为《志异新编》为史、志,此为论据一;后用《岭表录异》《神异经》《集异记》诸书与《志异新编》进行对比,突出其"实录"特色,此为论据二。最后总结:"兹书披阅而玩索之,其事甚异,其道甚经,其说甚新,其理甚粹。其大者可以备国家之掌故,小者可以扩书生之见闻。"① 文章论据充分,佐用材料准确,鲍桂星评论此文为"证佐既确,断制斯合,可以传此书矣"。论据与论点前后照应,足以支撑论点,这的确是一篇议论精当之文。在《吴凤白必悔斋制艺》中,法式善用了整整一段文字进行精彩议论,有论有据,言之有物,言而成理,令人信服。提到时文作者并不像大家认为的那样必须是科举之才,而是没有身份限制的,也与年龄无关,并且深入探讨了时文和古文的关系,认为不工古文的人一定写不好时文,和平与渊雅才是时文的最高境界,都说得非常好,精彩纷呈。王惕甫评该文"论文精语":

  山林之士,不工为时文;科名之士,不工为古文。是说也,吾闻之。然而不工古文者,必不能工时文。昌黎曾悔其应试之作,东坡亦诫其子弟曰:"绚烂之极,归于平淡。"由是言之,少年之作,皆得谓之时文;老年之作,皆得谓之古文乎?是又不然,盖文生于心,心之所之,向背殊焉。道义之士,其文和平;势利之士,其文诡随。和平则雅,诡随则俗,雅与俗不可不知也。②

  由此可见王氏所评之不谬也!至清代中叶,科举制度对文学发展的负面影响逐渐显现。四书文有既定程式,又以程朱理学对经典的注解作为唯一参考依据,不允许发挥,因此,由最初的稍显活力很快走向僵化。加之与世风、士风的腐朽堕落联系在一起,文运颓势初显。法式善正是结合当时社会的这种风气而谈如何转变时文现状的。

  法式善以议论为主的序体散文,在议论时还常常善翻新意。法式善在《借观录序》开篇指出"欲望难餍"的道理,随后笔锋一转,翻出了新意:"先生之意,则以为吾所得者,吾观之,不必私为吾有也;人所得者,吾亦

---

① (清)法式善. 存素堂文集 [M]. 清嘉庆十二年刻增修本:卷三.
② (清)法式善. 存素堂文集 [M]. 清嘉庆十二年刻增修本:卷三.

观之，不必定为吾有也。"① 世上很多东西，犹如先生的著作一样，得不得到实本，均不影响人们品鉴欣赏它的美，其通达之识一目了然。

法式善以议论为主的序体散文还非常注重文章的前后呼应。如《使琉球日记序》中，法式善在开头提到志向、职责，最后仍然扣题，指出："士欲不负其志与职，如墨庄者，可以法矣。"② 同样地，法式善还有《王延之遗诗序》之论"洁"与《初太翁八十寿序》之论"仁"，这些篇章不仅条理清晰，且极富严密的逻辑性，都可以看作议论文之范式。

三、以叙事为主的序体散文

在中国古典文学史上，以记叙为主的序体散文，虽不多见，但也不乏典范之作。其中李清照《金石录后序》中的叙事就最为人称颂，文中叙述赵明诚夫妇所收金石书画的曲折，明为追忆，实为寄托身世之感。请看下面一段文字：

> 余性偶强记，每饭罢，坐归来堂烹茶，指堆积书史，言某事在某书某卷第几页第几行，以中否角胜负，为饮茶先后。中郎举杯大笑，至茶倾覆怀中，反不得饮而起。甘心老是乡矣！故虽处忧患困穷，而志不屈。③

寥寥数笔，人物性格气度、音容笑貌，夫唱妇随，这一切全部跃然纸上。叙事性内容在序体散文中本不常见，但叙事内容和方法的新鲜注入，往往可使序体散文风格为之一变，尤其是叙事作者的奇闻逸事等，均能给人留下深刻印记。

法式善《曹定轩紫云山房试帖诗序》中叙述曹定轩同朋友分韵作诗，往往立成，退值后也经常熬夜为人点勘诗作的往事，尤为生动：

> 给谏好朋友，喜游佳山水，遇名园古刹，每流连忘返。同人拈毫分

---

① （清）法式善．存素堂文集［M］．清嘉庆十二年刻增修本：卷一．
② （清）法式善．存素堂文集［M］．清嘉庆十二年刻增修本：卷一．
③ （清）胡德琳，李文藻．历城县志［M］．清乾隆三十六年刻本：卷十九艺文考一．

韵，给谏诗先成，一时争传诵。退直洒扫一室，往往剪烛至夜分，为子弟辈点勘试体诗。兴至便自涉笔一挥，举示体式。无事苦吟，其佳妙不减官庶常时所为。①

《方雪斋诗集序》中，法式善写何道生与自己的初识相遇，很有戏剧性：

乾隆五十五年，余以讲官学士扈跸滦阳，僦居僧舍，夜不成寐，就瓦灯书日间所得句，率以为常。一日，书罢瞑目静坐，忽闻吟诵声自墙外来，就短垣窥之，则一人立苇棚下，方哦诗。时夜已分矣，询之，则侍御也。侍御亦遂造余庐，谈达旦。自此，晨夕必偕。②

《金青侪环中庐诗序》中，法式善用简洁的语言描述了金青侪在京偕游，后抑郁离京的过程：

手山留京两年以来，偕余访西涯故址，春明城西北一带旧闻轶事，稽其梗概，系之咏歌，诗龛中手山诗遂多。岁戊午应京兆试，键户攻制举艺文，名大著。秋闱报罢，愤弗能自克，妇贤又以疾亡，益伤寥落，决意作东南游，以抒其抑郁无聊之气。③

法式善以叙事为主的序体散文在细节选取上，也很用心。如《伯玉亭诗集序》中，法式善回忆自己与玉亭先生的美好过往，在此过程中，着重选取了伯玉亭先生一个文学主张来写，即认为诗为余事，不愿多谈，这也为后文中众人多未知玉亭先生能诗做了铺垫：

忆子官学士，先生官詹事，同侍讲幄。每入直，必先诸曹司至，至则危坐庄语，以道义相砥砺，三四年如一日。史官职业多暇，当风日清淑，置茗碗招余叙说古今上下。先生乐甚，辄浮一大白。余亦无所隐避，间以诗相质。先生曰："此余事也，吾亦时为之，特恐为人所知

---

① （清）法式善. 存素堂文集［M］. 清嘉庆十二年刻增修本：卷二.
② （清）法式善. 存素堂文集［M］. 清嘉庆十二年刻增修本：卷一.
③ （清）法式善. 存素堂文集［M］. 清嘉庆十二年刻增修本：卷一.

耳。"故先生之诗，如余者亦未多见。继而陟卿贰，秉旌钺，事日以系，任日以重，绝口不言诗，而世遂不知先生之工诗。……间有以过劳苦伤生为劝者，先生惕然曰："与其以酒适性。无宁以诗陶情乎。"于是有示诸牧令之作，然自是仍绝口不言诗。诸牧令知先生工为诗矣，而仍不敢请读先生之诗。①

法式善以叙事为主的序体散文，由于文中有了生动的叙事，自然使文章读来更加形象，有了生活，有了故事，有了细节，这也就更加强了作品的文学性。

四、以描写为主的序体散文

虽说序体散文以说明、议论为主要写作手段，但在其中穿插部分描写，还会使文章摇曳生姿，观赏性极强。如东汉时期傅毅在《北海王诔》前曾作序文，文中除了交代作诔之缘由，还描写了人们哀悼静王的场景：

永平六年，北海静王薨。于是境内市不交易，涂无征旅，农不修亩，室无女工。感伤惨怛，若丧厥亲，俯哭后土，仰诉皇旻。于是群英列俊，静思勒铭，惟王勋德，是昭是明。存隆其实，光曜其声，终始之际，于斯为荣。②

法式善以描写为主的序体散文，也会在一些篇章中运用描写手段，为文章增色不少。如法式善的《成均同学齿录序》中就不乏景色描写：

五十年二月七日，亲临讲学，规模鸿钜，典制裔皇，诚文治之郅隆，儒林之盛轨也。环桥观听者，咸获仰圣训而沐宠光。是日也，东风和畅，瑞雪纷，壁水环流，讲堂雍肃；上心怡悦，恩赉频加。国子监官属率诸生，共为诗歌，赓飏圣德。③

---

① （清）法式善．存素堂文集［M］．清嘉庆十二年刻增修本：卷二．
② （唐）欧阳询．艺文类聚［M］．清文渊阁四库全书本：卷四十五职官部一．
③ （清）法式善．存素堂文集［M］．清嘉庆十二年刻增修本：卷一．

在这里，作者对自己耳闻目睹的亲身经历——乾隆帝亲临辟雍讲学的场景进行描写，显得既真实又自然。文章结尾用"岂不美哉！岂不盛哉！"来赞美，遂将情感升至极点。全文把人物、景色、情感融为一体，极富立体感。

法式善与吴锡麒是多年至交，他的《重刻有正味斋全集序》记录了二人多次偕游、诗歌唱和过程。其中在描写钓鱼台、净业湖等处美景时，笔法细腻，画面感极强："京师钓鱼台桃花，崇效、极乐、法源三寺海棠、牡丹、菊花，澄怀园净业湖荷花，檀柘桂花，皆称极盛。先生喜游，又喜偕余游，游必有诗纪胜。当夫酒酣笑乐，俯仰今昔，落落自喜，萧憀旷放。云之行也，水之流也，风之来也，气候之变幻也，山川之俶诡也，若有意，若无意。及发而为诗文，则万象包纳幽者显，昧者扬，坚者、琐者靡不摧且理焉。噫！何其大也。"①

法式善与吴锡麒等友人曾多次游玩，并留下多篇诗文记录，如上文提到的净业湖，法式善就曾留下《净业湖待月二首》"缓步出柴门，天光隔桥瀹。溪云没酒楼，林露滴茶笼。秋水忽无烟，红蓼一枝动"②"抠衣踏藓花，满头压星斗。溪行忽有阻，偃蹇来醉叟。攘臂欲扶持，枕湖一僵柳"③等，这些诗句均能作为其描写性序体文之佐证。

第四节　法式善序体散文的创作原则

法式善自从进入仕途起，通过自身努力逐步成为乾嘉文坛颇具影响力的诗人，并在京师创立"诗龛"，主持诗坛长达三十余年。从法式善的《清籁阁诗集序》中，可以很清楚地了解到诗坛当年的盛况："余学识谫劣，误为海内才彦见推，不远数千里殷勤通问。其或至京，旅舍未定，先来谒余者，比比也。"④通过《王芑孙在日集饮，诸君于积水潭作西涯生日绘图赋诗后一年，余至京师属题其后》一诗，王芑孙也回忆了诗龛每年一度的李东阳生

---

① （清）法式善. 存素堂文集［M］. 清嘉庆十二年刻增修本：卷二.
② （清）法式善. 存素堂诗初集录存［M］. 清嘉庆十二年王塘刻本：卷三.
③ （清）法式善. 存素堂诗初集录存［M］. 清嘉庆十二年王塘刻本：卷三.
④ （清）法式善. 存素堂文集［M］. 清嘉庆十二年刻增修本：卷二.

辰纪念日，以及自己有事没能参与其中的遗憾："会上宾朋各真率，我来虽后不及期。想见诸君意超逸，闻君兼欲树遗碑。"① 除此之外，法式善生平甚喜以文会友，不问出处，因此声名远播。法式善的《诗龛声闻集序》即体现了他这一特点：

> 生平以朋友文字为性命者，适吾趣而已，非有所标榜取声誉也，逾三十年不改其素。自维谫陋，才德不克树立，而硕人奇士自廊庙迄菰芦野处，凡有著称于世者，未尝见弃。②

正因为法式善以珍惜人才、奖掖后进闻名于世，"素好奖进，一时坛坫之盛几与仓山南北相望云"③，因此求其作序者络绎不绝，他的序体散文中有很多是应诗友、文友之邀所作的篇章。但法式善并未因此毫无原则地接受请求而为人作序，而是有选择性地作序。法式善作序的基本原则，在《存素堂文集》部分序体散文中是有所体现的。后人从中可以感受到其为人之正直、作序之严谨及写作之务实。而且他始终坚持既不贬斥过多，也不吹捧过度，客观实在为优。法式善的作序原则可概括为以下两点：其一，悉其人方为之序，即只有熟悉的人才可能为之作序；其二，助作者立不朽之言。

一、悉其人方为之序

"悉其人方为之序"的作序原则不是法式善首创，早在唐代，序文作者作文态度就已非常严谨，尤其是他人索序时，作者如果对其人其事不甚了解，必不作序。唐代韦正蕃曾向李翱请序，却"十年不得，竟以翱言别求于刘宾客禹锡乃使得之"④。同时代人之间，也尽量回避作序。杜牧多次拒绝为人作序，曾回绝庄克："自古序其文者，皆后世宗师其人而为之，今吾与足下，并生今世，欲序足下未已之文，固不可也。"⑤ 但明代之后，书序泛滥之风渐起，不论熟悉与否，均有人作序。事实上，求序者本不应强人所难，作

---

① （清）王芑孙. 渊雅堂文集［M］. 清嘉庆刻本：编年诗稿卷十六.
② （清）法式善. 存素堂文集［M］. 清嘉庆十二年刻增修本：卷一.
③ （清）刘锦藻. 皇朝续文献通考［M］. 民国影印十通本：卷一.
④ （宋）祝穆. 新编古今事文类聚［M］. 清文渊阁四库全书本：别集卷五文章部.
⑤ （清）顾炎武. 日知录［M］. 清乾隆刻本：卷十九.

94

序者更应量力而行，这是作序的基本准则。正如林纾所言："数种中，书序最难工。人不能奄有众长，以书求序者，各有专家之学。譬如长于经者，忽请以史学之序，长于史者，忽请以经学之序；门面之语，固足铺叙成文，然语皆隔膜，不必直造本人精微。故清朝考据家互相为序。惟既名为文家，又不能拒人之请，故宜平时涉博览，运以精思；求序之书，必尤加以详阅。果能得其精处，出数语中其要害，则求者亦必餍心而去。"①

归有光作序可以摆脱时代不良风气，始终坚持谨慎下笔的原则，法式善在《吴草亭六十寿序》开篇即赞同归有光的这一做法，同时也是在表明自己立场：

　　昔归太仆为人作寿序，不轻率下笔，或三五日始脱稿。又必其人有所表见，可以风世敦俗，然后乐为之词，故其文与人皆能传于后。②

《存素堂文集》中，法式善最早明确提出作序主张的是《王子文秀才诗序》一文：

　　余生平不多为人作诗序，不悉其人之性情、心术，而漫然为之序者，非标榜则贡谀。夫标榜、贡谀，无益于友谊，而皆有害于儒术，又何足以为轻重乎？③

显然法式善秉承的是中国古代文学批评之"知人论世"传统。为人作序要对人负责，不能在与其初次见面或尚未深入了解其性情、心术时即草率答应。文中讲到王士禛曾孙王子文，初次访诗龛，呈递给法式善自己所作《秋水集》二卷。法式善取其五十篇录副，欣然读之。虽然自己对渔洋先生仰慕已久，并认为子文诗作颇具家法，但当子文乞序时，仍然未答应。而是"终究观其全集，于其性情心术有得也，而后为之序云"，其严守作序准则由此可见一斑。

值得注意的是，法式善另一部文集《存素堂文续集》卷二中录存一篇

---

① 曾肖.复社与文学研究[M].北京：人民文学出版社，2018：129.
② （清）法式善.存素堂文集[M].清嘉庆十二年刻增修本：卷三.
③ （清）法式善.存素堂文集[M].清嘉庆十二年刻增修本：卷一.

《王子文秀才诗续集序》，重提前事：

> 二十年前，子文访余于净业湖上，以诗为挚，乞余序。余以其人未习，而性情心术不相知也，未能著笔。……二十年来，子文数抵京师，至则辄诣余所。握手不叙寒温，郎朗颂别后得意诗，高下长短，与湖上水声、林间黄叶声相间。……夫子文以刘寄葊刺史为师，以王熙甫侍御为友，则其生平不诬，可以自信于心者，有由来矣。闻山川佳胜，虽道里遥远，不谋裹粮，辄独往，往必有合，旷达磊落若此者，凡几人乎？余虽不能与子文晨夕过从，此唱彼和，知其下笔无尘俗气，能决之于素昔者。①

其中写到经过二十年的友好交往，法式善对子文师从、交游、为人、为诗等各种情况已了如指掌，此时为子文作序，方为可行。读者可以通过两篇序文互相参照阅读，深入理解其"悉其人方为之序"原则。

《吴兰雪香苏山馆诗集序》中法式善也写到自己从最开始不敢为吴兰雪作序到最后相知相惜，才可作序：

> 盖余每与兰雪别而复见，读其诗，辄使余胸中之境，若有与俱移焉者。余不自知其所以然也。今年三月，兰雪应礼部试，辄就余宿，相与议论古今上下，山川民物之繁，学问心术之微，诗教之盛衰，文章之正变。余所蓄于中而未发，感于中而未释者，闻君言，涣然、怡然。而君则又报罢矣。因谓余曰：先生可以序余之诗哉。余应之曰唯唯。②

同样体现了他熟知对方方可落笔之作序原则。

此外，法式善在序文中只论自己擅长、熟悉的方面，对于自身不熟悉或未曾见过的东西，绝不轻易下结论。由于自己爱诗擅诗，因此，《兰雪堂诗集序》中，法式善只论谢宾王的诗，对于先生的书画，一概不论——"至于先生之书画，散在人间，片纸珍逾拱璧，余非知者，不赘言"③，以致时人评

---

① （清）法式善．法式善诗文集（下）[M]．北京：人民文学出版社，2015：1184．
② （清）法式善．存素堂文集[M]．清嘉庆十二年刻增修本：卷二．
③ （清）法式善．存素堂文集[M]．清嘉庆十二年刻增修本：卷二．

论：立言有体。《陈约堂太守七十寿序》中还提到"不过誉"才是"尤孝"："吾闻显其亲之善于世为孝，不过誉以诬其亲为尤孝。"① 还用自谦口吻提到陈用光先生名气很大，找人写寿序其实很容易，但是求序于我，可能因为自己"素不喜谀，言之可据"②。

《重刻有正味斋全集序》一文中，法式善描写吴锡麒的文集受欢迎之程度，一版再版，即使洛阳纸贵，然后笔锋一转，为何如此受热捧的文集却找自己为之作序？主要是由于两人是三十年的老朋友，作诗作文的用心，多年来笔法的变化，法式善自然是体会至深："……前承高文弁首，系专指续刻而言。倘得浑括全诗，益之奖借，尤为铭感先生名重中外，诗文集凡数镌板。贾人藉渔利致富，高丽使至，出金饼购《有正味斋集》，厂肆为一空，何藉自刻其集，又何藉鄙人之叙哉？然少陵不云乎'老去渐于诗律细'，矜慎之至耳。又以余闻诗教于先生三十年，亲见操笔作文章，甘苦有以得其真，出言必能传信，故不属高才鸿儒而属余焉。"③

除了友朋，他还曾为自己的授业恩师作序，如《陆先生七十寿序》。陆镇堂先生是法式善的老师，因法式善从小从师，且被老师看重，多年来，师徒情谊深厚。法式善每有文章，不管与老师相距多远，必呈给老师点评，持续多年。后师徒二人同时中举，坊间传为美谈。因此为师作序自是符合法式善的作序原则的。

二、助作者立不朽之言

《左传·襄公二十四年》曾有名言："太上有立德，其次有立功，其次有立言。虽久不废，此之谓不朽。"两千年前的春秋时代，中国即有"三不朽"的说法，是为"立德""立功"和"立言"。"三不朽"观念在知识分子心中根深蒂固，将著述留存后世，以此达到名存不朽，成为很多作者的创作意图。能实现"三不朽"之人生理想，是古代知识分子的终极目标。孔颖达注疏言："立德，谓创制垂法，博施济众，圣德立于上代，惠泽批于无穷……立功，谓拯厄除难，功济于时……立言，谓言得其要，理足可传……其身既

---

① （清）法式善. 存素堂文集［M］. 清嘉庆十二年刻增修本：卷三.
② （清）法式善. 存素堂文集［M］. 清嘉庆十二年刻增修本：卷三.
③ （清）法式善. 存素堂文集［M］. 清嘉庆十二年刻增修本：卷二.

没，其言尚存。"① 其中，"立言"是指如何让自己的言论得到社会的认可，延续它的影响力，使自己的生命不朽。石韫玉在《独学庐稿》（二稿卷中）的《小西涯记》里除了写到法式善松树街住处距李东阳积水潭住处之近，还结合二人共同追求提道："论士之不朽于世者有三，曰功名，曰气节，曰文章。而功名气节待文章而后传。故著述之事虽贤者亦惓惓焉。"② 赵怀玉也在《亦有生斋集·为翁学士题方所画西涯图》（诗卷十七）中提到了二人长久以来的渊源："诗龛好事同诗境，总与茶陵有夙因。"可见，法式善与李东阳都在追求"立言之不朽"。

法式善非常重视将文人诗文集出版并刊行于世，并为之作序，原因正在于帮助他人立不朽之言。嘉庆二年法式善完成了笔记类作品《槐厅载笔》，书中分类记录了清人作品中有关考试的内容，此书"凡所征引具有成编，都非臆造的断章取义，蒐菲不遗。费以全书，遂淹只句，逸闻轶事，求备取盈而已"③。法式善编纂此书之目的就是将保存文字作为不朽之事业，真可谓"职思其居"④。在《存素堂文集》中经常能读到法式善为寻求某人诗集之较好版本而四处奔波，不辞辛劳，如《洞麓堂集序》中提到自己以庶吉士身份分校《四库全书》时，有幸见到了明尚书尹宗伯的《洞麓堂集》，高兴不已，"欲钞藏而迫于程限，弗果"。后有机会重见此集，"令小吏钞存之"，但"视其卷帙先后与邹序不符，知非足本也"。几年后，有幸见到尹公后辈，出公全集三十三卷，法式善甚喜，原因是"是集淹没二百余年而复出于今日，使慕公者想见其为人"。之后，法式善将两个藏本互相参订，并录之于《四库全书提要》冠首，其帮助作者"立不朽之言"的良苦用心在此显露无遗。

在《钱南园诗集序》中，法式善为钱沣生前诗作不得保全而深表叹息——"惜乎，先生身后遗孤稚弱，手稿只此二卷，大篇杰句，余向所咨嗟而往复者，仅有存焉。至与余赠答之章，竟无一在，则所佚为不少矣"⑤；《李凫塘中允诗集序》中法式善认为得到高官厚禄不难，但如果诗歌传于后世，

---

① （周）左丘明. 春秋左传正义［M］. 杜预，注. 孔颖达，疏. 清嘉庆二十年南昌府学重刊宋本十三经注疏本：附释音春秋左传注疏卷第三十五.
② （清）石韫玉. 独学庐稿［M］. 清写刻独学庐全稿本：二稿卷中.
③ （清）法式善. 槐厅载笔［M］. 清刻本：槐厅载笔序.
④ （清）法式善. 槐厅载笔［M］. 清刻本：槐厅载笔序.
⑤ （清）法式善. 存素堂文集［M］. 清嘉庆十二年刻增修本：卷一.

才是难得,"盖崀塘负深识远志,艰苦殆其素性,使天假以年,宠利富厚固可旦夕致,崀塘之心固有以自见,即崀塘之诗,亦必镂肝刿肾而益工,不以尊官显爵掩也"①;《借观录序》中也表达了这种视富贵如流水、淡泊名利的观点,正如赵怀玉在《亦有生斋集》(文卷三序)中提到法式善生平的淡泊名利"侍讲则一官学士再官祭酒或得或失,泊然不以介于中,是又泯穷达而一致者矣"。②《成均学选录序》中法式善认为人的功业声名是否久传,是时,是遇。但一个人的志不一定非得依靠功业流传下来,可以依靠文章留存后世:"即扬休述烈,上追子虚、长杨、羽猎诸篇,亦可自托于不朽。美哉斯编!其始基之矣。法式善将拭目以俟之焉。"③

第五节　法式善序体散文的思想意义

序体散文起初是介绍书籍字画等的创作缘起兼或提要功能的应用性散文。但随着文体演变,作家越来越倾向于在为人作序时渗透自己的思想意识,阐述自己的人生观、艺术观等,因此,序体散文又成为研究序文作者思想情感的重要载体。但有价值的序文从来不是仅仅满足于对原著的简单介绍,而是着眼于言之有物。因此,作者的独到见解成为序体散文价值所在。法式善序体散文具有较高的思想意义,主要体现在以下两个方面:

一、对文化教育的关注

《存素堂文集》中有不少篇章都可以体会到法式善对于文化教育的深切关注。这主要与其一生的职官经历有关。其任职经历大致可概括如下:自1780年被选拔为翰林院庶吉士始,后充任四库全书馆提调官,在之后分别任过国子监司业、左庶子、侍讲学士、国子监祭酒。从官职来看,多属于文职,正如《清史列传》所言,法式善"以读书立品,昂诸肄业知名之士,一时甄擢,称为极盛"④。

---

① (清)法式善．存素堂文集[M]．清嘉庆十二年刻增修本:卷一．
② (清)赵怀玉．亦有生斋集[M]．清道光元年刻本:文卷三序．
③ (清)法式善．存素堂文集[M]．清嘉庆十二年刻增修本:卷二．
④ 王钟翰．清史列传[M]．北京:中华书局,1987:卷七十二文苑传三．

在法式善的序体散文中，我们可以感受其所处时代之昌、文教之盛。如前文中提到的《成均同学齿录序》中就用大量篇幅描写乾隆帝对"奠太学、建辟雍、亲讲学"等工作的重视和亲力亲为。为了突出乾隆时期的文教之盛，法式善特采用与前代对比的方式来表述：

余惟三代成均之法，师氏大司药，教国子而不隶于六官。秦汉以后，虽有国子之名，其世官久废，所教悉民间俊秀。西汉时，博士弟子多至数千人，东汉太学生三万余人。唐总国子、太学、广文、四门律书算，凡七学，每岁业成，上于礼部，然而名实相副，往往难之。以讫于宋、元、明之末，学业不勤，士习日下，说者以为教化未深也。①

为了克服历朝历代的人才培养之时弊，自清代起，国家投入资金更多，培养体制更健全，但选拔人才法度也越发严明：

直省贡监生有志肄业者，悉由州县官牒送入监考验，质学兼优，然后录取。例设员额，按名补充，法甚谨也。膏火之费，周助之资，帑金岁以万计，而且修横舍以便其起居，储经史以供其诵读，施甚渥也。领之以卿相，董之以祭酒、司业，犹复分职于监丞，广其司于博士，而专其责于助教、学正、学录，典甚详也。有季考，有月课，有会讲，有撰述，有背经，有轮课，有惩赏，有甄别，有奖戒，有稽察，制甚密也。（《成均同学齿录序》）②

在文末，作者表达了自己对国家人才培养的用心良苦：

吾愿诸生无矜声气，无逐浮华，无希宠利，去汉唐以来诸弊，而上答圣天子循名责实之训，以比隆于唐虞三代休风焉。将俾后之人，指数姓氏，谓以卿材著者若而人，以儒术称者若而人，以文章词翰显者若而人。岂不美哉！岂不盛哉！③

---

① （清）法式善. 存素堂文集 [M]. 清嘉庆十二年刻增修本：卷一.
② （清）法式善. 存素堂文集 [M]. 清嘉庆十二年刻增修本：卷一.
③ （清）法式善. 存素堂文集 [M]. 清嘉庆十二年刻增修本：卷一.

其他序体散文篇章如《洞麓堂集序》中提到明尚书尹宗伯的文集淹没二百余年而刊于"今世",实属不易,文中认为"公之文不著于当时,而隆于右文之代",此处"右文时代"实指清代;再如《金青傍环中庐诗序》文末指出:"圣天子在上方,待鸿儒以应昌运。登衢巷之歌谣,为庙堂之著作,不亦善乎!"《同馆试律汇钞序》指出:"圣天子中和建极,久道化成,多士幸生斯时,有不从容陶冶、蔚然日上者哉?"这些序体散文字里行间都能让人感受到法式善对于乾嘉时期学术文章之盛的自豪。尽管乾隆时期对士子思想羁绊很多,但如法式善这样的学有根底、好古爱义之人,虽深藏锋颖,但还是创作出很多切中现实之作。

二、具有进步意义的人才观

法式善一生参与雅集活动甚多,交友甚众。法式善组织的很多活动,参与之人身份有别,比如,参与绘、题"诗龛图"活动的多是知名画者,参与"西涯雅集"活动的多是官宦士族。但这些人并非法式善交际圈的全部,他还曾进行诗文编选,撰写诗话,而这一行为又使他与那些普通官员、寻常布衣甚至闺阁之人产生了交集。王墡《存素堂诗二集序》云"四方之士论诗于京师者,莫不以'诗龛'为会归,盖峛然一代文献之宗矣"[1],再现了其以友朋文字为性命,以提携后进名著一时的情形。清代陆以湉在《冷庐杂识》中提到法式善的爱才、惜才,很大程度指的是后者受众。由于嘉兴王昙、常熟孙原湘、大兴舒位年岁相仿,尝有交往唱和,且诗学成就相当,因此,法式善甚重其才,合称其为"三君",并作《三君咏》。从中可以看出,三君才高而运蹇,但法式善尤其珍惜他们这些出身低微之人。"三君"也对法式善的知遇之恩感激不已。孙原湘在《天真阁集》(卷十五诗十五)、《法梧门先生寄仲瞿、铁云及原湘无言古各一题曰三君咏作长歌报之》中写道:"先生休休一个臣,腹中便便万才人。何独拳拳于此三穷民?此三民者无所职。上不能有三公辅世德,下不能有三农服田力。三管毛锥三斗墨,饥来著书吃不得。一民隐越山负薪学朱翁,一民隐吴市赁春如梁鸿,一民把钓东海

---

[1] (清)刘锡五.存素堂诗二集序[M].湖北德安王墡刻,1812:存素堂诗二集.

东……世人不知先生知其故，不民之而君称之……"① 从中可以看出，法式善识别人才独具慧眼。张维屏在《国朝诗人征略二编》（卷五十五）中记录了法式善的《三君咏》对于三人提高名气的巨大作用，时人因此将诗才三人并提："三人才相若，心相契，而梧门学士为诗赠铁云、仲瞿、子潇，题曰：《三君咏》，于是三君诗名若鼎足焉。"② 蒋宝龄在《墨林今话》卷十二中也持类似观点称："三君故平昔交，品诣虽若不同，而才实相埒，由是诗坛推为鼎足。"③

下面，将法式善人才观从以下四个方面进行论述：

1. 对"士不遇"问题的看法

"士不遇"是中国封建社会一个无法回避的文化母题。但是在传统政治人伦观念影响下，古代文人对于仕途之"遇"的普遍追求，和对于仕途"不遇"的悲苦慨叹，往往显示出其矛盾的一面。法式善任司成时，"惟以奖拔后进为务……录其取售者率一时知名之士，海内遂为圭臬"[《啸亭杂录·诗龛》（卷九）]。

在法式善序文中经常会出现一些对后生晚辈发出的苦口婆心的劝慰，体现了其爱惜人才的良苦用心，如《金青侨环中庐诗序》里提到的"才丰而遇啬"的三个人：吴江郭麟，江西吴嵩梁和金手山。序文开头慨叹三人之才华，然后写郭、吴二人试京兆不利，偃蹇南去。后文重点写金手山，留京两年，诗作无数，后应京兆试，功制艺文，名大著。但之后"秋闱报罢，愤弗能自克，妇贤又以疾亡，益伤寥落"。法式善于是在序中进行开导，体现了其对人才的劝勉与爱护：

> 士之遇不遇，天也；不诡于遇，而夷然于不遇者，人也。夫不诡于遇，则其责己也重；夷然于不遇，则其视势位富厚也轻。④

后文又再次提及郭、吴二人，称他们虽然近来诗中"愁苦之言居多"，但"俱不废诗"，自己深感欣慰。最后对金手山寄予厚望：

---

① （清）孙原湘. 天真阁集 [M]. 清嘉庆五年刻增修本：卷十五诗十五.
② （清）张维屏. 国朝诗人征略二编 [M]. 清道光二十二年刻本：卷五十五.
③ （清）蒋宝龄. 古代书画著作选刊. 墨林今话 [M]. 台北：明文书局，1986：250.
④ （清）法式善. 存素堂文集 [M]. 清嘉庆十二年刻增修本：卷一.

第三章 法式善的序体散文

> 圣天子在上方，待鸿儒以应昌运。登衢巷之歌谣，为庙堂之著作，不亦善乎！①

法式善在《使琉球日记序》中表达了对人生境遇的无奈"不可知者遇也，有可凭者时也"②；《金石文钞序》中写赵绍祖"秋闱凡十二试皆黜于有司"③；《吴蕉衫制艺序》中写吴瑞清时文写得那么好，却仕途坎坷；《李凫塘中允诗集序》中鼓励李凫塘不因为境遇困难，而舍弃诗才"天之所以啬其遇，正所以丰其诗也"④；《蔚嶷山房诗钞序》中也赞扬丁郁兹"不以艰苦易其节，不以纷华动其心，而于物力之盈亏，民生之休戚，窃会其微，以是为史，亦即以是为文章"⑤；《海门诗钞序》中写到李符清"胸次高旷，虽漂泊湖海，而不为境所困"⑥。

乾隆时期的士人群体较前朝有了新变化，从故国之思和民族情结逐渐转变为对功名之渴求。对于那些才华超群，但无功名之汉人，法式善主张为其作年谱，使后人了解其人其作。他曾在《洪文襄公年谱序》中写道：

> 年谱之书，大抵因其人有高出一世之才，而无高出一世之位与高出一世之功，而后作也。唐之昌黎、杜陵，宋之东坡、山谷，金之遗山，元之道园，皆后人慨慕其遗行，恐其淹，为之详考博稽，勒成一书，垂之奕。⑦

文章说的虽是作年谱之事，表达的却是作者对人才的重视。

2. 提出"奇"和"博学"的标准

法式善爱惜人才，而且有自己的标准——奇。上文提到的《金青侪环中庐诗序》中，法式善分别评价完三人作文各自特点——"雄杰""幽艳"和

---

① （清）法式善. 存素堂文集［M］. 清嘉庆十二年刻增修本：卷一.
② （清）法式善. 存素堂文集［M］. 清嘉庆十二年刻增修本：卷一.
③ （清）法式善. 存素堂文集［M］. 清嘉庆十二年刻增修本：卷一.
④ （清）法式善. 存素堂文集［M］. 清嘉庆十二年刻增修本：卷一.
⑤ （清）法式善. 存素堂文集［M］. 清嘉庆十二年刻增修本：卷一.
⑥ （清）法式善. 存素堂文集［M］. 清嘉庆十二年刻增修本：卷一.
⑦ （清）法式善. 存素堂文集［M］. 清嘉庆十二年刻增修本：卷一.

"缠绵悱恻"后,总结到"余虽不能测其诣之所极,而皆以奇才目之"①;《吴云樵编修诗序》中,法式善指出泾县吴门三才子吴昌龄、吴大昌、吴征休时,讲到"皆磊落奇伟士也"②;《李凫塘中允诗集序》中,他写亡友李凫塘"少负奇气,以能诗称蜀中"③;《蔚嶙山房诗钞序》中,他写丁郁兹"少负异才"等,类似的例子不胜枚举。

在法式善看来,进行诗文创作,"才气"是非常重要的。其实这种观点在中国古代文论史上早已有之。曹丕在《典论·论文》中首次提出这一概念,并认为"文以气为主,气之清浊有体,不可力强而致"。此处之"气",是指文章所体现的作家精神气质,其具体内容指作家天赋个性和才能,所以"气"是独特的,既不可强求,也不能传授;"文气说"向后继续发展,钟嵘提出"气之动物,物之感人;故摇荡性情,形诸舞咏"的观点;皎然提出"气高而不怒,怒则失于风流"的说法;刘勰《文心雕龙》以"气"论文,则在使有关"气"的理论达到一个顶峰,《明诗》《时序》《章表》《才略》《书记》《诸子》等篇作均论及"文气",并且对后代产生了重要影响。法式善所讲的"才气",与上述文论的"气"既有相同之处,亦有区别之处。论人才,重视"才气"自有道理。

除了赞叹"奇才"外,法式善还注重人之"博学",这与清代重学问风气有关。清代学术比较发达,清初有实学思潮,清中有考据之风,这些学术思想自然也影响了清代序体散文的创作。这种学术性主要表现在序作者对于学习与实践等问题的独到见解。如张惠言《词选序》对词这类文体的价值与流变都进行了梳理,抨击了当时词坛创作内容空虚的弊病,因此编选《词选》:

> 词者,盖出于唐之诗人,采乐府之音,以制新律,因系其词,故曰词。传曰:"意内而言外者谓之词。"其缘情造耑,兴于微言,以相感动,极命风谣里巷男女哀乐,以道贤人君子幽约怨悱不能自言之情,低回要眇以喻其致,盖《诗》之比兴,变风之义,骚人之歌,则近之矣。

---

① (清)法式善. 存素堂文集[M]. 清嘉庆十二年刻增修本:卷一.
② (清)法式善. 存素堂文集[M]. 清嘉庆十二年刻增修本:卷一.
③ (清)法式善. 存素堂文集[M]. 清嘉庆十二年刻增修本:卷一.

然以其文小，其声哀，放者为之，或淫荡靡曼，杂以猖狂俳优，然要其至者，罔不恻隐盱愉，感物而发，触类条畅，各有所归，不徒雕琢曼饰而已。①

的确，实学讲求实际，影响到文风就是切情近理。法式善在序体散文创作中，也受时代风气影响，总会流露出对学术的热爱。虽文章多篇什短小之作，但探微析透，不乏高妙之见解。且不屑于作溢美之词，大多有感所发，事实支撑充分。如《香墅漫钞序》中，法式善对身为实学家、精通经史百家的香墅先生表示钦佩：

南城曾香墅先生讲求实学，以经史为根柢，而博极诸子百家，有所心得辄登诸油素，积二十余年成《漫钞四卷》《漫钞续四卷》，又续四卷。观其书识，盖有不敢自专与不敢自秘之思焉。诚以用吾之意测古人之意于千载上，未必其皆有合也。苟据以为私，而不公诸天下，则古人待我而是正者，吾将何所藉以待正后人乎耶？嗜奇好古之士代所不乏，不有启之于先则恐莫承于后，先生亟亟刊是书之意，其在兹乎。昔方以智作《通雅》，凡天人经制之学，无所不该，其指尤在乎辨宇。画审音义，其叙例云"古今相续而成物，恶其弃于地也，不必藏于己力恶，其不出于身也，不必为己，吾于此书亦云"。②

评价香墅先生但凡有所学，有所感悟，即出书将所得公布于众，做到学术的承前继后，古今相续，认为这才是作学问的态度。

另如《金石文钞序》，法式善评价泾县赵琴士"学问淹博"，而且认为学问和事功是统一的。

再如，《梅庵诗钞序》云：

夫学问与事功，一而二，二而一者也。公总督三江，其所待治者，日不知凡几，何暇作诗？乃退居一室，挑灯手一编，类书生然。及登堂

---

① （清）张惠言. 茗柯文编［M］. 清同治八年刻本：二编卷上.
② （清）法式善. 存素堂文集［M］. 清嘉庆十二年刻增修本：卷二.

议论国家大事，抉利弊，辨情伪，娓娓千万言，骨中肯綮，人惊以为神。岂知夫诗者政之体，政者诗之用，不惟不相害，而实相济也。①

《赠曹复堂序》中评价曹复堂博学考证之功：

盖复堂无所求于人，视富贵为身外之物，举世所谓科名、势位，俱淡焉忘之。而于学问之未进，义理之未精，一名一物之未悉，则必反复推明，以期于实有所得，见诸行事，而后慊然自足。复堂以无所求一其所求焉尔。②

从这些序体散文中，我们都可以看出法式善重视博学的思想。

除此之外，在自序篇章中，读者还可以看出法式善自己多年来同样保持着博览群书的习惯。他在《备遗杂录序》中说："余性艰于记诵，六经且不能上口，遑计群籍？然好泛滥博稽，意有所会，辄便札录，糊墙填箧累累然。"③ 而且，其学术态度非常严谨，往往在版本比对方面很是下功夫。他在《洞麓堂集序》中提到尹台的《洞麓堂集》之前就找人抄存过，但发现与翰林院藏本有出入，后有幸得见尹家后人尹鹏提供的版本，才知这个版本是最全面的，因此难掩喜悦之情，于是说道："余既喜公是集，淹没二百余年而复出于今日，使慕公者想见其为人。又嘉生之能守护先人遗业传于无穷也。爰就余所藏本互为参订，并录四库书提要冠之首卷。公之节不显于生前，而彰于身后。"④ 他在《钱南园诗序集》中也提到了版本对比的重要性与严谨性。法式善还认为保护书籍是责无旁贷的，也是未竟之事业。

3. 对人才操守的重视

法式善在《成均课士续录序》中谈到了操守之于人才的重要性：

或曰："莫子雄于文者也，若王子、陈子不皆雄于文者乎？不皆为先生所津津称道者乎？何莫子出而世莫撄其锋，王子、陈子屡战而屡

---

① （清）法式善. 存素堂文集 [M]. 清嘉庆十二年刻增修本：卷二.
② （清）法式善. 存素堂文集 [M]. 清嘉庆十二年刻增修本：卷三.
③ （清）法式善. 存素堂文集 [M]. 清嘉庆十二年刻增修本：卷二.
④ （清）法式善. 存素堂文集 [M]. 清嘉庆十二年刻增修本：卷一.

>>> 第三章 法式善的序体散文

北，文固可凭乎哉？"余曰："莫子之文之雄也，操诸莫子也，出而世莫撄其锋，不操诸莫子也；王子、陈子之文之雄也，操诸王子、陈子也，屡试而屡北，不操诸王子、陈子也。士但勉其操诸己者而已矣，其不操诸己者，听之焉。世之愿为莫子而不愿为王子、陈子者，皆当视其所操何如耳，彼王子、陈子之所操，夫何惭于莫子哉？士当励其所已能而俟其所未至，则庶几矣。"①

主张保持操守，"励其所已能而俟其所未至"。

《方雪斋诗集序》中，法式善评价何道生"达而在上，奏皋夔之烈；穷而在下，寻孔颜之乐"②；《使琉球日记序》中，他评价李鼎元先生"廉于取而勤于学，严以持己，和以接物，人乐与之游，周爱咨询，咸得其实。……而墨庄才之伟识之博亦于是乎在"③；《任畏斋二莪草堂诗稿序》中"忠实谦逊"的任畏斋令人印象深刻——"忆公再出为巡捕营参将，始相识握手，作质语，无酬酢气，而忠实恳款，不类于人人。偶论及诗，则谦逊不遑。自言姿性拙钝，废学久矣，又倥偬戎马间，惟陨越是虞，苟溺情翰墨，如职守何？余心服其语庄，遂不强之为诗"④。

除了集序外，寿序在文体风格上，更倾向于评价受贺之人的人品，如《范太翁寿序》评价范东垣先生：

赋性温粹，通今博古，以孝友重乡党。人以急难告，不量己之盈绌，必有以平其憾而安其心。与人交，不设成心，而贤不肖辨如黑白。训子弟严直有方，生平寡嗜好，执卷终日，怡然自得。室黄孺人，德与之配。子四人，皆娴学问。⑤

其孝友、乐于助人、严训子弟等品格跃然纸上。

《陆先生七十寿序》中，法式善评价陆镇堂"先生待人无疾言遽色，而

---

① （清）法式善.存素堂文集［M］.清嘉庆十二年刻增修本：卷二.
② （清）法式善.存素堂文集［M］.清嘉庆十二年刻增修本：卷一.
③ （清）法式善.存素堂文集［M］.清嘉庆十二年刻增修本：卷一.
④ （清）法式善.存素堂文集［M］.清嘉庆十二年刻增修本：卷二.
⑤ （清）法式善.存素堂文集［M］.清嘉庆十二年刻增修本：卷三.

人畏之；无厚貌深情，而人爱之"，而且文中还引翁方纲对陆镇堂为文为人的评价，认为其为通儒：

  其成进士也，出内阁学士瑞保门。瑞公与余同司翰林院事，一日直文渊阁，翁覃溪先生谓瑞公曰："吾有畏友陆君，出子门下，子知陆君之文，亦知陆君之人乎？其才赅于大而不遗于小，其学协于古而不悖于今。今之通儒也。"其推重如此，时皆谓瑞公能得士，翁公能知人云。①

在寿序中，法式善往往还将人之长寿的秘诀与品行相关联，也可见对人品的重视。《范太翁寿序》中提到的简易宽平即为长寿之方：

  吾闻古之寿者，不以势利动其心，而简易宽平，又无奔走逢迎之事瘁其筋力而耗其性。天所谓朴以有立，是以难老也。先生外无所求于人，内无所歉于己，户庭之内，油油然，默默然。宗族之近，州里之远，翕然称为善士。则其平昔朴以有立可知矣，岂非难老之明验哉？②

另如《何双溪先生六十寿序》中提到洁身节物往往能寿：

  古语云："尧舜之世，其民朴以有立，是以难老。"孙卿子曰：乐易者常寿。荀悦曰：惟寿，则能用道；能用道，则性寿矣。由是以观，则古之所谓朴以有立而能用道者，非先生其谁？③

《陈约堂太守七十寿序》中，法式善强调"淡泊名利"为长寿之因。陈约堂老先生七十大寿，世人视之为"长寿之人"。法式善认为长寿是由于老父亲"无意于世事"。文中写了他的两个儿子入仕，仕途顺遂时，世人觉得父亲应该欣慰，但父亲时常训诫儿子；仕途不顺时，世人觉得父亲应该难过，但父亲却与往常无异，照样赏花、观鱼、调鹤：

---

① （清）法式善. 存素堂文集 [M]. 清嘉庆十二年刻增修本：卷三.
② （清）法式善. 存素堂文集 [M]. 清嘉庆十二年刻增修本：卷三.
③ （清）法式善. 存素堂文集 [M]. 清嘉庆十二年刻增修本：卷三.

其长君颐园，为谏官，为巡抚，为侍郎，以直称；仲君云崎，为翰林侍读，以恬退称。见者又以翁为可乐矣，而顾忧之，小有过，督责无少恕。及颐园以事去职，见者以为翁可忧矣，而顾安之，不异昔时。方其芒鞋竹杖，逍遥乎园圃花药之间，俯而观鱼，仰而调鹤，若无意于世事也者。及颐园再起为庶子，旋以太常擢内阁学士，兢兢以靖共之义相训诫，不令家事分心。①

《初太翁八十寿序》中，法式善在文章开头论"仁"为寿之因。"寿得于天，而其所以得寿之道，则存乎其人。经曰：仁者寿。"

法式善还常常强调"孝悌"的重要性。法式善自幼由叔父和顺收养，乾隆二十七年（1762年），叔父去世，家境日益窘迫，不能继续延师。因此韩氏决定"以教书自任"，从此"教识字，诵陶诗"的任务就落在了韩氏身上。韩氏是一位诗人，自号端静闲人，"戒条甚密，一篇不熟，则不命食；一艺不成，则不命寝"，对法式善要求甚严，影响甚大。《渊雅堂全集·题雪窗课读图为梧门作》编年诗稿卷十二中详细记录了法式善幼年时与韩氏母子相依为命，先夫人教导法式善读书的场景："……梧门出继为孤儿，先夫人实为之师。牵萝补屋境凄切，画荻为字心背危。有时风雪打窗下，晨炊烟湿昏灯妲，闭门已作袁安僵……天边日月箭投壶，母影旋随雪影徂。"在韩氏的辛勤教导下，法式善十六岁即入咸安宫官学肄业，乾隆四十五年（1780年）即中举，不枉韩氏的辛勤教诲。法式善在韩氏去世后，思母心切，因此多次邀请朋友为《雪窗课读图》题诗，如《有正味斋集·题时帆祭酒雪窗课读图》（诗集卷十一重梦集下）、《树经堂诗续集·访梧门赋赠二首》其二（卷二就瞻草）、《复初斋诗集·梧门司成雪窗课读图》等。他本人的躬亲侍孝也一直被传为佳话。翁方纲《复出斋外集·带绿草堂遗诗序》中言："时帆祭酒手状其母韩太淑人节行，复就所记忆太淑人遗诗三十余章。锓诸木曰：《带绿草堂遗诗》。带绿草堂者，太淑人教子处。时帆所绘雪窗课读图卷，即其地也。时帆由庶常跻学士，掌成均。自中秘书馆垣之课，艺林之训，故罔弗该记。而所最口熟不忘者，尤在此三十余章。是则雨声灯影所不能传，而教孝作忠之职志也……"从中可知，法式善的孝与忠很大程度上来自母亲的教

---

① （清）法式善. 存素堂文集［M］. 清嘉庆十二年刻增修本：卷三.

海。法式善在自己的散文里不止一次地强调"敬亲之孝",很值得注意。

《吴草亭六十寿序》中,法式善引孔子言,阐述何为"敬亲之孝":"孔子曰:'爱亲者,不敢恶于人;敬亲者,不敢慢于人。'孝廉真爱敬亲者耶?其不敢恶于人,不敢慢于人,有以也。爱亲者人恒爱之,敬亲者人恒敬之。"《重锓稼轩词序》中盛赞辛氏后代忠孝之子以"传先人之书"为己任:"稼轩词之刻也,将欲借其词以求其书也,将欲借其书以存其人也,非仁人孝子而能若是乎?"《慕堂文钞序》开头还写到孝子有保护先人遗文的职责:

> 孝子之不忘其亲,虽衣冠带舄,必爱惜而宝藏之,历久犹摩抚勿忍置,矧撼诸胸臆,笔之简册者乎?顾有谓其篇什寥落而不必存,文词憨直而不可存,非知言者也。……不惟不没其文,真能不没其志矣。吾愿读斯集者,油然生孝悌之思焉,慨然厉忠爱之节焉,勿仅羡其词旨懿茂,而谓其为汉魏也,为周秦也,其庶几乎![1]

法式善诸如此类的说法都是很有意义的。

4. 看重家学渊源、家庭熏陶

法式善在为人作序时,很喜欢论及作者的家庭、家族甚至是家乡。他很看重家学渊源和家庭熏陶对于一个人的世界观、价值观的影响。法式善在《吴云槎编修诗序》第一段写到吴昌龄时,还谈及其族人大昌、征林的文字、人品,甚至延伸至慨叹其家乡——泾县之人才济济:

> 余官司业时,识泾县吴君昌龄,得尽披其诗、古文。吴君官东台教谕,犹时时邮寄手草,以疑义相质。及余官祭酒,又接其族人大昌、征林,皆磊落奇伟士也。于是叹泾之多才,萃于吴氏一门为不可及。[2]

法式善认为一个人的品行,不光是自身修养问题,很大程度来自家庭的影响。《范太翁寿序》中,法式善不写太翁,先写太翁之子气宇轩昂却循循自下,仔细比对父子,方知是家传品德:

---

[1] (清)法式善.存素堂文集[M].清嘉庆十二年刻增修本:卷二.
[2] (清)法式善.存素堂文集[M].清嘉庆十二年刻增修本:卷一.

先生子嵩乔贡成均，拜余于彝伦堂，气宇远俗，余心识之。既而以所业请，清拔峭立，盖得于桂林山川之秀深矣。然其为人，循循自下，虽以文翰知名，而谦退不自满。暇时以道艺不进，堕先人业为惧，盖所专注者德术，所屏置者纷华、势利。先生之家教，又可想见也。①

《王子文秀才诗序》中，法式善先谈论清代初期文学大家王士祯先生，表示对其倾慕已久，"于我朝诗人中，则深嗜渔洋先生。今夏取先生论诗诸说，博考旁稽，喜其立言之正，可以上质古人，而又恨生晚不获从先生游，相与辩论得失，倾怀于一堂也"②，然后才写到子文秀才——渔洋先生的曾孙，并提到王子文的《秋水集》颇有家法。《李凫塘中允诗集序》中提到李骥元（号凫塘）以及两个兄弟李调元（号雨村）、李鼎元（号墨庄）"皆以翰林起家，皆工诗，而官皆未通显。是诗者，凫塘之家学"③。《重锓稼轩词序》本写重刻《稼轩词》之事，却引申至辛氏家族多年累积的声望。"辛少师忠敏公，北方学者也，绍兴间为江西安抚使，有政声，殁葬铅山。越世有由铅山迁万载者，万载辛氏遂为著姓。以余所识辛氏，工文章励志节不下四五人。"④《陈约堂太守七十寿序》实为为陈用光父亲创作的寿序。因与其子陈用光相交，看到陈用光"时时以立身修行为暴勉，于以知其流风遗泽所从来者远也"⑤。写到陈父诫子之语："吾年七十，精神未衰，继自今优游化日，林泉自娱，足矣。弗望汝奇能异行也，亦弗望汝高官厚禄也。惟吾所未及行者，汝行之，竭汝之力，毕吾之愿，如是焉而已。"⑥ 其中，父辈的深情厚谊，对子孙的谆谆教导，今人无不为之动容。

除此之外，法式善在《洪文襄公年谱序》一文中指出了一个家族后人都会做的一件事，就是留下先人遗训，以此不负国恩，不惰先业：

阅世以来，族姓繁衍，读书者少，遗籍渐散。先人之笔记、铭志、

---

① （清）法式善. 存素堂文集［M］. 清嘉庆十二年刻增修本：卷三.
② （清）法式善. 存素堂文集［M］. 清嘉庆十二年刻增修本：卷一.
③ （清）法式善. 存素堂文集［M］. 清嘉庆十二年刻增修本：卷一.
④ （清）法式善. 存素堂文集［M］. 清嘉庆十二年刻增修本：卷二.
⑤ （清）法式善. 存素堂文集［M］. 清嘉庆十二年刻增修本：卷三.
⑥ （清）法式善. 存素堂文集［M］. 清嘉庆十二年刻增修本：卷三.

状谏,绝少存者,不有以甄综之,将恐日亡日轶,后来者不获考寻祖考之德功事言,上负国恩,下惰先业,其若子孙何?①

重视先人所留遗训,便于教育后世子孙,所论很有价值。

第六节　法式善序体散文的骈语特点

序体散文是很讲究艺术性的,尤其是语言艺术。由于很多序体散文多出于文章大家之手,虽为应用文体,却颇具文学艺术性,文字多凝练精彩、渊美雅秀。典型的如李清照《金石录后序》,从书籍得失谈到人生离散,文情从喜悦到凄婉的跌宕,感情真挚,不仅叙述了"靖康之难"对美好人生的摧残,也塑造了自己和赵明诚丰满的夫妻形象,不愧为一篇成功的序体散文。成功的序体散文可以看作一篇上好的文学小品。法式善的序体散文同样也具有很高的文学艺术性,这里作者仅就其中的骈语运用,略言数端。

法式善序体散文的语言整体来说,以散为主,骈散结合。以全篇句数为参照,能算作严格意义上的骈文篇目并不多。如《诗龛声闻集序》(卷一)。大多数序体散文的骈句比例在20%~40%。即使如此,其骈文创作仍有一定艺术特色。

法式善生活的乾嘉时期,骈文大盛。不但骈文家队伍人数较之前代大增,专论或专收骈文的文集在数量和质量上都远超前代。清代骈文兴盛的原因在于景祥《中国骈文通史》一书中已有专章论述,在此不再赘述。法式善序体散文中骈句多处可见,这也从侧面反映出了当时骈文创作的时代风尚。另,法式善友朋中不乏骈文大家,如洪亮吉、吴锡麟、孙星衍、阮元、王芑孙等,他们的骈文创作必定是法式善所非常熟悉的。接下来,我们来分析一下法式善序体散文中骈文句式的基本特点。

一、声律

法式善序体散文用韵方面不是特别严整,可能与其以散为主的创作主导

---

① (清)法式善. 存素堂文集 [M]. 清嘉庆十二年刻增修本:卷二.

倾向有关，但值得注意的是，在平仄相协方面还是可以看出用功很深的。如"……规模鸿钜，典制矞皇，诚文治之至隆，儒林之盛轨也。环桥观听者，咸获仰圣训而沐宠光。是日也，东风和畅，瑞雪纷敷；碧水环流，讲堂雍肃；上心怡悦，恩赉频加"（《成均同学齿录序》）。每小句末尾的字都是平仄相间，读起来曲韵别致，音调和谐。

二、用典

法式善序体散文还善于用典，比如："达而在上，奏皋夔之烈；穷而在下，寻孔颜之乐"（《方雪斋诗集序》），"皋夔"典故出自《尚书·虞书·舜典》"帝曰：夔，命女典乐"以及《尚书·虞书·大禹谟》"帝曰：皋陶，惟兹臣庶，罔或于予正，汝作士，明于五刑，以刑五教，期于予治"，后来皋陶和夔并称，常借指贤臣。"孔颜"典故出自《论语》。两句正好表达了作者劝解后人"达则兼济天下，穷则独善其身"的思想。其他如"风雅之渊薮，学者之正鹄也"（《同馆试律汇钞序》）、"司衡之命，试题之颁"（《清秘述文序》）等。

三、对偶

行文对仗上，法式善序体散文骈文句式有当句对、隔句对与单句对三种形式。

当句对："……今日诗人才丰而遇啬"（《金青侪环中庐诗序》），"虽百世犹旦暮也……虽屡书之犹无书也"（《重刻己亥同年齿录序》），"以化导而抚绥之"（《使琉球日记序》）等。其中，"才丰"对"遇啬"，"百世"对"旦暮"，"屡书"对"无书"，"化导"对"抚绥"。

隔句对："达而在上，奏皋夔之烈；穷而在下，寻孔颜之乐"（《方雪斋诗集序》），"使其中有朱子、文信国其人，虽百世犹旦暮也；使其中无朱子、文信国其人，虽屡书之犹无书也"（《重刻己亥同年齿录序》），"诚文治之至隆，儒林之盛轨"等。

单句对："上溯千百年盛衰之由，下立亿万世趋向之准""一以志荣幸，一以识岁月"（《成均同学齿录序》），"探升降之原，严真伪之辨"（《蔚嵫山房诗钞序》）等。

其他从思想内容上分，还有以下形式：

同类对："世称其诗旷逸似太白，沉雄似少陵"（《李凫塘中允诗集序》），"熏名，遇也；富贵，寄也"（《借观录序》）。

以喻为对："譬之山川出云，百卉春生，往者已故，而来者方新"（《同馆试律续钞序》），"夫农之合耦而耕者，他日或遇于都邑，其话言色笑之相亲，必有异乎人人者矣。贾之共厘而市者，他日或遇于江湖，其赢缩有无相急，必有异乎人人者矣。而况以文章相取质，道义相摩厉，功名相激劝，偕荐于有司，共登于天府者矣"（《重刻己亥同年齿录序》）等。

第四章

法式善的跋体散文

　　法国文论家热拉尔·热奈特20世纪70年代提出"副文本"概念，来指称围绕在作品文本主体周围的一系列元素及文体，如"标题、副标题、序、跋、题词、插图、图画、封面"①等，而题跋被认为是副文本最重要的因素，因此对序跋进行研究很有必要。

　　各类作品的向外传播，并在传播中被后人列为经典之作，既和自身的高超水平有密不可分的关系，也和其他外围因素有关，如题跋文的烘托。题跋文作为一种副文本，正是正文本向外传播的有力工具，它们可以从功能论、作品论、作家论等方面，对作品多方位认定，"有助于读者了解作家的生平个性与人生志向，有助于挖掘阐释作品的深意与整体风格的界定，从而在主题文本之外营造氛围，推介作品，制造舆情，挑起读者的阅读期待"②。当然，还有很多作品在后世不断地被重新整理刊刻，不同时期的题跋作者会不断累积对该作品的接受与体会，作品的经典美质在历史的积淀中不断升华、强化，这种不断的评介与推举，有助于作品的传播，推动了作品的经典化。

　　法式善创作了很多的跋体散文，跋体散文也是法式善散文创作的重要组成部分，并且这些跋体散文同样也取得了很突出的成就，因此本章来专门观照法式善的跋体散文。

第一节　法式善跋体散文的特色

　　本章将法式善跋体散文单列出来进行有别于序体散文的深入分析，希冀

----

① ［法］热拉尔·热奈特. 热奈特论文集［M］. 史忠义，译. 天津：百花文艺出版社，2000：33.
② 沙先一. 尊体意识与典范追求——以清词序跋为中心［J］. 文艺研究，2016（12）：61.

为大家呈现出法式善跋体散文的真实原貌与文学特色。

法式善交游广泛，曾撰有《朋旧及见录》将友朋文字集合成集，他的跋体散文写作对象也因此不尽相同，有为老师、有为朋友、有为后辈而撰，有受人之托所为，有自发创作，因此，语词有典雅有率性，语气或委婉或活泼，内容有谈字论画，也有启发人生，风格各异，这也是法式善跋体散文的整体特征，无法一概而论。又因为跋体散文属于散文典型文体，因此法式善跋体散文不拘格式，有记叙事件，有描写景物，有考订篇章，有说明事理，有发表议论，有抒发情感，使其序跋内容一方面指向书里——作品本身，另一方面指涉书外——作家身世、思想、文艺思潮与论证、作品产生的时代、文化背景等。

上文我们探讨了清代跋体散文的整体发展趋势和呈现特点，将法式善《存素堂文集》中的跋体散文与清代跋文整体特征相比较发现，两者其实有着很大区别，这主要体现在以下几方面。

一、篇幅短小精悍，行文活泼自然

明代吴讷在《文章辨体序说》中明确指出跋文篇幅短小的特点："按苍崖金石例云'跋者，隋唐以赞语于后，前有序引，当掇其有关大体者表彰之，需明白简严，不可堕入窠臼'……近世疏斋庐公又云'跋，取古诗狼跋其胡之义，狼行则前躓其胡。故跋语不可太多，多则冗；尾语宜峭拔，使不可加'。"上文曾说明清代由于汉学发达，学术学、目录学、校勘学、版本学异常活跃，因此，跋体散文中谈艺论道、考辨学术文章的篇章比较多，法式善于此当然也很擅长。但在他的跋体散文中，我们却能读到很多有趣小文，或叙述交游，或寄情抒怀，或记述日常小事，写人记事，学术性虽弱，文学性却很强。黄庭坚《答洪驹父书》曾云："凡作一文，皆须有宗有趣。"所谓"宗"即文章的功能宗旨，尤指传统的"文以载道""诗以明志"；所谓"趣"多来自作者灵机一动的趣闻妙事，来自作者智慧和超脱的胸襟。阅读法式善的跋体散文，于此感触颇深。

所谓性格爱好成就文风，的确并非谬说。法式善在《移居图跋》中曾写到自己的爱好："余于友朋文字外，一切了无所系。"① 除了喜爱结交友朋，

---

① （清）法式善. 存素堂文集 [M]. 清嘉庆十二年刻增修本：卷三.

研习文字外,对于世间其他身外之物了无牵挂;诗龛图集的安排,也都是随性而为:"于以见诗随时而增,龛随地而在,而余之乐固无日无之也。"① 曾说自己一生未有机会游历名山大川,但也是非常淡然,并极其豁达,以"卧游"为美事一桩:"夫余于海内名山大川,虽未获一至,然而烟岚之变幻,涧壑之纡回,新月在林,朝云出岫,固已逞态极妍于几案间。夫谁复能禁余之卧游也哉。"② 法式善不仅有如此个性,作文也主张应"平淡自然",在《寄闲堂诗集序》中就曾述说过"平淡可以感人""真切可以行远":

> 天下事惟平淡可以感人,真切可以行远,而诗尤甚。《寄闲堂诗》八卷,非豫悬一平淡真切之一境于胸中,而后为之也。享天伦之乐恺,极人事之绸缪情,至而理生焉。至于江山花鸟,月露风云,又不过即目而成,触手斯在而已。③

文中明确说明自己作文不需刻意营造,最高境界就是"即目而成,触手斯在",可见,他是以"自然浑成"评价心目中的好文章的。其中,他的跋体散文篇幅短小沿袭了他散文简洁的一贯文风,与其他文体是一脉相承的。正如杨芳灿在序文中整体评价《存素堂文集》风格时所说:"其文情之往复也,令人意移而神速;其文气之和缓也,令人燥而矜平。采章皆正色而无驳杂,韵调皆正声而无奇邪,追造乎易之境,而泯乎难之迹者矣。"④ 而且需注意的是,法式善的跋体散文较之其序体散文和论体散文,字数更少,篇幅更短,文章更加精悍,而且文风也区别于一般人那些探讨文章学术的长篇跋文,行文更加活泼灵动。如:

《德定圃师遗稿跋》文中,法式善珍惜英和翰墨,爱而生吝,借钞其副本,遂为己有。文字活泼可爱。全文仅为131字,却将自己求索老师文字,得而珍惜,不愿归还的心态描摹尽致,跃然纸上:

> 法式善以吾师手书从公子煦斋借留斋中者数年矣。煦斋选吉士屡向

---

① (清)法式善.存素堂文集[M].清嘉庆十二年刻增修本:卷三.
② (清)法式善.存素堂文集[M].清嘉庆十二年刻增修本:卷三.
③ (清)法式善.存素堂文集[M].清嘉庆十二年刻增修本:卷三.
④ (清)法式善.存素堂文集[M].清嘉庆十二年刻增修本:杨芳灿序.

余索之。余重师翰墨，爱而生吝。且知煦斋藏师遗迹尚伙，钞其副归之，此册遂为余有。其事虽弗衷于道，独无如余情之弗舍也。

法式善的《德定圃师遗稿跋　又》一文对于上面所举的《德定圃师遗稿》一文进一步说明：赋作虽非老师亲手抄写，但均为英和年轻时的创作，而且上面有自己的批改痕迹，可见老师的好学与谦虚。全文仅有79字，真可谓简洁至极。秦瀛评价该文"此虽小文，具见精洁"，王惕甫评价其"碎金屑玉，无不可观"，皆可视为定评。

法式善在《翁覃溪先生临文待诏书跋》一文中，描写翁方纲虽然近视，看东西均需眼镜，但有趣的是，覃溪先生在作书法时却能不戴眼镜，而且能写蝇头细楷。如曾经用"寸余"纸张为人书《兰亭序》，"笔书锋芒毕现"，可谓"绝艺"，作者也曾目睹翁先生为人题写扇面，字极小，就把几案挪到窗下，就着日光书写。即使如此，翁先生从未认为这是苦差事，可见其对书法的热爱。文中还写到虽然翁公书法不名一家，但善模古人书法精神，临摹之文与原文经常丝毫不爽，令人称奇：

先生短视，一切皆需眼镜，惟作书则去之，且能作蝇头细楷。尝为人书《兰亭序》，纸不盈寸，而笔画锋芒备极其致，真绝艺也。余睹见先生为桂未谷题明人扇面，字极小，移几案于窗下，就日光书之。①

文中细节生动传神，且"言质而信"（王惕甫言）在跋文中表现得极为突出。

诸如以上各篇，将叙事、议论、抒情结合在一起，方法多样，形式灵活，确为跋文之精品也。

其他如法式善的《江湖后集跋》仅149字却表现出萧疏自喜的情态；《萧玉亭师馆课诗遗墨跋》仅用160字评价萧玉亭诗歌特点，所言极其深刻；《潘梧庄临郑千里气概图跋》仅用84字就将潘大琨摹画郑千里气概图的风格交代清楚，评价潘画"苍劲稍逊，而娟秀过之"，并不以与原画风格一致为优。这些跋体散文，虽篇幅短小但表达准确，情感丰沛，都能引起读者的强

---

① （清）法式善．存素堂文集［M］．清嘉庆十二年刻增修本：卷三．

烈共鸣，难怪杨芳灿先生称赞法式善此类跋体散文类似于"唐人小品"！

《西涯图跋》一文，法式善对西涯图只字未提，但却句句围绕"西涯"展开。貌似不经意的漫笔，实则字字谈画，突破了传统跋体散文的固定框架。文中先考证《长安客话》，得出李东阳故居坐落在李阁老胡同的结论，实则谈西涯之位置。又考《帝京景物略》，发现此院落后改造成民居，直至嘉靖年间，才由耿公赎回，建祠纪念李东阳，实则谈西涯之变迁。文中最后谈到自己在一个雪天观赏西涯一带寒色，于是提笔，将所考证之文漫记于卷末，实则卷轴之画与前文息息相关。法式善一生中多次组织过大型征画、征题活动，重要的有两次，一为"诗龛"，一为"西涯"。法式善之所以倾心于"西涯图"，与其对李东阳的仰慕有着密不可分之关系，这一点在前文中已多次提及，在此不再赘述。但无论怎样，该篇跋文的内容相较于序文的内容安排，灵活很多。

《曹文恪公诗草跋》中，法式善还叙述了一件奇闻逸事。曹公乃乾隆四十四年法式善乡试房考官编修。中榜后，去拜谢曹公时得知一件奇事，原来，曹公由于喜爱法式善"花气养和风"一句，甚是珍视法式善的墨卷，填草榜时本要填上法式善的名字，但意外发现法式善的墨卷不翼而飞了，曹公找了好久，才从帐篷顶上寻得：

> 忆庚子榜后，善赴午门谢恩，公亟告曰："填草榜时，汝殊墨卷忽不见，几欲易之。余以诗中有'花气养和风'句，爱弗忍置，坚持不可。至二更，始从帐棚上寻得，喜出望外。余固汝知己也。"其后每于朝会，卿尹杂坐，时指善告曰："此余门生中诗人也。"其以诗受知于公者如此。①

行文起伏跌宕，给人印象深刻，读者当为二人的文字之缘，曹公之爱才心切所深深感动。全文情感也在积淀中顺理成章达到文末高潮，"今读遗墨，不觉涕泗之交颐矣。爰钞副什袭以藏，敬跋数语于卷尾以弗谖云"②。

其他篇章同样体现了这一特点，如《国子监司成题名碑录跋》《翁覃溪

---

① （清）法式善. 存素堂文集 [M]. 清嘉庆十二年刻增修本：卷三.
② （清）法式善. 存素堂文集 [M]. 清嘉庆十二年刻增修本：卷三.

先生临文待诏书跋》《蒋湘帆临西涯诗帖跋》《移居图跋》等也都得到了时人的充分肯定。

二、品书论画，情趣高雅

法式善跋体散文文章多数集中在书画题跋上，仅有零星篇章写诗文集。

法式善《存素堂文集》中跋文30篇，书后7篇。《存素堂文续集》中跋文9篇，书后3篇。其中，文集跋文只有5篇，文集类书后1篇，史书类书后1篇，墓记类书后1篇，年谱跋1篇，另有2篇《顺治十八年缙绅》《明万历二十五年顺天乡试录残本跋》是为掌故类文章所作的。其他38篇跋文均集中在书画碑帖等方面，这一特点非常鲜明。

中国传统书画题跋无外乎两个中心：一为欣赏书画艺术，二为辨明书画真伪。法式善书画题跋文在这两方面均有体现，下文在"法式善跋体散文的艺术价值"一节将详细分点阐释。总之，法式善有眼力、有学养、有见识、有品格，题跋文的价值很高，而且也充分展示他的高雅情愫，文章很值得一读。

三、承宋代苏黄，作文学小品

孙星衍曾在评价法式善的《英文肃公西郭草堂杂咏诗跋》时指出："似苏、黄小品。"一语中的，此说道出了法式善跋体散文的风格特点。因此，需先把握苏轼、黄庭坚小品之特色，方可掌握法式善跋文风格。

陈望道曾在《小品文与漫画》一书中指出："小品文之所以别于'大品文'的，只是八个字，就是'意思集中，短小精悍'。"[①] 显然，这类文章不是要把一个观点或事情从首至尾，条理清晰，丝毫不落地详细铺排，而是抓住重点、中心，用明净简短的方式表达出来。宋代苏轼、黄庭坚的散文中，有一类是文学性较强的题跋类小品文，对后世有较大影响。跋体散文实际上按风格而论，分两种：一类为学术性的，如上文欧阳修之《集古录跋尾》。一类为文学性的，实则为文情并茂的散文小品。可以说，直至苏黄，文学性题跋才有了长足发展。他们大大拓展了跋体散文的表现题材，除了金石碑铭、诗歌、书画作跋，或发议论、或抒情怀，卷舒自然、自如畅达、率真活

---

① 陈望道．小品文与漫画［M］．上海：上海书店，1981：36.

<<< 第四章 法式善的跋体散文

泼,著名篇章如苏轼《书蒲永升画后》等。后人对二人的题跋文评价甚高,如明代陈继儒在《白石樵真稿·书杨侍御科苏黄题跋》中提道题跋,文章家之短兵也……苏黄之妙,最妙于题跋;《铁立文起》言"山谷诸种,最可诵法。以此推之,知题跋非文章家小道也。其胸中全副本领,全副精神,借一人、一事、一物发之,落笔极深、极厚、极广,而于所题之一人、一事、一物,其意义未尝不合,所以为妙。每读苏、黄游戏翰墨中,忽出正语,使人肃然敬戒,凛然不可犯"[1]。

孙星衍显然关注到了法式善跋体散文与苏黄小品文的相似性,所以他在《英文肃公西郭草堂杂咏诗跋》文后评论中谈到了:"苏、黄题跋以议论见长,以文学意味取胜。其突出的特点,是有切实的内容和独特的见解。他们好发议论而'不为空言',喜品评人物、书画而自出新意。天地万物,古今人事,信手挥洒,一出自然。"[2] 这篇文章中指出的苏黄题跋的特点,可以概括为:内容切实、见解独特、不为空言、挥洒自如。下面结合孙评中涉及的特点分析法式善《英文肃公西郭草堂杂咏诗跋》一文,从中窥探其与苏黄跋文之联系。

文章一开头,法式善便回忆了英文肃公与自己曾同在翰林院任职,且英文肃为法式善的上司。当时文肃公的诗才就已经得到众人肯定,但可惜"公一诗成,同馆竞传观之,惜未得其手迹也"[3],自己未曾拜读过英公的诗。转机在于自己奉旨校对八旗诗,英文肃公的曾孙思斋农部将自己曾祖的诗文全集给法式善查阅,法式善这才有机会一饱眼福,窥其诗文全貌。而自己的朋友蓉庄观察恰好爱好英文肃公的墨宝,"欲摹数行上石",因此思斋农部将曾祖的《西郭杂诗》十章借给蓉庄钩摹,上面均是英文肃公老年之作,笔意苍劲,极其难得。最后提升文意:"蓉庄之孜孜求公书,与思斋之慨然以公书示人,余两贤之。"[4]

整体来看,整篇文章短小精悍,文末提炼出警世妙语,令人回味。情节不拖沓,仅把写作重点锁定在了蓉庄观察爱书这一细节上。最终,爱书之人的追求得到了慷慨人士的满足,成为书坛之佳话。从全篇来看,文字"随物

---

[1] (清)王之绩. 铁立文起[M]. 清康熙刻本:前编卷四.
[2] 邓安生. 古代题跋试探[J]. 天津师大学报, 1986 (5):65.
[3] (清)法式善. 存素堂文集[M]. 清嘉庆十二年刻增修本:卷三.
[4] (清)法式善. 存素堂文集[M]. 清嘉庆十二年刻增修本:卷三.

赋形""如万斛泉源，不择地而出"①，似无意为之，又时时观照。表面上为诗文作跋，实则讨论书坛妙缘；表面上谈诗文书画，实则论人之品行。这种写法和风格，的确与宋人之小品文十足接近。但是因为清代特殊的政治环境，法式善在跋体散文中未有太多的讨论社会现实的"有为"之文，这与苏黄小品文还是有一定区别的，也是具有时代普适性的。其他篇章，如《曹文恪公诗草跋》《德文庄公墨迹跋》《古夫于亭杂录钞本跋》等，也不同程度体现出了这种风格特点。

第二节　法式善跋体散文的类别

按照内容，跋体散文大体可分为以下四类。下面就按照四类分法，来考察法式善的跋体散文。

一、评论性跋文

评论性跋文主要对金石书画各类作品或作者进行评价，典型的如法式善《移居图跋》。文中清楚地描述了移居图集编制的缘起，体例的安排，并且评论其具体特点。首先，该文叙述了图集缘起——朱素人居士首先作《移居图》，由于"意思萧散""笔墨生动"，深得法式善喜爱；其次，在得知法式善移居后，很多友朋又继续赠送《诗龛图》，因为画与诗品质较高，因此，法式善有了装联成卷的意愿，并按得画先后排序。法式善在这个品画研诗的过程中的快乐满足溢于言表。最后评论说"夫余于海内名山大川，虽未获一至，然而烟岚之变幻，涧壑之纡回，新月在林，朝云出岫，固已逞态极妍于几案间。夫谁复能禁余之卧游也哉"，提出了"卧游"的有趣说法，分外引人注意。

二、鉴赏性跋文

鉴赏类跋文主要从艺术角度对作品、书画、金石进行品鉴，典型的如法

---

① （宋）苏轼. 东坡集［M］. 明成化本：东坡集卷二十三.

式善《韩所瞻藏祝枝山诗文手草册跋》。文中不仅品鉴祝枝山的书法，而且仔细品味其诗文。与世人观点一致，评价祝枝山和唐寅书法"任诞"，并运用对比手法，列举了世人对唐寅诗文的评价较低——"颓唐"；对于祝枝山诗文，顾麟评其"命意迥异俗人"，朱彝尊将其与徐祯卿的《叹叹集》相提并论，与唐寅诗文相左，赞扬居多。当然，法式善对于祝枝山的诗文还是有自己的基本判断的，评价比较客观，认为虽有些"褊急"，但构思不落窠臼，足以自立。的确，祝枝山晚年的书法风格与诗文风格都体现出了明代浪漫主义书风①，他本人也被尊为吴门书派中"明中期三大家"的领军人物。他也是著名的文学家，与唐寅、文徵明、徐祯卿合称"吴中四才子"。大家多关注他的书法，而对其诗文关注得不够，自然评价并不太多。但法式善对祝枝山诗文进行了评价，而且比较符合事实。祝枝山对于儒家思想的态度一直与普通士人有着较大区别，这从他态度鲜明地"扬李贬杜"就能看得出来。②早年读书涉猎各家思想，如稗官、杂家、嵬琐之学等，后来科考失利以及受"反程"社会思潮影响，最终，祝枝山晚年形成了"褊急"的文气。但祝枝山的个性化诗文风格，又是法式善极力称赞的，这也从祝枝山极力称赞李白独立自如的人格与诗风的态度中可见一斑，祝枝山的这一思想主张对明后期"独抒性灵，不拘格套"之公安派甚至是整个晚明文坛产生了影响。由此可见，法式善对于祝枝山诗文鉴赏言之有据，结论恰切准确。

其他如《萧玉亭师馆课诗遗墨跋》一文，法式善评价自己会试房师萧玉亭先生的诗体虽为台阁体，但"骨韵峻洁、倏然出尘"。当时的乾嘉诗坛沈德潜"格调说"影响巨大，所谓"格调"其实即"宫体诗"在清代的变体。"格调说"将诗歌纳入"温柔敦厚"的儒家诗教范畴之中，导致诗人们迷失了自己的主体地位，将创作导向"润色鸿业"上。同时代人袁枚就曾斥责其为"裒衣大袑气象"，朱庭珍《筱园诗话》（卷二）批评其"诗平正而乏精警，有规格法度而少真气，袭盛唐之面目，绝无出奇生新，略加变化处，殊无谓也"。与以上向宫体诗一边倒的态度相比，法式善对于萧玉亭先生宫体诗的评价似乎更客观一些，能辩证地评价宫体诗，能看出其"骨韵峻洁、倏然出尘"之处，实属难得。

---

① 马海英. 江南园林的诗歌意境［M］. 苏州：苏州大学出版社，2013.
② 史小军，李振松. 祝枝山论李、杜［J］. 人文杂志，2006（2）：9.

三、感想性跋文

感想性跋文主要为书画、文集等观后感，具有代表性的如法式善《蒋湘帆临西涯试帖跋》。文章开头并不直入主题，评帖断字，而是间接表达了对李东阳的崇拜，描写了两人之间的一系列"文字因缘"，令人慨叹，包括居所为西涯旧迹、旁搜诸家关于李东阳的故事、访畏吾村李东阳墓地、在翁方纲处获睹明中期画家沈周的《移竹图》真迹、又有幸获得文徵明《西涯图》摹本等。表面上看一切都是因缘际会所致，不过，正是由于法式善长久以来满怀虔诚地对于李东阳各类资料孜孜不倦的收集，才产生了这所谓的"因缘"，实则是法式善自身的努力所致，令人敬佩。

《汪云壑江秋史程兰翘遗墨合册集》一文详细描摹了汪如洋、江德量、程昌明与法式善同馆学习，结下了深厚友谊，后均官路亨通，因而聚少离多。然而一旦见面，仍通宵达旦讨论，"聚必谋竟夕欢，或联床达旦谈娓娓不休"①，但三人都早亡，实在令人惋惜。面对三位生前留下的手迹，慨叹"造物者若或忌之，而不使尽其用"，极尽"人琴之感"，表达了法式善心中的万分不舍与惋惜。该文由于感情丰沛，使文后评论者纷纷为之动容："仆久客邗江，屡见秋史旧藏，其所著《古泉录》为一士所持。古泉已卖去大半，犹索价四百金，仆不能买，但劝其人刻行《泉录》，未知成不成也"②，"风韵翛然，读之使人增重朋友之谊"③。

其他如《罗两峰画瀛洲亭图跋》，文中法式善没有评价罗聘所画瀛洲亭图卷的语句，而是将重心放在画局当天的情形和之后的各人境遇上，感慨罗聘的潦倒，但也表达了自己因此有幸与两峰先生谈诗论画，好不惬意的心情。

四、考证性跋文

考证性跋文主要考证文集版本，或考订文物真伪或价值。法式善《两宋名贤小集跋》一文则属于第四类——考证性跋体散文。该文第一段进行版本

---

① （清）法式善.存素堂文集［M］.清嘉庆十二年刻增修本：卷三.
② （清）法式善.存素堂文集［M］.清嘉庆十二年刻增修本：卷三.
③ （清）法式善.存素堂文集［M］.清嘉庆十二年刻增修本：卷三.

辩伪，将《四库全书总目》中《两宋名贤小集》的序跋进行考证，发现所谓的魏了翁序与朱彝尊跋均从他书篡改而来：

> 《四库书总目》载：《两宋名贤小集》一百五十七卷，旧本题宋陈思编，元陈世隆补，凡一百五十七家。前有魏了翁序，后有朱彝尊跋。考了翁序，即《宝刻丛编》之序。彝尊跋以思与纂《江湖小集》之陈起合为一人，以此集与《江湖小集》合为一书，皆出伪托。又跋内称世隆为思从孙，于思所编六十家外增百四十家，稿本散逸，曹溶补之。亦不足信。①

第二段列举了《四库书目》版本与自己所得版本的差异，卷数有异，作家有别，但也有相似之处，如王应麟诗：

> 兹书三百八十卷，作者二百五十三家，与《四库书目》迥异。其始于杨亿，终于潘音，而王应麟诗仅存五首为一集者，又与《四库书目》同，是可疑也。②

然后分析两个版本异中有同之原因，其实是后人不断增损的结果，而且均借名人之跋来抬高本集的地位：

> 盖此书在宋时已称难得，后来辗转流传，皆藉缮录，未经付梓。好事者递为增损，遂无定本。为就二跋而论，当是浙人会萃所成，假序跋以增重耳。③

《孙文简古像赞跋》一文，法式善将三个版本——《历代帝王圣贤相册》《南熏殿藏像》与《古像赞》反复比较，得出三本"各有不同"的结论，如摹梦禅居士藏本以明人居多，孙承恩《古像赞》中以宋人居多，然而"溯其源，则一而已"，法式善分析了其中原因——历史变故，南渡之后，书院制

---

① （清）法式善. 存素堂文集［M］. 清嘉庆十二年刻增修本：卷三.
② （清）法式善. 存素堂文集［M］. 清嘉庆十二年刻增修本：卷三.
③ （清）法式善. 存素堂文集［M］. 清嘉庆十二年刻增修本：卷三.

定,后来元明人在此基础上进行增损。而且在各个版本之间进行比较,评定优劣,认为孙承恩《文简集》之《古像序》和《古像赞小引》二文鉴别有据、议论准确,值得观览。汪瑟评价曰"有关考证之文。愈琐细愈佳",所说都是中肯之论。

第三节 法式善跋体散文的价值

跋体散文是中国古代文学的一份丰富珍贵的文化艺术遗产,有着自身独特的艺术价值。如果将法式善跋体散文进行文本细读,就会发现其中体现着作者机敏的才思,记录着时人真实的情趣,蕴含着深刻的哲理,跃动着耀眼的文采,具有多方面思想文化价值。

一、思想启迪

正如《铁立文起》所言:"题跋者,简编之后语也。凡经传、子、史、诗、文、图书之类,前有序引,后有后序,可谓尽矣。其后览者,或因人之请求,或因感而有得,则复撰词以缀于末简,而总谓之题跋。"[1] 古代题跋不是应人之邀之作,就是有感而发之作。而后者往往令人深思,给人启迪。明人江天一在《读宋名臣言行录》中载"每观一人生平,肃然起敬。因想一时奸臣权相,或身履高位而希意承旨以流毒天下者,其子孙未尝不多方致力,求当世之文以赞扬之,卒不能以逃公论。而不求见美于人者,人惟恐其佳言懿行或遗焉。然则富贵之人,不求言行于身而求状传于世,祇意其愚耳",这段言论就深具启发,对于那些品行有亏却要留名后世的人寄予贬斥,对于那些品德高尚但不求当世赞扬的人寄予褒扬。

法式善跋文因为未受传统跋文体制过多限制,行文自然,因此时常会流露出个人情感色彩,会针对一些做法提出自己的真知灼见,很具有启迪作用。如《曹文恪公诗草跋》中提到了时人对于作者稿本的珍视。曹公为礼部尚书曹秀先,是乾隆四十五年法式善大考之时的会试主考官,对法式善有知遇之恩。作为后学,能够得到前贤赏识,并被提携备至,实属人生中之幸

---

[1] (清)王之绩. 铁立文起 [M]. 清康熙刻本:前编卷四.

事。对于观书者或观文者来说，并不是总有机会一睹书法大家或诗文作者的真迹、手稿的，原因很多，如作者本身也许不愿将手稿真迹示人，正如清王宗炎所说："学书当玩墨迹，观其不经意处，自然入妙。观书当观稿本，审其斧削刊定，便知著述之法。"(《晚闻居士遗集，书蔡祖州所藏张文敏〈尔雅考证〉稿本后》) 或者由于年代、地点等限制，无法轻易一睹手迹或手稿真容。加之时代久远，保存不善，后人想阅览前人之作，更是难上加难，文中常常有一种浓浓的物是人非之感。《曹文恪公诗草跋》一文中，就是后一种情况。文中提到：曹公书法有名，但诗歌之作留下的并不多，世人也多不知其诗才。机缘巧合下，海丰吴氏从书市购得一册曹公手稿，非常珍贵，里面点定之处颇多，后人可以通过其中的涂改修正之处深入体会曹公创作诗歌时的独具匠心。法式善正是通过仔细研究，得出结论：曹公之诗心气和平、立言忠厚，比一般的诗人之诗要高超得多。如下文：

右古今体诗一百二十有九首，吾师曹文恪公庚寅年典试江南往还所作也。公以书名于世，其诗文浩博，藏诸箧笥盖甚夥。公既殁，越己酉夏，家不戒于火，手稿百余卷皆焚毁。此卷为海丰吴氏购自书肆，转赠云浦太常者。诗草屡经点定，故涂乙勾抹过半。而心气和平，立言忠厚，不得仅以诗人之诗目之。①

再如在法式善《古夫于亭杂录钞本跋》中高度赞扬了朱泇坡好古之雅、嗜猎奇书之特点，其实也是在赞扬像朱先生一样的对于古代文献保存做出贡献的人们。文章中提到《带经堂三十六种》中并未录入《古夫于亭杂录钞》(五卷)，实属可惜，而朱先生又寻此本三十余年而不得，后嘱托法式善借出秘阁本，由他的家弟野云山人托人抄录，"集钞手六七人，于瀛洲面水小阁间，阅十日始藏事"②。法式善在文中还交代，此书在书肆中不值百钱，而朱先生却要费如此周折抄到秘阁本，其对文集孜孜不倦的追求令人动容，因此在文末连连慨叹：

---

① (清) 法式善. 存素堂文集 [M]. 清嘉庆十二年刻增修本：卷三.
② (清) 法式善. 存素堂文集 [M]. 清嘉庆十二年刻增修本：卷三.

> 若此散帑千金，古今同慨。因为笔而记之，著泖坡好古之雅，且以谂后之嗜奇书者。①

从诗中我们可以体味到法式善的文献保护意识，也能体会到他想通过这些跋文让世人重视文集等的保护整理。

二、学术史料

法式善的跋体散文保存了很多学术史料，这里分而述之：

（一）版本校核

法式善版本考察的专业素养非常高，秦瀛称其"明辨晰"。但法式善并不一味看重文本价值，如在《两宋明贤小集跋》一文中，法式善别出心裁，认为虽然从版本学的角度考证，发现此集定非善本，但二百五十三位作者的作品由此可以长存下来，这份功劳也的确巨大，所以一直抓住作者、编选年代不放的考证也并非完全可行。可见，与版本之考证相比，法式善更看重有宋一代作者的精神影响与作品的传播：

> 二百五十三人之精光，赖此长存宇宙间，其功亦甚伟矣，奚必辨其为何人之书、何年所纂哉。②

能够体现法式善这一可贵精神的还有《江湖小集跋》。文中法式善同样指出了九十五卷的《江湖小集》虽然版本有误，但在传入南渡后起到了巨大作用——"然南渡后诗颇赖以传，亦足宝矣"③，《江湖后集跋》最后也指出"宋季就淹之诗获显于世，岂独起之书赖之以益可宝哉？即宋诸君子所以为传世之业者，固将由是以益著也"④。王芑孙评价法式善的跋文似曾巩文，其实就是重点指涉其对书籍、金石的永世流传的重视。

秦瀛认为法式善在跋文中的考证功夫特别像朱彝尊的文字。朱彝尊作为清初著名学者，其治学考证功夫极深，其大量的学术观点、考证结论都为官

---

① （清）法式善. 存素堂文集[M]. 清嘉庆十二年刻增修本：卷三.
② （清）法式善. 存素堂文集[M]. 清嘉庆十二年刻增修本：卷三.
③ （清）法式善. 存素堂文集[M]. 清嘉庆十二年刻增修本：卷三.
④ （清）法式善. 存素堂文集[M]. 清嘉庆十二年刻增修本：卷三.

修《四库全书总目》200卷所借鉴，经崔晓新统计："《提要》明确援引朱彝尊序跋达42处之多，其中直接采用朱氏论断及对朱氏论断作肯定评价者就达35处。《提要》对朱彝尊序跋的这种继承与借鉴，就清初的学者而言，是罕见的。"① 由此可见，官方对于朱彝尊考证能力的肯定。法式善在书籍的版本源流考订、对书籍内容部分做订正的核实态度与朱彝尊手法的确非常相像。

（二）刊刻印刷

这一问题，我们可以举陈起的例证来说明。

法式善在多篇跋体散文中都提到了宋代的刊刻家陈起。《江湖小集跋》言"起，字宗之，钱塘书贾，设局于睦睹坊，世所传宋善本，皆其所刻。又称陈道人，雕版者是也"②与《江湖后集跋》言"宋人陈起，在宝庆、绍定间以书贾能诗与士夫抗颜列席，名满朝野。篇什持赠，随时标立名目，付雕印成，远近传播。《永乐大典》所载《江湖集》《江湖前集》《江湖后集》《江湖续集》《中兴江湖集》，其名不一，皆起所刻者"③。陈起所开书铺刊刻的图书在当时负有盛名，流通古籍数以万计。以上不同书名实则均出自陈起，因为刻技精湛、字体俊丽、工料上乘，成为坊刻精品，为后世珍重。法式善之所以屡屡提及刊刻者，一为《江湖小集》等旧本题均为陈起所刻，其对善本的珍视与孜孜以求令法式善敬佩。二为赞颂陈起身为书贾却能作诗。

由此可见，法式善是非常看重在书籍刊刻过程中发挥重要作用的个人。当然，法式善也注意到，前代书籍的流传，不可能凭一人的出版贡献之力而达到，其是需要诸位君子共同努力的，于是在《江湖后集跋》最后提道："宋季就淹之诗获显于世，岂独起之书赖之以益可宝哉？即宋诸君子所以为传世之业者，固将由是以益著也。"

（三）目录文献

法式善曾作《存素堂书目》（四卷），将自己平生所积累书籍按目录学方法，进行整理。其中谈了自己对于目录学的一些看法，如提到了目录学的主要功能有二：一为记篇目；二为考订撰述世系。且编纂目录的目标是一定

---

① 王火红，王娟. 嘉兴人对《四库全书》的贡献［J］. 嘉兴学院学报，2014（2）：46.
② （清）法式善. 存素堂文集［M］. 清嘉庆十二年刻增修本：卷三.
③ （清）法式善. 存素堂文集［M］. 清嘉庆十二年刻增修本：卷三.

的：别同异，明得失。法式善编纂《存素堂书目跋》，原因有二：一为社会因素；二为个人原因。从社会原因来谈，清代的学术积累达到了繁盛阶段，清代学术界大家纷纷承担并完成了对古代学术进行全面总结和梳理的使命。在整理古代学术过程中，清代目录、版本、校勘、辩伪、训诂等文献学领域得到了长足发展。清代学者非常看重目录在读书治学中的巨大作用，如王鸣盛《十七史商榷》卷一云："目录之学，学中第一要紧事，必从此问途，方能得其门而入。"《存素堂书目跋》中法式善还提到了自己整理书目的榜样：宋之陈振孙，明之杨士奇。《四库全书总目》（200卷）的完成标志着清代目录学成就达到了新的高峰，全程参与《四库》编纂的法式善身在其中，必定对目录学有更加深入的体会。从自身来说，《存素堂书目跋》中提到自己自束发起便"嗜书如命"，虽财力有限，仍将大部分家当变卖购书，友人多知他这一爱好，时常会送他一些副本。不觉间，自己的藏书已"充楹溢栋"了，因此就萌发了作书目的想法：

> 余束发嗜书，北地书值昂贵，贫士尤难力办。三十年来，一甑一裘，悉以易书。交游既广，江南、北浙东西爱余者，多以副本见贻。益以生徒所写中秘本累累然充楹溢栋矣。偶取视检一周，乃得有目焉，庶便观览。①

法式善藏书多至数万卷，间以藏书法、绘画作品，以聚书富而闻名大江南北。据《中国藏书家缀补录》记载："海内藏书家多以副本售之，又借抄翰林院官书，阅十五年得宋人集八十九家，元人集四十一家，装潢为一百七十七册。"藏书书印颇多，包括"诗龛书画印、法梧门藏书印、陶印守正、时帆珍玩、陶庐藏书、存素堂图书印、小西涯居士、玉延秋馆、试龛鉴藏"等②。本书交代了法式善藏书过程，作书目的及经过，当时虽尚处于"草创"阶段，"卷数不著""义例未详"，但法式善坚持做到以后如果有和书名一样的其他新版本出现，一律收入囊中，不做删减，以防遗失。他一再表示自己"从容编校"的目的是"留示子孙"："青山有缘，白发无恙，余当从

---

① （清）法式善. 存素堂文集［M］. 清嘉庆十二年刻增修本：卷三.
② 白淑香. 中国藏书家缀补录［M］. 银川：宁夏人民出版社，2016：77.

容编校，勒成一书，留示子孙，传诸奕世。"①

（四）历史掌故

法式善一生做过很多掌故资料收集类工作，他悉心研求文献典籍，博览群书，《湖海诗传·法式善》载："时帆自登仕版，即以研求文献、宏奖风流为事。故在词垣著《清秘述闻》《槐厅载笔》，在成均著《备遗录》，其余有资典故著而未刻者甚多。"据统计，法式善相关文献整理包括《清秘述闻》（十六卷）、《槐厅载笔》（二十卷）、《梧门诗话》八卷、《八旗诗话》二卷、《陶庐杂录》六卷、《备忘录》一卷及《明李文正公年谱》五卷。

法式善在跋体散文中也表现出了自己对掌故之文的重视。《国子监司成题名碑录跋》中就甚是关心满、蒙祭酒、司业的官员记录，认为顺治年间缺失的记录为一大憾事：

> 恭阅《世祖章皇帝实录》：顺治元年十一月，设满洲司业一员、助教二员。十五年五月，升司业图尔哈图为祭酒，以前未见满洲祭酒也。十六年，吏部定以太常寺少卿管满洲祭酒事，太常寺寺丞管满洲司业事，是前此未有成例也。十七年三月，裁国子监蒙古祭酒、司业，增设满洲监丞。蒙古祭酒、司业设于何年，又不可考。七月，以通政司知事白成格、户部主事华善，俱为国子监司业，是又不专用太常寺官矣。《国子监志》及旧碑：满洲司业有白清额、花善、名白、清额无历任之年，花善则在康熙二十三年，亦未可为据。《会典》《职官表》二书所载，皆今制。惟新城王尚书征引稍备，又与此多有不同。嗟乎，百余年来，遗文旧事难于稽核如此。谨录所闻，以俟博洽之士正定焉。②

文中交代，法式善对具体历史资料进行钩沉、稽核，但发现近百年之内的材料很难核查。他钩沉的方法是寻找体制变革的转折点。但还有很多不可考之处。凡遇到无法考核之处，法式善就坚持把实际情况告诉世人，不妄加臆断。王惕甫和陈用光都对法式善此文给予极高评价："简核正以无断制为

---

① （清）法式善.存素堂文集［M］.清嘉庆十二年刻增修本：卷三.
② （清）法式善.存素堂文集［M］.清嘉庆十二年刻增修本：卷三.

佳"①,"简直古雅,允推杰作"②。再看法式善所做的整理掌故的实际工作,的确非常扎实。陈预评价其《陶庐杂录》:"历代户口之盛衰、赋税之多寡、职官之沿袭、兵制之废兴,一切水利农桑、盐茶钞币、治河开垦、弭盗救荒,与夫说论名言、零缣佚事,参稽胪列,语焉能详,就所见闻,足资掌故云。"③法式善《陶庐杂录》自序称"乾隆辛丑(1781),法式善散馆蒙恩授职检讨,充四库书馆提调官,凡夫史氏之掌记、秘府之典章获浏览焉;嗣后再充日讲起居注官,南循之命、试题之颁,皆尝与闻又充办事翰林官,玉堂故事、前辈嘉谭与夫娃子里居、迁擢职使,益得朝"④。《陶庐杂录》中最突出的就是明清两代的图书目录信息数据,包括丛书、类书等编纂的缘起、刊刻等,还有卷数、内容、编次等介绍,其中一些还进行得失评骘,补别书之未备,或与他书互为补充,对图书目录学、文献学研究有极大的参考价值,的确称得上是一部杰出的史学百科全书。

再如《纪晓岚尚书藏顺治十八年缙绅跋》,法式善并有开门见山,第一段并未直接入题,而是先说自己撰写《清秘述文》收集资料时发现的三科会试齿录中有王西樵、王渔洋兄弟二人登科及第的记录,甚为珍贵。第二段提到纪晓岚手中有《顺治十八年缙绅》,请法式善作跋,法式善经过仔细比对刻手、印记等,得出三个版本相同的结论。更难能可贵的是,纪晓岚缙绅录中居然有王氏兄弟的任职情况,与前文呼应,使百年之前的缙绅名单得以彰显,作者甚感欣慰。可见法式善对跋体文能保存历史掌故的作用的褒扬。王惕甫对法式善这种博辑掌故、辨伪存真的态度和贡献给予极高评价:"近事却成异闻,此自古所以贵掌故之士也。"⑤

(五)艺术鉴赏

我国古代题跋之文很多出于大家之手,他们或为书画家、或为诗文家,具有丰富的创作经验和独到的艺术品位,一旦发为题跋,往往多是宝贵的经验之谈或鉴赏之论。苏轼、黄庭坚、刘克庄等人的题跋,就被后人认为是很优秀的文论、史论、诗论、书论、画论等。

---

① (清)法式善.存素堂文集[M].清嘉庆十二年刻增修本:卷三.
② (清)法式善.存素堂文集[M].清嘉庆十二年刻增修本:卷三.
③ 司马朝军.续修四库全书杂家类提要[M].上海:上海古籍出版社,2002:403.
④ (清)法式善.存素堂文集[M].清嘉庆十二年刻增修本:卷一.
⑤ (清)法式善.存素堂文集[M].清嘉庆十二年刻增修本:卷三.

第四章 法式善的跋体散文

众所周知，法式善是清代著名少数民族文学家，他的诗歌成就极高，不仅有自己的诗集《存素堂诗初集录存》，另有诗话《梧门诗话》。由于诗歌创作的实践经验和对诗歌风格的深入体会，法式善在为数不多的诗文集跋体散文中突出地表现出了自己艺术鉴赏的独到眼光。《韩所瞻藏祝枝山诗文手草册跋》中提到祝枝山这一手草册上的诗文多是晚年之作，虽不免"褊急"，但"含毫矜重，不蹈窠臼，足以自立"，评价允当。对台阁体诗歌，法式善的看法也很客观，并非认为其一无是处，在《萧玉亭师馆课诗遗墨跋》中评价萧玉亭诗歌虽为台阁体，但"古韵俊洁，倏然出尘"。

清代书画均有"复古主义"倾向，尤其清代初、中期，书法远师赵孟頫、近师董其昌，全民学"董体"成为一时风尚，"董体"甚至成为"入朝为官"的敲门砖。法式善作为少数民族书画家，书法也具有明显的"赵董"特征，但略显瘦硬，风格自具。绘画方面工山水、花鸟。法式善既是学者又是艺术家，所建诗龛藏法书名画万卷，俨然就是一座小型书画博物馆。其于乾隆三十八年（1773年）以"诗龛"署于僧斋，诗龛自此建立，之后组织这一系列文学活动，一定程度上提高了法式善的声望，同时也为很多画家文人提供了交往及扬名立万的机会，如上文提到的罗聘。法式善与罗聘之间的互动，"揭示了在乾嘉时期的京师存在一个由学术、诗文等领域成就卓著的士人精英群体所主导的，通过对画家予以推介举荐从而推动绘画创作、品评、流通与收藏的延誉机制"①。《清史稿·卷四百八十五》云："所居后载门北，明李东阳西涯旧址也。构诗龛及梧门书屋，法书名画盈栋几，得海内名流咏赠，即投诗龛中。主盟坛坫三十年，论者谓接迹西涯无愧色。"吴嵩梁在《崇百药斋文集·哭伍尧祭酒并寄吴博士》（卷九）一文中回忆法式善生前名望及与自己深厚的友谊，其中便谈到诗龛盛况："诗龛方丈地，中集百君子。使我交道广，握手及万里。"② 学者和艺术家的双重身份使法式善的书画鉴赏和艺术创作形成了良好的互动，学识的渊博与鉴赏艺术的敏锐眼光为他的书画类跋文奠定了良好的基础。

法式善崇尚的书法风格尚未在跋文中明确提出，但可以通过其对他人书法作品的评介管窥其书法主张。首先，他比较崇尚古法。法式善本人的书法

---

① 许珂. 乾嘉时期京师的士人延誉机制与画坛新变——以翁方纲、法式善为中心的考察［J］. 文艺研究，2021（1）：150.
② （清）陆继辂. 崇百药斋文集［M］. 清嘉庆二十五年刻本：卷九.

133

"甚古拙"[清陈康祺《郎潜纪闻》(清光绪刻本)卷七],他在散文中也主张不精雕细琢,展现本真的写法,是非常不错的,如《古夫于亭杂录钞本跋》中就高度赞扬了朱泇坡的"好古之雅"。清代人对绘画艺术存在两个不同倾向,分别为"追求复古"和"反叛创新",分别以"四王"和"四僧"为代表,体现了清代绘画的多彩风貌。我们从法式善绘画题跋中,更多地感受到的是他"追求复古"的倾向,也可以联系前一章序体散文特色中他的诗歌主张,发现他的诗画追求趋同,都是追求那种尚古、质朴、不事雕琢的风格,正可谓"诗画本一律,天工与清新"。

另外,重法尚古之碑帖学是清初书坛的整体风尚,清人直入晋室,由唐溯晋,对二王评价甚高。张照的"馆阁体"盛行于朝廷,至乾嘉,考据学、金石学大盛,书法风尚为之一变,大兴碑学,人们从秦汉碑中汲取精华,写出了创新性的隶书作品,碑学风靡一时,碑学与书法同样崇尚汉代,以邓琰为代表。古代碑刻在这一时期不再作为学术考证的对象与历史资料的积累,而成为人们的审美对象,与书法艺术紧密结合了起来。碑学主要包括汉隶、魏碑、大篆、小篆等唐之前的石刻文字,石刻文字不再是毛笔写成的原貌,而是被刀刻、风化、磨损后留下的金石线条。清人开始发掘金石碑帖上的文字之美,并将其呈现在自己的书画艺术创作上。法式善的《翁覃溪先生临文待诏书跋》中评价翁方纲行书"八分得古钟鼎款识,即汉碑不传之秘",即是体现了当时的这一风尚。

《观文恭公诗跋》一文,题虽为诗跋,但全篇评论诗歌之处不多,而把重心放在评论书法上,所谓"诗字俱妙"。《介景庵先生诗扇跋》一文中明确评价介景庵书法的特点是"雄俊":

> 余奉校八旗诗,得尽窥景庵先生全集。而其书法雄骏,尤为世宝重。余仅藏篆头七律一章,什袭四十年矣。一旦归诸蓉庄观察,物得其所,不必私之为己有焉尔。①

此外,《郑千里揭钵图跋》中还探讨了"白描"画法,批评了近人仿画者众多,但多是形具而神离。从《存素堂文集》自序中我们可以感受到法式

---

① (清)法式善.存素堂文集[M].清嘉庆十二年刻增修本:卷三.

善其实更加推崇"逸人之画",即在绘画作品中不注重形似,笔墨概括简练,意趣具足的逸品之作。而对"才人之诗""学人之诗"中缺少真性情的投入表示遗憾;法式善在《鄂刚烈遗墨跋》中评价鄂刚烈书法"笔势飞动""英爽逼人";《萧玉亭师馆课诗遗墨跋》中评价萧玉亭书法"信笔涂抹,具有萧闲雅澹之致";《潘梧庄临郑千里气概图跋》中认为此画临摹得"苍劲稍逊,而娟秀过之",这些都体现了法式善高超深邃的书画鉴赏力。

第四节　法式善的书后文

法式善除了写一些跋文外,还有一些篇章命名为"书后"之文,本书一概称之为"书后文",共计8篇,也同样很值得注意。作者将其归为跋体散文一章。但仍需注意两者之间的差异。这里我们对这些书后文,再做些探讨。

一、书后文的起源及其与跋体文的区别

东汉蔡邕《题曹娥碑后》八字为"黄绢幼妇,外孙齑臼",这八个字后来还被杨修解为"绝妙好辞",学界认为此八字为最早的具有"题后性质的文字"。

清吴曾祺《文体刍言》还认为"书后"作为一种文体,最早见于班固的《记秦始皇后》"书后,班孟坚有《记秦始皇后》一篇,意书后之体,当权舆于此。至韩、柳集中屡见,后人亦多仿之",[①] 持此观点的还有《中国古典文学辞典》[②]。

对于"书后"的起源,仍有其他看法,如朱迎平认为书后文在唐代被开创,是古文家们"引申、记录读书心得之作"[③],如韩愈《读荀子》等,当时并不多见,但显然韩愈的《读荀子》在文题的设置上还没有突出"书后"二字。"北宋中期的欧阳修是将'题后''书后''评''读''跋'等名称

---

① 吴曾祺. 涵芬楼古今文钞［M］. 北京: 商务印书馆, 1910: 89.
② 朱宏恢. 中国古典文学辞典［M］. 南昌: 江西教育出版社, 1997: 35.
③ 朱迎平. 宋代题跋文的勃兴及其文化意蕴［J］. 文学遗产, 2000 (4): 85.

合为'题跋'一词而正式用于标明该体的第一人,也是大量写作题跋文的始作俑者"①,显然直至欧阳修《集古录跋尾》,"书后"这类文体才得以显扬,被明确提出,得到重视,并被归为"题跋"一类。除此以外,"诗后""传后"等词开始出现在苏轼的《书游汤泉诗后》《书六一居士传后》等文章标题中。

关于书后文与跋体文之区别,清末民初姚华《论文后编·目录》中有明确论述:"一文之后,有所题记,后人称曰书后,抑或曰跋,则后序之变……跋与书后近似,然颇有别,大抵书后者意必抽于前文,事必引于原著。"明确提出了"跋"与"书后"的区别,即"书后"的内容与原作的内容更加贴切,联系更加紧密。书后写在他人著作后面,对他人著作有所说明或评论,其"性质与跋相似,但可以更多地发挥自己的意见,成为独立的文字"②。

二、法式善书后文的类别及特色

法式善标题为"书后"的文章并不多,《存素堂文集》中有7篇,分别为《西魏书书后》《南宋书书后》《元史类编书后》《西涯墓记书后》《双节堂赠言集书后》《臧和贵行状书后》《成雪田尺牍书后》;《存素堂文续集》中仅存一篇书后《明状元图考附三及第会元诗书后》。

法式善书后文从标题即可看出,三篇私人编纂的历史类书籍出现了书后文,而法式善的以"跋"命名的篇章多集中在诗文集后,画像后,书作之后。这是一个明显的区别。但这是否代表历史类书籍后出现"书后文"是清代整体的时代风尚?对于清代以"书后"命名的文章进行穷尽式搜索,发现,明确在史书类编书之后撰写书后文的,并不是绝对的,作者似乎在选择是否以"书后"抑或是"跋"命名上,还是比较随意的,没有太强的规律可循。比如说,包世臣的《小倦游阁集·平阅纪书后》,就是描写剿寇的历史经过,叙事为主,而他的《小倦游阁集·芜湖留仙亭录白卿题壁诗书后》则是写在题壁诗之后的跋文,评论为主;毕沅《灵岩山人诗集·延青弟手批文

---

① 毛雪. 苏轼、黄庭坚题跋文研究[D]. 郑州:郑州大学,2003.
② 杨槐,赖海燕,徐明清. 中国古代文学指要[M]. 昆明:云南教育出版社,1993:302.

选书后》则是写于文选之后；《式古堂书画集考·苏子瞻题唐氏六家书后》及《式古堂书画集考·枝山文选书后》又分别写于书法作品和文选之后，因此，无法明确指出法式善书后文归于何种特定类型之后受任何时代影响，可能只是个人喜好而已。

（一）法式善书后文的类别

法式善书后文可以分为两类：一类是行状类书后文，一类为尺牍类书后文。这一分法主要是考虑行文的方便。下面我们就按照这样的分类分别予以阐述。

1. 行状类书后文

法式善书后文中有一篇题为《臧和贵行状书后》，是其晚年之作，这里重点探讨其与同时代此类文体作品的区别。清代行状类书后文虽数量不多，但却方便进行横向考察，从中发现法式善此类文章的独特之处。

行状，汉朝称"状"，元代以后称"行状""行述"或"事略"，是叙述死者世系、生平、生卒年月、籍贯、事迹的文章，留作史官提供立传的依据。其发展到了明清，已然定型，参与的文人越来越多，文章数量也与日俱增，如归有光《震川先生集》中有6篇。写作对象也不再仅限于官员，还有普通百姓，甚至是女性，如《顾母杜孺人行状》《先妣王硕人行状》等。篇幅字数也逐渐增多。虽然随着文体的演化变迁，行状发生了种种微妙的变化，但"行状为逝者向朝廷求谥号，或者为他人写传和墓志铭等提供原始材料的主要功能并没有发生变化"[①]。

那么，我们探讨的行状类书后，在清代又有着什么样的特点呢？行状类书后文，功能上多数还是沿用行状的，主要围绕写作对象生前的事迹展开，多数是褒扬，以流传后世而不朽。梅曾亮《柏枧山房文集》（文集卷六书序）中有一篇《刘帘舫先生行状书后》，文中字句均围绕写作对象南丰刘帘舫先生的不遗余力勤政为民的"循吏"形象展开论述，借古喻今，微言大义，与行状文的功能极其接近，但值得注意的是，其以议论为主：

> 南丰刘帘舫先生，由县令至监司，以循吏著久矣。及读状，益知其

[①] 贾飞，叶舒宪. 行状文体功能演变及其文学治疗功能探究[J]. 南通大学学报（社会科学版），2018（4）：89.

详。盖不余力以务民者。而世有忌畏之者，皆曰立异。故先生语人曰："吾所为皆循例事。"此岂自抑以谢人哉？夫例虽便一切为功，然亦以寡吏过而防民害者也。变其例时，若有益而循其例或不生害。盖世有求益民而不能无害者矣，未有无害而民不受其益者也。故古之善为吏者，必曰：文而无害，岂非然哉？若夫废事养安而便，文自营且曰：吾循例是循弊而已。非循例也，以弊之便于己也，而谓之为例则宜其以例之。苦于己者为异也，而矫其弊者遂曰例不足以为治例之能病人乎？抑亦人之病例者甚乎？先生子星房今为言官，其将有择于斯言。①

因为当时很多官员混淆视听，以"循例"之名做"循弊"之事，因此文中深入探讨了"循例"与"循弊"的区别：按例办事为民做事谓之"循例"，但表面按例办事，却只为己而无益于民谓之"循弊"。

其他如汪师韩在《又附陆清献公行状书后》一文中也是围绕陆稼书先生生前为官的坎坷经历而谈；又如法坤宏在《碑传集·又附读侍御李公行状书后》一文的写作手法也与其类似。

那么，法式善的这篇行状书后——《臧和贵行状书后》的特色何在？

首先，法式善这篇书后文其实写了两个人，兄臧在东与弟臧和贵。二人均为阮元《经籍籑诂》的校者，成绩斐然。正如严可均所言："兄庸博学有声，师事卢学士文弨。学士称庸校书天下第一，和贵师事庸。庸之楚和贵师事钱宫詹大昕业，益进，所与游皆东南名士。时段大令玉裁、丁广、文杰、孙观察星衍皆宿学，负重望，不轻许可，顾交口善和贵。"②从严文可知，兄弟二人校书名气都非常大，可惜，法式善只与兄长臧在东相交，因为，二人认识时，弟弟臧和贵已不在人世，因此，受人所托写这篇书后文，无法绕开在东，当然，这也是法式善的一贯做法：认为家学渊源、家族品格对于家庭成员的熏陶是极其重要的，因此写弟必写兄，所以文章出现了如下文字：

吾不得见和贵，而得交在东。吾不得读和贵文，而得读在东状和贵文，如获交和贵也。③

---

① （清）梅曾亮. 柏枧山房全集［M］. 清咸丰六年刻民国补修本：文集卷六书序.
② （清）严可均. 铁桥漫稿［M］. 清道光十八年四录堂刻本：卷七文类五.
③ （清）法式善. 存素堂文集［M］. 清嘉庆十二年刻增修本：卷三.

其次，法式善抓住了臧和贵生前的一大特点"孝"进行议论，原因之一是兄长臧在东拿自己为弟弟撰写的《孝节录》给法式善看，并请求撰文；原因之二是因为法式善本人也是有名的"孝子"，以致他读过《孝节录》后"初焉慰，继焉感，终焉伤，不知泣涕之何从也"①，内心产生了强烈共鸣。有关臧和贵的德行，严可均提道："事亲孝，临财廉，非其义，一介不取。居父丧，三日不食，三年不入内，笑不见齿。母病，割股肉瘳之。"②孝节之行的确感人。不仅如此，臧和贵本人还因为钦慕古之孝子、孝女、孝妇诸人诸事，以"孝"为核心内容撰写《孝传》（百三十卷）。难怪严可均慨叹他英年早逝甚为可惜："以和贵之孝行卓卓矣，而未永其年，惜哉！"③笔者在"法式善的序体散文"一章专门论述了法式善的主张"孝悌"，其中大篇幅阐述了法式善对母亲养育之恩的感谢与一系列怀念行为，感动众人，从某种意义上说，法式善与臧和贵有着相似性。所以，从法式善的这篇书后文的行文来看，作者的主观情感与逝者生前事迹融合度极高，产生了高度的共鸣，明显感觉此文与其他行状书后文相比，作者的主观参与度和寄予其中的情感都有所加深，这种"不知泣涕之何从"的悲痛感同样深深感染了读者，成为面对"逝者远去"所产生的巨大悲痛的抒发途径。吴蓍评价此文"文正哀辞，最是晚年杰作。公此文亦婉挚如永叔"④，可谓品出文章真味，而且评价极高。

2. 尺牍类书后文

这里再来谈谈法式善的尺牍类书后文。

有些论著谈到"尺牍"，认为是专指书信，此说其实不妥。《说文》认为"牍，书版也"，形声字，从片，卖声。因早时无纸，因此人们将书信一般写在一尺来长的木板上，故有"尺牍"一词。后来，尺牍的应用越发广泛，除了信札，文辞、墨迹、字迹、书画等均可写于尺牍之上。

法式善的《成雪田尺牍书后》所谓的"尺牍"其实是成雪田自书其诗的作品。通观全文，的确安排错落，巧妙运用叙事、议论、描写等方法，且简

---

① （清）法式善. 存素堂文集 [M]. 清嘉庆十二年刻增修本：卷三.
② （清）严可均. 铁桥漫稿 [M]. 清道光十八年四录堂刻本：卷七文类五.
③ （清）严可均. 铁桥漫稿 [M]. 清道光十八年四录堂刻本：卷七文类五.
④ （清）法式善. 存素堂文集 [M]. 清嘉庆十二年刻增修本：卷三.

洁大方，自然成文，正如吴蕭评价此文："世外之文""磊落可喜"。开篇用叙事的方式谈到了作者与成雪田孝廉和臞仙将军的相识经过。成雪田如文中所说"衣敝裘"，臞仙将军永忠如严迪昌所言"不衫不履"，二人为密友，且生活习惯和性情极其相似。其中，成雪田的相关资料不是特别丰富，但诗人的身份还是被时人肯定的，且与僧人无方、诗僧莲峰、狂士顾万峰、朱青雷、成桂、士人保禄等互相酬唱①。相较而言，臞仙将军的资料要清晰完整得多，本书主要参考的是严迪昌《八旗诗史案》中的相关内容："永忠（1735—1793），字良甫，号敬轩，又号臞仙（渠仙）、栟榈道人。康熙帝玄烨第十四子允禵之孙，弘明之子。著有《延芬室集》。"可以说永忠出身高贵，但"常不衫不履，散步市衢，遇奇书异籍，必买之归，虽典衣绝食所不顾也"，的确称奇。法式善与二人的相识如文所述：

> 往昔于慈因寺方丈晤雪田孝廉，衣敝裘状甚艰苦，而清谈妙论，一座倾倒。又一日，在极乐寺勺亭看霜叶，有臞仙将军者袖诗来，就余论定，后数会于寺中。二人者，余皆爱之、重之，然未尝往来其家也。②

文章简要叙述了三人结识的过程，各自的特点跃然纸上。可惜，二十年后，当法式善整理《八旗诗稿》时，成、永二人已仙逝，法式善只得到了二人诗稿，又得永忠的一册手札。后来，有幸从莲峰居士处得到成雪田尺牍，法式善非常欣慰。此尺牍为成雪田"自书其诗"，且诗歌皆为永忠所作，二人情谊可见一斑。诗歌风格按法式善评论为"粗服乱头"，少有修饰，但这种风格也恰恰符合二人平时作风，真实自在。法式善解释尺牍上的诗文内容，主要是"感恩知己"，因为"闻雪田老年贫病益甚，仰生活于臞仙"。在此书后文中，值得注意的是最后法式善的议论部分：

> 惟余所阅臞仙诗稿，经雪田评者，推许未免过当。新城之于商丘前辈已有行之者，笃友谊者固应如是。此卷莲峰居士珍秘备至，并以此义质之。③

---

① 党明放. 郑板桥年谱 [M]. 北京：首都师范大学出版社，2009：90.
② （清）法式善. 存素堂文集 [M]. 清嘉庆十二年刻增修本：卷三.
③ （清）法式善. 存素堂文集 [M]. 清嘉庆十二年刻增修本：卷三.

这一部分法式善其实指出了一个文坛的普遍现象，就是友人之间在互评诗文作品时，实际上，很多时候是"过誉"，换句话说，"推许未免过当"，文中举王新城与宋商丘的例子来说明。但笔锋一转，又认为友谊深厚者才会出现这种情况，这也是可以理解的。

（二）法式善书后文的特色

法式善的书后文也有鲜明的特点，尤其在思想内涵上非常值得注意。下面略谈几点。

1. 强烈的史官意识

强烈的史官意识，是法式善书后文体现出的一个鲜明特点。

法式善的3篇史书类书后文的特点还是很明显的，就是他不是从文学性角度去分析，这一点与方苞等人的"义法"说还是有着较大区别的，较明显地体现了法式善的史学观。

法式善擅长史学，如《存素堂文集·南薰殿古像记》（卷四）"嘉庆七年三月初八日，法式善以纂修宫史得敬观南薰殿，暨内库所藏历代帝王及诸名臣像"①，清晰地记录着法式善修宫史的事迹；法式善特别愿意与人讨论史书相关事宜，如《清经世文编》（卷六十八礼政十五）和《存素堂文集》（卷三）同时刊载《与邵二云前辈论史事书》等文。

法式善在历史类书后文中，更多观照史书的编写特征、史料考证和保存。如《西魏书书后》，认为谢启昆所作《西魏书》，"有志于古者"，较好地规避了历史上《魏书》体例与内容的弊病，如修正魏收之《魏书》的谬误，删补《北史》的芜漏，仿照隋文帝时魏澹之书，按历代皇帝登基为"纪"，列传以"宇文泰"为首，其"典章名物、辨核详确"足以满足学古之人的考证。谢启昆之《西魏书》属于纪传体史书。其中"帝纪一卷，表三卷，考六卷，列传十三卷，载记一卷。启昆认为魏收《魏书》，以东魏为正，西魏为伪未为妥当，史实亦多疏漏……"②。清人对此史书关注甚多，较为著名的有姚鼐之《西魏书序》："南康谢蕴山观察，旧居史职，出剖郡符，间以退处数年之暇。慨魏收之失当，撰西魏书二十卷以正其失。可谓勤学稽古，

---

① （清）法式善. 存素堂文集 [M]. 清嘉庆十二年刻增修本：卷四.
② 谢启昆. 中国历史大辞典（史学史卷）[M]. 上海：上海辞书出版社，1989：148.

雅怀论世者矣"①，可见法式善与姚鼐对《西魏书》的编纂与安排，观点还是比较一致的，以赞誉居多。直至晚清李慈铭《越缦堂读书记》评价谢启昆《西魏书》，观点才有所转变，对其中的纪传类文章颇有微词："疏略相仍，亦有彼此不相照应者，故由其时记载散亡已尽，别无他书可资掇拾……"②

法式善在《南宋书书后》一文中，论述更多的是明人钱士升所撰《南宋书》对历史史料的处理态度，认为该版本删减了《宋史》复沓繁重之处，补辑了《宋史》缺略之处，"别裁"有度，的确为《宋史》的一个较好版本。清代人对这个版本的《宋史》一直评价不低，如《长春道教源流》（卷一）评价文天祥的功绩，采纳的就是这一史书的观点，陈用光在《太乙舟文集·谢文节祠后记》中也认同钱士升《南宋书》将谢文节与文天祥同传的写法；《亭立记闻》（卷四）也引用该版本《岳某本传》部分内容。但自钱公去世后，世无刊本，幸得王昶抄存。法式善认为王昶博闻强识，在抄存时一定有自己的论述见解，但可惜未有留存，表达了书籍流传过程中材料遗失的无奈与惋惜，正如王芑孙所言："述庵侍郎之殁，仆往吊，其家门墙萧飒，有诗纪事。今其遗宅入官，藏帙恐不免散亡。唯《王芥子文集》，仆尝抄取其副，其余秘笈，殆难考索。即已刊之版本，恐亦未能保存，奈何！奈何！"③

《元史类编书后》一文，更多的是激励后人在邵远平《元史类编》基础之上再做订正考核，以求完美。其实邵氏《元史类编》在清代前期的康熙时代影响很大，"邵远平的高祖邵经邦，曾于明嘉靖年间撰《宏简录》，意在续郑樵《通志》，但仅完成唐宋部分。邵远平续以元代，故称其书为《元史类编》。该书凡42卷，仍用纪传体，但仅有纪传，而无表志"。将入主中原前的太祖、太宗、定宗、宪宗列为《世纪》，类似于《魏书》的《序纪》及《金史》的《世纪》。由于该书不作表志，凡天文、地理、历律、制度等皆按年编入本纪，诏令亦入本纪，奏疏则入列传，补写了部分列传，又仿照《唐六典》及杜佑《通典》的自注体例。采用夹行小注，于史实有所补缺辨异④，即使如此，法式善仍慧眼如炬，发现该版本仍存缺陷："惟是詹事叙录中，犹自以贤相如和礼霍孙，元勋如赤老温，皆未立传，《后妃传》仅存梗概，

---

① （清）姚鼐. 惜抱轩诗文集［M］. 清嘉庆十二年刻本：文集卷三.
② （清）李慈铭. 越缦堂读书记（上）［M］. 北京：商务印书馆，2015：405.
③ （清）法式善. 存素堂文集［M］. 清嘉庆十二年刻增修本：卷三.
④ 张承宗. 清代的元史研究［J］. 史学史研究，1992（4）：42.

闻见无征致憾焉。则其所待于订正考核者，知不少也。"出于深厚的史学功底，法式善认为在不久的将来，编纂出一部更加完备的《元史》，实则已具备了很多客观条件——"方今秘阁藏书盛于往代，元人记录别集，多可据依。有能博加采择，就詹事原书而扩充之，俾不紊不遗者乎"，以此文来勉励后人作史，他这种代代绵延的史学态度，是非常可贵的。

2. 注重"知人论世"

法式善书后文中，有一篇很特殊，是墓记书后——《西涯墓记书后》。考察同时代及前代作者中选择为墓记作书后的，实属不多。只有孙原湘的《重修河东君墓记书后》，李颙的门人王心敬汇编李颙生前的讲学记录、性理论说、书信、杂著等内容而成的《二曲集》两个文例。

因为《西涯墓记书后》是为墓记所作的书后文，在《存素堂文集》和《存素堂文续集》中仅此一篇，特在此处厘清一下"墓记"这种文体。按《檀弓》："季康子之母死，公肩假曰：'公室视丰碑。'注云：'丰碑，以木为之，形如石碑，树于椁前后，穿中为鹿庐绕之𦈌，用以下棺。'"《事祖广记》云："古者葬有丰碑以窆。秦、汉以来，死有功业，则刻于上，稍改用石。晋、宋间始称神道碑，盖地里家以东南为神道碑，立其地而名之耳。"①吴讷还曾将"碑碣"和"志铭"（包括墓志、埋名、墓记等）类做对比，"凡碑碣表于外者，文则稍详；志铭埋于圹者，文则严谨"。清人赵翼《陔余丛考》卷三十二"碑表志铭之别"中也持此观点："碑表立于墓上，志铭则埋于圹中，此志铭与碑表之异制也。"②据郑嘉励搜索整理考证，埋于圹中的墓记数量巨大，存世甚伙，"今各地出土的圹志，称谓殊无一定，既有自题'圹志''圹记''埋铭''墓碣''幽堂记''窆记''岁月记'者，也有自题'墓志''墓记'或'墓志铭'的"③……除"墓志铭"外，均无明显的体裁区别。也正因为碑刻被立于地表，常年风吹日蚀，早期拓本绝难见到，相反，墓记久埋于地下，不受风化，故多保存完好。

法式善出于对李东阳的特殊感情，前文已有所论述。仅法式善有关李东阳的散文作品就存在多篇，如《题西涯先生像后》《怀麓堂集》《李东阳论》

---

① （明）贺复征. 文章辨体汇选［M］. 清文渊阁四库全书补配清文渊阁四库全书本：卷六百六十五.
② （清）赵翼. 陔余丛考［M］. 清乾隆五十五年湛贻堂刻本：卷三十二.
③ 郑嘉励. 南宋的志墓碑刻——以浙江的材料为例［J］. 东方博物，2012（4）：7.

《西涯考》《西涯图跋》《明李文正公年谱跋》《明大学士李文正公畏吾村墓碑文》《李文正公墓祠记》《赎李文正公墓田记》《题西涯先生像后》及本章所论《西涯墓记书后》。正如前文所言，法式善一生为前辈李东阳做了太多事情，包括年谱编写、寻找墓地、筹款修祠、修缮墓碑、举办生辰纪念活动等。

《西涯墓记书后》一文特色鲜明，以诗为文，概括其一生，可被视为东阳人物小传。其为人品格，为官公廉，委曲求全，去世后，身后无嗣。再结合其他篇章，我们就可以看到法式善为李东阳修撰年谱、为其寻得墓地、自撰碑文、赎回墓田、重修墓祠，并组织人为其撰写墓记。法式善在开篇提到了王引之、金德嘉等人对李东阳的评价，也提到了《池北偶谈》《畿辅人物志》等书对李东阳事迹的详细描述。所有细节可从谢振定《募修明大学士李文正公墓碣祠宇叙》一文中得到同样的答案，文中提到了《池北偶谈》中的王文迈重新封墓、金德嘉写给王引之的《致新城王文简书》《居易录》中的"辞尤婉而多风"：

　　……同时又有王进士文迈者，重封树之。而我国朝广济金会公检讨有《致新城王文简书》，于文正墓三致意焉。并属其转告黄冈王昊庐先生，其辞尤婉而多风。是文正身后之事，前之君子，数数念之，稍稍经理之，而惜乎未竟其功也。①

文章第二段，法式善点明作这篇书后文的目的，也解释了为何之前已作《西涯论》，却为何在此仍然作文重申李东阳的社会功绩，可见其良苦用心和后世对其的不谅解：

　　夫文正之所为，极难耳。推文正之心，惟期其事之有济，初不求谅于后世之人。然后人论之者，固宜核其实，以考其心。如文简之贤，岂乐为刻核之？论者而乃沿王李之余论，不一细核其生平。甚矣，知人论世之难也。余既著《西涯论》，而复著此说于《墓记》之后，俾后之读

---

① （清）法式善. 明李文正公年谱［M］. 清嘉庆九年蒙古法式善诗龛京师刻本：卷七.

新城之书者，知所折衷焉。①

原来，法式善担忧的是后人如果不详加考核李东阳之事迹，只是从前人论述中得知一二，非常有可能失去对文正公的客观评价。法式善显然对王引之对李东阳的评价不满意，从开头的"新城王文简公拟《西涯乐府》手迹，今藏翁覃溪先生斋中，于西涯相业疏有所不满者"②，直至文末提出希望后世读者在读王引之的评价时能够折中考虑，不要全部轻信——"俾后之读新城之书者，知所折衷焉"③，这也从侧面印证了金德嘉为何给王引之写《致新城王文简书》，与其对于李东阳功绩进行商榷的行为了。

本书之所以对这篇书后文进行详细分析，主要是结合书后文区别于跋文的特点——与正文内容关联非常紧密而言的。法式善在该文中时刻紧扣清人对于李东阳所作墓记的内容，进行总结归纳，发现不同的人对于同一对象的评价差距甚大，因此，法式善认为自己有责任提醒后人：掌握第一手材料至关重要。如此才能真正考察对象的行为事迹，得出合理的评价。而法式善的这一主张，实际上正如洪亮吉所言，是有归有光的影子的。归有光曾经出于正义，撰写《与嘉定诸友书》等一系列文章为张贞女的悲惨遭遇申冤。因为"张贞女案"当时牵扯甚众，罪犯用金钱收买官员和证人，整个审理过程曲折又艰难。但归有光撰写的《张贞女狱事》《书张贞女死事》等文详细还原案情、分析案件曲折并且深刻披露其中种种利害，因此得到后人的敬重，而归有光的这种"知人论世""崇尚实录"的高尚精神，以及文人高度的社会责任感深深影响了后人，法式善就是其中之一。正如洪亮吉所言："震川于张贞女事，传之，记之，又于友人书中娓娓及之，不一而足。盖君子之用心，惟恐不及如是，先生（法式善）亦然。"④ 可见，法式善不仅在文学创作上有归有光的影子（详见"法式善的序体散文"），在写作态度和"知人论世"的追求上也与其极为相似。

3. 具有问题意识

法式善有一篇赠言集类书后，在当时文坛也是非常少见的。作者通过查

---

① （清）法式善. 存素堂文集 [M]. 清嘉庆十二年刻增修本：卷三.
② （清）法式善. 存素堂文集 [M]. 清嘉庆十二年刻增修本：卷三.
③ （清）法式善. 存素堂文集 [M]. 清嘉庆十二年刻增修本：卷三.
④ （清）法式善. 存素堂文集 [M]. 清嘉庆十二年刻增修本：卷三.

找多方文献，发现赠言类文集多有序言，如《南江诗文钞》（文钞卷六）之《双节堂赠言集序》、《寒松堂全集》（卷之八）之《赠言集自序》、《朴村文集》（卷九）之《石谷子赠言集叙》等，但是写作书后的情况尚不多见。《双节堂赠言集》的收录者汪辉祖，一生中与法式善、钱沣等人均有交集，而且法、钱二人均为《双节堂赠言集》写过书后，分别为《存素堂文集·双节堂赠言集书后》和《钱南园先生遗集·双节堂赠言集后》。汪辉祖的《双节堂赠言集》一文很有影响，共有正集、续集和三集三部，总计64卷，附录3卷，该《赠言集》从乾隆三十年（1765年）汪氏36岁开始辑录，至嘉庆十二年（1807年）汪氏78岁，即其去世前一年，还在校雠。那么，汪氏究竟为何事何人寻求当时的各地文人赠言，而且持续时间如此之久呢？鲍永军《绍兴师爷汪辉祖研究》①中写道"初，辉祖父亲汪楷之嫡妻方氏，生二女而无子。唯妾徐氏生下辉祖一子。至五岁而方氏亡故。汪楷又继配王氏为妻，无子。辉祖十一岁丧父。生母徐氏和继母王氏二人立志守节，含辛茹苦，将辉祖抚养教育成人。两母去世之后，为报答养育之恩，辉祖自书父母《行状》，或随身携带，或邮寄师友，向天下达官贵人至于普通士人，乞求赠言。这一创意得到了当时许多社会名流的支持，他们纷纷为之题赠诗文。辉祖遂将其编为《双节堂赠言集》三集"②。而法式善和钱沣都为其写下了书后文，但是仔细考察两篇书后文，发现区别还是很明显的，钱文主要针对"母慈子孝"展开，贴近主题：

> ……五月再见零陵持所刻《双节堂赠言集》及《越女表微录》示沣，受而读之，竟呜呼！二母所为尚矣，顾其来之所自，不可诬也。观淇县本末，可不谓之仁心？为质者与不卑小官循循然。尽其分所当为，与力所能为期于物无负而……士有教家之责，不自侧身修行，将以所难者觊巾帼！岂可得也！抑淇县亦有所自，观其先人能知后之将大命。易辉祖故名，非生平隐德，实有可自信而信……视其身之所作，必有余庆，必有余殃，决于家之所积，昭昭自古不爽也。辉祖承累代之遗，又亲见二母所为，卓卓如此宜乎！其侧身修行无忝所生，日增月益之不

---

① 鲍永军. 绍兴师爷汪辉祖研究 [M]. 北京：人民出版社，2006：47.
② 何宣. 钱南园研究文集 [M]. 昆明：云南民族出版社，2007：143.

已也。①

但法式善的《双节堂赠言集书后》显然巧妙避开了所有赠言之人的深沉母爱、言传身教等主题，而谈"以文显扬其亲于后世"的重要作用。这实际上是将赠言集的文体作用进行了升华，具有文体学意义：

> 夫欲显扬其亲者，不徒著之当世而已，固期传之后世也。传后世者，必借乎文。聚海内之为文者，而皆使执笔以纪事，虽不必其皆可传，而有可传者在焉。则文传而人遂传矣。此汪君所以勤求赠文，至于今而犹不怠与。②

洪亮吉就关注到法式善此文与其他赠言的区别——"避熟就生"，明确提出"翻空立论，是文家自占身分法，亦是熟题避熟就生法。其文境则在六一、半山之间"，可见对此文的评价甚高。

---

① （清）钱沣. 钱南园先生遗集［M］. 清同治十一年刘崐长沙刻本：卷四.
② （清）法式善. 存素堂文集［M］. 清嘉庆十二年刻增修本：卷三.

第五章

法式善的记体散文

　　法式善的记体散文是其散文创作的重要类别，有的写人叙事，有的记阁写景，不一而足。虽然篇幅不算很多，但也有25篇，篇篇记叙、描写、议论兼而有之，且贯穿着作者浓烈的主观意识，其中诸多篇章借助写景述亭书写自己情怀，不论思想，还是艺术，都自具特色，是探索法式善独特思想意识和审美情趣的重要篇章。

第一节　法式善记体散文的类型

　　法式善记体散文种类不出前代此体类别，大体分为书画像记、斋堂亭园记和校书文记三类。从数量上来说，前两类数量较多，因此本书重点论述前两类记体散文。

一、书画像记类

　　法式善书画像记类作品成就很高，包括《南薰殿古像记》《遗像记》《图记》《画马》等。

　　这里我们先来看一下法式善《南薰殿古像记》。法式善在文章开篇即交代自己在什么情况下得以一览古像真容——"嘉庆七年三月初八日，法式善以纂修《宫史》得敬观南薰殿暨内库所藏历代帝王及诸名臣像"[1]，并介绍了名臣像的基本概况"凡为册者十七，为卷者三，为轴者百"，猜测画像大概是乾隆皇帝"命廷臣裒集官府库司所储而藏诸者也"[2]。虽画像所作年代无款识可辨，但是法式善凭借自身品鉴经验，依据纸张笔墨特征，可以判定

---

[1] （清）法式善.存素堂文集[M].清嘉庆十二年刻增修本：卷四.
[2] （清）法式善.存素堂文集[M].清嘉庆十二年刻增修本：卷四.

"唐时所存者至少，宋南渡以后略备"。又从画像保存完好程度来看，法式善认为是奉诏所制的缘故，而且可以从各朝代冠裳制度窥见古今沿革损益。交代完以上内容后，法式善笔锋一转，开始阐述国家法制。"某幸以承乏《宫史》之役，得悉睹内府所藏，此于儒生之际遇荣幸为何如？夫列圣之相传以心，而睹像而增敬者，圣人之恭也。我朝圣圣相承，法唐虞而绍商周，治法心法之同揆。即一绘事所存，而有可以寄羹墙之思者，乃犹约旨卑思。"① 写自己有幸承担纂修《宫史》的任务，因此得睹内府所藏画像的全貌。他认为，清代将画像保存，使得圣圣相传，经久不衰，可以使后人睹历代圣容而增万世敬仰之情，寄"羹墙之思"于当世。法式善认为清代法唐虞而绍商周，国家政治清明，人心稳定，朝廷之所以继续保存画像，也是为了后人继续睹画思治。

法式善这部分的写作其实是学习宋记写法的。文中甚少提及画像中人物之风姿形态，而是整体谈论这批画像的作用——"博览得失"：

　　即汉唐而下之君臣，不废采取其善，以寓博览得失之意。则斯像之藏内府也，岂独以昭慎重而已？盖又有以备监观焉。②

可见，法式善的书画像记不同于唐人为书画作题跋的写法，不以记书画之内容、得失为主意，而是因书画像立记，进而借书画像抒情。法式善的这一写法显然更加接近宋法。

最终，法式善将全文立意终结在"善"字上，"所谓'德无常师，主善为师'者，非圣之大，曷克如是？"，认为国家始终要以"善"立国，要贤德者来治理方可政通人和。可谓立意明确。这些思想源于他作为儒者对"内圣"之道的思考与践行，也是他对于自己处事原则的理性思辨。陈用光一语中的地总结本篇文章为"零星叙事，亦是记之一体"③，他很清楚法式善的这篇书画像记叙事部分少之又少，但议论老到；王芑孙评价这篇文章"有欧阳《内制集序》意致"④；赵味辛也将法式善书画像一类记文定位于"是宋

---

① （清）法式善．存素堂文集［M］．清嘉庆十二年刻增修本：卷四．
② （清）法式善．存素堂文集［M］．清嘉庆十二年刻增修本：卷四．
③ （清）法式善．存素堂文集［M］．清嘉庆十二年刻增修本：卷四．
④ （清）法式善．存素堂文集［M］．清嘉庆十二年刻增修本：卷四．

人得意文字"①，可见时人对于法式善记体散文的创作手段是有着共识的。

下面我们再来看法式善的另一篇书画像记——《历代帝王名臣遗像记》。法式善在文章开头撇开历代帝王名臣画像，直接谈友人王士禛对六朝古圣贤画像的观点——"六朝人画多写古圣贤、列女及习礼、仪器等图。此如汉儒注疏，多详于制度、名物也"②，道出了六朝画之真谛。六朝虽处于我国绘画艺术的初具雏形阶段，但人物画已相对成熟，出现了一批名家，如顾恺之、陆探微、张僧繇、杨子华、曹仲达等。此期人物画表现力较前代更强，笔工更加细致、造型更加准确，甚至六法备赅。所以，王士禛将汉儒注疏与六朝绘画做类比，的确见解深刻。而法式善将这句画评作为文章首句，也是打破了很多书画像记的固定体式的。

接下来，法式善交代自己平时爱赏画更爱临摹画作——"余尝摹古圣贤像旧迹，又摹太学大成殿周彝器图，四方能诗之士，争为题咏，装成巨轴久矣"③，时间久了，积攒不少画作，至此仍只字未涉《历代帝王名臣遗像》。但从第一段内容可以感受出法式善及其友人都是爱画懂画之人。如"三朱"朱青上、朱素人、朱野云就经常造访诗龛，法式善曾请三朱作《诗龛图》，青上负责绘制太湖石部分，另外两人负责绘制所见，绘画成就极高。

法式善在表现自己对这组历代帝王名臣遗像的珍惜喜爱时，并请人临摹画像，语句简洁却充满胜情古趣，殷殷之情溢于言表，以"宝"称之："岁乙卯四月，时雨初晴，访吾友梦禅居士于桑阴老屋，见所藏《历代帝王名臣遗像》数册，不署画工姓氏，度为国初人摹本。墨颓纸坏，精气特存。惟其间残缺殊甚，年代先后，复多讹舛。借归展对，取诗龛石墨卷轴印证，颇能相合。其不合者，亦可以补予所未备。呜呼！可宝也。"④王芑孙认为本篇文字"胜情古趣，流露行墨"⑤。虽然册中诸多遗像有所残损，但法式善认为精气犹存，不影响它们的艺术价值。法式善将其与自己的诗龛石墨卷轴进行比对，发现很多处都是吻合的。即使有所出入，也可以作为补充存入自己的画卷之中。不仅如此，法式善还请画师临摹，并由伊秉绶和何道生两位友人

---

① （清）法式善. 存素堂文集［M］. 清嘉庆十二年刻增修本：卷四.
② （清）法式善. 存素堂文集［M］. 清嘉庆十二年刻增修本：卷四.
③ （清）法式善. 存素堂文集［M］. 清嘉庆十二年刻增修本：卷四.
④ （清）法式善. 存素堂文集［M］. 清嘉庆十二年刻增修本：卷四.
⑤ （清）法式善. 存素堂文集［M］. 清嘉庆十二年刻增修本：卷四.

第五章　法式善的记体散文 >>>

帮忙刊刻。法式善不仅自己喜欢，也希望分享给更多的人，因此在太学授课时，让太学生们观画，以"馔、颂、赞、铭、说、考"等各类文体撰文，文章留存，这也是画像价值留存后世的好方式。

仅在文章终篇之处，才交代相册基本概况：

> 像凡二百九十有二，其间品类不同，要其术业，皆可传世。原阙者无考，未及续绘。①

最后提到了自己的愿望："异日者，倘遇于荒祠画壁，断楮残缣，或摹拓，或临写，则所阙者，或不致终阙乎。"②

我们再来看法式善的《诗龛图记》。文章开篇，不论图，却论"人"，将"有余""不足"之辨论述得非常精深，从辩证的角度看待人们心中的足与不足：

> 人之处境，君子恒有余，众人恒不足。有余则心逸，不足则心劳。非境有以逸之、劳之也，人自逸焉、劳焉而已。余性不谐俗，而好与贤士大夫交；于书弗能尽读，而藏弆逾万卷；身未出国门外，而名山大川无日不往来于胸中。凡余之不足者，未尝不以有余处之也。③

首先，作者谈到人之心逸和心劳的原因是内心的满足与否，而不是由所处的外部环境和物质条件决定的。进而，谈到了自己心中之"足"，通过交贤士、读善书、藏万卷等方式达到一种精神上的富足。全文前后关涉，首尾互联，在结尾处，法式善再次点题："彼以有余、不足戚戚于富贵、利达之途，而自失所以为吾者，其劳逸视余何如也？"④王芑孙就曾评价法式善"无愿外之思，有由房之乐"⑤，高度赞扬他的"君子之德"⑥；阮元评价这篇文

---

① （清）法式善. 存素堂文集［M］. 清嘉庆十二年刻增修本：卷四.
② （清）法式善. 存素堂文集［M］. 清嘉庆十二年刻增修本：卷四.
③ （清）法式善. 存素堂文集［M］. 清嘉庆十二年刻增修本：卷四.
④ （清）法式善. 存素堂文集［M］. 清嘉庆十二年刻增修本：卷四.
⑤ （清）法式善. 存素堂文集［M］. 清嘉庆十二年刻增修本：卷四.
⑥ （清）法式善. 存素堂文集［M］. 清嘉庆十二年刻增修本：卷四.

151

章"得大解脱，得大自在，坡翁海外文字，有此奇特"①；纪昀的《贺法式善梧门书屋落成》一诗中也将法式善与欧苏相比——"小筑当水石间，直以云霞为伴侣。大名在欧苏上，尽收文藻助江山"。可以说法式善深得苏东坡"人之所欲无穷，而物之可以足吾欲者有尽"之意，深喜陶渊明"采菊东篱"的悠然自得。

法式善虽将书屋命名曰"龛"，但他否认自己懂"禅"，将"禅"意代入其中，也并不是他本意。阮元《梧门先生年谱》记载，乾隆三十八年（1773年）21岁的法式善用"诗龛"之名于僧斋，因为当时他寄居在西华门外南池子僧寺读书，读诗之所当时正好是寺院，所以取名为"龛"，也就有了后来的"诗龛"之名。当然，法式善对于诗龛和诗歌的产生，都是以"兴会"视之。不为建龛而建龛，不为写诗而写诗，偶尔兴会所致，随笔赋之，即为佳事。正如《诗龛图记》写道："禅，吾所未知，有是龛而后名之曰'龛'，非吾之所谓龛也。有是诗而后名之曰诗，非吾之所谓诗也。吾之诗在在有之，诗适与吾合，而遂为吾有。吾之龛人人有之，吾取为吾用，而遂属之诗。"② 法式善在自己诗中也多次提及"兴"："促迫虽不受，兴到乌可已。蒙蒙江上烟，容与诗龛里"③（《马秋药郎中写山水树石十二帧见贻》），"风雨从天来，文章自我作。兴会所已到，妙语非雕凿"④（《书思元道人风雨游记后》）。有人认为法式善常用"龛"字是以禅参诗，但法式善并不同意这种说法，曰："禅，吾所未知。"不可否认，"龛"乃佛家语，指供奉神位、佛像等的小阁子，但作家表示自己并不深悟禅意，只是了解到了"兴会""悟性"的美学特质而已。正如洪亮吉所言"中多见道语，不徒有观濠、因树面目"⑤；何兰士也提道"言皆实谛，非严沧浪以禅喻诗比也。读之不禁作天际真人想矣"⑥。总之，法式善描写诗龛，实写自身对文学之"兴"的深刻感受。

《重装钱南园副使画马记》中，法式善本应写钱沣的马画，但却从赵孟

---

① （清）法式善．存素堂文集［M］．清嘉庆十二年刻增修本：卷四．
② （清）法式善．存素堂文集［M］．清嘉庆十二年刻增修本：卷四．
③ （清）法式善．存素堂诗初集录存［M］．清嘉庆十二年王墉刻本：卷六．
④ （清）法式善．存素堂诗初集录存［M］．清嘉庆十二年王墉刻本：卷十．
⑤ （清）法式善．存素堂文集［M］．清嘉庆十二年刻增修本：卷四．
⑥ （清）法式善．存素堂文集［M］．清嘉庆十二年刻增修本：卷四．

頫的马画谈起。赵孟頫花木竹石画皆精，但画马更胜一筹。其《秋园牧马图》，着色浅，凡马五匹。李东阳评赵画"健马奔泉如渴虹，活马浴水如游龙。竦身作势蹴厚地，仰首喷沫生长风。倦思滚尘痒磨树，似是马身通马语。莫将意态问丹青，天机正在忘言处"①，可见赵氏之画马的确一绝。所以到了清代，赵孟頫的马画仍受欢迎，正如法式善所言："虽赝本，然固多爱护之者。"② 值得玩味的是，法式善提到了赵孟頫的为人，说他"生平不无遗议，特以艺工"③，赵孟頫，何人也？字子昂，号松雪道人，南宋灭亡后，忽必烈求贤若渴，命行台御史下江南求访才人，赵孟頫当时居名单之首。忽必烈亲自接见他，并委以兵部郎中之职。赵氏虽工书善画，饮誉海内，但在改节仕元这事上，的确尝被人诟病。他曾拜访宋亡后隐居不仕的族兄——赵孟坚，得到的只是兄长的冷嘲热讽。这部分有关世道之言的评论，吴鼒认为法式善用语"峭洁"。究其原因，法式善认为赵孟頫当时入仕是必然的。他出身官宦世家，自己的父亲赵与訔好友留梦炎就在仕元后平步青云，这对其是一个很大的诱惑。赵孟頫正处大好年华，不甘沉沦，又由于去世的母亲一直教导他仕圣朝，出人头地，因此他一直想要施展抱负。赵孟頫仕元事件到了清代，人们往往和法式善一样对此表示理解，并且更关注他为后世留下的艺术作品，赵作艺术的生命力也得以延续。法式善在文中没有马上写到钱沣及其画作，却先写赵孟頫，原因有二，一是二人均为善画马者，二是由于钱沣的风评比赵孟頫好很多，应该是通过对比突出钱沣之人品。显然钱沣无论人品还是画艺俱佳，与前文的赵孟頫相比，既有相似性，也有区别处。清杨守敬《学书迩言》评钱沣学颜真卿字时形神皆至的原因是"人品气节，不让古人"④。清人施有奎曾作《钱南园先生像赞》："身致富贵，躬守清贫。亦严履蹈，不苟笑噸。正色立超，遇事直陈。"接下来，文章提到了钱沣"前清廉吏南园沣，疾恶如仇宁守穷。骨气逼人神骏马，擘窠大字壮颜公"。钱沣，字东注，号南园，昆明人。官至御史，清贫自守，"以直声震海内"。艺术上，工楷书，学习颜真卿字，如法式善所言"书入颜平原之室"，善画瘦

---

① （明）李东阳. 李东阳集（2）[M]. 周寅宾，钱振民，点校. 长沙：岳麓书社，2008：820.
② （清）法式善. 存素堂文集[M]. 清嘉庆十二年刻增修本：卷四.
③ （清）法式善. 存素堂文集[M]. 清嘉庆十二年刻增修本：卷四.
④ （清）杨守敬. 学书迩言[M]. 北京：文物出版社，1982：37.

马，画马尤为驰名，笔墨凝重且神形俊俏，世争宝之，人称"瘦马御史"。法式善与徐镜秋同榜肄习翰林文字，钱沣为二人同馆前辈，是镜秋业师，经常为徐"疏解义理""指陈情事""茗碗唱酬""以文字相切劘"。即使如此，据法式善言徐镜秋"未得其（钱沣）画也"，法式善也未曾看见钱沣的马画。后徐镜秋赴任广东，家宅借与法式善暂住，此时钱沣已去世，但法式善有幸于壁上见钱沣的马画，虽然纸墨霉败，但画中的马仍神采奕然，于是自己做主重新装潢此画，是为应《重装钱南园副使画马记》之题。

至此，法式善运用今昔对比方式，表达了物是人非之感：

> 并忆辛丑夏，余晨访，镜秋未起，与副使坐新槐树下，偶诵近作七言诗，副使援笔且和。今槐荫蔽屋，纸窗竹榻未改于前，而副使之亡已久……重副使者，将必重惜其翰墨所存，况余与副使之相习乎哉！①

法式善只能以这种以画怀人的方式表达自己对钱沣为人作画的款款深情。钱沣为人正直，曾在乾隆四十七年（1782年）疏劾山东巡抚国泰贪赃，使国泰受到严惩。但是当时高宗皇帝是下令让和珅与钱沣二人一同前往处理国泰一案的，和珅想为国泰求情，未能得逞，由此怀恨于心。后钱沣做湖南提督学政，和珅位高权重，借湖北盐政的过失削减钱沣的官阶。皇帝熟知钱沣为人，后又提拔其做御史，任职于军机处。钱沣上奏和珅及军机大臣旷职，皇帝下诏告诫和珅，和珅继续诬陷钱沣，但乾隆皇帝深知钱沣贤良，并不予以处罚，之后，和珅一党将军机处最苦最累的差事都分给钱沣，后钱沣积劳成病，英年早逝。钱氏去世后，法式善为他搜集整理遗诗，共得一百多首，辑成两卷，名曰《南园诗存》。如今又得钱氏遗画，必然唏嘘一回。正如杨芳灿所言"尺幅中俯仰今夕，一往情深，感不绝于余心，溯流风而独写"②，正所谓意言之外，别有"渺致傲色"。

法式善之所以关注历代及本朝的书画像类作品，并为之立文作记，原因有二。一是时代的风气使然。清代的画坛有"在朝派"与"在野派"之分。前者成员由在朝为官之士大夫阶层组成，后者是由清画院（如意馆）官员及

---

① （清）法式善. 存素堂文集［M］. 清嘉庆十二年刻增修本：卷四.
② （清）法式善. 存素堂文集［M］. 清嘉庆十二年刻增修本：卷四.

外国传教士画家组成。法式善显然就立于"在朝派"之列。清代人物画虽不及花鸟画及山水画发达，不过宫廷、民间及士大夫都流行作肖像画。法式善所处乾嘉时代，人物画最盛。徐璋、罗聘、丁皋、丁以诚等人的肖像画均极一时之重，其中，罗聘即是法式善相交甚深的画友之一。悬挂于法式善诗龛室内最引人注目的《诗龛向往图》即罗聘所画。此画作于乾隆五十七年（1792年），画中画有陶渊明、王维、孟浩然、韦应物和柳宗元五位前朝文坛大家，他们均为法式善仰慕之人，虽与诗龛主人相隔千年，但确为其"异代知音"。罗聘将五位大家形象绘入其中，是了解好友法式善心之所往，也是因为人物肖像画在当时流行一时。而此时，前代盛极一时的道释人物，其势渐衰，"凡寺观壁画与卷轴佛像、经变，只赖'底稿相传'，高手已凤毛之稀了"①。二是由法式善自身对书画的喜爱所致。法式善雅好书画，尤工山水，喜交天下雅士。在他的朋友交际圈里，有相当一部分是青年书画家和落魄画人。即使有些善画之人由于远离京城，法式善也结其为友，一时名噪海内。前文提及法式善世居京都，后搬入明代大学士李东阳故居，自称"小西涯"。所谓"西涯"，即为积水潭附近，因在东阳故居之西，故得名。法式善也为此地写了一篇考证之文——《西涯考》。"诗龛"与"西涯"相对，是谓室内为"诗龛"，室外为"西涯"。又在此地添筑梧门书屋和诗龛楼，作为作画吟诗、邀请雅士之所。如《诗龛图记》所云："余尤癖嗜诗，遂榜所居曰'诗龛'。夫盈天地间皆诗也，发于心，触于境，鸟兽之吟号，花叶之荣落，云霞之变灭，金石之考击，无一非诗，包含而蓄纳之，则龛之义大矣哉。"②诗龛的成立是当时书画界一大幸事，此地团结了很多当时的画界名流。《清史稿·法式善传》曾这样评价诗龛："法书名画盈栋几，得海内名流咏赠，即投诗龛中。"③ 法式善所得诗龛图，多出名家之手，均为名作。因此，法式善将目光投射到书画像之类的作品，并进行描写、议论，就不足为奇了。

二、斋堂亭园记类

这里我们再来关注法式善记述斋堂亭园的记体散文。

---

① 王伯敏．中国绘画史（修订版）[M]．北京：文化艺术出版社，2009：491．
② （清）法式善．存素堂文集[M]．清嘉庆十二年刻增修本：卷四．
③ 赵尔巽．清史稿[M]．民国十七年清史馆铅印本：列传二百七十二．

首先我们来看《道镜堂记》。这篇记文不局限于"堂"之景致，而另辟蹊径，从"堂"之命名谈起，议论"镜"之作用——评人阅己，公私明辨："读书所以明道，道明则内有以自镜，外有以镜人。镜乎，己公私辨矣；镜乎，人是非晰矣。安其境而无所累于心，此道之所以为镜也。"① 严复曾提道"诗中常有人，对卷若可唤"②，可见，视文若镜，自古慨然。何谓"镜"，"镜"何用？顾炎武谓："镜情伪，屏盗言，君子之道，兴王之事，莫先乎此。"③ 也就是说，书籍是具有映射现实真伪之功效的。"镜人"在读书与审美接受过程中是与"自镜"相辅相成的，同步形成的。所谓"镜人"，指以书中所描述的"世界"为境，透过书中人事去印证现实。"自镜"是指读者通过阅读书籍，对自身的一种反省。正如《尺牍新钞》三集《与孙武迁》云："（诗）能刺我瞳者，其人魁杰；能移我情者，其人俊远；能约我试听者，其人贤圣。"④ 紧接着，作者从道镜堂主人高珍元写起——"志道士也"，描写他的道镜堂周遭环境——"所居在山水之间，修竹苍石，映带左右，桂柏夹道，樟槐覆檐。当夫时鸟鸣树，游鱼纵波，执一卷以终日，而俯仰皆有以自得"⑤，秦小岘认为此段文字"极似《唐文粹》中杂家文字"⑥。的确，《唐文粹》中记体散文比较偏重建筑、器物与行踪，往往描写楼阁亭台等建筑的地理方位、周遭景物等。法式善此文的确较其他记体散文描写建筑详细一些。但法式善又与唐人作亭台楼阁记文有区别，因为唐人往往详细描写建筑的修建过程，重在观物。从此文的全部篇幅来看，描写景物这部分不占绝对篇幅，法式善从表现道镜堂本身游离出来，重在写意，只是简要勾勒朝暮四时之景，重点放在写主人的慕古鉴今、去世之累而得道之真。

另外，法式善在文中论述读书可以明道，提到道镜堂主人"慕乎古而鉴于今""道镜今古"等行为，其实是在提倡恢复古道，为清人提供学习借鉴的范本。自清初起，黄宗羲"不必文人始有至文"⑦，顾炎武"唐宋以下，何文人之多也！固有不识经术，不通古今，而自命为文人者矣……然则以文人

---

① （清）法式善. 存素堂文集 [M]. 清嘉庆十二年刻增修本：卷四.
② 徐世昌. 晚晴簃诗汇 [M]. 民国退耕堂刻本：卷一百八十二.
③ （清）顾炎武. 日知录 [M]. 清乾隆刻本：卷十九.
④ （清）周亮工. 明二百名家尺牍 [M]. 长沙：岳麓书社，2016：35.
⑤ （清）法式善. 存素堂文集 [M]. 清嘉庆十二年刻增修本：卷四.
⑥ （清）法式善. 存素堂文集 [M]. 清嘉庆十二年刻增修本：卷四.
⑦ （清）黄宗羲. 南雷文定前后三四集 [M]. 清康熙刊本：三集卷三.

名于世焉，足重哉！"① 参与《四库全书》编纂这一空前浩大的文化工程者，多为当时的文化精英，如由著名的目录学家纪晓岚任首席总纂，有"通儒"之誉的刘统勋、于敏中等人任正总裁，参与校勘者中也多学养深厚之人，如《孟子述义》《谷梁正义》的作者邵晋涵，清代最大散文流派代表姚鼐，考据学大师王念孙等人，他们在整理编纂此书的过程中逐渐形成了影响全国的经学校勘考证之规范。待《四库全书》完成后，参与者们分散到各地，将考据的火种播撒，终成一代显学。因此，法式善生活的乾嘉时期，社会大倡崇实黜虚的汉学，文人形象相对较为暗淡。很多乾嘉文人也在这样的氛围中转变风向，以"文士"身份为耻，王鸣盛言"诗文皆辍不为，唯以考史为务，故每卷辄自题曰某述，亦窃比述者自命之意云"②；钱大昕还用考据方式阐述"文人浮薄""文人相轻"的行为自古有之。乾隆中叶设立四库全书馆，乾嘉汉学成为官学，且由学术场域渗透到了文学场域，文坛自是难以逃脱其熏染。但是令人欣慰的是，在法式善的文章中，很少出现此类观点，他不以诗文为轻，尽力团结文人；他提出自己的文学主张，不以考据为要；他提出恢复古道，为时人提供学习古文的范本；他不赞同为文浮艳不实，提倡文学复古，而且借助道镜堂主人之口道出"道镜今古"的主张。细细品味此文，法式善文学创作上也确实在践行古道，收集唐贤文章，将学者学道为文的榜样立为唐人，认为"志其学者，必探其道，探其道者，必诣其极，然后隐而晦之，则金浑玉朴"③。那么法式善所谓践行的古道是否与《唐文粹》倡导之"道"一致呢？其实两者追求的都是《诗》《易》《春秋》之道，即继承了孔孟之道。《全唐文》载"（韩愈）超绝群流，独高逐古，以二帝三王为根本，以六经四教为宗师"④，就是最好的明证。法式善文学主张被时人认定为学古道，即此道也。而法式善由于长期从事文学侍从之职，课业成均，受命编纂《成均课士录》《成均课士续录》等，并在成均祭酒任上时孜孜不倦地为诸生讲解孔孟之道，在当时影响甚大。后学陈用光在《太乙舟文集》中评价法式善制艺文之道就是："由乎性情之说者，诗、古文之道尊己，彼依附孔孟之

---

① （清）顾炎武. 日知录［M］. 清乾隆刻本：卷十九.
② （清）王鸣盛. 十七史商榷［M］. 清乾隆五十二年洞泾草堂刻本：卷一百.
③ （宋）吕祖谦. 观澜文集［M］. 清嘉庆宛委别藏本：卷十九序.
④ （清）陈鸿墀. 全唐文纪事［M］. 清同治十二年方功惠广州刻本：卷一百二十.

旨。必其身不悖乎。"①

法式善的《诚求堂记》开头本应写楼，却撇开诚求堂修建及观游过程，变成了写处世为官之道："夫人必有所欲得也，则求之；有所欲得而惟恐其不得也，则诚求之。诚求之术不一，而诚求之理无二。居则以求乎圣贤之道，而出则以求乎经济之宜。其功非朝夕所可竟，而其事则随在皆可用力也。"② 法式善在记体散文中，囿于题材内容限制，很少提及为官之道，但本书是个例外。面对吏治败坏、危机逐现的社会状况，法式善作为八旗蒙古中的有识之士，有着自己的想法。他曾经条陈奏事，建议嘉庆维新，拯敝时政，声称：

  俱颁诏旨求言。盖以九州之大，居民之重，几务至繁，兼听则明，偏听则蔽。若仅一二人之言，即使出于至公，不能周知天下之务，况未尽公耶。……是以圣德如皇祖皇考践阼之初，即以求言为当急。……特此通谕，凡九卿科道俾奏事之责者，于用人行政一切事宜，皆得封章密奏，俾民隐得以上闻，庶事不致失理，诸臣务须宅心虚公将用人兴利除弊，有俾实政者，各行诚悃，据实敷陈，佐朕不逮集思广益至意。③

但因嘉庆因循守旧谨遵祖制，虽打着"咸与维新"旗号，但并不真心改革。因此，法式善遭到嘉庆帝严厉指责：

  朕以皇考之心为心，以皇考之政为政，率循旧章，恒恐不及，有何维新之处？④

显然，嘉庆认为乾隆的文治武功无人能及，不可超越，唯有遵循，因此对于法式善的建议充耳不闻。但即使如此，法式善仍很重视官德之修养，也特别重视做人，因此于文中提出"穷则独善其身，达则兼济天下"的劝告，也为下文写堂主人作铺垫。这种借题发挥的手法，始于唐代，如沈光《李白

---

① （清）陈用光. 太乙舟文集 [M]. 清道光二十三年孝友堂刻本：卷六.
② （清）法式善. 存素堂文集 [M]. 清嘉庆十二年刻增修本：卷四.
③ （清）王先谦. 东华续录（嘉庆朝）[M]. 清光绪十年长沙王氏刻本：嘉庆七.
④ （清）王先谦. 东华续录（嘉庆朝）[M]. 清光绪十年长沙王氏刻本：嘉庆八.

酒楼记》，这种虽名为记楼，实则记人的借题发挥手法，在后代被运用得更加频繁与娴熟。除此之外，法式善论辩方法运用得非常娴熟，如文中进行欲求的正反两方面论述，论述诚求之术与理的辩证关系，都言简意赅，譬喻深刻。劝诫世人诚求之功并非朝夕可竟，但诚求之事却必须时时用力。

  第二段层次较多，详述如下：交代写作缘由，周霁原临行前请为其诚求堂作记。堂名实来自山名——石镜山，周子曾鼓箧求学山中，众人以"奇才"视之。如今磊落杰特之人要出宰粤东，一定会有一些"稍绌不纾"之处的。法式善的观察与心思不可谓不缜密，他提道"其中恳恳款款，不忍欺人与不敢自欺之素志，则矢之于心如一日"①，将读书人的矛盾心态一语道破。然而，法式善马上提出了为官之核心，尤其是周霁原出任粤东县令一职，关键就在于"得民心"，而"得民心"的关键就在于将百姓视为自己的家人，"以民为本"，如前文所言，法式善寄予嘉庆帝的"维新"希望落空，但他关注国事的热情并未消减，他会把希望寄托于其他志向高远的官员身上，如周霁原。他希冀周生能在粤东地区，在自己职责之内，尽力整治吏治，体恤民情。他对周霁原的建议是"我之安我妇子也何树乎，即以此术安民之妇子；我之适我口体也何道乎，即以此道适民之口体"②，将百姓的感受与自己和家人的感受等同，"民心即我心"，以待己之心等同待民之心，必会得民心，以此勉励周霁原在任中能体恤民情，有所政绩。法式善曾写到的"君今任观察，灾黎宜恤赀。耳目稍壅蔽，害将被闾间。泽中百万鸿，哀鸣待招徕"③"念君为民时，屡受县官攘。民也今为官，毋忘昔悒怏"④等诗句，均体现了这种"民本思想"。他认为官员们应该将"（民）未安而求其安，（民）未适而求其适"作为为官追求，让百姓可以远离劳苦，趋袵席而避桁杨，正所谓"君志在民不在位，宝德不宝财。省民困、安民业、赈饥、扶危、优贤、养士、清盗贼、通商贾、宽刑、薄赋、旌善、讨逆，皆所以顺民情而成己德也"⑤。可能因为周霁原既为官又为学，与法式善具有双重身份类似，因此作者对周生寄予更厚重的希望。周霁原为了时时刻刻提醒自己为官的奋斗目

---

① （清）法式善．存素堂文集［M］．清嘉庆十二年刻增修本：卷四．
② （清）法式善．存素堂文集［M］．清嘉庆十二年刻增修本：卷四．
③ （清）法式善．存素堂诗初集录存［M］．清嘉庆十二年王塽刻本：卷十九．
④ （清）法式善．存素堂诗初集录存［M］．清嘉庆十二年王塽刻本：卷二十四．
⑤ （清）刘智．天方典礼择要解［M］．清乾隆五年京江童氏刻本：卷十二．

标，在为堂取名为"诚求"时，也是将"民之颠连茕独"往来于胸中。法式善很清楚周霁原的想法，将"植花竹、列图书者"仅视为"堂之迹"，而"拯颠连、哀茕独者"才是"堂之心"。最后，法式善认为周子无论何时何地，仍会不忘初心，这是他最看重的一点，也是作记的原因。全篇层次多重，写周霁原向法式善求记，而后先回忆其年轻时读书于石镜山的情景，再写为官之磊落。接下来，自顾自阐述为官之道，其实也是在点明此道即为周子追求的为官之道。最后才回到诚求堂本身的迹与心之辩证。陈用光认为《诚求堂记》振笔直书，层折无数，字简意丰，似韩愈《送何坚序》笔法；石韫玉认为该文"精粹"，均可谓评价恰切；洪亮吉评价此篇文章"县官当各书一通于座右"①，正是看中其中的民本思想。文章本写周霁原的诚求精神，实写法式善的为官之道，可谓言为心声，议叙结合，妙语连珠。

  法式善为文雅致、为人雅让的特点在《且园记》中描写得淋漓尽致。文章简述且园名字的由来时，法式善表示自己适然得之，早一点晚一点皆不合适，正所谓"且"。描写且园花竹轩室等一概事物时，文笔优美，结构严谨：

> 园中有山，积土为之，无奇骏之观而阴阳向背分焉。有石，大者如鬼物、如兽，小者如筐筥、如瓮盎。有花、有竹、有树、有楼、有轩、有室，所谓龛者、堂者、居者、庐者、涯者、礿者，皆得假借而有焉。②

可谓意境深沉，感情真切，优雅别致，音节律韵美、清夷之气蕴出笔端。法式善写东晋重臣尹浩、谢安自况：二人均在桓温覆晋之时并享高明，都曾隐居，认为他们不是在"矫抗鸣高"，而是"不为声华荣利之汩没"，本质上也在将尹谢二人作比，写自己的心境与人生追求——乐天知命，而这也正是"且园"之精神所在。王芑孙评该文"雅洁有致"，洪亮吉评"淡宕蕴藉"。

  《具园记》文章开端并未描写杨月峰具园原貌，而是先进行君子小人之辨，正所谓："辨有无者，君子之心也，公也；较多寡者，小人之心也，私也。君子所见者大，小人所见者小也。"③将其作为古今盛衰之源，人之性情

---

① （清）法式善. 存素堂文集 [M]. 清嘉庆十二年刻增修本：卷四.
② （清）法式善. 存素堂文集 [M]. 清嘉庆十二年刻增修本：卷四.
③ （清）法式善. 存素堂文集 [M]. 清嘉庆十二年刻增修本：卷四.

<<< 第五章 法式善的记体散文

的本质区别，引起下文的引子。接下来描写杨月峰宽仅半亩的具园，字里行间体现"具"之备：

> 堂、台、榭、轩、阁、楼、亭、廊，莫不毕备，交错盘互，咸尽其宜。其上则为峰、为嶂，缭然、窈然，阴晴向背，倏然万状。折而下则为井，有池沼，有桥有筏，卉木杂莳，鱼鸟各得入其中，有不知为半亩之宫者。①

虽然园不大，但从具园格局设计、景致层次，都能看出园主之用心。正如何道生所言，该文"小中见大"。法式善紧接着将园中设计与篇首君子小人之辨相照应：

> 所谓公而非私也，见其大而忘其小也，辨有无而非较多寡也，杨君于是乎有合于君子之用心矣。②

法式善认为杨月峰是君子，并就此抒发议论，认为人生在世，追求高位权势，永远没有满足之日，只有像杨君这样的人，"涉其境不溺其中，博其趣不害其理，优焉游焉，随遇而安焉"③方得解脱。洪亮吉认为此文"幅短而神味特长"，王苏认为其"见识远，序次整，结构紧"，孙星衍认为"体遒而笔纵"，可见法式善描写、议论的完美结合。

法式善的《会陶然亭记》，描写了京都名亭——北京的陶然亭。陶然亭，修建于康熙年间，由工部郎中江藻最初修筑，取白居易《与梦得沽酒闲饮且约后期》中的"更待菊黄家酿熟，共君一醉一陶然"诗句之"陶然"二字作为亭名。此亭自建成以来，一直受到文人墨客的青睐，被誉为"周侯藉卉之所，右军修禊之地"，享誉甚久。本书即围绕此亭展开，描述了法式善与众人同游此亭的场景。清代贤人雅集特别多，同行者有同年、同乡、同门、好友几种。因为同时擢升，所以士子们会定期聚会，以道艺、文辞等方式相互砥砺。加之北京作为首善之区，政治文化中心，对于汇集于京都的文人来

---

① （清）法式善. 存素堂文集 [M]. 清嘉庆十二年刻增修本：卷四.
② （清）法式善. 存素堂文集 [M]. 清嘉庆十二年刻增修本：卷四.
③ （清）法式善. 存素堂文集 [M]. 清嘉庆十二年刻增修本：卷四.

161

说，意义重大。他们在此或求升迁，或结交官友，因此各方人士往来交游成为京师生活不可或缺的一部分。清代京师文士尚好团拜宴请，成为一时风尚，"康、雍以还，承平日久，辇下簪裾，宴集无虚日，琼筵羽觞，兴会飙举"①。本书写的是法式善与己亥顺天乡试同年团拜之事，由法式善组织，性质上不属于官方主办的同年会，参与主体均为及第进士。规模庞大，仪式规范，旨在"道国恩，论情愫，劝加餐，祝享嘉""叙平生，道契阔"②。文章先抑后扬，将乡试与进士同年聚会情况进行了对比，得出结论"平日游纵唱和，亦往往不能如进士之密"，原因在于"乡试岁举千余人，非试礼部，大期会无由。毕集京师，集之时又暂。由是为团头者，势不能无疏脱于其间，其相接也亦仅矣。其相接也仅，则游纵唱和之权无由以至，而况其深焉者哉"③。正是由于乡试同年相隔十四年之久再次相聚，且聚会短暂，因此法式善才尤为珍惜，成就了后文聚会之"盛况"。这篇文章虽以"记"名篇，但实为叙事，其中同样灵活运用了描写与议论。在描写聚会场面之盛时，文中写道："是日也，旅揖而升，促坐而话，赋诗相答，极欢乃罢。盖举各直省之同举于乡者，靡不至焉，可不谓盛乎！"④作者喜悦之情溢于言表。并发表议论："夫以各省之人，阅十四年之久，其间聚散有不可胜言者矣。今者幸而获聚，聚而举一觞相属，斯亦人事之不可常者也。诸君年齿有后先，遭逢有迟速，异日解手背面，河山悬异，睠思此会，必更有怀允不忘者。夫予之所不能忘，亦诸君子之所不能忘也，而可勿志乎？爰列来会者姓字书之册，并作图焉，以藏予诗龛，而记其事如此。"⑤同年之间或同朝为官，或同区为官，都有一定的联系，虽然阔别多年，但故友相见，情谊益浓，故多论情愫，叙平生。正如柳开在《与朗州李巨源谏议书》中曾说："同时登第者，指呼为同年，其情爱相视如兄弟，以至子孙亲属，多不昵比，进相援为显荣，退相累为黜辱。"⑥的确，此次相会后，又不知何年何月可以再次相聚，但是，今天的盛情大概同僚们都会铭记于心的。法式善还请人将今日相聚作

---

① （清）徐珂. 清稗类钞［M］. 北京：中华书局，2010：23.
② （宋）詹体仁. 姑苏台同年会次袁说友韵［M］. 詹元善先生遗集：卷一.
③ （清）法式善. 存素堂文集［M］. 清嘉庆十二年刻增修本：卷四.
④ （清）法式善. 存素堂文集［M］. 清嘉庆十二年刻增修本：卷四.
⑤ （清）法式善. 存素堂文集［M］. 清嘉庆十二年刻增修本：卷四.
⑥ （宋）柳开. 河东集［M］. 四部丛刊景旧钞本：集卷九.

第五章 法式善的记体散文

图留存。

全文文字秀逸清新，追求雅淡，刘锡五评其诗"冲古淡泊，出入陶、谢"（《存素堂诗三集序》），吴锡麒评其诗文"清而能腴，刻而不露，咀英陶谢"（《存素堂诗初集序》），陈用光评《会陶然亭》"和平淡雅之音"，杨芳灿评"澹远中有深隽之致"，可见，法式善无论为文为诗，风格都很接近。

法式善的《思过斋记》，文章开头交代了思过斋由来——初颐园"以言语失职，廷议重谴，上天子鉴其素，而宥其罪"。正因为这样，初颐园被罚闭门思过。初颐园因此在斋楣上题写"思过"二字，是为"思过斋"，请法式善作记。法式善因此阐述了对此事和初颐园为人的看法，并提出了自己的通变思想。首先，法式善作为初颐园三十多年的朋友，对其为人治学十分熟悉，认为初氏特立孤行，疾恶如仇，求治心切。但这样的性格也有缺陷，"疾恶严，可也，太严则不辨其恶之大小，而尽欲去之，势不能尽去，将小者去而大留焉，有之矣；求治急，可也，太急，则不辨其治之轻重，而尽欲行之，势不能尽行，将轻者行而重者沮焉，有之矣"①。法式善认为初颐园严厉地憎恨恶行，这当然可以。但要注意限度，如果太过严苛，打击一切恶行，难免不分重轻，久而久之，不仅不能尽除，反而会分散力量，主次难辨，有可能把小罪行除掉，却将大罪恶留下。这也是法式善对友人初颐园的肺腑之言，他清楚自己的朋友胸怀赤子之心，治理国家常怀紧迫之感，但这显然会让人顾此失彼，最终有可能将重要的亟待解决的问题搁置。所以法式善的建议就是："大恶期于必去，重治期于必行，其小者、轻者，姑听之。"法式善认为颐园正好借此定省之机，好好"补过"，此乃君子之为。因为"君子不患有过，患有过而不自知其为过"，君子应"职思其居""职思其外""进思尽忠，退思补过"，以待他日之用，这是一种行为的取舍，实质上是儒家推崇的"忠"之美德的现实映射。这也是法式善自己坦然面对人生起伏的真实心态。这种忠于事实的负责任的态度，缘于他的行为取舍和泰然成败的人生态度。人的一生中，成功固然可喜，但失败留给人的未必完全是仓皇落寞。最可悲的做法是不知从失败中寻找自己人格和道德的缺陷，学会补救才是儒家所谓修身自省。最后法式善提出初颐园应努力在"疾恶""求治"之间寻求平衡，用两个比喻进一步阐释："譬如射焉，期于中鹄斯已耳。譬

---

① （清）法式善．存素堂文集［M］．清嘉庆十二年刻增修本：卷四．

163

如音焉、味焉，取其配与调斯已耳。"① 正所谓"社稷之衡"。本篇文章中，法式善最精彩之处是议论，能够切中人物要害，看透事物本质，议论求其平正。王芑孙评其"二语切中侍郎之病，可谓忠告，而文亦惬当之至"，谢振定认为这篇文章"持正之论"，可见其论说之术博辩宏伟，造于深微而后止。

　　法式善的《潘氏义庄记》同样以议论胜出。法式善将世间交友之道阐述透彻，"吾尝慨世之人，平居号召友朋，酒食征逐费千金而不之恤，于族人之颠连困苦、茕独无告者，若罔闻知"②，将钱财花费在与酒肉朋友饮酒作乐上，却不愿出一点点资产帮助族里穷困潦倒的亲戚。《论语·季氏》曰："益者三乐，损者三乐。乐节礼乐，乐道人之善，乐多贤友，益矣；乐骄乐，乐佚游，乐宴乐，损矣。"里面提到了与直、谅、多闻的益友相对的损友，他们狂妄自大、游手好闲、好吃懒做、追逐酒食。法式善批评那些不顾自家亲戚，却结交损友的交友之道。这种人与本书所提的潘氏一族，简直有着天壤之别，潘氏族人"力行善事，以赡族睦亲为急，捐资置义田若干亩。族姓由是无饥寒之患，子孙繁衍，皆能体先人志"，使法式善不自觉发出感叹："人能自保其子孙，而不能保兄弟之子孙乎？不能保兄弟子孙，又安能保吾之子孙乎？"③ 法式善"生平以友朋为性命"，为人热情，待人丝毫无门户之见，年龄不分长幼，身份不分贵贱，地域不分南北，人品超群，他的交友观正直而无偏见，与上文所及酒肉友朋完全不是一回事。王芑孙在《存素堂试贴序》中写到法式善与朋友相交的情形："时帆祭酒法式善过辱好予，有作，必就予审定。尝刻行其咏物诗一种，首以示予，偶匆之善，遂止不行。后五六年，钦州冯鱼山敏昌见而大称之，问何以不行，时帆以予言告。予始获闻之，而悔前言之过。世亦有冲然耆学如是者乎？"④ 法式善与朋友之间交往之雅事比比皆是，绝不会是文章所提的酒肉友朋。

----

① （清）贺长龄．皇朝经世文编［M］．清光绪十二年思补楼重校本：卷二十吏治六．
② （清）法式善．存素堂文集［M］．清嘉庆十二年刻增修本：卷四．
③ （清）法式善．存素堂文集［M］．清嘉庆十二年刻增修本：卷四．
④ （清）陈康祺．朗潜纪闻［M］．清光绪刻本：卷十四．

第二节 法式善记体散文的特点

法式善的记体散文不仅思想内涵非常丰富，而且艺术特点也很突出。从前学界很少有人专门研究，因此，这里专就这一问题，从两个方面来做一些探讨。

一、借助释名阐述思想

记体散文作为一种应用性文体，多数情况下是作者应人之请，受人之托所撰。法式善记体散文虽多为受人所托，但作者在论述亭台楼阁的名字渊源时，都充分表达了自己的观点和思想倾向。法式善为官员作记并不多见，反倒多集中于友朋之家。所以提及官员政绩的不多，但谈到做人道理的特别多，重论人之"贤德"。其实借"记"述怀的方式早在唐代时即已有显现，如李复在《静斋记》中阐述斋名之"静"，即进行了"动静一也"的辩证论述，又进而论人处静之道，即"不偏滞于一曲""虚其中"，文末交代了静斋之主刘君请李复作记，因此李复也表达了对刘氏立身处世之道的劝诫"因竭其两端而告之，庶几使之不蔽"，其实这也是处静之道的另一种解释。

法式善在为他人的堂、园、亭、台作记时，多数在开头即阐述命名之义，揭示名字由来并称赞主人品德，借此表达自己的思想认识。如《道镜堂记》言："读书所以明道，道明则内有以自镜，外有以镜人。镜乎，己公私辨矣；镜乎，人是非晰矣。安其境而无所累于心，此道之所以为镜也。"[1]他一针见血地将堂之名"镜"的寓意阐释与"读书"关联，认为只有读书才能明道，明道后才可以借助"道"自鉴和鉴人，此"道"就和镜子一样，可以明辨公私是非。到底什么是处"镜"之道？在法式善看来，"安其境而无所累于心"才是最高境界。法式善在《诚求堂记》开篇写有："夫人必有所欲得也，则求之；有所欲得而惟恐其不得也，则诚求之。诚求之术不一，而诚求之理无二。居则以求乎圣贤之道，而出则以求乎经济之宜。其功非朝夕所

---

[1] （清）法式善. 存素堂文集［M］. 清嘉庆十二年刻增修本：卷四.

可竟，而其事则随在皆可用力也。"① 人们往往有了欲望，就会求之，当唯恐得不到时，就会诚心诚意追求，这个道理是放之四海而皆准的。但是法式善认为追求所欲的方式千差万别。待在家里，以追求圣贤之道为务，出仕则要提出治理国家之策。虽然这个目标实现起来有难度，不是短时间可以达到的，但是却可以随时关注，终生追求。这就是"诚求"之所谓。其实，法式善在记文中表达的一些观点，也正是其一生的追求所在。如《道镜堂记》中的"安境"心态，就是他一生的追求。法式善曾在很多文章中引用三国时期诸葛亮《诫子书》中的一句话"淡泊以明志，宁静以致远"。法式善一直以来将成败得失、利禄功名看得非常淡，志向明朗而宏大，内心平静而淡远。但这不代表他赞同人生无欲无求即为正道。因为他在《诚求堂记》中又提到了另一方面：人活一世，作为社会个体，不可避免要为了各自利益而追求成功，本无可厚非。只是要追求有道，不可过于计较，使得心神难安、浮躁难耐。正所谓"得之我幸，失之我命"，何苦计较太多？

其他，如《且园记》开头："园何以名'且'？我且得而园之也。前乎此我不得而园之，后乎此我不得而园之。当其适然得之，而名之以'且'，谁曰不宜？"法式善以"且"喻"宜"，是义为"刚好为之"的"适然"。

《具园记》中间部分提到园何以名"具"，首先堂、台、榭、轩、阁、楼、亭、廊莫有不备，且有峰、井、池沼、桥筏、卉木鱼鸟，不可谓不"具"，取"完备"之义。

《思过斋记》中虽然提及初颐园侍郎因"言语失职"而遭"廷议重谴"，但法式善并不囿于官场处世而论，而是以三十年老友的身份，切中侍郎之病，言语恳切，分析透彻。他解释初颐园以"思过"名斋，实即"感圣恩之优渥""定省自身"之义。

二、写景状物富于诗情

法式善的《道镜堂记》写道"所居在山水之间，修竹苍石，映带左右，桂柏夹道，樟槐覆檐。当夫时鸟鸣树，游鱼纵波"；《且园记》描写竹石山水，同样文笔优美，结构严谨。法式善本就擅长描写山水风光，诗歌中的京都山水诗占很大比例，成就很高，他本人也特别爱好收集画作，《清史稿·

---

① （清）法式善．存素堂文集［M］．清嘉庆十二年刻增修本：卷四．

法式善传》如此评价法式善之"诗龛":"法书名画盈栋几,得海内名流咏赠,即投诗龛中。"可见诗龛蓄书法、名画甚伙,且图多出名手,多人为当时名震京师和江南画坛的大家。法式善邀集了如此多的书画家为自己的诗龛作图,的确十分难得,也能从一定程度上看出他当时在画坛的影响力。他对画作的鉴赏能力也是非常强的,懂画之人必定会将心中之画付诸诗文创作之中,他的"春波平不流,孤棹寒烟下。初旭入空林,饥鸟躁平野"(《始春游昆明湖》)、"榆槐阴上夫,云霞光入水。数鸥残照明,一牛杏花倚"(《香山道中》)都形成了意境清远、充满生活情趣的一幅幅诗中之画。

总体来说,法式善描写景物用语清新,于淡淡点染中展现清幽雅淡、和谐明净的自然美,包含着作者对洁净的追求。在法式善的笔下,一丘一壑、一花一鸟都孕育着无限,这种无限就是他人生态度的悠然而又怡然自得。他是超脱的,但又不是出世的,讲求空灵,但又极其写实,他是超越自然而又贴近自然,贴近人情。法式善描写的景物总是将两者合二为一,简约有限的亭台楼阁客观描述就能表现无限的意蕴生机,让人体会到其主人的品质性情。

乾嘉时期的蒙古族作家多数致力于诗歌创作,散文作品问世的并不多。而法式善的散文作品数目可观,文体繁多,的确丰富了当时蒙古文学汉文创作,而其中的记体散文更是罕见篇什。当时的桐城派势力最为强盛,以应用文创作为主,代表人物姚鼐主张义理、考证、文章三者相济。法式善与姚鼐同期,但创作上并不囿于任何一派,也无明显的桐城派特征。记体散文创作方面,他上溯唐宋,学习最正宗的记体散文体式,但学古而不泥古,学其神舍其貌,兼取众家之长,就是在中国散文作家群中也应有一席之地。

三、说理叙事引经据典

法式善精通文史,熟悉经书典籍,一生著述颇丰,是备受推崇的"旗籍祭酒",参与编纂《国朝宫史续编》《全唐文》《国朝文颖续编》《四库全书》等多部官修丛书。自撰《清秘述闻》《槐厅载笔》等笔记类著述涵盖诏、表、制、碑等各类文体,内容鸿博,涉及清代经济、政治、科举方方面面,学识之"博"可见一斑。在他的记体文中,我们能深刻地体会到这一点:

如法式善的《道镜堂记》云:"读书所以明道,道明则内有以自镜,外有以镜人。镜乎，己公私辨矣；镜乎，人是非晰矣。安其境而无所累于心。"① 其选用的就是六朝时期邢子才《请置学及修立明堂奏》一文中的"道镜今古"之说。

法式善的《诚求堂记》中写有"夫人必有所欲得也，则求之；有所欲得而惟恐其不得也，则诚求之。诚求之术不一，而诚求之理无二"②，探讨了古代诚求之法，包括明太祖朱元璋重礼相求、周文公克难相求、诸葛亮以释相求、秦昭王以卑身相求、韩信以保相求等。这也是一处引经据典之优范。

法式善的《诗龛图记》中探讨有余与不足之辩证关系："人之处境，君子恒有余，众人恒不足。有余则心逸，不足则心劳。非境有以逸之、劳之也，人自逸焉、劳焉而已。"③ 此处参照的是《韩非子·观行》中的"古之人目短于自见，故以镜观面；智短于自知，故以道正己。镜无见疵之罪，道无明过之恶。目失镜则无以正须眉，身失道则无以知迷惑"④。

法式善在记体散文中常常如上文所涉之例引用经典论述亭台楼阁名字由来，内容涉及为人处世、为官之道等方方面面，引用恰切，使文意更加深刻，充分支撑论据，真正做到广博严谨，给人印象深刻。

---

① （清）法式善. 存素堂文集 [M]. 清嘉庆十二年刻增修本：卷四.
② （清）法式善. 存素堂文集 [M]. 清嘉庆十二年刻增修本：卷四.
③ （清）法式善. 存素堂文集 [M]. 清嘉庆十二年刻增修本：卷四.
④ （清）王先谦. 韩非子集解 [M]. 清光绪二十二年刻本：卷八.

第六章

法式善散文的历史地位

法式善散文具有较强的思想意义和较高的艺术成就,在中国散文史上具有一定的地位。在这一章里,我们结合整个清代散文创作,把法式善散文置于其中,并将法式善散文与桐城派作品等进行对比,来看法式善散文的优长和个性,大体可以较有说服力地揭示出法式善在散文史上的非同一般的地位。然后再来探讨法式善散文的继承与创新,看他如何学习借鉴唐宋以来诸多散文名家如韩愈、欧阳修、归有光等人的创作,在前人的基础上如何发展,这也有助于说明法式善散文的历史地位。同时,还通过对法式善文学思想的探讨,来看法式善怎样实践其思想主张,创作出大量优秀的散文,从而从另一个维度阐明法式善散文的历史地位。

第一节 法式善散文在清代散文史上的地位

清代文学集封建时代文学发展之大成,是古代文学的光辉总结期。各种文体在这个时代无所不备,齐头并进,共同繁荣,蔚为大观。要想揭示出法式善散文的历史地位,就必须回顾清代散文的发展变化,一定要把法式善散文放到他所生活的时代中去探讨。

一、清中叶散文概况

清代散文因其特有的时代历史背景,更加密切地与学术思想扭结在一起,既呈现出了与前代的衔接,展现了中国古代文学总结期的风采,也力求突破传统与封闭,走向开放的文学转型期。此时期散文领域,作家们一方面全面审视漫长悠久的散文发展历程,另一方面又力图突破传统有所创新。散文流派纷呈,比如,桐城派、阳湖派、汉魏派等。桐城派由康熙时方苞开创,其后由刘大櫆、姚鼐继续发扬光大,讲究义法,即"言有序""言有物",文章多立意明确、语言简练,此派是清中晚期影响最大的散文流派,该派记事类小品文、山水游记等体裁清新可人,代表作有《狱中杂记》《游三洞记》《登泰山记》等,但此派的一些主张本质上仍是一种拟古主义和形式主义,且传状文、碑志文等类文体不可取处甚多。阳湖派以常州恽敬、张惠言为代表,散文主张与桐城派接近,历来被认为是桐城派的分支。但他们不仅主张推尊儒术,而且要通习先秦诸子、出入百家,思想上较桐城派更为融通。他们不满于桐城派倡导的种种清规戒律,寻求创变。写法上主张"散行中时时以八字骈语",最突出的特色之一就是有散文骈化之趋势,为文恣肆,语言富丽,不同于桐城之"雅正",且文势开阔。另有汉魏派,与桐城派主张尖锐对立,汪中为其代表,文以汉魏六朝为宗,大力提倡骈文,其骈文打破自清初形成的形式主义风尚,不蹈袭、不拟古,真情实感充溢其中,"悲愤抑郁,沉博绝丽",为人称道,代表作有《哀盐船文》《吊马守真文》等。

二、从时人评点看法式善散文的地位

清代散文作家十分重视"研究散文的创作方法,并注意借鉴、运用前人的创作经验。清代关于散文创作的专论、专著之多,研究之精且细,远胜前代。专著如顾炎武的《日知录》、黄宗羲的《论文管见》、魏际瑞的《伯子论文》、魏禧的《日录论文》、陈维崧的《四六金针》、李绂的《秋山论文》、刘大櫆的《论文偶记》、章学诚的《文史通义》、梁章钜的《退庵论文》、李扶九的《古文笔法百篇》、唐彪的《读书作文谱》等。清人的散文创作理论,并没有单纯地停留在纸上,而是把它们看作进行创作的指导思想和原则"[①]。法式善在创作散文的同时,对当时百花齐放的散文文论烂熟于心,且默默实践探索着。甚至他的一些实用性较强的文章,如序、记、墓志等文体上都带有了其个性的"风韵"。在他的身边还有这样一个醉心于散文艺术评论的文学交游圈,他们彼此切磋,互相品评,法式善也乐在其中。他的文友们在法式善的散文文集中留下了很多中肯的评价和宝贵的意见。因此,要论述法式善散文在清代散文文坛中的地位,可以从法式善散文交游圈入手一窥究竟。

虽然法式善以"诗坛盟主"闻名于世,但他同样拥有豪华的散文交游

---

① 王凯符.论清代散文的繁荣及其原因[J].北京社会科学,1994(2):36.

圈，号召力可见一斑。《存素堂文集》及《存素堂文续集》两部著作成书后，法式善曾邀请自己的文友点评，按文评时间计算，这些评价均出自法式善在世时（最晚也出现在法式善去世前一年）。从点评内容看，法式善的散文文学观与创作是得到同时期人认可的。这个散文评论圈，称不上"文派团体"，亦不设固定人员，但其中很多评价、创作观念正是他们在清代乾嘉散文领域共同努力的方向。当然，对法式善散文的评价有一致性，亦有相异处。比如，有关法式善散文手法师承关系，各位文友尚有互相辩驳之处。不同的人对其散文手法的师承关系持不同观点，这部分本书会在下一节进行探讨。其实，师承多家正是当时散文创作互融与碰撞的常态，也从一个侧面向我们展示了清代中叶的散文文坛集大成的现状。可见，在当时的文坛多个文派林立，共存于世，但并不影响个体文人们彼此切磋、探讨，寻求散文的正确发展之路。像法式善这样的文人，虽不曾加入任何文派集团，但并不影响其散文写法与精进。

　　法式善散文的"雅洁"体现了清代中叶散文的一大特色，"雅洁"二字也成为时人关注其散文的重要特色。

　　先说"雅"。"雅正"是中国诗歌传统固有的追求，到清代，清人提倡文也需"雅"，主要取"正"义，指文辞纯净规范，无芜杂赘语①。中国封建制度到了清中期的乾隆年间又一次到达了顶峰，程朱理学成为官方唯一认证的意识形态，政治影响了文学，因此，理学自然而然成为文人内心的一种潜在规范。为振兴理学，国家不仅要求官员治学、探究义理，还对科举考试的士子寄予厚望。乾隆三年（1738年）十月上谕："至于学问必有根底，方为实学，治一经必深一经之蕴，以此发为文辞，自然纯正典雅。"乾隆帝曾命"桐城三祖"之一的方苞选前朝及当朝制艺文百余篇，汇编成《钦定四书文》颁布天下，作为举业指南，自此正式建立起"清真雅正"的衡文标准。可见，清代普遍求雅的文风追求与清朝统治者有关，清初至清中历代皇帝都特别重视文风的塑造，为营造"沨沨乎盛世之音"（《提要》卷一七三）的社会风气，《四库全书总目提要》（以下简称《提要》）也以"雅"总结此期的散文特点："皆谆谆以士习文风勤颁诰诫，我皇上复申明清真雅正之训。"（《提要》卷一九〇《钦定四书文》条）

---

① 刘丹. 清代散文语言审美思想研究［D］. 青岛：青岛大学，2016.

171

除了"雅",还有"洁"字也为当时文论的常客。"洁"在当时经常被拿来和"雅"并提。"洁"主要指净洁,要言不烦。邓绎《藻川堂谭艺》中有:"归熙甫为文以雅洁自喜,傲然视王李若不足,然根底未敢望古人也。"黎庶昌《拙尊园丛稿》卷六载有"为文纡徐雅洁,与余所见重野成斋川田甕江中村敬宇诸子相伯仲"。清人更看重散文的内在义理(雅正)与外在形式(净洁)的统一。"清人对'雅洁'的追求是建立在传统的文字型的语言观念的基础上的,这种审美追求有利于保持古文的醇正凝练,但其对写法与标准拘守在某种程度上也阻碍了散文语言的变革,限制了散文的创新与进步。"①

法式善作为参加编纂《四库全书》的唯一一位蒙古族成员,还参与选编了《全唐文》《国朝文颖》《熙朝雅颂集》等重要文集,他必然对"雅洁"之风了然于胸。他曾在《送赵味辛赴青州司马任》②一诗中高度评价友人文章"我自与君交,始治散体文。君力主雅正,弗事搜典坟"③,认为其文与翻书搜典累积堆砌文章有明显区别,也与当时汉学家们的"獭祭"差异较大。他反对文坛"填故实、习俚俗、押险韵、立教条、拘声病、假高古、伪穷愁、务关索、袭句调、喜冗长、好叠韵"等弊端。法式善还在多篇文章中进行了深入的雅俗辩证,如《吴凤白必悔斋制艺序》中"道义之士,其文和平;势利之士,其文诡随。和平则雅,诡随则俗,雅与俗不可不知也。吴之凤白以文雄于乡,两试春官不售,刻其行卷曰《必悔斋制艺》,乞余为序。周览一过,所谓雅音也"④;《同馆试律续钞序》中"洪惟国家文教蜚英,雅音嗣响,而协律谐声之辞,则莫盛于词馆"。

法式善将曾在顺治三年(1646年)丙戌至乾隆四十九年(1784年)甲辰年间在翰林院士为试律诗作集。文中援证奥博,立意深远,骈散结合,不可不谓渊雅。

除此之外,法式善在裁汰别人诗集的诗作时,参照的标准也是"寄托高远""意味深厚",这种选诗标准,实际上也是从"雅"这一核心延伸而来的,如《王荺亭双佩斋诗集序》:"今年荺亭仲子凤生奉遗集乞勘定。余为芟

---

① 刘丹. 清代散文语言审美思想研究 [D]. 青岛:青岛大学,2016.
② (清) 法式善. 存素堂诗初集录存 [M]. 湖北德安王墡刻:卷十一.
③ (清) 法式善. 存素堂诗初集录存 [M]. 清嘉庆十二年王墡刻本:卷十一.
④ (清) 法式善. 存素堂文集 [M]. 清嘉庆十二年刻增修本:卷三.

汰，存诗千首，皆寄托高远、意味深厚，有合风雅之旨者。存此亦足以慰蓊亭于地下矣。"古人所谓寄托高远、立论宏卓、学问渊博，胸襟浩然，诗文和雅均是一体的。《同馆试律续钞序》中指出"试律虽诗之一体，缘情体物，亦各有怀抱所存，学识所蕴焉"，认为试律诗的特点是缘情、体物，但还要以学识为根本。在时人对于法式善序体散文的评价中，多次出现"得体"一语，可以将其理解成雅正净洁之另一种表达方式。他的《兰雪堂诗集序》后面评论"立言有体"；《重修族谱序》后王芑孙评曰"无剩义，亦无支辞，得体"；《洪文襄公年谱序》后评"得体"。

除了在文学主张上大力提倡"雅文"，法式善的《存素堂文集》《存素堂文续集》中的文章几乎均以"语尚朴雅"为基本的语言特色。最突出的文章要数《成均同学齿录序》，该文语言"清真雅正""整赡得体"是得到时人共同赞许的。法式善寿序的语言也是秉承"雅洁"这一特色的，典型的如《陈约堂太守七十寿序》，文中法式善自谦地认为陈用光名气大，找人写寿序自非难事，但却向自己索序。自己分析原因，觉得可能是由于自己不善阿谀，且不去泛引博称，据实而言，绝不夸饰：

  用光工古文词，交游多当代闻人，乞寿言盖易事，而独谆恳以得余文为快。或以余素不喜谀，言之可据耶。抑以交陈氏三世久，而又尝亲聆旧闻轶事于当代老成人也耶？故余第就所习知者寿先生，而不敢泛引博称，亦深喻用光不欲诬其亲，庶几于先生之意有合也。①

王芑孙评此文"朴雅可存"，杨芳灿也赞叹其"立言更亲切有味，扫尽祝嘏浮词，行墨间自有太和之气，是谓大方之家"。

三、法式善散文与桐城派

  法式善《存素堂文集》《存素堂文续集》文章的点评之人中"既有名公巨卿如阮元，更有翁方纲、孙星衍、吴锡麒、王芑孙等一批乾嘉时代最负盛

---

① （清）法式善.存素堂文集［M］.清嘉庆十二年刻增修本：卷三.

名的文人才士"①。显然，这些人中有一些与强调"学行继程朱之后，文章在韩欧之间"的"桐城派"有着莫大的关系，如其中的陈用光、秦瀛等人。以往一提到清代散文，学人多数会重点强调当时文坛影响最大、延续时间最久的"桐城派"，至于其他散文作家、作品形式及类型总结概括得并不到位，往往以"桐"盖全。但是，经过对法式善散文进行细致分析与研究后，作者发现，法式善既不完全依赖桐城派创作主张进行写作，也不完全脱离桐城派而独立存在。如前文所述，法式善为文的根基出自归有光的继踵唐宋、通经汲古，而桐城方苞等人也极其看重归文的性情醇古、情辞并得；法式善的散文符合乾隆时期"至于学问必有根底，方为实学，治一经必深一经之蕴，以此发为文辞，自然纯正典雅"的主张，且以"桐城三祖"之一的方苞奉敕命汇编的《钦定四书文》作为举业指南；而法式善曾以庶吉士身份分校《四库全书》，作为皇家任命之选编者，他必然是按皇家选书目的，遵循皇家选录标准，对四库所选书目中的版本、文学观、审美体现的"选者之意"自是了然于胸。正如郭绍虞先生所言"清代文论以散文家为中坚，而散文家之文论，又以'桐城派'为中坚。有清一代的散文，前前后后殆无不与桐城派发生关系"②。

姚鼐年纪长法式善20岁，二人去世时间基本一致，前后仅相差两年。虽然姚鼐在文坛地位举足轻重，但其人生的最后四十年基本在南方度过，以主持书院为主业，在北方的影响力并不如想象中大。而且桐城派的缺陷也是显而易见的，比如，其一直为时人和后人诟病的就是谈义理却根底较浅，讲义法却易与时文相类。而在这一点上，法式善自身学术根基深厚，时文创作经验足、感触深，可以轻易巧妙地对这一缺陷加以规避。可以说，在法式善散文中，并没有非常明显的桐城义法，因此，谈及法式善散文，如果说他深受桐城派影响，其实不够准确。况且，法式善身边仍有一些朋友，如袁枚等人，其袒露真情的主张是独立于桐城派的，这也在一定程度上对法式善有所影响。法式善非常看重"真情实意"在诗文创作中的关键性，因此他在序体文中一再申述。如《金青侪环中庐诗序》中指出"发乎情，止乎礼仪，诗之

---

① 陈健炜. 嘉庆年间京师古文交流与评点研究——以法式善《存素堂文集》廿九家评语为中心［J］. 北京社会科学，2021（1）：46.
② 郭绍虞. 中国文学批评史（下册）［M］. 天津：百花文艺出版社，1999：310.

谓也！遇不遇，何容心乎",《同馆试律汇抄序》又言"诗以言志，志之所之，诗以至也焉"。法式善并没有把所抒之情完全纳入儒家伦理范畴之内，而是强调："诗者何？性情而已矣。"（《蔚嶙山房诗钞序》）显而易见，他其实又把抒情言志放在首位，将更多的社会内容注入情中，扩大了情志的内涵，增强了作品的审美趣味。

四、法式善散文与学术

清代学术经历的四变，分别是顺治、康熙时期的程朱、陆王之争，乾嘉时期的汉宋之争，道光之后的古今文经学之争及咸同之际的中西学之争。不得不说，清代的散文较其他朝代而言，负荷了太多过于厚重的思想学术内涵。但从另一角度看，我们又可以说，"学术"成为清代向前代挑战的"利器"，这也是它的特色。因为有了学术的厚重，散文开始淳雅宗风。自古文人与学者难相融，唐代之前兼容者几乎没有，宋代有了一定新貌，直至清代，兼文、学于一身终于完成，且大有人在，法式善就是这样的，他的散文多数散发着"安雅"的气息。

法式善散文的一大特征是"雅"，这个特征也是时人对其评价时出现率较高的一个词。"雅"这一风格形成的原因，除了法式善个人艺术追求外，很大程度上也是与乾隆年间程朱理学"盛世"密切相关的。清初至清中历代皇帝都特别重视文风的塑造，为营造"泱泱乎盛世之音"的社会风气，成书于乾隆年间的《四库全书总目提要》（以下简称《提要》）也以"雅"总结此期的散文特点。"皆谆谆以士习文风勤颁诰诫，我皇上复申明清真雅正之训"（《提要》卷一九〇"钦定四书文"条），法式善作为其中唯一参加编纂工作的蒙古族官员，必然对此了然于胸。可见，清人更看重散文的内在义理（雅正）与外在形式（净洁）的统一。与当时汉学家们的"獭祭"差异较大，他反对文坛"填故实、习俚俗、押险韵、立教条、拘声病、假高古、伪穷愁、务关索、袭句调、喜冗长、好叠韵"等弊端，在《同馆诗律续钞序》中就评价当时的世风和文风"文教蜚英，雅音嗣响"。他的《存素堂文集》中无论族谱序、寿序、集序哪种序文，都是以"语尚朴雅""朴实大方"为基本的语言特色。在《吴凤白必悔斋制艺序》中，法式善赞同制艺文创作的和平与雅致，并进行了深入的雅俗辩证。

法式善始终认为将对经文的穷究深考精神运用于散文创作，是重末轻本，舍本逐末。他自己在写人叙事时，冲和平淡且情感饱满的描写很多，甚至得到陈用光"得震川安雅处"①的极高评价。为范太翁创作寿序时会选择最朴实的语言评价范老先生的性格和人品及与人相处之道："永淳明经范东垣先生，赋性温粹，通今博古，以孝友重乡党。人以急难告，不量己之盈绌，必有以平其憾而安其心。与人交，不设成心，而贤不肖辨如黑白。训子弟严直有方，生平寡嗜好，执卷终日，怡然自得。室黄孺人，德与之配。子四人皆娴学问。"《何双溪先生六十寿序》中加入众多细节描写："始朝廷修《四库全书》既成，天子嘉先生有劳，留先生于翰林，以需擢用。先生遽移疾，不复出。方事之殷，独膺其任，及功之就，不有其荣。君子易退之节，先生有之。先生家故饶，既久宦，又勇于为义，时时减产，或至积债不能偿。然遇穷交薄戚有恩意，不变其初。方其素封不为奢，及其处约不为啬，君子素位之学，先生有之。其接于人，温然无町畦，而可不可介然有辨。每逢交游故旧，惓笃流连。天下卓绝知名之士，自耆宿以逮后生，皆乐亲先生，而先生亦乐为之尽。其处已特严，自奉甚薄。居恒扫一室，终日静坐，旁无姬侍。食不重肉，衣非甚故不辄易。既两子皆以材美称于官，门望通华，而先生益约饬下。岂非薄身厚志，畏荣好古之君子耶？"②《陆先生七十寿序》中写了陆镇堂与谢蕴山的两件逸事。可以说，法式善的各种实用文体写作焕发着生命的活力，他试图打通学术与文学的壁垒，以此提高散文的品格。虽学人出身，但他并未时时把学术生硬注入创作，而是很看重散文中的真切情感。

很多人认为，对学术关注的另一面就是对现实的不重视。邬国平就曾指出"与前期的文论相比，此时期（尤其是乾隆末以前）的文论家对社会现实的关心进一步减退，而文章写作与其他学术的关系受到越来越多的关注，成为文学批评中的一个新的焦点"③，虽然这里论及的是当时的文学评论，但实际上，文人的写作内容也逐渐脱离现实。令人欣慰的是，法式善的散文是散发着对社会的关注气息的。他的散文充满了经世济俗、匡救时弊、关心人民

---

① （清）法式善. 法式善诗文集［M］. 刘青山，点校. 北京：人民文学出版社，2015：256.
② （清）法式善. 法式善诗文集［M］. 刘青山，点校. 北京：人民文学出版社，2015：267.
③ 邬国平，王镇远. 清代文学批评史［M］. 上海：上海古籍出版社，1995：547.

的思想。《兰雪堂诗集序》中作者将"悯农劝稼"这类关系民众疾苦的思想放在抒情之首位,使真情实感孕育于心中,一旦触景即生情。虽然真性情的句子朴质无华,但却回味无穷。"方其舟车南北,俯仰山河也,则有雄杰之篇;悯农劝稼,感旧怀人也,则有恺恻之篇;及解组归田,一琴一鹤,某水某邱,寓诸吟咏,则又有萧疏澹远之篇。时不同,境不同,诗不同,而情性无不同。"法式善也曾在一系列诗歌(如《立条教》《拘声病》《假高古》《伪穷愁》《押险韵》《习俚俗》《分门户》等)中表达了他关怀现实、关心百姓的倾向。他的史论文章很有个人色彩,虽文失严谨,但艺术魅力独特。但我们也必须承认,他批判现实的力度不是很强。法式善所处时代是清王朝由盛转衰的拐点,社会风气渐坏。他有很多诗文画友在创作文艺作品时很注重寻找各种隐晦的出口表达对现实的失望与不满。如袁枚的《子不语》(选择借助鬼神之事对现实予以披露谴责),还有《七盗索命》《阎王升殿先吞铁丸》《悬头竿子》等篇章。此外法式善的画家好友罗聘,也有类似的创作诉求。罗聘曾师从金农,是扬州八怪之一中年辈较晚者,善画佛、人、花、果、山、水等,后入京城,得法式善欣赏提携。传闻布衣出身的罗聘在大都市很快品味到了世态炎凉及繁荣之下的黑暗,加之自己拥有一双蓝色的眼睛,于是对外宣称自己白日亦能目睹鬼魅,于是绘制有名的《鬼趣图》八幅映射现实。显然,他们的共同之处就是抓住作品的教化作用。但法式善可能囿于自己的职场经历、八旗身份等因素,会借古讽今,但批判现实的力度不大,不免有粉饰太平之嫌。

另外,法式善兼文学家与学者的双重身份使他的散文也具有学术气息。有人可能认为文学与学术本该属于不同学科,元代袁桷就曾提过"后宋百五十年,理学兴而文艺绝"[①],将两者完全对立起来。其实,纵观中国古代文学史,历代很多的文论、诗话、画论、数论由于非常优秀,从文学角度看,是散文;从学术角度看,是理论文章,如韩愈的《师说》《原道》。可见,文学与学术也没有明确界限。因此,法式善的散文不受重视,可能也与此相关。近代学者刘绍宽在《答颜次周书》中云:"夫文也者,根学而出,非可貌袭而强为也。文有表焉,有里焉。所谓表者——字、句、篇、章皆有法度,言之疾徐,声之高下,气之敛舒,体之整散,词之华赡清妙,按之于迹,皆可

---

① 袁桷. 清容居士集 [M]. 四部丛刊影印元刻本:卷二十八.

寻求；若夫冥力追索，心领神会，拟议于言象之先，调和于心手之际，自非学有本原、积理渊富，则不能沛然能出之。——此谓里也。"[1]

当下"纯文学"理念遮蔽了散文史的许多真相，比如，由于清代学术极盛，便将与学术有千丝万缕联系的散文排除在清代主流文坛之外，以小说、戏曲取而代之，这是背离文学史事实的。作者认为，散文一直都是中国古代文学史上浓墨重彩的一种文体，从其产生至结束，它都是。

法式善对于学术与文学的关系处理，在当时也是比较有代表性的。乾嘉时期，学者文人曾围绕"义理、考据、文章"三者之关系进行了大讨论。袁枚、姚鼐、章学诚等人均参加了这一辩论。其中训诂考据一派认为文以"六经"为根底，以考证求其本，文为末，这实际是"载道观"在清代的延续。另一派以袁枚为代表的文学家强调文章"自抒所得""纯以神行"，讲究"剪裁""提契""烹炼""顿挫"等技法。除了两派外，还有一些人如姚鼐、章学诚则选择用辩证的视角看待"义理""考据""辞章"。姚鼐认为三者"苟善用之，则皆足以相济；苟不善用之，则或相害"（《述庵文钞序》），章学诚认为"义理不可以空言也，博学以实之，文章以达之，三者合于一，庶几哉周、孔之道虽远，不啻累译而通矣"（《文史通义·原道下》）。综观法式善的散文，我们可以很清楚地发现，他的文章很好地践行了姚鼐、章学诚等人的中和观，不偏废三者中的任何一种，还能在行文时游刃有余地处理三者。而且清人延续了明人的喜结宗派的风气，学派、文派林立复杂。不论是学术上的汉宋之争，还是文学上的骈散之争，很多人都纷纷选择站队，与同队成员同气相求，党同伐异。但法式善从未明确参与任何派别，他就是平心静气地创作，表达自己内心想法，他会与平时一些志同道合的文友探讨作文之道，这是很难得的。

五、法式善散文与时文

作为乾嘉文章正宗之论争的双方，虽然都标榜自身为"古文正宗"，但无论是以散文为主的桐城派，还是以骈文为本的扬州学派都绕不开一个核心命题——如何参透处理古文与时文的关系。士人们为博取功名，长期浸淫于时文写作之中，知识结构和文化视野都受到极大限制。而古文载道经世之思

---

[1] 苍南文史资料［M］．温州：苍南县文史委，1985：36.

178

却需要作者广博的知识结构和宽阔的文化视野作为支撑。在科举制度空前完备的清代,推行古文就不可避免地面对时文创作,这一核心命题也因此成为时代文坛关注的焦点。当时,很多人认为乾嘉时期科举侵害文学严重,破坏了文学史的生态完整,文学在科举的巨大压力下扭曲变形。乾隆时期,很多士子"以制艺之体为极卑"[1]者,将时文视为敲门砖,根本不专心研究经学,渴望及早登第,摆脱举业,这直接导致当时文坛出现了散文家与时文家互轻的现象,他们明显划为两个阵营,正所谓"文无所谓今古也,盖自制义兴,而风会趋之。学者习乎此,则纡乎彼,于是遂视如两途"[2]。但法式善认为时文本质上是好的,只可惜时人对待其态度存在问题,这与《黄元杜文集序》所言"人才之所以不及古而国家少可用之才者,由为士者识趣卑近,志量薄狭浅陋,株守时文一册"[3]如出一辙。法式善认为,明清文人从童蒙时期即需要接受八股写作的严格训练,包括立意谋篇、遣词造句、布局设计,这些技巧其实可以为之后的古文创作奠定基础,这就是所谓的"古文气息,时文法脉"。正如张学诚所言"时文之体虽曰卑下,然其文境无所不包,说理、论事、辞命、记叙、纪传、考订,各有得起近似",法式善很清楚:古文是可以依据时文这种全社会范围内的考试制度得到推广、发展甚至变革的,因此他凭借对时文的深刻把握,有意将古文的优势巧妙融入时文创作,效果极佳。法式善这种将时文与古文合理互融的倡议与创作,其实是有利于双方创作的,意义重大。比如,法式善从创作论的角度提出时文的结构、思路对古文的创作有启示,而且从"以古入近""以高行卑"的古代文艺观角度提出古文影响时文也是合理的。《吴凤白必悔斋制艺》中法式善就用了整整一段进行精彩议论,深入探讨了时文和古文的关系,认为不工古文的人一定写不好时文,和平与雅致才是时文的最高境界:

  山林之士,不工为时文;科名之士,不工为古文。是说也,吾闻之。然而不工古文者,必不能工时文。昌黎曾悔其应试之作,东坡亦诫其子弟曰:"绚烂之极,归于平淡。"由是言之,少年之作,皆得谓之时文;老年之作,皆得谓之古文乎?是又不然,盖文生于心,心之所之,

---

[1] (清)彭绍升. 二林居集[M]. 光绪七年刊本:卷六蒙泉制义叙.
[2] (清)吴庆坻. 蕉廊脞录[M]. 北京:中华书局,1990:234.
[3] (清)蔡世远. 二希堂文集[M]. 雍正十年刊本:卷二.

向背殊焉。道义之士，其文和平；势利之士，其文诡随。和平则雅，诡随则俗，雅与俗不可不知也。①

王惕甫评该文"论文精语"，可谓评价精当。

六、法式善散文地位的总体评价

本书对法式善散文的篇章结构、音韵声律、语言词采及行文技法均做了全面的分析研究，总体来说，其在清代文坛可以说是一个独特的存在。虽为蒙古八旗，却有着连满人都艳羡的豪华朋友群体，这个群体跨越民族界限，彼此唱和、切磋文艺，使法式善散文基本与汉人创作无异。他仍是主"唐宋派"创作手法的。比如，他对韩愈等人的推崇，反对浮华，这也是清文的主流。他的散文多袭前人，正所谓"学前人之长，不袭先人之短"。甚至身处骈文大盛的时代，法式善貌似也并未受此影响，仍保持古文初心，文集中很少看到他运用骈文文体和句式，只有少数文章是骈散结合的，也许他认为骈文这种文体不太适用于论说、叙述。

当然，我们不得不承认这样一个事实：由于政策导向，他的散文题材和内容受到了诸多限制，如描写重大政治事件、现实题材的文字稍少。加之法式善一生所活动区域有限，仅局限于京都及附近，因此文人壮游类文章缺失，少了壮丽气息，这也不得不说是一种缺憾。可以说，法式善的散文不如其诗歌成就。但其在清代中叶的文坛中还是占有一席之地的。即使在很多汉人作家心中，他的散文也是可圈可点的，成就很突出。虽称不上第一等大家，但他同样为探索清代散文的健康发展走向，尽了个人绵薄之力。正如张舜徽所言："今观是集文字，刻意求工，不脱唐宋窠臼。每文篇幅较短，雅洁有余，而气不足以振之。清史稿列式善于文苑传，最为允当。"②

---

① （清）法式善. 存素堂文集[M]. 清嘉庆十二年刻增修本：卷三.
② 张舜徽. 清人文集别录[M]. 北京：中华书局，1963：277.

第二节　法式善散文在清代散文作家中的地位

法式善在《重修族谱序文》中言"伏念自始祖从龙入关，至法式善八世矣，五世祖六格，高祖平安，曾祖和顺，祖法式善，父桂馨"[①]，阮元在《梧门先生年谱》中称"始祖讳福乐者，以军功从龙入关，隶内府蒙古正黄旗，六传而至先生"[②]，翁方纲在《陶庐杂录序》中言"姓孟氏内府包衣蒙古世家"[③]，从以上种种可知：法式善为蒙古正黄旗包衣，祖上四代均做清代内务府官员，可谓"内务府世家"。包衣加上内务府的特殊身份，使法式善可以亲近皇帝本人，得到帝王之青睐。法式善家族中有广顺、端静闲人、法式善、世泰、来秀、妙莲保六人为汉文创作主流人物，法式善本人从小在家族氛围、汉文化圈长大，心理上高度接受汉文化，是清代从事汉文创作的蒙古族作家，他以科举入仕，并与翁方纲、袁枚、张问陶等众多汉族文人成为挚友，多次雅集创作，思想碰撞，文学创作观上表现出了与传统儒家观趋同。其留存于世的散文集有《存素堂文集》（共四卷）和《存素文续集》（共四卷，第三卷佚）就是最好明证。

清中叶美学观念与清初那种思想激烈碰撞的局面差异较大，形成了复古主义思潮，致力于古籍的整理与考证，很多人不自觉地走上了考据之路。而这种学术思想反映到文学创作上，自然会出现脱离现实或是表现个人失意闲适之文。

另外，由于桐城派与科举八股取士的影响，清中叶出现了"义理""考据""辞章"合一的文学追求，因此文士们一方面以传统儒家"文以载道"为艺术追求的旨归，文学创作比较强调艺术与伦理道德、社会意识等方面，追求厚重质朴的艺术境界；另一方面寻求文章形式上统一的规则、框架和手法。这一时期蒙汉融通程度是非常高的，不亚于满汉文化融通的程度。

---

① （清）法式善．法式善诗文集［M］．刘青山，点校．北京：人民文学出版社，2012：卷二．
② 阮元．梧门先生年谱．存素堂诗续集录存．卷首．古籍整理研究学刊．阮元编刻书籍考略，1997（3）：15．
③ （清）法式善．陶庐杂录［M］．北京：中华书局，1959：3．

梦麟、博明、和瑛、松筠、柏葰等八旗文人绝对是此期文学创作力量的重要构成部分。八旗文人将自己的民族特性熔铸于汉文创作之中，成就了乾嘉文坛八旗文学特有风貌。① 这一时期的蒙古族作家主要集中于参加科举考试的蒙古八旗子弟，他们多出生在汉地，接触汉语机会多，受到良好的汉文化教育，汉文创作逐渐从稚嫩走向了成熟，通过科举入仕，汉语水平较高，汉文作品数量众多，质量也很高。他们的作品既具有少数民族的文化底色和审美追求，又深深地浸润于中原传统文学之中，逐渐形成了新颖而独特的文学表达方式。可以说，清代中叶是"中华民族共同体"初步形成期，也是蒙古族作家全面继承前代优秀汉文学传统的时期，他们的作品体现了少数民族文学创作对汉文学的深度吸收与有意靠近，这和整个时代的"集大成"特质是完全吻合的。

总体来说，法式善的各体散文呈现出了典型汉文创作的文质彬彬的特点。

首先谈"文"，传统意义上的散文是要求既线条清丽，又色彩斑斓的，总之能引人入胜，即为美。"文"就是"美"，散文美包括音节、文字、形式三美。法式善的散文从音节美角度看，非常有节奏感，读起来朗朗上口，他从不追求华丽辞藻，只是自然而然让音节灵动起来，让文字悄无声息间浸润心田。文字美方面，法式善散文的简练语言的确令人印象深刻，从不见连篇累牍，总是用少许字词语句就能表达丰富内涵。还有就是形象美了。法式善文章的结构非常严谨，层次特别分明，彼此间逻辑性非常强，且一气贯之。这与作者本身的思想、气质、修养甚至人格都有着直接的关系。法式善的散文就是心灵的写真，少了朝堂之上的庄严，却多了生活中的亲切，所以他的散文的确是后人了解这位少数民族作家心灵的窗口。

其次谈"质"，质实际上就是情与理的统一，也是真善美之融合。按照刘勰的观点，散文之美就在于情理相通，经纬通畅，那么思想真切是第一要义，这样情理方能通畅。这是艺术的生命，当然也是散文的生命。法式善文章的立意总是从"真"开始，从自己的真实情感出发，经过升华、思考、提炼，终得飞跃。作者对待友人和世界的"真"，在散文作品里表现得淋漓尽致。因此说，法式善的散文达到了"文质彬彬"的标准。

---

① 李淑岩．法式善与铁保交游考论［J］．明清文学与文献（第七辑），2018

"乾嘉时期,诗坛创作力量的构成,依社会身份而言,有台阁、中下层官吏、布衣寒士、闺秀、方外等几个群体;依地域而言,有常州文人、山东文人、大兴文人、岭南文人、江西文人等;依流派而言,有翁方纲的肌理派、袁枚的性灵派、浙派诗人吴锡麒等。"[1] 本书在各体散文研究部分,涉及的多为汉族大家如翁方纲、袁枚、吴锡麒等,他们均与法式善有着千丝万缕的联系,为其散文创作进行评述,且评价很高。这些文学现象都能反映出法式善在创作方面对汉文创作的倾心与有意靠近。

二、法式善对汉文学的借鉴与吸收

法式善,祖上四代均做清代内务府官员,可谓"内务府世家"。包衣加上内务府的特殊身份,使法式善可以亲近皇帝本人,得到帝王的青睐。法式善的家庭非常重视汉文化修养和科举制业。他的家族从后金时代的武举制业至法式善所处朝代时,已实现了文举制业的华丽转身。法式善从小在汉文化圈长大,心理上高度接受汉文化,以科举入仕,并与翁方纲、袁枚、张问陶等众多汉族文人成为挚友,多次雅集创作,思想碰撞,文学创作观上表现出了与传统儒家观趋同。如舒位《乾嘉诗坛点将录》中就将"神机军师"法式善与"及时雨"袁枚并称"南简斋北梧门"。但因为他们的文学特征往往被政治性、学术性遮盖,所以文学性往往被忽略。当然,因为接触汉文化、汉文学较晚,蒙古族汉文学底蕴与汉人相较略显逊色、规模不大且持久性不强等特征,也是不容忽视的。下面,就让我们来探讨法式善对汉文学的吸收与借鉴。

(一)追求自然天成

法式善非常关注"自然天成"在汉人的文学创作中的一脉相承。李商隐在《樊南文集》中谈元结之文以"自然"为胜。元结虽处于乱世,悲苦忧伤自不能免,但贵在心中无私,摆脱"征圣宗经"之教条束缚,创造出了"自然之文",实在难能可贵。苏轼在《南行前集叙》中提道"夫昔之为文者,非能为之为工,乃不能不为之为工也",也认为"自然为文"是"关心生活,热爱自然,对周围的事事物物,不断地观察着、谛听着、感受着、思考着,脑子里叠合着的印象也就越来越鲜明,呈现出跃跃欲出的态势,到了无可遏

---

[1] 李淑岩. 法式善与八旗文人 [M]. 哈尔滨:黑龙江大学出版社,2013:115.

阻时，这才提笔伸纸，尽情抒发"①。文学史上，庄子的《逍遥游》、陶渊明的《桃花源记》、柳宗元的《永州八记》等名篇都是"自然为文"的经典，这也成为古代散文史上作家追求的最高境界。虽然清人也在论述为文自然，如桐城派代表方苞曾主张"古文气体，所贵清澄无滓。澄清之极，自然而发其光精"，但此处"自然"仍有着"雅正"之影子，并不如归有光散文"袭常缀琐"之文来得真实、充满真情实感。

法式善在这一点上，与桐城派主张不尽一致。他主张作文应"平淡自然"。赵怀玉在《亦有生斋集·法式善》（诗卷十九古今体诗重光作）中清楚地记录法式善治文主张："我自与君交，始治散体文。君力主雅正，弗事搜典坟。五城十二楼，何尝转奂纷。真气自结构，隔绝人家氛。"法式善在《寄闲堂诗集序》中也提道"平淡可以感人""真切可以行远"：

> 天下事惟平淡可以感人，真切可以行远，而诗尤甚。《寄闲堂诗》八卷，非豫悬一平淡真切之一境于胸中，而后为之也。享天伦之乐恺，极人事之绸缪，情至而理生焉。至于江山花鸟，月露风云，又不过即目而成，触手斯在而已。②

明确提到为文不需刻意营造，最高境界是"即目而成，触手斯在"，可见，他是以"自然浑成"评价心中好文的。《吴云樵编修诗序》中指出"夫人竭其聪明才力，欲作一语，求胜于人而不可得，乃适然与俦侣相接，抒写性情"，意即好文章不是刻意求来的，是自然天成的。在《平麓诗存序》中评诗，以"自然"为准——"余维诗者，声也。由中以发，非由外而袭者也。然必外有所感，而其中因之以宣"；《钱南园诗集序》中讽刺了雕词琢句的诗歌，倡导自然之句——"且即以诗论，亦迥非章绘句者，所能涉其樊篱"。

不仅评他人作品喜以"真切平淡"为准，法式善本人的作品也具此风貌。《香雪山庄诗集序》中，作者肯定吴文炳文才，但时刻与施闰章作比，

---

① 朱世英，方遒，刘国华．中国散文学通论［M］．合肥：安徽教育出版社，1995：563.

② （清）法式善．存素堂文集［M］．清嘉庆十二年刻增修本：卷三．

184

认为吴文炳才华不在施闰章之下，但可惜命运多舛。全文语言优游舒缓、从容不迫、平淡自然，恰如陈用光所言"先生之文，冲淡夷犹，俯仰揖让"：

  余点勘既毕，以为庶几有愚山之遗音者。昔龚芝麓评愚山诗"铿然而金和，温然而玉诎，拊搏升歌，朱弦清泛，以方寸之管而代伶伦之吹律、师文之扣弦"也。余于柳门亦云。夫愚山刻集时，已享大名，官亦渐起，其诗易于传播。柳门今方负篋襆被寓长安萧寺，一灯据几，咿唔不休，求一第而未得。余遽以许愚山者许之，世或未之信也。然吾观柳门之心，犹未肯以愚山自画焉。①

真可谓"无意为文，而文斯至矣。自然诗与声，外感内发"（《香雪山庄诗集序》文后吴锡麒评）。

《海门诗钞序》中评价李符清的文字是自然发声，绝不刻意：

  夫大块自然之气，有所感触，而不能已，然后发之于声，当其穆然怡然，开甲破萌者，时之和也。……其所为诗，不背古人规矩，亦不蹈袭古人形迹。兴之所到，住笔立就，而声之短长高下，无不相宜。有世所苦思力索，而弗能及者。②

阅读法式善散文，的确很少见雕词琢句，多是真实自然、风格清新之作。语言上也以散文居多，骈散结合。翁方纲曾在《复初斋外集·李西涯论》（文卷第二）中评价李东阳诗文风格的同时，在文末提及法式善诗风既具"气格"又具"真性"——"梧门诗宗陶韦，盖不肯专言气格，而亦不肯仅言真者。夫不专言气格，而又不仅言真，则可以言诗矣"，评价既全面又中肯。

（二）注重"简而明"

自先秦始，词约意丰的行文风格就被众多思想家和文学家一直推崇，同时达到"简"与"明"，才是产生高妙、含蓄、精练之美的关键。清人在用

---

① （清）法式善. 存素堂文集［M］. 清嘉庆十二年刻增修本：卷二.
② （清）法式善. 存素堂文集［M］. 清嘉庆十二年刻增修本：卷一.

185

文繁简之别上，也多取简。如刘大櫆在《论文偶记》中提出"文贵简。凡文笔老则简，意真则简，辞切则简，理当则简，味淡则简，气蕴则简，品贵则简，神远而含藏不尽则简，故简为文章尽境"。刘熙载在《游艺约言》中也提道："文要去尽外话。外话者，出乎本段、本篇宗旨之外者也。外话起于要多要好。简则由他简，澹则由他澹，斯外话鲜矣。"

法式善散文多为短制，但意蕴丰厚。很多法式善同时代人都关注到了这一点，如吴锡麒在序文中就提道"然观其简而明，信而通，有类乎庐陵之为之者"；秦瀛曾经提到其文"碎小文字，须从简短中出韵趣"（《备遗杂录序》），并评其《成均学选录序》"简重"，评《钱南园诗集序》"简质详尽"；王芑孙提到法式善《槐厅载笔序》"用墨不丰，而意义有余，短制所贵也"，评其《清秘述闻序》"简质有体"，评其《香墅漫钞序》"笔外别有香洁之致"；石韫玉评其《金青侨环中庐诗序》"简练有法"；张船山评其《桐华书屋诗草序》"洁净为文"等。其中《桐华书屋诗草序》全文177字，将王香圃身世、诗风、与自己的交往、嗜学、与父亲王莳亭的深厚感情等情况全部交代清楚；《备遗杂录序》是一篇法式善的自序，全文仅157字，内容却极其丰富——先将自己曾经做的一些笔记拾遗，仔细分成八类，而且深刻地表达自己创作《备遗杂录》的目的是学习司马迁，多收罗旧记和杂言，以达到"不堕先人之言"的目的；《槐厅载笔序》用211字表达了自己创作《槐厅载笔》的初衷——将科名故实、旧闻逸事始末做记录，资料用以与他书进行互相参照，给他人留些方便。

（三）为文"气壮宽博"

"气"在历朝历代散文中，都有很充分的体现。"庄周汪洋恣肆，仪态万千，语言声势浩壮；孟子雄厉，语言连珠喷发，文章气势逼人；《过秦论》气势充畅，如骏马纵坡，莫之能挡；《陋室铭》抒发怡然自得的情致，气势委婉，诗化的语言如小桥流水，清新而有韵味。"[①]

"气"是我国古代文论的重要审美范畴，与"格""境""韵""味"等概念一起被视为中国文学的审美特质。"气"的本质内涵在韩愈散文中得到了充分的展示，"韩愈的议论文理足词充，沛然莫御，雄壮奔放，得孟子散

[①] 周振甫. 散文写作艺术指要 [M]. 北京：东方出版社，1997：402.

文之长"①，典型的如《进学解》《送孟东野序》《送李愿归盘谷序》《祭十二郎文》等，反话正说，骈散兼行，文势雄阔，浩瀚似海，文中的"气盛言宜""不平则鸣"是对儒家传统的"怨而不怒，哀而不伤"中庸思想的冲击，实现了文学对生命的呐喊，对人心的疏解，磅礴气势奔涌而出。清代桐城派散文批评理论中对文气阐述颇多，"论说材料甚为丰富""论说视域完整""识见更为切中深刻"②等是"文气说"的完善与总结。刘大櫆《论文偶记》言"神气者，文之最精处也；音节者，文之稍粗处也；字句者，文之最粗处也。然论文而至于字句，则文之能事尽矣。盖音节者，神气之迹也；字句者，音节之矩也。神气不可见，于音节见之；音节无可准，以字句准之"③，即"因声求气"。姚鼐在《古文辞类纂序》中将"气"与"神""理""味"等内在因素与"格""律""声""色"等外在因素的辩证关系也论证得极其充分，并在《复鲁絜非书》一文中，以阴阳刚柔论文气，"文者，天地之精英而阴阳刚柔之发也"，可视为对前朝"文气说"的发展。显然，到了清代中叶，文人更加看重"气"的"精神内核"，而且谈到寻求"气"的各种途径，包括"音节""字句"等具象方式，并将"气"的类别进行了细分。这些都为法式善的散文之气的创设提供了指导。

　　清代一直被认为是散文中兴时期，不仅散文创作，散文批评也呈井喷之势。散文理论批评中，"气"是众多文论家的讨论重点。"主要有钱谦益、贺贻孙、黄宗羲、陈孝逸、侯方域、唐彪、魏禧、魏际瑞、邵长蘅、方苞、马荣祖、孙联奎、刘大櫆、姚鼐、章学诚、包世臣、梅曾亮、管同、刘熙载、曾国藩、张裕钊、吴汝纶、林纾等。"④ 其中，较著名的有姚鼐《古文辞类纂序》云："凡文之体类十三，而所以为文者八：曰神、理、气、味、格、律、声、色。神、理、气、味者，文之精也；格、律、声、色者，文之粗也。然苟舍其粗，则精者亦胡以寓焉。学者之于古人，必始而遇其粗，中而遇其精，终而遇其精者而遗其粗者。"此处将"气"与另外七个要素联系在一起，其中，"气"属于内层。章学诚《文史通义》云："凡文不足以动人，所以动人者，气也；凡文不足以入人，所以入人者，情也。气积而文昌，情深而

---

① 张梦新. 中国散文发展史 [M]. 杭州：杭州大学出版社，1996：42.
② 胡建次. 清代散文理论批评视野中的文气论 [J]. 青海社会科学，2008（2）：68.
③ （清）方东树. 考槃集文录 [M]. 清光绪二十年刻本：卷五书后题跋.
④ 胡建次. 清代散文理论批评视野中的文气论 [J]. 青海社会科学，2008（2）：68.

文挚,气昌而情挚,天下之至文也。"章学诚将"气"与"情"视为文章的根本,即文章以气脉动人,以情感感化人,气脉充蕴则文章面目富于生机活力,情感深挚则文章便显其真实。

当然,每个人的文气并不相同,其中,法式善散文中经常能表现出的是"气壮宽博"之气,难怪赵怀玉在《存素堂文集》序中评价其文"气疏以达"。如《蔚嵫山房诗钞序》中作者谈到诗文要做到"言之有物",十分赞同那些能"探索盛衰源头,严辨真伪"的"学人之诗文":

> 郁兹之诗探升降之原,严真伪之辨,翛然高寄,不汲汲势利之途。自言其所得,未尝于古作者求其曲肖而精神血脉息息相通。可谓克自树立,不因循者矣。然吾所尤重于郁兹者,不以艰苦易其节,不以纷华动其心,而于物力之盈亏,民生之休戚,窥会其微,以是为吏,亦即以是为文章。①

在这里,文字以骈散结合为主,使"气势"一泻千里,以高度的概括力,说理明确,论述充分,理直气壮,无懈可击,呈现出了气壮宽博的风格特点。

《吴云樵编修诗序》中写到吴云樵为人"沉默简退",但诗文却能"凡我所欲言之情未能言,言之而不畅者,我所欲写之景未能写,写之而不真者,忽然自君言之,言之而畅,自君写之,写之而真焉"。而后,文章将两种针锋相对的观点并列阐述,论述有力,气势宽博。其一为他人观点:"或曰云樵之诗激昂瑰奇,与子言清微澹远者有异,而誉之,殆强为附和乎?"其二为作者观点:"兰生空谷中,自开自谢,不期其香之闻于世也。一旦致闻于世,无论其为何人,无论其人之为何如嗜好,未有不以香多之者也。若云樵天下才也,而又出于泾之吴氏。吾向以为不可及者,今愈无以测之矣。凡吾之所未至皆君之所已至,吾方勉之不暇,附和奚有焉?"作者针对他人误解自己强颜附和,过度赞扬吴云樵诗歌,进行了有力回击。认为,对于自己远不可攀之人,极力赞扬,勉励自己,有何不妥?

法式善受"文气说"影响,在散文中将韩愈的"体直气壮""气盛言

---

① (清)法式善. 存素堂文集 [M]. 清嘉庆十二年刻增修本: 卷一.

宜"风格表现得尤为充分,因此得到了陈用光"体直气壮……似韩公"的评价。如《蔚嵫山房诗钞序》中为丁郁兹鸣不平的情怀就与韩愈"不平则鸣"极其接近,且气势丰沛:

> 且罢且起,似造物有意厄郁兹者。然余观其诗,而知郁兹之志不衰也。郁兹之诗探升降之原,严真伪之辨,脩然高寄不汲汲势利之途……然吾所尤重于郁兹者,不以艰苦易其节,不以纷华动其心,而于物力之盈亏,民生之休戚,窃会其微,以是为吏,亦即以是为文章。郁兹所得,必又有在于诗之外者矣。①

陈用光赞叹此文"体直气壮,此文又似韩公,知显示于此事三折肱矣"。

(四)抒写真情实感

无论写男女思念,抑或家国情怀,无论是散文,还是其他体裁,均习惯注入真挚的情感,不饰雕饰,明白晓畅。这种艺术追求在中国古代文论中,也时时有回应。比如,传统文学理论中有关抒发情志一直存在两种争议。一种是把抒情言志局限于礼义范畴,如《诗大序》"发乎情,止乎礼义",即所抒之情要合乎伦理道德、礼仪规范,无法抒发诗人的全部感情;另一种抒情在创作中完全占主体地位,不再是附庸地位,内容丰富,包括社会内容和伦理价值,当然更重要的是反映作者自己的真情实感。法式善的散文之情,显然属于后者。他的散文以精练的语言表达着自己的真实情感,文笔优美,颇具文学价值。

法式善非常看重"真情实感"在诗文创作中的关键性,因此在散文中一再申述。《金青侪环中庐诗序》中谈作诗:"发乎情,止乎礼义,诗之谓也!遇不遇,何容心乎!"《同馆试律汇抄序》又言:"诗以言志,志之所之,诗以至也焉!"这种表述在法式善散文中经常出现,似乎很接近上文《诗大序》中的"发乎情,止乎礼义",但又有区别:法式善并没有把所抒之情完全纳入儒家伦理范畴之内,受到儒家思想影响,正如《蔚嵫山房诗钞序》中首句所云"诗者何?性情而已矣";又如《吴云樵编修诗序》云"夫人竭其聪明才力,欲作一语求胜于人而不可得,乃适然与俦侣相接,抒写性情"。他其

---

① (清)法式善. 存素堂文集[M]. 清嘉庆十二年刻增修本:卷一.

实是把抒情言志放在首位的，将更多的社会内容注入情中，扩大了情志的内涵，增强了作品的审美趣味。

　　法式善不主张创作出于苦吟，而注重情感的激发。他会将自己经世济俗、匡救时弊、关心人民的思想注入文中，这样就有了真情实感，"情真""理足"，作品自然可成上乘之作。《兰雪堂诗集序》除了强调性情之重要性，还论述了性情与语言质文之关系，即时、境、诗与情四者的关系。"余维诗以道性情，哀乐寄焉，诚伪殊焉。性情真，则语虽质而味有余；性情不真，则言虽文而理不足……悯农劝稼感旧怀人也则有恺恻之篇"，作者会将"悯农劝稼"这类关系民众疾苦的思想放在抒情之首位，使真情实感孕育于心中，一旦触景即生情。虽然真性情的句子朴质无华，但却回味无穷。反之，法式善认为辞藻华丽却缺乏"理"趣，即思想内容，他提道："要皆有真意、真气盘旋于中，而后触于境而发抒之，感于事而敷陈之。方其舟车南北，俯仰山河也，则有雄杰之篇；悯农劝稼，感旧怀人也，则有恺恻之篇；及解组归田，一琴一鹤，某水某邱，寓诸吟咏，则又有萧疏澹远之篇。时不同，境不同，诗不同，而情性无不同。"《重刻有正味斋全集序》中谈到吴锡麒的诗、文、词、赋都与众不同，也是因为"事真情合"，"三十年为一世，余交穀人先生一世矣。性情心术，靡不浃洽，有深于语言文字之外者。即以语言文字论，先生之诗非犹夫人之诗也，文非犹夫人之文也，词赋非犹夫人之词赋也。必先有以得夫事之真，情之合，体验融会，而后滔滔汩汩，笔之于书，无所扞格"。《吴兰雪香苏山馆诗集序》云："君之诗笃于性情，能神明于古人之法，以自尽其才。"《王延之遗诗序》从反面论述："夫世之以词翰求知于人者，非炫其所长，以为名高，将挟以博富贵利达也。其词翰往往不工，即工矣，其流传必不久。何也？无真性情以贯之其中耳。"他也从反面论述诗词之工不是最重要的，如《姜桐轩诗钞序》云："诗外无人不能称其为好诗苟惟词句之工，而诗之外无人焉，虽多，奚为哉？"同样还有《姜桐轩诗钞序》里指出诗之多少也不是最重要的："诗有以多传者，有以少传者。有所余于诗之外，多可也，少亦可也。……所谓以少而传者耶。余曰：神龙，灵物也，一鳞片甲，观者无不心惶目眩，奚待二指数？"孙渊如因此评法式善《重刻己亥同年齿录存》"情文相生"；《吴蕉衫制艺序》写吴秀才"其文真实淳懿，不屑剽字句、谐声音。骤读之，若无异于人，反复寻绎，乃觉其有以异于人之为之也"。此外，法式善也曾在一系列诗歌（如《立条教》《拘声病》《假高古》《伪穷愁》《押险韵》《习俚俗》《分门户》等）中表达了情为根本、其他技巧实为辅助的观点。

　　《内蒙古文史研究通览（文学卷）》等书曾评论法式善"避免了当时绝大多数'学人'獭祭典故、饾饤词章的通病，在'自然浅近'中追求'独抒性情'，确乎难能可贵，又极见其'性情'"①，法式善的"性情论"在其散文创作与评价中都得到了深入的阐释，正如李淑岩所论"法式善所主张的'性情'之论，在袁枚去世后，以翁方纲为代表的学人之诗大行其道的乾嘉诗坛，无疑是有着积极作用的"②。从这一点看，法式善有着与乾嘉学派骈文家不一致的表现，他不会以学术为职志，不轻视作文，他重视情感性灵的体验与依托，这一点很难得。

　　通过以上几个方面的分析，我们可以看出：法式善的散文就是心灵的写真，少了朝堂之上的庄严，却多了生活中的亲切，所以他的散文的确是后人了解这位作家丰富情感的窗口。我们还可以清晰地感知到法式善的散文创作和主张都已经将少数民族情怀与传统儒家文学观融合无迹，他将中国传统文化的精神视为自己思想和创作的来源，没有任何民族隔阂，又积极汲取着前人散文作品的养料，意韵深远，具有生命的律动，当然，也能从中跳脱出来，不受束缚。在当时汉学独步天下的学术背景下，法式善却表现出罕见的少束缚、尚自由的洒脱之气，博采众长，的确非常难得。这与桐城派方苞等人定下的"古文中不可入语录中语，魏晋六朝人藻丽俳语，汉赋中板重字法，诗歌中隽语，南北朝佻巧语"之类的古文创作框框截然不同。可见他的散文是蒙汉文学交融的结晶，是在汉文学文化影响之下，蒙古族文人创作的一种自觉重构，也正是基于这样的重构，汉文学史才更加多元化，少数民族文学才更加完善。

　　通观《熙朝雅颂集》《清史稿》《钦定八旗通志》《八旗艺文编目》等书籍，均可看出在清代中叶这个"中华民族共同体"的初步形成期，是蒙古族旗人作家全面继承前代优秀汉文学传统的时期，蒙古八旗文人开始登上文坛，大展身手，除法式善外，另有松筠、梦麟、和瑛、托浑布等，他们较一般蒙古族人民接受汉文化程度更深，他们的作品体现了少数民族文学创作对

---

① 张建华，薄音湖. 内蒙古文史研究通览（文学卷）[M]. 呼和浩特：内蒙古大学出版社，2013：206.
② 李淑岩. 法式善诗学活动研究[M]. 哈尔滨：黑龙江大学出版社，2013：209.

汉文学的深度吸收与有意靠近，对优秀汉文化吸收的超强能力。

第三节　法式善散文在中国古代散文史上的地位

通过以上分析，我们可以清晰地看出法式善在清代文坛是一个特殊的重要存在。斯大林曾指出："每一个民族，不论大小，都有它自己的根本特性……但这些特性乃是每一个民族带到共同的世界文化宝库使之充实及丰富起来的贡献。"① 在中国文学文化史上，其实不论是作家的个人特色，抑或是民族色彩，归根结底，都是中国传统文学艺术之林的一抹亮色。法式善久居内地，从小远离故土，对中原文化有着自然的亲近，汉文作品是其在蒙汉交流中自然而然形成的。他不仅用非民族语言即汉语进行创作，而且深入学习汉人前代大家的创作手法，力求使自己的汉文创作更加纯熟。清人很早就关注到法式善散文创作"学古"这一特点，如清代初颐园曾评价其散文《方雪斋诗集序》"节奏入古，用笔弥深"，阮元认为其散文《北海郑君年谱序》"文情之妙，古人之能事备矣"，他的"学古"心态可以说是清代中期文人散文创作的一个缩影。法式善在散文中运用了很多前人娴熟的表现手法，不仅表现出他的"学古"，其中其实也蕴含了太多他对古代文坛前辈的仰慕。下面，我们就来分析法式善散文创作对古代散文大师的借鉴与学习，看他如何在继承中创新，并据此一窥其散文在中国古代散文史中的地位。

一、借鉴古代散文名家成就其散文地位

谭家健在论述元代散文特点时，就提到了"文擅韩欧"之特色（《中国散文史纲要》），之后的明代"唐宋派"又占据散文大半江山，直至清代中叶，散文文风上承明代唐宋派余绪，且在桐城派的大力倡导下，继续推尊"唐宋八大家"。此时期文人尤其看重韩愈和欧阳修的散文创作，桐城三祖均对韩、欧情有独钟，方苞将文章写作介韩、欧之间作为自己的人生理想，刘大櫆作文被称为"参伍韩、欧，创为大篇"，更被称为"今世韩、欧才

---

① 马清福. 蒙古族文艺理论家法式善［J］. 民族文学研究，1986（2）：78.

>>> 第六章　法式善散文的历史地位

也"①。姚鼐《古文辞类纂》中共收录欧文65篇，篇目总数位居唐宋八大家第二位。任访秋曾指出："桐城派的散文，实际是继承韩欧以来所谓唐宋八家的古文。"② 具体说来，清中叶文人主要学习韩、欧二人散文创作的气势酣畅、流泻自然，以及"六一风神"等风格特征。而法式善深受此时代风气影响，对韩、欧二人更是推崇至极。北京韩愈祠和广东龙川县韩祠挂着的一副"起八代衰，自昔文章尊北斗；兴四门学，即今俎豆重东胶"③ 著名的楹联，就是出自法式善之手，其对韩愈散文成就的推尊之情溢于言表。此外，吴锡麒曾评价说"论时帆之诗，而以为摩诘；论时帆之文，而以为庐陵"，将法式善与欧阳修散文的继承关系一语道破，并且也得到了时人普遍认可。因此，下面，我们分别从法式善师承韩愈和欧阳修两方面着手，探讨其对唐宋派散文的继承。

（一）学韩愈：旨在干时载道

与提倡古文的诸位前辈一样，韩愈把复兴古道始终排在首位。"愈之所志于古者，不惟其辞之好，好其道焉尔""思古人而不得见，学古道则欲兼通其辞"（《题欧阳生哀辞后》）。将古道与古文相联系，且强调先"道"后"文"。其《原道》《原毁》《师说》《进学解》等除了发愤抒懑外，很大程度出于作家继承"道统"的不变追求及因此获得的神圣感与崇高感。法式善的散文创作善于学习唐代古文家韩愈，他有很多散文都能让人看出韩愈散文的一些特点来，这一点也成了后来研究者的共识。

1. 创作"干时之文"

法式善本人同韩愈一样，曾经撰写一些"干时之文"，文风矫健，独具特色，时时流露出对于时政的看法。他甚至向嘉庆皇帝疏奏过六事，件件指摘清廷"俗弊"，包括治军、民生、吏治、选人等多项维新建议，虽都是些软弱的整改措施，并不能从根本上改革弊制，但也可以看出其忠于清朝的苦心。他曾在一首赠友赴任诗中，回忆友人被官吏侵扰的境况——"念君为民时，屡受县官攘。民今也为官，毋忘昔悒怏"，希望友人在自己任上待民如己。他还曾对任云贵总督的百龄寄予厚望，望他在边疆大吏任上"礼乐先"

---

① （清）李元度.国朝先正事略［M］.清同治刻本：卷四十一.
② 任访秋.桐城派文论的渊源及其发展［J］.商丘师专学报，1985（1）：38.
③ （清）梁章钜.楹联丛话［M］.清道光二十年桂林署斋刻本：卷三.

193

"荐贤"。舒位曾在《连日得梧门祭酒、子潇、仲瞿两孝廉书》中写到梧门先生"大隐隐朝市,杨柳楼台苜蓿盘。出便跨驴归放鸭,作诗容易做官难"①,很清楚地向我们描写了法式善在京城的"大隐"及为官之难处。读者可以真切感受到法式善关心国事的良苦用心,正如他所谓的"民心即我心"。

法式善曾出版过一部专门教读书人作应制诗的指导性书籍《成均课士录》,"风行海内,几至家有其书"(《梧门先生年谱》阮元"嘉庆三年戊午"条),士子生员人手一册,且"十余年来,习其诗文者,无不掇科第而去",使法式善名气大增。在其自序《成均课士录序》中,法式善讨论了当时的一种社会现象:国家设立各种官学的初衷是养士,但显然科举制度与养士制度出现了脱节,有很多弊端,这与当初官学设立的初衷是相违背的。科举制度的设立本来是国家想让士人讲求义理法度,而不是求取功名利禄。但很多人极力追求"艺"——"皆以艺为先资",却忘记了何谓"义":

> 国家所以养士而磨厉之者,甚具其教。以圣贤为归其学,以行己为先,以通经致用为极,而非独其艺之云尔也。然自有科举士,皆以艺为先资,泰平日久,条教日详。学官亦得治以有司之法,谨弥封、杜造请、绝游扬、禁延揽。执一卷以索之,冥冥不知谁何,之中虽有通经如马、郑、贾、孔,致用若诸葛武侯、王文成者,不假乎艺以自进,固无从而知之,无由而得之也,则艺又乌能不讲乎?乃者圣天子观文化成,厘正科场,训饬考官,不徒士之荣辱繫乎是,将造士者之从违亦于是乎准之。斯余所为悚惧奋勉,而不敢已于是刻者也。

> 乡会试,为仕进之阶,士容有得失牵于中,所作不皆尽其才,主司抑或有关防磨勘之制于外,而取之不皆如其意。惟成均之试则不然,士虽见录而无所弋也,取士者虽能取之,而不能进之也。果去取之有,当士必乐趋而知所勉焉。若去取无凭,士必弗之与。居其职者,可以知戒焉。如是而课艺之刊行,不愈可以励夫士与夫任教士之职者哉!②

这样的分析,还是很深刻的,令人信服。

---

① (清)舒位. 瓶水斋诗集 [M]. 清光绪十二年边保枢刻十七年增修本:卷十二.
② (清)法式善. 存素堂文集 [M]. 清嘉庆十二年刻增修本;卷二.

194

2. 坚持文以载道

《答陈生书》中韩愈曾指出"愈之志在古道，又甚好其辞"，但又强调"文字暧昧，虽有美实，其难观之"。可见，韩愈很注重形式与内容的统一，而且，内容要比形式重要，形式要服从于内容。韩愈提出"文以载道"，目的在于恢复古代传统的儒学道统。

法式善与韩愈所处时代有异，所论之"道"自然有异。韩愈所竭力维护的是周、孔的道统，是君者出令、臣者行令[①]，而法式善在此"道"之基础上又注入了新的元素。乾隆、嘉庆朝是封建专制统治从"盛世"逐渐走向没落的转折期，这个时期的有识之士既有对盛世的讴歌赞扬，也有对实事的抨击与揭露。乾隆晚期已日渐阻塞那些有生气之议，如"乾隆五十一年、五十五年，曹锡宝（1719—1792）、尹壮图（1733—1808）分别疏劾和珅家奴、与库帑不实，则反使言者曹锡宝、尹壮图遭受惩处"[②]。除此之外，作为八股取士核心内容的"程朱理学"再度抬头，中国经历了漫长的封建社会发展形成了这样一套完整的封建主义思想体系，它渗透到生活的各个方面，也在扼杀着知识分子们的思想，人们不再在公开场合谈论时政，正如法式善好友孙星衍所言，只能私议其得失。但是，法式善身处这一时期，却很少受其影响，对于国家取士、人才发展、制度规划等都能提出一些真知灼见，实属难得。他在嘉庆元年曾写诗给孙星衍"大厦资栋梁，繁音节钟鼓；俗弊赖整饬，吏骄贵镇抚。使君工文章，胸自有千古；花开欣释襟，松青坐挥尘。岂知偶谈笑，悉中民疾苦；世重读书人，匪直讲训诂；学术溯秦汉，功名念邹鲁；少年品风月，今宜作雷雨"，对孙星衍寄予厚望，激励他在整顿吏治方面有所作为；还曾要求孙君"君今任观察，灾黎宜恤赍。耳目稍壅蔽，害将被闾间。泽中百万鸿，哀鸣待招徕"，均表达了同其散文一样的关注时事、文以载道的情怀。以往学界对"文以载道"有一定误解，将那些载道之文的作者统统视为封建王朝的御用文人。但我们必须分辨清楚：此"道"并不完全等同于两千年前的孔孟之道，抑或是五百年前的程朱之学。法式善多次强调学古但不拟古之说，还明确提出了"文章无古今，惟其是而已"（《以拙文质赵味辛舍人且订西之游》）的观点。因此，可以看出法式善所谓的"道"

[①] 朱世英，等．中国散文学通论［M］．合肥：安徽教育出版社，1995：560．
[②] 陈金陵．清史浅见［M］．沈阳：辽宁民族出版社，2013：260．

是注入新的元素的，如自己的生活感悟、艺术理解等。

3. 文品人品并重

韩愈在《答李翊书》中把文与德比喻成树的枝叶和根部、灯的光芒和灯油："将蕲置于古之立言者，则无望其速成，无诱于势力，养其根而俟其实，加其膏而希其光。根之茂者其实遂，膏之沃者其光晔；仁义之人，其言蔼也。"除此之外，他还把孟子"我善养吾浩然之气"之说运用到文学批评中，把作家的品德修养称为"养气"，即"气盛则言之短长与声之高下者皆宜"。

法式善也一直秉承这种观点，应人之请作序，经常以作者人品为重要考察方面，并且经常把人品与文品联系一起来评价，如《吴蕉衫制艺序》写有：

秀才孝友朴质，读书明大义，其文真实淳懿，不屑剽字句、谐声音。骤读之，若无异于人，反复寻绎，乃觉其有以异于人之为之也。①

再如《平麓诗存序》写有：

守轩先生淡泊寡营，翛然物表，慈祥恺恻，每流露于言动食息间。家贫，不求进取，闭户课子弟，视功名富贵若敝屣。然人谓其与世相忘也，吾谓其所忘者外也，其中自有不忘者在。②

描写守轩的人品和生活境遇淡泊，赞许其家贫但不慕富贵，与世无争。

4. 运用奇幻笔法

在《汪氏鉴古斋墨薮序》中，法式善学习的是韩愈的奇幻笔法，他在文中描写制墨之程序，将汪天凤鉴古斋制墨的精细过程尽揭眼底：

余讯其制墨之法，其言曰："墨必先择烟，烟之名同烟之实，异其差等殊焉，不可不察也。继之以澄胶水以濡之，火以灿之，不可不慎也。继之以调药，涤荡其秽滓，发泄其精神，不可不详。且周也而后炼

---

① （清）法式善. 存素堂文集 [M]. 清嘉庆十二年刻增修本：卷三.
② （清）法式善. 存素堂文集 [M]. 清嘉庆十二年刻增修本：卷三.

焉，而后锤焉，方其始也，殆靡不致力也。及其成也，若无所容心也。"①

这里涉及的鉴古斋制墨曾深得乾隆皇帝赏识。法式善细致描写制墨过程，主要想突出主题——"艺也，近于道也"。从"制墨"过程悟出技艺之道，将主题升华，这的确如韩愈《毛颖传》等散文中所阐释的"文以载道"观相近。韩愈《毛颖传》写毛笔，法式善《汪氏鉴古斋墨薮序》写墨。虽涉及严肃深刻的话题，但二人都选择通过生活中一简单常见的物品入手，采取了谐谑、特殊的方式。难怪文末，吴鼒评该文有"韩之幻笔"的影子。

(二) 效欧文：绍承"六一风神"

欧阳修《五代史伶官传序》《朋党论》《泷冈阡表》《与高司谏书》等散文名篇，在清代流传甚广。如《五代史伶官传序》，由于既具有规诫意义，又抑扬顿挫，纡徐曲折，在清代被尊为古文正宗，以单行本、丛书本、集成本等各种形式而流传于世，如吕留良《唐宋八家古文精选·欧阳文》、金圣叹《天下才子比读书》、王符曾《古文小品咀华》、康熙《御选古文渊鉴》、吴楚材与吴调侯《古文观止》等即是，所选书籍数量远胜宋元明三代。

法式善对于欧阳修散文手法的继承，世人皆知。赵怀玉曾在《亦有生斋集》（文卷三序）中提到法式善的文学创作风格："侍讲诗近王韦，文则为欧曾之亚。"吴锡麒在序文中进一步说明法式善效法欧阳修之文不仅肖其貌，而且肖其神，进而肖其人。很多清人评价法式善散文用到了"风神""余味""澹远""冲淡"等词语，可见时人对于其散文创作风格有着比较一致的看法，即其散文风格与欧文有诸多相似之处。

欧阳修的散文风格影响法式善如此之深，这与明代社会文化背景及李东阳有着莫大的关系。明代朱棣取得"靖难之役"胜利后，社会开始进入一段相对稳定的时期，经济上休养生息，吏治上严明法治，国力迅速上升，科举制度进一步规范，文人们的仕途之路更加平坦，有了颂圣的理由，产生了以"三杨"为代表的台阁体文学，该文体延绵百年而不绝，具有雍容安详、四平八稳之特征。这一时代风格又引起了学习欧阳修散文的热潮，当时的台阁大臣中就有"或清新俊逸而有余味，或纡徐含蓄而可深思"的李东阳。李东

---

① （清）法式善. 存素堂文集 [M]. 清嘉庆十二年刻增修本：卷二.

阳一直是法式善学习的楷模，李东阳的为人为文一直深深地影响着法式善，当然也表现在这种"学欧"的风尚中。

法式善散文效法欧阳修散文风格，主要表现为以下两个方面。

1. 情感真挚深沉

欧阳修不以奇思妙想惊世，却以感慨遥深动人。《文章精义》中李涂认为其"文字遇感慨处便精神"，欧氏有很多篇"感怀友人"类散文：《祭石曼卿文》《祭梅圣俞文》《张子野墓志铭》《祭尹师鲁文》《祭苏子美文》等均述存亡离合之感，都是感人至深的名篇。王广福评价其文："具有浓烈的抒情意味，关键之处反复咏叹，多用反问句和感叹句，以增浓抒情色彩。语言简洁质朴，不事铺陈，不假藻饰，真挚深沉的感情犹如从胸中自然流出，感人至深。"[①]

法式善散文中，也经常会出现类似的情感抒发，而且手法极其接近。如《方雪斋诗集序》对于自己与何道生的相识、相交过程的描写，在文末还有对友人的评价——"侍御每有所作，必先示余，其温纯如其侍人，其缜密如其行事，其豁达如其襟抱，其洒落缠绵如其酒酣耳热时之声音笑貌"，都使人感受到其间友情之深厚。在嘉庆五年（1800年），何道生出守九江，法式善曾以"民心即我心"勉励其在任上一定要体恤民情，做出政绩，有所建树，对于何道生寄予厚望。初颐园评价此文"情以义宣，节奏既入古，而用笔弥深至矣"。《存素堂印簿序》中，法式善翻阅印章，回忆往昔与众人的友情，"余见闻寡陋又无力致古金石篆刻，而喜与一代贤豪游。以是四方士来京师多就余诗龛，谈艺间有工篆刻者出其所长以赠。积久渐多，爱仿俭堂印式分类排编，得白文七十一，朱文七十三，各疏作者姓名于楮尾，偶一展阅，觉指腕所到性情皆见。而死生离合之感，又于是深焉矣。然则文章翰墨之外，欲以见我友之精神者，此固不可废也"。其他如《李鳬塘中允诗集序》写亡友李鳬塘时，通篇以"时人评价"与"自己评价"相对照，体现其对朋友了解之深，对朋友去世深感痛惜：

世称其诗旷逸似太白，沉雄似少陵，固矣。然吾所以爱之者，非以

---

① 王广福. 中国古代散文与小说选讲 [M]. 重庆：西南师范大学出版社，2015：111.

>>> 第六章 法式善散文的历史地位

似太白、少陵也,知兔塘不求似于太白、少陵,而兔塘之真出矣。世又以兔塘位跻清华,而颠沛坎坷时或不免,天之所以啬其遇,正所以丰其诗也。而吾又不谓然。盖兔塘负深识远志,艰苦殆其素性,使天假以年,崇利富厚固可旦夕致,兔塘之心固有以自见,即兔塘之诗,亦必镂肝刿肾而益工,不以尊官显爵掩也。乃兔塘仅仅以诗传,兔塘之不幸矣。①

正如陈用光文末评论所言"满纸呜咽之音,读先生文,使人益增厚于朋友之情矣"。《朱石君先生七十有二寿序》写得风神绵邈、跌宕生姿,抒情气息十分浓厚,风格极近于欧公。文中提到,虽然自己于朱珪先生奉教晚,但念知先生非常早,且最终如愿成为先生的弟子。文中描写先生对法式善的教诲与信任,非常真实感人:

先生每见余,必举古人相勖,于诗文必直指得失,无一言假藉。及退而语人,辄曰:"某佳士也,某传人也。"余诚自愧,无以副先生之知。而由先生之于余观之,则先生之好善如不及,盖出于天性。先生之以天下为己任,惟恐一物弗得其所,亦于是可见也。②

法式善所强调感情,不重一时兴起之情,反重实实在在的真意。如他在《兰雪斋诗集序》中提道"诗不名一体,要皆有真意真气盘旋于中而后触于境而发抒之,感于事而敷陈之。方其舟车南北俯仰山河也,则有雄杰之篇,悯农劝稼感旧怀人也,则有恺恻之篇;及解组归田,一琴一鹤,某水某邱,寓诸吟咏,则又有萧疏澹远之篇。时不同,境不同,诗不同"。这种源于生活实际的情感随时境差异而不同,给情感赋予了变化的可能,使其不会千篇一律。除了重视真实感情的抒发外,法式善还特别注重将情与景物、环境之间做联系,突出"触景生情、情以境发的深刻美学命题"③。可见,法式善所谓的"文情"不是纯主观的,而是由"时""境"触动而生的,追求的是

---

① (清)法式善. 存素堂文集[M]. 清嘉庆十二年刻增修本:卷一.
② (清)法式善. 存素堂文集[M]. 清嘉庆十二年刻增修本:卷三.
③ 云峰. 民族文化交融与文学研究论稿[M]. 北京:中央民族大学出版社,2015:238.

情景交融的美学效果。他笔下的"俯仰山河""悯农劝稼""解组归田"等场景覆盖了生活的方方面面，也是人们掌握的第一手资料，孕育的作品情感既真实又深刻。

此外，他还用辩证的眼光论述情与境这一美学的传统议题。法式善认为，物境不同，诗人感受有异，创作出的作品自然有别，但无论何种作品，都需要"情"的滋润。"'感'就是心与物相融的过程，'情'就是这种心物相融产生的主观心理，'境'就是触发感情的客观物象。诗人有真意真气即思想抱负。'志'盘旋于中，与'境'相融，产生强烈感情，'无有能静'，发泄于歌啸。"① 所以，法式善所谓"情"与相关物象完全融合，而"境"也被注入了情感。当然，法式善对"境"的理解极其广泛，有山河之致，感旧怀人甚至扩展到一琴一鹤，而且强调不历其境是不会体会"情"之所在的["凡事不实历其境，其神奇不属，而趣味不永"（《本生府君逸事状》）]。所以法式善的情物论，并不偏向于任何一方，而是将其放置在同等重要的位置上。这在当时很难能可贵。

2. 一唱三叹，纡徐委备

欧阳修散文具有回环往复、感慨呜咽之美，苏洵《上欧阳内翰书》言"执事之文，纡余委备，往复百折，而条达舒畅，无所间断；气尽语极，急言竭论，而容与闲易，无艰难劳苦之态"，清人魏禧《日录》也赞"欧文之妙，只是说而不说，说而又说，是以极吞吐往复、参差离合之致"，林纾《春觉斋论文》中也云"欧文讲神韵，亦于顿笔加倍留意，如《丰乐亭记》曰……本来作一层说即了，而欧公特为夷犹顿挫之笔，乃愈见风神"。欧文最为人称道的创作如《泷冈阡表》《秋声赋》《苏氏文集序》《送徐无党南归序》《祭石曼卿文》等，情感摇曳，一波三折，峰回路转。

欧阳修散文的这一特点，在法式善散文中同样表现得很鲜明。如上文所举《李凫塘中允诗集序》中这一特点就尤为突出。本写李凫塘似李白、杜甫的诗风，却又翻出新意，说其更具"真"意；本写其"怀才不遇"，却称其生活不幸诗作幸；本写其如果生命更长一些，必定尊官献爵，诗名远扬，但笔锋又一转，发出感慨：这样一个才子，如果仅以诗名扬，是否又是凫塘的

---

① 云峰.民族文化交融与文学研究论稿［M］.北京：中央民族大学出版社，2015：238.

不幸？往返曲附之美可见一斑。

再如《吴云樵编修诗序》，本写吴云樵，却把笔荡开，写云樵家族其他先辈吴昌龄、吴大昌及吴征休，称其"皆磊落奇伟士也"。第二段写云樵，本以为会大加赞扬，结果却欲扬先抑，讲到两人未甚熟时，法式善眼中的云樵"呐呐若弗出诸口，酒场文宴，沉默简退，雅不欲以文采自炫，世莫知其能诗"，后又将笔势反转，写到自己某天读到云樵诗后相见恨晚的心境："凡我所欲言之情未能言，言之而不畅者，我所欲写之景未能写，写之而不真者，忽然自君言之，言之而畅，自君写之，言之而真焉"。正如秦小岘云"缭而曲，如往而复。此乃真有得清微澹远之境者也"。

其他如《清籁阁诗集序》《槐厅载笔序》《王延之遗诗序》《王晋亭诗文集序》《明李文正公年谱序》《伯玉亭诗集序》等篇，同样委婉曲折，入情入理，具有往复申明，一往无尽，深具武夷九曲之美。

（三）承苏洵：力求新奇警策

三苏文章虽以东坡最负盛名，但其实苏洵之纵横上下、出入驰骋同样大有可观，其散文追求博采众长且又独树一帜，"不仅为文苦心经营，思致深刻，而且讲求风骨，笔力遒劲，语言上也追求新奇警策，不落凡俗，从而表现出自己独特的古文艺术风格"①。苏洵不仅为文布局巧妙且警句频出，如《明论》"圣人之治天下也以常，而贤人之治天下也以时"；《谏论下》"夫臣能谏，不能使君必纳谏，非真能谏之臣。君能纳谏，不能使臣必谏，非真能纳谏之君"；《上张益州书》"贫之不如富，贱之不如贵，在野之不如在朝，食菜之不如食肉，洵亦知之矣"等。

法式善学习苏洵，巧妙构思，频发警句。如《曹景唐制艺序》，文章构思分为前后两部分，前一部分行文曼衍，后一部分行文奇崛。下文所引部分，即可看出法式善的独到见解，言辞警策：

> 夫应科目之文，唐之韩子曰"俗下"，宋之欧阳子曰"顺时"。于是好学能文之士，类以试作为无一可存者。然苏氏兄弟少年诸文，固多试作也。文苟工矣，虽应试，曷足病乎？曹子之作，理法清老，词藻又极

---

① 毛德胜. 苏洵奇崛幽峭的古文风格［J］. 湖南大学学报（社会科学版），2011（6）：78.

绚烂，宜胜于人而取于人矣。乃屡困棘闱，徒以明经需次广文。予谓曹子，惟不早取科名，故得益肆力于经籍，沉酣贯串振其采于诗。①

文章认为应试之作也并非一无是处，技巧高妙如曹子者，同样会将时文写成美妙之散文。

（四）学归有光：文风平淡冲和

姚鼐《古文辞类纂》在唐宋八大家之后，列录明代归有光、清代方苞与刘大櫆，认为古文传统在是也。显然，归氏成为桐城派上接唐宋的中间重要关节，这也是归文对清代影响甚重的原因。法式善有意识地借鉴归有光散文叙事抒情的特点，力求把文章写得质朴自然，真切动人。

清初，钱谦益、黄宗羲、汪琬等人认真梳理研究"明文体系"，总结前朝散文创作，从而为清代散文发展寻找理论支撑和发展方向。其中一项重要工作就是展开"明文第一"的大讨论，而争论的焦点主要集中在归有光和宋濂二人的散文成就何者更高之上。

黄宗羲对归有光的成就评价极高——"文章之在古今，亦有一治一乱，当王李充塞之日，非荆川道思与震川起而治之，则古文之道几绝"②，而且推崇震川文为"明文第一"。此外，钱谦益对归有光古文地位的助推，也是至关重要的，可以说，归有光得到"明文第一"之称号，并在清代散文界地位如此之高，主要得益于钱谦益精心编选的《震川先生集》。钱氏有意将归有光批评复古派代表人物王世贞的《项思尧文集序》放在极其突出的位置，将其推举成"复古派"的批评者和对立面。归有光作为唐宋派的核心人物，以他为代表的唐宋派非常重视在散文中抒发思想感情，使文章自具面目，这的确与复古派的一味拟古区别很大。更值得一提的是，桐城派领袖方苞等人同样对归有光赞赏有加，方苞继承归有光"唐宋派"古文传统，主张"义法"，"义"即维护封建统治的儒家思想，"法"即表达这一思想的方法技巧，"言有物"和"言有序"，"尤其赞赏其根底六经、取法《史记》、探索古文之'义法'方面的造诣"③，所以归有光的精神内核、创作观念为桐城派所继承，开创了清代文学创作的新篇章。

---

① （清）法式善. 存素堂文集［M］. 清嘉庆十二年刻增修本：卷三.
② （清）黄宗羲. 南雷文定前后三四集［M］. 清康熙刊本：三集卷一.
③ 廖可斌. 文学史的维度·廖可斌学术论集［M］. 贵阳：孔子学堂书局，2016：25.

第六章 法式善散文的历史地位

归有光作为唐宋派核心人物，散文创作在中国古代散文史上有着承前启后的作用和地位。以他为代表的唐宋派非常重视在散文中抒发思想感情，使文章自具面目，批评复古派的一味拟古。更值得一提的是，归有光的精神内核、创作观念为桐城派所继承，姚鼐在《古文辞类纂序目》中言："文士之效法古人，莫善于退之，尽变古人之形貌，虽有摹拟，不可得而寻其迹也。"简而言之，清初掀起学归之风，直至中叶，归有光散文影响仍然不减。

法式善生活在清中叶，时为桐城派古文风靡一时，由于归有光与桐城派的师承关系，法式善的散文也自然有了归文的影子，法式善对于归文不仅熟悉至极，而且有意识学习其风格特征。即使在介绍清代科举考试制度时，也以"大文人"对其极其称许，"二三场之继七艺，所以求通达古今之儒也。其论策有发明条对之能，必其学通原本者也。表判有金声玉色之工，必其才兼风雅者也。今有头场在伯仲之间难分去取者，查其后场精警，则亟登之，以留读书种子。昔归震川先生老于棘闱，亦缘后场人彀，至今推为大文人，此其验也"[①]。所以，法式善的散文中自然也有了归有光散文的一些特点，这从以下两个方面可以看出：

一是细节取胜，极富人情。归有光有一部分写人叙事散文以冲淡平和、极富人情味著称。如在著名的《项脊轩志》中，归氏在回忆母亲、祖母时，所叙"叩门""问寒"等场景，均具有极强烈的画面感和生活气息，这实际上就是人文主义情怀的根本。"这类散文往往善于在对家人、朋友以及日常生活琐事的细节描写中寄托难以排遣的真挚深厚的情感，笔法清新自然，不事雕琢而风味超然，往往营造出一种'言有尽而意无穷'的艺术韵味"[②]，归有光类似的文字还有很多，如《先妣事略》《寒花葬志》《筠溪翁传》等，叙家庭、友朋间琐碎细事，极有韵味。

法式善序体散文在写人叙事方面，也极其突出。《陆先生七十寿序》中写了陆镇堂与谢蕴山的两件逸事，体现陆先生高贵人品：一为避嫌，二为治民。情节选取非常典型：

初，辛卯科应礼部试时，馆谢蕴山前辈家。度谢当入帘，先数日避

---

① （清）法式善. 存素堂文集 [M]. 清嘉庆十二年刻增修本：卷一.
② 江娇. 平淡自然写人情——论归有光散文叙人叙事之风格 [J]. 黑龙江教育学院学报，2017（9）：96.

去。及报罢后相见,始知试卷适在谢所而实未荐,谢引以为歉,而先生略不介意。后官山西,谢又为方伯,非公事未尝往谒,人益重其品……
……绛俗故健讼,庠序之士尤甚。先生曰:本立,而后末可图也。遇诸具牒者,武则先验其弓马,文则先试其词艺,然后理焉。由是讼风少息。及先生乞休,合邑挽留之,至有匍伏流涕弗起者。①

法式善本人对于读书的态度与吴草亭是一致的,他的《读书》组诗中,分别将读书比作"蓄货""树木""行路"与"统兵",来阐述读书重知识的积累、厚积薄发、知难而进以及持之以恒。

《何双溪先生六十寿序》中高度评价双溪先生的"易退之节""处约不啬""乐善交游""持己甚严"的高贵品格:

始朝廷修《四库全书》既成,天子嘉先生有劳,留先生于翰林,以需擢用。先生遽移疾,不复出。方事之殷,独膺其任,及功之就,不有其荣。君子易退之节,先生有之。

先生家故饶,既久官,又勇于为义,时时减产,或至积债不能偿。然遇穷交薄戚有恩意,不变其初。方其素封不为奢,及其处约不为啬,君子素位之学,先生有之。

其接于人,温然无町畦,而可不可介然有辨。每逢交游故旧,惓笃流连。天下卓绝知名之士,自耆宿以逮后生,皆乐亲先生,而先生亦乐为之尽。

其处己特严,自奉甚薄。居恒扫一室,终日静坐,旁无姬侍。食不重肉,衣非甚故不辄易。既两子皆以材美称于官,门望通华,而先生益约饬自下。岂非薄身厚志,畏荣好古之君子耶?②

《陈约堂太守七十寿序》中法式善通过他人——彭尚书之口介绍写作对象陈约堂太守热心出资帮助别人渡过难关,但后来救助对象破产,陈太守并未索回钱财,并继续接济的事迹:

---

① (清)法式善.存素堂文集[M].清嘉庆十二年刻增修本:卷三.
② (清)法式善.存素堂文集[M].清嘉庆十二年刻增修本:卷三.

<<< 第六章 法式善散文的历史地位

  新城陈氏，累世有积德，余闻诸南昌彭尚书云。尚书告余曰："吾以一身识陈氏，盖六世矣。自浣修翁以贾起家，有隐德。吾尝见翁畀五千金济汤某厄，汤固以折业负翁者也。翁终不言，俾吾以诚转语之，而复贷之金。汤卒能感奋自立复其业，此陈氏子孙所不及闻知者。盖翁之阴德多类此。"①

  杨蓉裳评价法式善这篇散文亲切有味，与吹嘘造假的寿词不同，"以尚书语及家书为前后波澜，而以三世交情为主，篇法绝佳。立言更亲切有味，扫尽祝嘏浮词，行墨间自有太和之气，是谓大方之家"。

  其他如《重锓稼轩词》写辛春严的"不屈不挠"；《涵碧山房诗集序》写苏涧东的"治县有方"；《金石文钞序》写赵绍祖的"嗜读奇书""搜讨辩证"；《借观录序》写汪先生的"书画之癖"；《王晋亭诗文集序》中写王莳亭的"平易近人""学问深厚"、王晋亭的"至情肫笃""敦伦睦族"；《任畏斋二莪草堂诗稿序》写任公"谦逊不遑"；《伯玉亭诗集序》写伯玉亭立志报效国家、清心寡欲、绝口不谈诗；《平麓诗存序》写守轩先生淡泊名利、与世无争。可见，法式善追述往事、悼念亲友之文之所以感人，关键在善于捕捉最能体现每个人物的突出特点的细节，每个细节都令人印象深刻，人物形象非常饱满，这些都与作者有意识地借鉴归有光散文的艺术风格和表现手法有关。

  二是真切生动，朴实自然。唐时升指出归有光"弱冠尽通《六经》《三史》、七大家之文，及濂、洛、关、闽之说……先生于书无所不通，然其大指，必取衷《六经》，而好太史公书"，深受儒家思想影响，且隐居乡间多年，包含着"济世忧民"的情怀，关注人间民情，创作出很多"性灵之文"，这主要体现在他的叙事散文中，此类文章以真切朴实为主，冲和平淡却极富人情味。

  法式善在写人叙事方面，冲和平淡且情感饱满的描写也随处可见，极其突出。如为人写寿序，《范太翁寿序》就用最朴实的语言评价范老先生的性格、人品及与人相处之道："永淳明经范东垣先生，赋性温粹，通今博古，以孝友重乡党。人以急难告，不量己之盈绌，必有以平其憾而安其心。与人

---

① （清）法式善. 存素堂文集 [M]. 清嘉庆十二年刻增修本：卷三.

205

交，不设成心，而贤不肖辨如黑白。训子弟严直有方，生平寡嗜好，执卷终日，怡然自得。室黄孺人，德与之配。子四人皆娴学问。"①

法式善在《吴草亭六十寿序》中写吴草亭虽然性情旷达，但家庭事务却仔细照料、面面俱到，教育孩子读书明理，反对急于求成，其他人都聚会咏诗，他却畅游山水，与渔樵为伍。法式善通过强烈对比，将吴草亭的形象塑造得非常丰满："草亭性旷达，而家庭之间，内行醇备。先人之邱陇，虽年远，必时时省视，一甓一石，亲为料理，盛暑严寒弗恤也。课诸子具有法度，务在读书明理，而以速化、躁进为戒。时和年丰，江南文士得以陶咏自娱，君则青鞋布袜，放浪于山水间，日与渔樵为伍，望之者以为神仙中人。兴会所至，或泚笔作树石，皆淋漓有生气，偶题小诗得王、裴遗韵。"②

可见，文中的每个人物的突出特点都让人印象深刻，为文均淡雅朴实，时时闪烁着生活的灵动，极富人情味。

三是不谀不赘，客观真实。归有光曾言"性独好《史记》"（《五岳山人前集序》)，而且其散文风格同样得益于《史记》，历史早有定论。如《明史·归有光传》描述道："有光……好太史公书，得其神理。"③ 归有光一直学习司马迁，注重"实录"。未经核实的内容，他拒绝写入文中。在评价人物时也本着"不谀不赘"的客观精神如实描写，这种做法很为后世所推崇。

法式善很好地秉承了归有光这种史学精神。吴鼒曾评价法式善《初太翁八十寿序》中的史笔"……不谀不赘寿文中可以继震川诸作"；《备遗杂录序》中法式善表示自己要学习司马迁、归有光，多收罗旧记和杂言，不做改动，以达到"不堕先人之言"的目的；石韫玉评其《王晋亭诗文集序》"参之太史，以著其洁"；《洪文襄公年谱序》提到编写年谱重要的原则是征信，不知的事情绝对不能写进年谱，宁缺毋滥："余固辞不获，乃汇其断烂文字，旁征诸稗史、丛书，及史馆之轶闻琐事，用吕大防、洪兴祖诸家分编《昌黎年谱》之例，以月系年，以事系月，厘然、井然，取材于《明史纪事本末》《绥寇纪略》《八旗通志》，间附以《家乘》。其于文义字句有剪裁，无增益，征信益以志慎也。若其不可知者，则宁阙之，以待补云。"

---

① （清）法式善. 存素堂文集［M］. 清嘉庆十二年刻增修本：卷三.
② （清）法式善. 存素堂文集［M］. 清嘉庆十二年刻增修本：卷三.
③ （清）徐嘉. 顾亭林先生诗笺注［M］. 清光绪二十三年徐氏味静斋刻本：卷十四.

法式善不仅对自己的写作要求严格，对他人创作也秉持同样的态度，如在《使琉球日记序》中就肯定李鼎元的日记内容写法详核，可资顾问："故其著为此书也，岁时山川，习俗之详，莫不有所根据。事以日系，言以人稽。视宋赵汝适《诸蕃志》、元汪大渊《岛夷志略》为尤核，与邵詹事远平《元史类编》记琉球事，有可参观者。此书之传，不独为士君子洽闻之助，抑可以征我圣朝声教之所震叠，虽僻夷小国，不啻在疆服之内也。"《北海郑君年谱序》中提到多人曾为郑君作过年谱，但比较来说，还是认为陈孝廉版本最详备，"海宁陈孝廉仲鱼比为郑君年谱，以范书袁纪为主，他书附丽之综，核生平最称详备，吾于是叹孝廉之用力勤也"。

（五）近李德裕、权德舆："雅正肃穆"

法式善散文语言"雅正肃穆"，这与唐代李德裕、权德舆等人的散文风格极其接近。如《成均同学齿录》。此篇序文与集中多数序文风格迥异，主要因为《成均同学齿录》是"国子监官属率诸生，共为诗歌，庚飏圣德"的文章集子，法式善奉敕撰写，风格必定"整赡得体"。与此相对应的，文字骈句比例相对较高，体现出辞藻典俪的特点。文章开头交代文集产生的背景，涉及乾隆帝释奠太学、建造辟雍、亲临讲学以及特制《临雍诗》四章等，皇帝的一系列行为使太学生深受鼓舞，"益相感激，争自琢磨"遂成《成均同学齿录》，"一以志荣幸，一以识岁月"。接下来，文章回顾自秦汉以来国家太学发展历程，深刻分析出虽历代国子之名甚盛，但元末之前培养出的博士弟子名实相副，"学业不勤，士习日下"。这种"育才造士，为国之本"的深刻见解，与唐代李、权二人利用自己的政治地位和文学名望奖掖后进，致力于为朝廷选拔和培养了一大批政治和文化精英的做法何其相似。之后，法式善从本朝选拔人才的严格制度、严密程序谈起，兼及国家在资金、校舍等方面的大力投入。最后一段交代本序的写作目的，"将俾后之人，指数姓氏，谓以卿才著者若而人，以儒术称者若而人，以文章词翰显者若而人。岂不美哉！岂不美哉"。

类似于《成均同学齿录》的集序，还有《同馆试律汇钞序》《同馆试律续钞序》《重刻己亥同年齿录序》等。正如杨芳灿所言："典重肃穆，似李文饶、权载之一辈人手笔。"

（六）转益多师：不拘一格，自成一体

杜甫《戏为六绝句》其六指出："未及前贤更勿疑，递相祖述复先谁？

别裁伪体亲风雅,转益多师是汝师。"刘勰《文心雕龙》曾云:"操千曲而后晓声,观千剑而后识器。"上文虽然多次论及传统文学对法式善的深刻影响,但是,我们不能不注意到,法式善的散文仍然有着自身的独特魅力。以往一提到清代散文时,历来有一种相当流行的看法就是"天下文章,皆出桐城",毋庸置疑,"自从桐城派成为宗派以来,作家辈出,衣钵相承,历时二百余年之久"[1],但是事实上,这种说法无法完全概括出清代散文的实际创作的全貌,正如罗东升所言:"除桐城文派外,其他数以千计的作家,几乎都没有开宗立派。可是,他们在开辟散文题材领域,在抨击迂腐礼教、黑暗政治,宣传民主思想,反映时代精神,在丰富艺术表现手法,以及在革新文体等方面,都有固守'义法'的桐城派所不可企及的地方"[2]。其实,从法式善的散文中,读者虽会看到很多前辈的笔法,但却无法从中明确分析出他是师从何派的,这可能是他那包容开放的心态所致,尤其是对于清代文坛上占绝对优势的桐城派,法式善很少提及,即使提及姚鼐等人,也是从其诗歌等其他方面论述。其实这既是有清一代整体的特点,也是多民族文学发展的必然。清代的文学及文学理论都呈折中调和之态势,散文创作也百花齐放。郭绍虞曾经指出:"周秦以子称,楚人以骚称,汉人以赋称,魏晋六朝以骈文称,唐人以诗称,宋人以词称,元人以曲称,明人以小说、戏曲或制艺称,至于清代的文学则于上述各种中间,或于上述各种以外,没有一种比较特殊的足以称为清代的文学,却又没有一种不称为清代的文学。盖由清代文学而言,也是包罗万象兼有以前各代的特点的。"[3]

  法式善曾在《王子文秀才诗序》中提到自己学诗就是不分时代、不分风格,只要是好诗就去学习——"余既守此诫,而又好读诗,无论汉、魏、六朝、唐、宋、元、明,惟取其是者是之,其非者辄置之",而且兼喜古、今体诗(《钱南园诗集序》),这些观点与他为文是一脉相承的。

  法式善不仅自己师承多家,在评论他人作品时,也表现出极其宽容的态度。《点苍山人诗集序》中,高度评价沙明府的作品具有多家特色:

---

[1] 马茂元. 晚照楼论文集 [M]. 上海:上海古籍出版社, 1981:216.
[2] 罗东升,何天杰,郑会为. 清代散文与散文的研究方法 [J]. 华南师范大学学报(社会科学版), 1986(4):46.
[3] 郭绍虞. 中国文学批评史(下册) [M]. 天津:百花文艺出版社, 2008:48.

> 大抵能以奇气骋其逸才，排傲似南园，疏宕似荔扉，而深挚之思又似谷西阿黄门，真得点苍山之灵秀，盘礴郁结而成之者，吾奚测其所终极耶？西阿、荔扉诗以多胜，而献如以少胜，要各能抒其性情，不务以涂泽见长，殆克自树立者矣。①

《伯玉亭诗集序》中评价玉亭之诗之所以颇具"奇气"，与其自身经历有关，更重要的也是转益多师：

> 至于太行绵亘数千里，汾河之源发于昆仑，其濡染于诗也，必有磅礴浩荡之奇气缠绵固结于笔墨间。先生抚晋且十年，式太白之庐，访玉溪之里，修遗山之墓，流风余韵，转益多师。盖先生之政，感被于三晋人之心者甚深；而三晋之山川风气，所以感发先生之诗者亦甚深也，是为序。②

法式善在评价他人文章风格时，也体现了开放包容。比如，在《吴兰雪香苏山馆诗集序》中评价吴嵩梁早期诗风"哀艳"，但世人却将其理解为"浮华累道"，对吴诗多加诋毁。法式善解释说由于吴嵩梁落魄多时，又长期在吴越生活，诗歌在闺阁女子间传阅较多，更有甚者将其绣于手帕之上，所以世人多以其善"宫体诗"视之。法式善认为此"哀艳"非彼"哀怨"，乃是《国风》《离骚》之遗风。《离骚》之"哀艳"本指屈原求貌美行善之女，属于"好色而不淫"范畴，但世人多以狭隘眼光看待，因此也贬低了吴嵩梁早期诗作。法式善在序文中有为其正名之义，也表现了他对诗歌风格兼容并包的心态。

其他如《曹定轩紫云山房试帖诗序》，文章前面先引翁方纲和王惕甫两种关于"试体诗"的不同言论，认为"工试体诗者，不必工各体诗""必工各体诗，而后工试体诗"，然后引出法式善自己折中的观点"吾谓学士勉人以专功，而典簿勉人以深造也，其立意无乎不同"，认为诗歌体式本质上无优无劣，主要在于"立意"。《金青侨环中庐诗序》中概括三位才子——郭

---

① （清）法式善. 存素堂文集［M］. 清嘉庆十二年刻增修本：卷二.
② （清）法式善. 存素堂文集［M］. 清嘉庆十二年刻增修本：卷二.

麟、吴嵩梁和金手山的不同诗歌风格，但均赞赏有加，"郭以雄杰胜，吴以幽艳胜，手山缠绵悱恻，以情思密丽胜"。

二、文学思想主宰其散文创作

有清一代，学术称盛，人才辈出，各种理论、学派不断发展，是中国古典文学理论的集大成时期，当时的文学理论与文学批评，除了出现在大量的诗话和词话里，还存在于为数众多的散文中。"从文学批评史料学的角度看，这种序跋，包含了有关文学接受和诗人风格的评论，是古代文论研究的重要文献和理论资源。"[①] 法式善提出了很多文学主张，且很有创见，这些散文主张，其实是在主宰他的散文创作，也可以从另一个侧面显示散文地位。将法式善的文学主张整理出来进行研究，也可以为清代文学批评理论提供一个个案研究，很有意义，现分而述之：

（一）学古亦重创新

法式善好古，正如吴锡麒序中所言："今之能逮于古者罕矣，好古而能信，信古而能专者，其惟时帆先生乎。"虽然学古，但法式善从文风力主自然发展到了"学古而不泥古"，这一主张在他的好友钱沣那里也曾有过很好的阐释，钱南园曾在《夏䌷庵诗集序》第二段评价夏䌷庵诗歌特点为："大体质实无浮藻，率胸臆而出，不规求合前人，而气体自成。"[②] 显然，钱沣本人是赞同这种作诗之法的，即内容充实质朴，情真意切，真挚自然，学古人，但不局限于古人作法，气势体制自然天成。

法式善同钱沣一致，主张作文不能一味因袭古人，这种观点在清代以"拟古"为主流的时代中的确算是非常有见地的。法式善针对明"前后七子"及时人沈德潜等的复古思想，在诗文中提出了"文章无古今，惟其是而已"（《以拙文质赵味辛舍人且订西之游》）的观点；他提出要区别看待古人作品"酒从糟粕出，糟粕多弃路"（《袭句调》）；反对堆砌辞藻，"不切为陈言，词多意鲜警。如涂涂附然，美人赘瘤瘦"（《填故实》）。除了诗歌中有类似观点，散文中也时常出现，《鲍鸿起〈野云集〉序》里提到每一首诗、每一篇作品都是不一样的，规劝大家不要追求和他人作品一模一样，要自具

[①] （清）法式善. 存素堂文集 [M]. 清嘉庆十二年刻增修本：卷二.
[②] （清）钱沣. 钱南园先生遗集 [M]. 清同治十一年刘崐长沙刻本：卷四.

第六章 法式善散文的历史地位

特色：

> 盖鲍子少孤贫，既无纷华靡丽之扰，而于进退取舍之界又辨之甚严，所为诗乃有独造之诣焉。或谓：鲍子诗与余诗境界略同，故嗜之尔。余曰：不然，一人有一人之诗，一时有一时之诗，彼与此不相蒙也，前与后不相混也，安得执一以例百哉。昔东坡学靖节，而其诗不似靖节；山谷学少陵，而其诗不似少陵。惟其不似也，而东坡、山谷之真始出。①

法式善涉及这一文学思想的散文，还有一些，如《海门诗钞序》"不背古人规矩，亦不蹈袭古人行迹，兴之所到，伫笔立就，而声之短长高下，无不相宜，有世所苦思力索而弗能及者。……文章之事，性有所近，弗能相强，归于自立焉，至其诣境之各殊，不足以相病也"。法式善在文中提出作文要学古不泥古，有"个性"，创作从构思时起，兴之所至，从具体事物产生联想和想象，过程中出现稍纵即逝的灵感，抓住它就会触发形成妙语神到的作品。《蔚嶟山房诗钞序》中提到学习古人是可以的，但不要"于古作者求其曲肖"，而求其"精神血脉息息相通"，即提倡大家学习古人的精神气质，而不局限于形式；《李凫塘中允诗集序》中有"不为古人所囿"之语；《朱石君先生七十有二寿序》开篇即高度评价大兴朱珪先生"今之学古人之学，而不欲囿于章句者，其所师必曰大兴朱先生；今之志古人之志，而不敢负其爵位者，其所师亦必曰大兴朱先生"。朱珪作为法式善的学生，颇受嘉庆皇帝信赖，因此法式善对他寄予厚望。《吴兰雪香苏山馆诗集序》中的"君之诗笃于性情，能神明于古人之法，以自尽其才"等均体现了"学古而重创新"之思想。

不仅在文学创作上，读者能感受到法式善提倡的创新之处，在撰写历史书籍体例安排上也认为其独具特色，如《清秘述文》记录了从顺治初年至嘉庆四年的历科考试题目、考官、学政姓名、籍贯、出身等，将全书按人员性质分为三大类，分别为：乡会考官类；学政类；乡会同考类。这本书对于研究清代科举制度颇有文献价值，而且创新了科举著述的体例；再如《陶庐杂

---

① （清）法式善. 存素堂文集[M]. 清嘉庆十二年刻增修本：卷二.

录》，在目录学上的独创——录一氏诗作之目，如将黄宗羲编订的《黄氏捃残集》收入录中。作为诗人，法式善对诗歌收集独具慧眼，给诗编目，按一朝、一地、一氏大类排列，下分子目录，包括作者、篇目、卷数、刊刻、流布等，这一目录法"对查找地方文献，了解学派渊源都大有益处"①，这种编目方式也体现了在继承传统编目方式基础上的创新。

（二）崇尚清老风格

"清老"是指文学风格的清新而老练，清淡，文字少加修饰，却意味深远。清人多喜用"清老"二字形容风格，但多数是用来描述诗境的。如袁枚《随园诗话补遗》卷四有"（刘扱）诗亦清老"，并且在卷五写道："闺秀金兑诗，已采入诗话矣。今又寄其母毛仲瑛（谷）诗来，风格清老，足见渊源有自。"郭麟在《灵芬馆诗话》卷十中说："王孟亭太守诗骨力清老，与随园交好。"

法式善自己在序文中，将"清老"一语运用到评价散文风格上。如评价友人曹景堂文法"曾子之作理法清老，辞藻又绚烂。宜胜于人而取于人矣。乃屡困棘闱，徒以明经需次广文。予谓曹子，惟不早取科名，故得益肆力于经籍，沉酣贯串，振其采于诗古文词焉"，不仅肯定曹景堂的为文清老，还指出了这种文风形成的原因：浸染经籍、融会贯通，作者将其自然而然应用到了行文中。在《涵碧山房诗集序》中，法式善指出诗是心之声，但心声中，清声最难得，做到清而有味更难得："诗者，心之声也。声者，由内而发于外者也，惟清为最难。四时之声，秋为清；物之声，鹤为清。秋也，鹤也，岂有所为而望人之知哉？先生髫龄嗜诗，窦东皋宗丞督学中州，称其诗似陆放翁，可谓知之深矣。既而需次京师，与余相唱酬。余叹其清而有味。晚岁诗益进，虽崎岖戎马间，终不废业。则其镇定与勤劳习于夙昔者，又可想见也。"②

除此之外，法式善自己所创作的散文如《诗龛声闻集》《成均学选录序》《朱石君先生七十有二寿序》《宋元人集钞存序》《重修族谱序》等篇均体现出了"清老"之气。《朱石君先生七十有二寿序》中法式善写到虽然自己并未与朱先生见过面，但成长的历程中时时刻刻有朱先生的影子，因为时常能

---

① 周国林.历史文献研究（总第22辑）[M].武汉：华中师范大学出版社，2003：421.

② （清）法式善.存素堂文集[M].清嘉庆十二年刻增修本：卷三.

听到他人对朱先生的评价：

> 忆余六七岁时，受业于大兴陆镇堂、林天衢两先生。两先生与先生相知最深也。每余业有所进，行不失礼，则勉之曰："汝其能以朱先生为法乎？"否则动色曰："若所为，得毋为朱先生所弃。"其时固不详先生何时人。①

然后写自己想与先生相见的坎坷过程：有几次想见先生，但都未得。谁知先生早已认识我。可以说自己是认识先生早，却受教很晚。全文虽然没有浓墨重彩之描写，但给人印象深刻，先生为人，师徒之情，都让人回味无穷。虽无过度渲染，但却气味清冽。

法式善在文中明确反对浮华文风，也是"清老"主张的体现，如《成均同学齿录序》中最后一段言"吾愿诸生无矜声气，无逐浮华，无希宠利，去汉唐以来诸弊，而上答圣天子循名责实之训，以比隆于唐虞三代休风焉"，即为明证。

（三）务求言之有物

在《蔚嶙山房诗钞序》中法式善论及"言之有物"的重要性时指出"自古诗人高自期许，而诗以外往往无闻焉。……言之无物，虽竭毕生之精力，亦仅为诗人而已"。显然法式善继承了桐城派的最基本主张之一即"言有物"。他明确提出"诗以致用"的口号，"自古诗人高自期许，而诗以外往往无闻焉。求其适于用，而不负乎学者盖鲜"，具体做法就是关心民生社会："然吾所尤重于郁兹者，不以艰苦易其节，不以纷华动其心，而于物力之盈亏，民生之休戚，豪会其微，以是为吏，亦即以是为文章。郁兹所得，必又有在于诗之外者矣。"另，《任畏斋二莪草堂诗稿序》还讲到"诗言志"："学，则以圣贤为归；愚，则以忠孝为事。夫诗以言志，都督之志，其庶几略见于兹编也欤。"

在《梅庵诗钞序》中，法式善还说到了诗歌与政治相济相成，这同样是言之有物的一个侧面。他认为两者只是"体用之辨"，学问与事功实为一：

---

① （清）法式善. 存素堂文集［M］. 清嘉庆十二年刻增修本：卷三.

夫学问与事功，一而二，二而一者也。公总督三江，其所待治者，日不知凡几，何暇作诗？乃退居一室，挑灯手一编，类书生然。及登堂议论国家大事，抉利弊，辩情伪，娓娓千万言，胥中肯窾，人惊以为神。岂知夫诗者政之体，政者诗之用，不惟不相害，而实相济也。①

　　此外，法式善还重"以文传志"，在《慕堂文钞序》中写道："不惟不没其文，真能不没其志矣。吾愿读斯集者，油然生孝悌之思焉，慨然厉忠爱之节焉，勿仅羡其词旨懿茂，而谓其为汉魏也、为周秦也，其庶几乎。"连《志异新编》这类记怪传奇之文，法式善也认为蕴含着精粹的道理，可以有资国之掌故，扩书生之见闻。"兹书批阅而玩索之，其事甚异，其道甚经，其说甚新，其理甚粹。其大者可以备国家之掌故，小者可以扩书生之见闻。"法式善以儒家之"道"作为"言有物"之根本。《伊墨卿诗集序》中作者总结伊秉绶在不同时期，诗作风格有别，如从幽洁到绵密再到峭厉，但不变的是"道"。可见"道"是诗文作者一生中恒定不变之物，所谓"大抵少作多幽洁之篇，官西曹多绵密之作，守粤多峭厉之辞。溯源于温柔敦厚，托意于忠孝节廉，境屡变，诗境亦与之屡变，而有不与之俱变者，所谓道也"。

　　法式善认为"言之有物"的另一方面是"学问与性情"并重。《鲍鸿起野云集序》中指出："诗之为道也，从性灵出者，不深之以学问，则其失也纤俗；从学问出者，不本之以性情，则其失也庞杂。兼其得而无其失，甚矣其难也。"《香雪山庄诗集序》也指出："诗有经指授始工者，学问为之也。诗有不经指授即工者，性情为之也。"

（四）辩证对待制艺文创作

　　制艺文是八股文的别称，是明清科举考试文体之一，作为朝廷法定之考试体制而得名。八股文题均取自"四书""五经"，考试范围的题目均出自"四书"，也称为"四书文"，"股"为排偶之义，中间必有八排文字，互为骈对，内容杜绝自由发挥，必须以古人所言为圃，句式长短、文辞繁简、声调高低等也都要相对成文，字数也有严格限制。清初，八股文之外，尚且还考一些论表判诂，但后来取消了。八股文是明清科举考试的主要文体，因其要求一致，格式内容固定，便于"衡文"，在一定程度上体现了选拔的公正

---

① （清）法式善. 存素堂文集 [M]. 清嘉庆十二年刻增修本：卷二.

性。但由于清代士子专修"五经"之一经,考题经多年积累,可供考生参考者居多,加之文字狱的威慑,为避免触祸,大都在既定成题中徘徊,少独出心裁者。这样,久而久之,八股取士呈现出一种明显的简单化趋向。如《八股应试教育:清代书院改革的主要指向》一文指出"八股文内容空疏,可以看作一种文字游戏,虚耗了无数士子的心血和光阴,因此它越是淋漓尽致地发挥其测验选拔功用,也就越是浪费士子们的才思"。在法式善的年代甚至更早以前,也有很多人抨击制艺文,如黄宗羲的创作等。他们认为科举考试重头场,头场虽需作出七篇文章,但其余六篇皆为衍文,这种写作无法全面考查应试士子的水平。不仅如此,为获取功名利禄,天下士子多走捷径,选取技巧读本、程墨文选、社稿、名家文选等范本加以熟读背诵,速成,一旦中举,即束书不观,与国家最初的人才培养方案相违。再如桐城派先驱戴名世,更是在自己的赠序文中不遗余力地批判科举及制艺文。如《甲戌房书序》言"自科举取士而有所谓时文之说,于是乎古文乃亡",桐城派其他古文家也多是鄙夷打压科举制艺文的。

但我们必须结合时代特征来考量八股文,它与清代散文是无法撇开联系的,一切求仕的清代士子,从小就是"家家程朱学,户户八股文",写得一手八股文,否则不可能出仕。有些人为了提高八股文的写作水平,以期在大考中脱颖而出,自然地便会潜心研究古文创作,以古文为时文,直接结果就是古文带有八股文韵味,八股中又渗透着古文作法。因此,研究清代散文,不可能撇开八股文来谈,二者或深或浅或多或少发生着各种关系。陈用光《太乙舟文集》(卷六)为法式善作《存素堂制艺序》时,将时文与诗、古文对比,指出了时人不重视时文的现象:"今世之言学问者,大率以诗古文自喜。至于时文,则薄而不为。"除此之外,法式善一分为二地评价了时文创作,而且认为有些时文是可以和诗、古文同等对待的:"制举业若能深观乎文事,而必其文与行相称,始能为自得之言,则体虽时文制举业也,而可以谓之经义。经义者,固古文之一体也。"这一分为二的观点都和法式善制艺文创作观有着相通之处。

在《存素堂文集》《存素堂文续集》中,法式善认为制艺文并不是全都毫无文学性,是有可观赏性的,他既能认清制艺文实质,又想方设法改善制艺文创作。他曾组织汇编过《同馆试律汇钞序》《同馆赋钞》《成均课士录序》等,收录科馆诸君子课艺文章,注重对课试之文的保护,为即将步入科举之途的读书人提供便利,可谓用心良苦。他在《同馆试律汇钞序》中以一种变化发展的眼光看待制艺文,认为它不是一成不变的,虽然世代相传,但却自具特色,"譬之山川出云,百卉春生,往者已故,而来者方新。其迹未尝相袭,而其机则各自具也。……班生不云乎,扬洪辉、播芳烈,久而愈新,用而不竭"①。

当然,法式善也很清楚制艺文弊端丛生、问题严重,《吴蕉衫制艺序》里作者就写道:

> 今操觚之士,莫不为时文。然于四子六籍不必穷其奥,于百家九流不必涉其藩,于古今盛衰升降之原,不必旁通而博览。取一二科场之作,剽其字句,谐其声音,欣欣然以为得其道,无惑乎时文之日敝也。②

认为写时文之人固然不在少数,但不得要领,时文日益凋敝。不理解"四书""五经"之奥秘,百家学说之精髓,不会旁通博览,只会剽章窃句。接下来,文中探讨应该如何写好制艺文:

> 余学为时文三十年,官太学前后七八载,与生徒相砥砺,久而益觉其难。何则?代圣贤立言,必敛抑其意气,和平其心思。及夫体验微至,发抒自然,使人读之,如接古人于千载之上。斯乃足以刊浮华,阐道术,而厌饫乎人心也。③

法式善讲到几个关键做法,即敛抑意气,平和心思,体验生活,自然抒发。文章最后表达了自己对时文的重视态度:"爰序之,以谂夫世之易视时文者。"

《曹景堂制艺序》中还描述了很多人一直不重视制艺文,认为其没有可留存后世之必要。但法式善却认为制艺文如果"工",一样会达到艺术美:

> 夫应科目之文,唐之韩子曰"俗下",宋之欧阳子曰"顺时"。于是

---

① (清)法式善. 存素堂文集 [M]. 清嘉庆十二年刻增修本: 卷一.
② (清)法式善. 存素堂文集 [M]. 清嘉庆十二年刻增修本: 卷三.
③ (清)法式善. 存素堂文集 [M]. 清嘉庆十二年刻增修本: 卷三.

好学能文之士，类以试作为无一可存者。然苏氏兄弟少年诸文，固多试作也。文苟工矣，虽应试，曷足病乎？①

王芑孙肯定了法式善不从俗流，没有轻视制艺文，而是为其写序文，认为这种做法也可以达到立言不朽之目的：

  时文序入集，诚自可厌。近流中颇有言时文序不必作、不必存者。其陈义虽高，然此一物者，亦已萃四五百年人精神、材力于其中。且有甘心不第以名其业，而槁项以死者，岂能无作，又乌得无存乎？但语有可存则存之矣。②

法式善还运用联系发展的眼光，在更广阔的视野中去看待制艺文创作，如在《成均学选录序》中谈到了制艺文与古文的关系，非常值得注意：

  敬维乙卯春，儤直西园，蒙恩召见，谕太学造士之法，制义仅帖括之一端，宜进以诗、古文词，庶几窥见古作者堂奥。且制义不从古文中出，则气不盛，笔不遒，即制义亦必不工。大哉圣言！诚万世为学者之标准也。③

认为源自古文创作的制艺文，则气盛言宜，文以载道。当然，这种说法并非法式善首创，在清代，"以古文之法入时文"最著名的流派是桐城派。桐城派发端于清康熙年间，衰微于清末民初，全程与清王朝的推尊程朱国策相一致。桐城派试图提升作为科举文体的时文品格；同时又以时文的格式来影响古文的写作，对古文的结构、声调、开阖、首尾等方面加以整饬。这与其一直以来倡导的"言有物""言有序"的宗旨一致。乾隆帝在位时，方苞曾奉旨编选《钦定四书文》，也因此使桐城派到达巅峰。法式善当是受此影响，有了上述阐述。

---

① （清）法式善. 存素堂文集［M］. 清嘉庆十二年刻增修本：卷三.
② （清）法式善. 存素堂文集［M］. 清嘉庆十二年刻增修本：卷三.
③ （清）法式善. 存素堂文集［M］. 清嘉庆十二年刻增修本：卷二.

(五) 重视《文选》

《文选》被誉为"文章之奥府，学术之渊薮"，是我国现存最早也是最有影响力的诗文集之一。萧统《文选序》中曾评价其"自姬、汉以来，眇焉悠邈，时更七代，数逾千祀。词人才子，则名溢于缥囊；飞文染翰，则卷盈乎缃帙。自非略其芜秽，集其清英，盖欲兼功，太半难矣"，认为，从周、汉以来，历经七朝，跨越千年，这期间的词人才子数不胜数，才思敏捷，铺纸挥毫，文章多得充满书套。此时，如果去其糟粕，取其精华，未来学子期望事半功倍，几乎是不可能的。这部文集因此对后世影响非常之大。杜甫《宗武生日》诗中曾有"熟精《文选》理"的句子。陆游《老学庵笔记》卷八言："国初尚《文选》，当时文人专意此书……士子至为之语曰：'《文选》烂，秀才半。'"后来对《文选》作注的人比较著名的有曹宪、李善等。清人对于李善的选注评价很高，如《轩语·语学·读古人文集》云："读《昭明文选》宜看注，李善注最精博，所引多古书，不独多记典故，于考订经史小学，皆可取资，不知选注之用者，不得为选学。"选学在清代呈"中兴"之势，到达继唐之后的第二次研究高潮。此时的选学人员众多，队伍庞大，著述宏博。张之洞《书目问答》附录二中《国朝著述诸家姓名略总目》列有清一代著述家，专设"文选学家"一类，谓"国朝汉学、小学、骈文家皆深选学"，后列举著述家共计十五家。

法式善受时代影响，对于《文选》极其重视，《成均学选录序》曾言：

> 昔梁昭明甄错历代之文，谓之《文选学》，少陵诗云："续儿诵《文选》。"又训其子云："熟精《文选》理。"宋景文自言手钞文选三过。选学之见重于前代如此。我朝恢张文治，尊崇儒术，凡试新进士以诏疏论诗，试庶吉士以赋诗，试翰林以赋疏诗。其体制皆备于选，高文典册于是乎取之。[①]

但是，法式善对于《文选》的关注，主要集中于《文选》在士子们考诗赋时的重要参考作用，而不是清代《文选》热潮中大家普遍运用的朴学方法，注重考证详细。胡大雷曾在《〈昭明文选〉教程》中提出，就《文选》

[①] （清）法式善. 存素堂文集 [M]. 清嘉庆十二年刻增修本：卷二.

著述的内容和方式来看,"有考订,有纪闻,有校勘考异,有补助补正,有集释,有扣音,有古字疏证,有评论,有文法,有摘辞等,形式多样,不一而足",法式善主要论述的是研究《文选》的文法和摘辞(辞法)对士人通过朝考后,一步步升迁的重要作用,主要还是在文学范畴内重视《文选》。

(六)看好金石学

乾嘉时期朴学达到全盛,朴学亦成为考据学,是一门包括校勘、辨伪、搜补史料、训诂文字的专门性学问。乾嘉学派就是清代朴学的主流学派,以惠栋、段玉裁、戴震、王念孙、王引之等人为代表。金石学作为朴学的分支,最初作为考证经史的辅助手段,后发展成专门学问。清代金石学大致可分前、中、后三期。其中,法式善生活的年代,金石学代表人物有翁方纲、钱大昕、毕沅、孙星衍、王昶等,这些人都是法式善好友,不难想象,法式善对于金石文字的兴趣和这些友人应该是有一定关联的。

《存素堂印簿序》一文中,法式善从印章的翻阅回忆往昔友情,就曾说明自己本无意致力于金石篆刻,但受四方朋友影响,逐渐积累了诸多印章,共有144枚,并开始有所研究,而且认为见章如见人,以此留存住作者与友人之间的深情:

> 余见闻寡陋又无力致古金石篆刻,而喜与一代贤豪游。以是四方士来京师多就余诗龛,谈艺间有工篆刻者出其所长以赠。积久渐多,爰仿俭堂印式分类排编,得白文七十一,朱文七十三,各疏作者姓名于楮尾,偶一展阅,觉指腕所到性情皆见。而死生离合之感,又于是深焉矣。然则文章翰墨之外,欲以见我友之精神者,此册固不可废也。①

法式善还曾为赵绍祖《金石文钞》作序,序文中法式善表达了金石文字不仅对小学有益,而且有益于考证,备读史者览阅:

> 盖世所重于金石文字者,非独以其有益于小学也。史家记载所未及详,或其沿传闻之误者,博学之士每资以为考正,虽不必其皆当然其当者。往往有之故。余尝谓金石文字足以备读史者之采择,此其功较专论

---

① (清)法式善.存素堂文集[M].清嘉庆十二年刻增修本:卷二.

小学者为更大也。……余考其意，殆不仅仅重夫书体文义者。夫以千载以下之人论千载以上之事，匪载籍奚以传信。而沿讹踵谬之既久，又不敢无所凭据，逞胸臆以直断其是非，则欲取诸当时闻见之所详。惟金石征实为可信焉。今就赵君所述，有裨于史传者常多志乘所未录。由是推之天下之大山川之阻深，其沉淹而剥蚀者，可胜道哉！①

可见他非常看重金石文字的"历史补正"功能，即其文献学意义。

此外，法式善本人也是当时著名的"学人"，他的著述极多，如《陶庐杂录》《清秘述闻》等，且曾在史馆编纂有《皇朝文颖》《全唐文》等。法式善对于金石文字的重视，主要来源于他独特的美学思想——万事万物皆是诗，自然也包括金石文字。如清代诗人书画家钱泳曾在"诗龛图"第一卷前记中引法式善语："余尤癖嗜诗，遂榜余所居曰诗龛，夫盈天地间皆诗也，发于心，触于境，鸟兽之吟号，花叶之开落，云霞之变灭，金石之考击，无一非诗。"正如姚鼐在《与陈硕士》一文中所言："以考证累其文，则是弊耳；以考证助文之境，正有佳处。"

除考证金石文字，法式善在序体散文中也会对一些考证类文集进行评述，但整体的观点是博稽掌故可以，但不可以夸大其实，如《使琉球日记序》中称赞李鼎元前辈不扬诩、严谨考证的个性：

> 墨庄廉于取而勤于学，严以持己，和以接物，人乐与之游，周爱咨询，咸得其实。故其著为此书也，岁时山川，习俗之详，莫不有所根据。事以日系，言以人稽。视宋赵汝适《诸蕃志》、元汪大渊《岛夷志略》为尤核，与邵詹事远平《元史类编》记琉球事，有可参观者。②

当然也不可以过度引证，如他在《北海郑君年谱序》里说"……又非仅以一名一物之辨夸淹博也"，就清晰地表达了自己的立场。

从以上的分析，我们可以得出这样的结论：他的散文是主张学古的，但是并不褊狭。在他的散文中的确能看到前人大家的影子，他也毫不讳言对前

---

① （清）法式善．存素堂文集［M］．清嘉庆十二年刻增修本：卷二．
② （清）法式善．存素堂文集［M］．清嘉庆十二年刻增修本：卷一．

人的崇拜。他所在的时代也整体呈现这个特点,刊刻前人文集,编印大量前朝古文选本、读本,加评点、批注,广泛学习,《古文观止》《古文辞类纂》《骈体文钞》全都广为流传,影响颇广。但法式善从未将自己的学习模仿局限在某一位大家身上,他兴趣广泛,饶有兴致地吸取各家之长,在这一点上,用其好友袁枚的一句话来概括,那是再合适不过了:"文学韩,诗学杜,犹之游山者必登岱,观水者必观海也,然使游山观水之人,终身抱一岱一海以自足,而不复知有匡庐、武夷之奇,潇湘、镜湖之妙,则亦不过泰山上一樵夫,海船中一舵工而已矣。"(《与稚存论诗书》)

总体来说,法式善是崇仰唐宋文一脉的一员大将,因此散文总体风格呈虚实相生,刚柔相济,正所谓"韩、柳氏,振唐者也,其文实;欧、苏氏,振宋者也,其文虚"[①]。正如《四库全书提要》评价法式善散文:"所文古文辞,字里行间,时露书卷之气,不必绳以宗派家数,亦无愧古文家之正法眼矣。……用意忠厚,文亦斐然,加以考辨古今,托情深远,使人读之有风流佳胜之慕,宜其才望之宏,卓然为当时之冠",且学人的身份又使法式善将博闻强识、博综才华的特色在文中体现得淋漓尽致。

---

① 王世贞. 艺苑卮言校注 [M]. 罗仲鼎,校注. 济南:齐鲁书社,1992:102.

结　语

　　法式善是清代著名作家，诗文创作俱丰。作为卓有建树的一代散文家，法式善一生为我们留下了大量的优秀散文作品，奠定了他在中国古代散文发展史上较为重要的地位，对后世也有较大的影响。法式善虽然是一位少数民族作家，但他一生坚持用汉文写作，在散文创作领域，能够取得如此突出的成就，世罕其匹，难能可贵。何况法式善的散文创作，不仅在少数民族作家中成就是卓越的，即便是在整个清代散文家中也是为世人瞩目的。因此，全面、系统而深入地研究法式善的散文创作，确立法式善在中国散文史上的应有地位，这无疑是一件非常有意义的事情。

　　法式善的散文具有较为进步而深刻的思想内涵。法式善追慕顾炎武，景仰李东阳，他的散文贯穿着儒家"经世致用"思想，坚持廉政爱民，推崇才德兼备，具有进步的人才观，在思想上富于独创性，对历史上很多重要事件和著名人物，发表过与众不同的看法，见解新人耳目，发人深省，体现出了鲜明而强烈的思辨特点。读法式善的散文，常常能够从中获得思想的启迪、精神的震撼、心灵的感召、情操的陶冶，让人为之赞叹不已。

　　法式善的散文不仅数量众多，题材广泛，而且体裁丰富，形式多样。人们在评价杜甫的诗歌成就时，曾公认杜诗众体具备，众体皆工，而读法式善的散文，我们似乎也有同样的感觉。法式善不仅熟悉各种散文体裁，而且能够非常娴熟地驾驭各种散文体裁，无论哪种体裁他都有创作，都有精品。法式善最擅长的是论体散文、序体散文、跋体散文和记体散文。法式善在这四类散文创作中，取得的成就尤为卓著。特别是法式善的论体散文，思想鲜明，见解深刻，论证严密，布局宏阔，语言精警，为后人所喜闻乐见，堪称中国古代论说文之典范，为后人推重。

　　法式善的散文富于文化色彩，在文献传播方面具有重要意义。读法式善的散文作品，不仅可以接受作品中的很多进步思想，而且还可以从作品中获得很多文化知识。法式善的散文保存有很多文化学术史料，诸如书籍的版本校勘、刊刻印刷、文献目录、历史掌故。

　　法式善散文取得如此巨大的思想艺术成就，自有其多方面深刻的原因。他生活的清代乾嘉时期是朴学鼎盛时期，当时的文化氛围浓厚，学术蓬勃发展对于散文创作有着一定的"消极解构""逆向阻碍"[1]影响，但法式善不但没有放弃文学创作，而且在散文创作上取得辉煌成就。他的一生基本都在从事文化文献方面的工作，尤其参加过《四库全书》的整理编校，这便为他的散文写作提供了极为丰富的思想文化养料。法式善的散文富于文化文献价值，便与此密切相关。除此之外，法式善善于吸收中国古代优秀传统文化的精华，善于向中国古代优秀作家作品学习，尤其在散文创作上，法式善努力学习"唐宋八大家"和明代归有光等，特别是学习韩愈、柳宗元、欧阳修和苏轼的散文创作，从他们的作品中吸取精华养料，转益多师，熔铸百家，然后自成一体。中国古代作家讲究"道义并重"，既要有创作实践，又要有理论建树，实践丰富理论，理论指导实践，理论与实践，相互促进，相辅相成。法式善也是如此。他具有较高的文学理论修养，有自己鲜明的文学主张。这些文学思想对他的散文创作，都有着非常重要的影响。

　　法式善以其丰富而高质量的散文创作，卓然自立于中国散文史上，永远闪烁着不灭的耀眼光芒。

---

[1] 吕双伟. 清代骈文理论研究［D］. 杭州：浙江大学，2006.

参考文献

一、著作

[1] 法式善. 存素堂文集 [M]. 清嘉庆十二年刻增修本.

[2] 法式善. 存素堂诗初集录存 [M]. 湖北德安王墉刻, 1807.

[3] 法式善. 存素堂诗二集 [M]. 湖北德安王墉刻, 1812.

[4] 法式善. 存素堂诗续集 [M]. 湖北德安王墉刻, 1812.

[5] 法式善. 存素堂诗稿 [M]. 湖北德安王墉刻, 1812.

[6] 法式善. 朋旧及见录 [M]. 清末抄本.

[7] 法式善. 槐厅载笔 [M]. 清嘉庆刻本.

[8] 法式善. 清秘述闻三种 [M]. 北京: 中华书局, 1997.

[9] 法式善. 陶庐杂录 [M]. 北京: 中华书局, 1997.

[10] 王芑孙. 渊雅堂全集 [M]. 清嘉庆刻本.

[11] 吴锡麟. 有正味斋集 [M]. 嘉庆十三年刻本.

[12] 杨芳灿. 芙蓉山馆全集 [M]. 清光绪活字印本.

[13] 陈用光. 太乙舟诗集 [M]. 清咸丰刻本.

[14] 陈用光. 太乙舟文集 [M]. 清道光刻本.

[15] 王昙. 烟霞万古楼诗选 [M]. 清咸丰元年刻本.

[16] 孙原湘. 天真阁集 [M]. 清嘉庆刻本.

[17] 潘衍铜. 两浙輶轩续录 [M]. 清光绪刻本.

[18] 黄景仁. 两当轩集 [M]. 清光绪刻本.

[19] 铁保. 熙朝雅颂集 [M]. 清光绪刻本.

[20] 洪亮吉. 洪亮吉集 [M]. 清咸丰八年刻本.

[21] 张寅彭. 强迪艺·梧门诗话合校 [M]. 清咸丰刻本.

[22] 袁枚. 随园诗话 [M]. 清道光刻本.

[23] 冯敏昌. 冯敏昌集 [M]. 清道光刻本.

[24] 钱林. 文献征存录 [M]. 清咸丰八年刻本.

[25] 李元度. 国朝先正事略 [M]. 清同治刻本.

[26] 王昶. 湖海诗传 [M]. 清嘉庆刻本.

[27] 徐世昌. 晚晴簃诗汇 [M]. 清道光刻本.

[28] 震钧. 天尺偶闻 [M]. 清光绪刻本.

[29] 刘宝强. 清代文体述略 [M]. 成都：电子科技大学出版社，2018.

[30] 葛晓音. 唐宋八大家：古代散文的典范 [M]. 北京：北京出版社，2018.

[31] 郭英德. 中国古代散文研究文献论丛 [M]. 北京：商务印书馆，2016.

[32] 白淑春. 中国藏书家缀补录 [M]. 银川：宁夏人民出版社，2016.

[33] 杜家骥. 清朝满蒙联姻研究 [M]. 北京：人民出版社，2015.

[34] 李贞慧. 历史叙事与宋代散文研究 [M]. 北京：中国社会科学出版社，2015.

[35] 云峰. 民族文化交融与文学研究论稿 [M]. 北京：中央民族大学出版社，2015.

[36] 成崇德. 清代边疆民族研究 [M]. 北京：故宫出版社，2015.

[37] 王水照，侯体健. 中国古代文章学的演化与异形 [M]. 上海：复旦大学出版社，2014.

[38] 丁晓原. 媒体生态与现代散文 [M]. 上海：上海三联书店，2014.

[39] 陈平原. 中国散文小说史 [M]. 上海：上海人民出版社，2014.

[40] 多洛肯. 元明清少数民族汉语创作诗文叙录（清代卷）[M]. 北京：中国社会科学出版社，2014.

[41] 李浩. 中国古代文学研究方法导论 [M]. 北京：高等教育出版社，2013.

[42] 黑龙. 满蒙关系史论考 [M]. 北京：民族出版社，2013.

[43] 渠晓云. 魏晋散文研究 [M]. 北京：中国社会科学出版社, 2013.

[44] 谢飘云, 马茂军, 刘涛. 中国古代散文研究论丛（2012）[M]. 广州：世界图书出版广东有限公司, 2013.

[45] 陈桂云. 清代桐城派古文之研究（上）[M]. 新北：花木兰文化出版社, 2013.

[46] 陈桂云. 清代桐城派古文之研究（下）[M]. 新北：花木兰文化出版社, 2013.

[47] 范中华. 银阙悠悠：王朝的北京 [M]. 长沙：湖南人民出版社, 2013.

[48] 杨昊鸥. 中国古代散文名篇导读 [M]. 广州：暨南大学出版社, 2013.

[49] 李浩. 中国古代文学研究方法导论 [M]. 北京：高等教育出版社, 2013.

[50] 康震. 中国散文通史（隋唐五代卷）[M]. 合肥：安徽教育出版社, 2012.

[51] 陈惠琴, 莎日娜, 李小龙. 中国散文通史（清代卷）[M]. 合肥：安徽教育出版社, 2012.

[52] 王水照, 朱刚. 中国古代文章学的成立与展开——中国古代文章学论集 [M]. 上海：复旦大学出版社, 2011.

[53] 颜建华. 清代乾嘉骈文研究 [M]. 北京：光明日报出版社, 2011.

[54] 陈桐生. 七十子后学散文研究 [M]. 广州：暨南大学出版社, 2011.

[55] 陈庆元. 中国散文研究：中国古代散文国际学术研讨会论文集 [M]. 南京：凤凰出版社, 2011.

[56] 张炯, 邓绍基, 郎樱. 中国文学通史 [M]. 南京：江苏文艺出版社, 2011.

[57] 傅璇琮, 蒋寅. 中国古代文学通论（清代卷）[M]. 沈阳：辽宁人民出版社, 2010.

[58] 江庆柏. 孙星衍评传 [M]. 南京：江苏人民出版社, 2010.

[59] 眭骏. 王芑孙年谱 [M]. 上海: 华东师范大学出版社, 2010.

[60] 周振甫. 古代散文十五讲 [M]. 重庆: 重庆大学出版社, 2010.

[61] 曹道巴特尔. 蒙汉历史接触与蒙古语言文化变迁 [M]. 沈阳: 辽宁民族出版社, 2010.

[62] 蒋寅. 清代文学论稿 [M]. 南京: 凤凰出版社, 2009.

[63] 江桥. 清代满蒙汉文词语音义对照手册 [M]. 北京: 中华书局, 2009.

[64] 陈宝千. 清代思想史 [M]. 上海: 华东师范大学出版社, 2009.

[65] 米彦青. 清中期蒙古族诗人汉文创作唐诗接受史 [M]. 呼和浩特: 内蒙古教育出版社, 2009.

[66] 高起学. 道家哲学与古代文学理论 [M]. 北京: 中国社会科学出版社, 2009.

[67] 黄保真, 蔡钟翔, 成复旺. 中国文学理论史 (四) [M]. 北京: 中国人民大学出版社, 2009.

[68] 王连弟. 中国古代散文赏析 [M]. 福州: 海风出版社, 2009.

[69] 陈洪, 张峰屹, 卢盛江. 中国古代文学理论读本 [M]. 天津: 南开大学出版社, 2009.

[70] 李明军. 文统与政统之间: 康雍乾时期的文化政策和文学精神 [M]. 济南: 齐鲁书社, 2008.

[71] 朱丽霞. 明清之交文人游幕与文学生态 [M]. 上海: 上海古籍出版社, 2008.

[72] 潘洪钢. 细说清人社会生活 [M]. 北京: 中国社会科学出版社, 2008.

[73] 张佳生. 八旗十论 [M]. 沈阳: 辽宁民族出版社, 2008.

[74] 章培恒, 骆玉明. 中国文学史新著 [M]. 上海: 复旦大学出版社, 2007.

[75] 江庆柏. 清朝进士题名录 [M]. 北京: 中华书局, 2007.

[76] 王达敏. 姚鼐与乾嘉学派 [M]. 北京: 学苑出版社, 2007.

[77] 冯仲平. 中国文学史的理论维度 [M]. 桂林: 广西师范大学出版社, 2007.

[78] 李润强. 清代进士群体与学术文化 [M]. 北京: 中国社会科学出

版社，2007.

[79] 梁启超．清代学术概论［M］．北京：中国书籍出版社，2006.

[80] 宏伟．梧门诗话研究［M］．沈阳：辽宁民族出版社，2006.

[81] 徐中玉，郭豫适．中国文论的常与变：古代文学理论研究［M］．上海：华东师范大学出版社，2006.

[82] 陈文新．中国文学编年史（清前中期卷）［M］．长沙：湖南人民出版社，2006.

[83] 黄霖．20世纪中国古代文学研究史［M］．上海：东方出版中心，2006.

[84] 葛兆光．中国思想史［M］．上海：复旦大学出版社，2005.

[85] 李世愉．清代科举制度考辨［M］．沈阳：沈阳出版社，2005.

[86] 尚小明．清代士人游幕表［M］．北京：中华书局，2005.

[87] 江庆柏．清代人物生卒年表［M］．北京：人民文学出版社，2005.

[88] 周振甫．中国文章学史［M］．南京：江苏教育出版社，2005.

[89] 朗樱，扎拉嘎．中国各民族文学关系研究［M］．贵阳：贵州人民出版社，2005.

[90] 陈飞．中国古代散文研究［M］．福州：福建人民出版社，2005.

[91] 陈平原．从文人之文到学者之文［M］．北京：生活·读书·新知三联书店，2004.

[92] 张舜徽．清人笔记条辨［M］．武汉：华中师范大学出版社，2004.

[93] 梁启超．中国近三百年学术史［M］．天津：天津古籍出版社，2004.

[94] 陈洪，卢盛江．中国古代文学理论读本［M］．天津：南开大学出版社，2004.

[95] 彭书麟，于乃昌．中国少数民族文艺理论集成［M］．北京：北京大学出版社，2005.

[96] 续修四库全书本总目录·索引［M］．上海：上海古籍出版社，2003.

[97] 陈乃乾．清代碑传文通检［M］．影印本．北京：北京图书馆出版

社，2003．

[98] 王英志．袁枚评传［M］．南京：南京大学出版社，2002．

[99] 马积高．清代学术思想的变迁与文学［M］．长沙：湖南人民出版社，2002．

[100] 陈祖武．清人学术拾零［M］．长沙：湖南人民出版社，2002．

[101] 白·特木尔巴根．古代蒙古作家汉文创作考［M］．呼和浩特：内蒙古教育出版社，2002．

[102] 张伯伟．中国古代文学批评方法研究［M］．北京：中华书局，2002．

[103] 杨怀志，潘忠荣．清代文坛盟主桐城派［M］．合肥：安徽人民出版社，2002．

[104] 张燕瑾，吕薇芬．20世纪中国文学研究·清代文学研究［M］．北京：北京出版社，2001．

[105] 王运熙，顾易生．中国文学批评史新编［M］．上海：复旦大学出版社，2001．

[106] 韩进廉．无奈的追寻：清代文人心理透视［M］．保定：河北大学出版社，2001．

[107] 柯愈春．清人诗文集总目提要［M］．北京：北京古籍出版社，2001．

[108] 孙以昭，陶新明．中国古代散文研究［M］．合肥：安徽大学出版社，2001．

[109] 陈居渊．清代朴学与中国文学［M］．南昌：百花洲文艺出版社，2000．

[110] 荣苏赫，赵永铣．蒙古族文学史［M］．呼和浩特：内蒙古人民出版社，2000．

[111] 李灵年，杨忠，陆林．清人别集总目［M］．合肥：安徽教育出版社，2000

[112] 云峰．蒙汉文学关系史［M］．乌鲁木齐：新疆人民出版社，1997．

[113] 满都夫．蒙古族美学史［M］．沈阳：辽宁民族出版社，1997．

[114] 策·达木丁苏隆．蒙古秘史［M］．北京：中华书局，1957．

[115] 王运熙, 顾易生. 中国文学批评通史——清代卷 [M]. 上海: 上海古籍出版社, 1996.

[116] 钱仲联. 中国文学家大辞典 (清代卷) [M]. 北京: 中华书局, 1996.

[117] 梁庭望, 潘春见. 少数民族文学 [M]. 上海: 上海古籍出版社, 1996.

[118] 徐安怀. 中国古代散文研究 [M]. 成都: 电子科技大学出版社, 1996.

[119] 邬国平, 王镇远. 清代文学批评史 [M]. 上海: 上海古籍出版社, 1995.

[120] 陈金陵. 洪亮吉评传 [M]. 北京: 中国人民大学出版社, 1995.

[121] 云峰. 蒙汉文化交流侧面观 [M]. 天津: 天津古籍出版社, 1992.

[122] 杨星映. 中国古代文学理论批评纲要 [M]. 重庆: 重庆大学出版社, 1991.

[123] 赵相璧. 历代蒙古族作家述略 [M]. 呼和浩特: 内蒙古人民出版社, 1990.

[124] 卢明辉. 清代蒙古史 [M]. 天津: 天津古籍出版社, 1990.

[125] 张炯, 邓绍基, 樊骏. 中华文学通史 (清代文学) [M]. 北京: 华艺出版社, 1990.

[126] 邓承奇. 中国古代文学理论导引 [M]. 长春: 东北师范大学出版社, 1989.

[127] 赵盛德. 中国古代文学理论名著探索 [M]. 桂林: 广西师范大学出版社, 1989.

[128] 徐中玉. 古代文学理论研究 [M]. 上海: 上海古籍出版社, 1987.

[129] 周倜. 中国历代书法家名人墨迹 (上册) [M]. 北京: 中国展览出版社, 1987.

[130] 王德昭. 清代科举制度研究 [M]. 北京: 中华书局, 1984.

[131] 王叔磐. 古代蒙古族汉文诗选 [M]. 孙玉溱, 选注. 呼和浩特: 内蒙古人民出版社, 1984.

[132]卢明军.北方民族关系史论丛(第一辑)[M].呼和浩特:内蒙古人民出版社,1984.

[133]钱仲联.梦苕庵清代文学论集[M].济南:齐鲁书社,1983.

[134]齐木道吉,梁一孺,赵永铣.蒙古族文学简史[M].呼和浩特:内蒙古人民出版社,1981.

[135]杨秉祺.古代散文体裁浅论[M].呼和浩特:内蒙古人民出版社,1980.

[136]张舜徽.清人文集别录[M].北京:中华书局,1963.

二、期刊及论文集文章

[1]陈健炜.嘉庆年间京师古文交流与评点研究——以法式善《存素堂文集》廿九家评语为中心[J].北京社会科学,2021(1).

[2]许珂.乾嘉时期京师的士人延誉机制与画坛新变——以翁方纲、法式善为中心的考察[J].文艺研究,2021(1).

[3]郗韬.论法式善的诗坛领袖地位及其形成[J].宜春学院学报,2020(7).

[4]黄义枢.清代的"名贤生日祭"雅集[J].文学史话,2020(5).

[5]韩丽霞.论清代北方诗派在中国诗歌史上的地位和价值[J].满族研究,2020(2).

[6]李淑岩.法式善"宗陶"趣尚与乾嘉士林的隐逸之风[J].民族文学研究,2020(1).

[7]王文欣.陈邦彦与《全唐文》初稿进呈考析[J].历史档案,2020(2).

[8]蔡义江.辛弃疾《美芹十论》作年考辨[J].杭州大学学报(哲学社会科学版),1979(3).

[9]许珂.父子、师友与夫妻:法式善《桂馨图》及其题跋中的多重隐喻与人际网络[J].艺术工作,2020(4).

[10]魏永贵.多元文化视野下的古代北方民族文学研究述评[J].内蒙古民族大学学报(社会科学版),2020(5).

[11]秦玮.论王禹偁赠序文之情怀与美感[J].黄河科技学院学报,

2019（1）．

［12］周于飞．大数据视野下的清诗总集研究思考［J］．玉林师范学院学报，2019（3）．

［13］刘文龙．角度与路径：《清代家集叙录》与清代文学研究［J］．华中学术，2018（12）．

［14］于景祥．《八旗文经》四题［J］．内蒙古民族大学学报（社会科学版），2018（5）．

［15］王永林．人物传记类文本的教学价值与策略探究［J］．江苏教育研究，2018（5）．

［16］刘珺珺．论唐宋记体文的意义演进——以营造记为中心［J］．南京大学学报（哲学·人文科学·社会科学），2018（2）．

［17］查洪德，李雪．论元代传记类文章的传奇性［J］．复旦学报（社会科学版），2018（1）．

［18］粮志艳．从"雅洁"到"雅健"：桐城文风流变与清代文学生态［J］．广州大学学报（社会科学版），2018（6）．

［19］冉耀斌．清代无锡诗人杨芳灿陇右诗歌创作［J］．甘肃广播电视大学学报，2017（2）．

［20］赵运涛．先秦"记"体文的生成方式研究［J］．古籍整理研究学刊，2017（2）．

［21］杨向奎．行状对墓志文创作的影响［J］．河南师范大学学报（哲学社会科学版），2017（5）．

［22］李胜垒．从《宋论》看王夫之的治国思想［J］．汉字文化，2017（10）．

［23］辜也平．论中国现代传记文学理论建构之流脉［J］．山东师范大学学报（人文社会科学版），2016（6）．

［24］王嘉乐．清代传记制作与人物评价——以黄恩彤各类传记为中心的思考［J］．人文论丛，2016（1）．

［25］李淑岩．法式善与铁保交游考论［J］．明清文学与文献，（第七辑），2018．

［26］徐文雷．清代传记文学研究综述［J］．扬州教育学院学报，2016（1）．

[27] 卿磊. 八股制艺与乾嘉文章正宗之争 [J]. 中华文化论坛, 2016 (10).

[28] 王双梅. 游历之风与元上都文学活动中心的形成 [J]. 前沿, 2016 (12).

[29] 杨佳鑫. 私家传记与《宋史》列传关系考辨——以行状为中心 [J]. 河南大学学报（社会科学版）, 2016 (2).

[30] 叶宪允. 清代苏州金氏文化世家女性诗人生平著述 [J]. 古籍整理研究学刊, 2015 (6).

[31] 孟晖. 论人物传记与"传记体小说"的区别 [J]. 运城学院学报, 2015 (2).

[32] 赫亚光. 古代人物传记中对传主的表述省略与转换 [J]. 现代语文, 2015 (5).

[33] 刘青山. 法式善与"西涯" [J]. 民族文学研究, 2015 (2).

[34] 韩春萌. 传记文学的表现范式与创作反思 [J]. 江西社会科学, 2015 (5).

[35] 杨勇军. 法式善尊崇李东阳考 [J]. 海南大学学报（人文社会科学版）, 2015 (2).

[36] 蒋寅. 文人传记研究与清代文学研究的拓展 [J]. 求索, 2015 (6).

[37] 李淑岩. 法式善题画诗与京师文士生活趣尚 [J]. 文艺评论, 2015 (8).

[38] 袁莹莹. 近十年来蒙古族诗人法式善研究综述 [J]. 现代语文, 2015 (8).

[39] 朱丽华. 李秀敏博士《晚唐小品研究》一书简评 [J]. 山西师大学报（社会科学版）, 2015 (42).

[40] 韩丽霞. 论宗室诗人高塞诗歌中的达观与苦闷 [J]. 语文学刊, 2015 (7).

[41] 刘和文, 李媛. 法式善《同馆试律汇抄》与清人试律诗之研究 [J]. 内蒙古大学学报（哲学社会科学版）, 2014 (4).

[42] 俞樟华, 章利成. 论传记作者与传记真实的关系 [J]. 浙江师范大学学报（社会科学版）, 2014 (1).

[43] 黄斌. 乾嘉档案学者法式善人品辨 [J]. 兰台世界, 2014 (26).

[44] 谷曙光. "以论为记"与宋代古文革新发微 [J]. 中国人民大学学报, 2014 (1).

[45] 张寅彭.《随园诗话》与乾嘉性灵诗潮——兼论诗话与诗说体例的区别 [J]. 复旦学报（社会科学版）, 2014 (1).

[46] 杨勇军. 法式善整理文献考 [J]. 古籍整理研究学刊, 2014 (6).

[47] 刘青山. 北方盟主与南地才子——法式善、洪亮吉之比较 [J]. 中国文学研究, 2014 (1).

[48] 衣长春. 论乾隆朝八旗官吏诗人 [J]. 黑龙江民族丛刊, 2014 (5).

[49] 马振君. 孙星衍致法式善书札五通考释 [J]. 古籍整理研究学刊, 2014 (6).

[50] 秦天. 清代中期男性文人支持女性文学活动的动因 [J]. 山西师大学报（社会科学版）, 2014 (6).

[51] 赵杏根. 清代棚民问题侧论 [J]. 南京林业大学学报（人文社会科学版）, 2014 (1).

[52] 陈志扬. 解构批判：八股文的另一类历史意见 [J]. 中山大学学报（社会科学版）, 2014 (4).

[53] 熊艳娥. 论记体文在唐代的演进和定型 [J]. 兰台世界, 2013 (23).

[54] 李淑岩. 法式善怀人组诗与乾嘉文坛生态 [J]. 社会科学辑刊, 2013 (4).

[55] 李淑岩.《梧门诗话》编选与法式善诗坛地位之确立 [J]. 求是学刊, 2013 (5).

[56] 朱则杰.《清人诗文集总目提要》订补——以陈廷敬等九人为中心 [J]. 江西师范大学学报（哲学社会科学版）, 2013 (1).

[57] 杨勇军. 法式善家世考 [J]. 民族文学研究, 2013 (4).

[58] 王新荣. 陈起父子刻书考评 [J]. 古籍整理研究学刊, 2013 (3).

[59] 李淑岩. 法式善生平若干问题考论 [J]. 古籍整理研究学刊, 2013 (4).

[60] 潘明福. 中国诗学批评视域中的"本色论" [J]. 文艺理论研究, 2013 (4).

[61] 梁颂成. 清代骈文研究的新创获——评颜建华专著《清代乾嘉骈文研究》[J]. 湖南科技学院学报, 2013 (6).

[62] 朱永邦. 元明清以来蒙古族汉文著作家简介（续文学类）[J]. 内蒙古社会科学, 1981 (1).

[63] 多洛肯. 清后期满族文学家族及其诗文创作初探 [J]. 满语研究, 2013 (1).

[64] 多洛肯, 贺李江. 清代后期蒙古文学家族汉文诗文创作述论 [J]. 新疆大学学报（哲学·人文社会科学版）, 2013 (6).

[65] 冉耀斌. 清初关中李念慈诗论的时代精神 [J]. 南京师大学报（社会科学版）, 2013 (5).

[66] 多肯洛. 清代八旗蒙古文学家族汉语文诗文创作述论 [J]. 民族文学研究, 2013 (3).

[67] 张升. 纪昀致朝鲜使臣书信四通辑考 [J]. 古籍整理研究学刊, 2013 (5).

[68] 武海军. 地域文化与清代散文选本编纂 [J]. 广西社会科学, 2013 (2).

[69] 陈志扬. 考证学思潮下的清代文体学特征与地位 [J]. 学术研究, 2013 (4).

[70] 陈志扬. 清代文体学的考证倾向及其成绩 [J]. 贵州社会科学, 2013 (4).

[71] 李淑岩. 袁枚序法式善诗集考——兼论袁、法二人的忘年之谊 [J]. 文艺评论, 2012 (4).

[72] 傅元琼. 翁方纲的"仕"与"学" [J]. 学术论坛, 2012 (5).

[73] 冯尔康. 历史人物传记及其读法——以《清代人物传记史料研究》为中心 [J]. 江海学刊, 2012 (5).

[74] 赵相璧. 用汉文著作的蒙古族学者兼诗人——法式善 [J]. 蒙古学信息, 1982 (4).

[75] 米彦青. 清代中期蒙古族家族文学与文学家族 [J]. 内蒙古大学学报（社会科学版），2011（3）.

[76] 朱则杰，李美若. 卓奇图《白山诗存》与伊福纳《白山诗抄》——两种早期八旗诗歌总集及其编者考辨 [J]. 浙江大学学报（人文社会科学版），2011（3）.

[77] 谢海林. 从清人所编宋诗选本看清代宋诗学之辨体 [J]. 武汉大学学报（人文科学版），2011（3）.

[78] 孙玉溱，陈胜利，高毅江. 清代蒙古族作家汉文著作目录 [J]. 内蒙古大学学报（哲学社会科学版），1985（1）.

[79] 刘青山. 名士法式善与"诗龛" [J]. 民族文学研究，2011（1）.

[80] 李淑岩. 法式善文学创作研究述评 [J]. 哈尔滨师范大学社会科学学报，2011（5）.

[81] 崔晓新. 《四库提要》是怎样借鉴朱彝尊序跋的 [J]. 图书馆工作与研究，2011（7）.

[82] 邱江宁. 论清代传记创作的繁荣及其原因 [J]. 苏州大学学报（哲学社会科学版），2011（6）.

[83] 陈灿平. 《中国少数民族文艺理论集成》标点误漏举正 [J]. 民族文学研究，2010（3）.

[84] 杨赛. 说行状 [J]. 古典文学知识，2010（6）.

[85] 米彦青. 清代边疆重臣和瑛家族的唐诗接受 [J]. 民族文学研究，2010（2）.

[86] 米彦青. 论唐代"王孟"诗风对法式善诗歌创作的影响 [J]. 南京师大学报（社会科学版），2010（1）.

[87] 刘青山. 罗聘《小西涯诗意图》考论——兼论罗聘与法式善之交谊 [J]. 艺术探索，2010（6）.

[88] 米彦青. 从《梧门诗话》看法式善的唐诗观 [J]. 内蒙古大学学报（哲学社会科学版），2010（2）.

[89] 吕双伟. 读王达敏《姚鼐与乾嘉学派》 [J]. 文学评论，2010（5）.

[90] 尹晓琳. 古代北方少数民族汉文创作的文化内涵 [J]. 内蒙古社

会科学，2009（6）．

[91] 张升．《四库全书》的底本与稿本［J］．图书情报工作，2008（11）．

[92] 张力均．浅析清代八旗蒙古汉文著作家的民本思想及其实践［J］．内蒙古大学学报（哲学社会科学版），2008（1）．

[93] 王人恩．法式善的《题〈懋斋诗钞〉〈四松堂诗集〉》诗及其他［J］．明清小说研究，2008（1）．

[94] 李前进．试论法式善《梧门诗话》美学追求［J］．内蒙古民族大学学报（社会科学版），2008（3）．

[95] 谌东飚．传播决定文体论——以中国古代散文文体为［J］．中国文学研究，2008（1）．

[96] 于景祥．骈俪之风影响下的南朝四代散文［J］．社会科学辑刊，2007（2）．

[97] 杨洪升．缪荃孙集外题跋辑考［J］．文献，2007（2）．

[98] 张力均．清代八旗蒙古汉文著作家吏治思想初探［J］．内蒙古社会科学，2007（1）．

[99] 吴夏平．从行状和墓碑文看唐代骈文的演进［J］．文学遗产，2007（4）．

[100] 李叶．蒙古族文学中的传统美学思想分析［J］．大众文艺，2007（3）．

[101] 朱铁梅，马琳萍．明清八股文三考［J］．河北师范大学学报（哲学社会科学版），2007（5）．

[102] 陈志扬．《四六丛话》：乾嘉骈散之争的格局下的骈文研究［J］．文学评论，2006（2）．

[103] 邓子勉．试论苏、黄等词的同体异用现象［J］．南京师大学报（社会科学版），2005（3）．

[104] 定宜庄．清代内务府高佳世家的婚姻圈［J］．清史研究，2005（3）．

[105] 邓之诚．五石斋文史札记（十二）［J］．中国典籍与文化，2004（2）．

[106] 曹立波．《梧门诗话》收录的题曹寅诗评注［J］．红楼梦学刊，

2004（3）.

［107］云峰.清代蒙古族汉文创作及其儒学影响［J］.中央民族大学学报（哲学社会科学版），2004（4）.

［108］宏伟.论《梧门诗话》的创作背景及其特点［J］.内蒙古师范大学学报（哲学社会科学版），2003（3）.

［109］孙庆茂.论八股文的代言［J］.江苏大学学报（社会科学版），2003（3）.

［110］俞樟华，盖翠杰.行状职能考辨［J］.浙江师范大学学报，2003（2）.

［111］徐国华.清代骈文评点大家——蒋士铨［J］.古典文学知识，2003（11）.

［112］张杰.清代八旗满蒙科举世家述论［J］.满族研究，2002（1）.

［113］曹立波.琉璃厂与《红楼梦》版本的流传略述［J］.红楼梦学刊，2002（4）.

［124］蒋寅.中国古代对诗歌之人生意义的理解［J］.山西大学学报（哲学社会科学版），2002（10）.

［115］李致忠.鱼玄机及其诗集［J］.北京图书馆馆刊，1999（2）.

［116］张佳生.八旗诗论五评［J］.满族研究，1998（1）.

［117］于景祥.欧阳修对骈体和散体的科学态度［J］.辽宁大学学报（哲学社会科学版），1997（6）.

［118］王凯符.论清代散文的繁荣及其原因［J］.北京社会科学，1994（2）.

［119］云峰.我国北方少数民族汉文古籍评述［J］.乌鲁木齐职业大学学报，1994（Z1）.

［120］魏中林.法式善的诗学思想及其在乾嘉诗坛上的地位［J］.民族文学研究，1993（3）.

［121］郭预衡.宋元散文余论［J］.北京师范大学学报（社会科学版），1992（4）.

［122］魏中林.法式善诗学观刍议［J］.内蒙古社会科学，1992（3）.

[123] 魏中林．法式善与乾嘉诗坛［J］．民族文学研究，1992（3）．

[124] 伍庚．《存素堂诗集》中的咏物诗［J］．民族文学研究，1991（4）．

[125] 刘浦江．辛稼轩《美芹十论》作年确考［J］．古籍整理研究学刊，1990（2）．

[126] 薛瑞生．苏门、苏学与苏体——兼论北宋的党争与文学［J］．文学遗产，1988（5）．

[127] 云峰．法式善诗歌美学观简论［J］．中央民族学院学报（哲学社会科学版），1988（3）．

[128] 马清福．蒙古族文艺理论家法式善［J］．民族文学研究，1986（2）．

[129] 云峰．法式善及其诗歌述评［J］．内蒙古社会科学，1985（6）．

三、学位论文

[1] 李雯雯．清代京师文人结社研究［D］．上海：上海师范大学，2019.

[2] 陆学松．清初尺牍选本研究［D］．扬州：扬州大学，2018.

[3] 刘丹．清代散文语言审美思想研究［D］．青岛：青岛大学，2016.

[4] 靳良．杨钟羲《雪桥诗话》考论［D］．上海：上海大学，2015.

[5] 邹宗良．蒲松龄年谱汇考［D］．济南：山东大学，2015.

[6] 苏清元．全祖望记体文研究［D］．兰州：兰州大学，2015.

[7] 毛雪．苏轼、黄庭坚题跋文研究［D］．郑州：郑州大学，2003.

[8] 陈姗姗．《八旗文经》研究［D］．长春：东北师范大学，2015.

[9] 李杨．八旗诗歌史［D］．杭州：浙江大学，2014.

[10] 岳永．清代笔记观初探［D］．上海：华东师范大学，2014.

[11] 王翼飞．清代女性文学批评研究［D］．武汉：武汉大学，2014.

[12] 杨匡和．元代诗序研究［D］．桂林：广西师范大学，2014.

[13] 黄国乐．岭南绘画集团研究［D］．桂林：广西师范大学，2014.

[14] 杨永军．法式善考论［D］．上海：华东师范大学，2013.

[15] 周寒筠．伊秉绶书法研究［D］．杭州：中国美术学院，2013.

[16] 吴奇唯．伊墨卿先生年谱［D］．杭州：中国美术学院，2013.

[17] 夏婧．清编《全唐文》研究［D］．上海：复旦大学，2013.

[18] 朱晓青. 苏门六弟子散文研究 [D]. 武汉: 武汉大学, 2013.

[19] 陈清云. 赵翼年谱新编 [D]. 上海: 上海师范大学, 2013.

[20] 李美芳. 贵州诗歌总集研究 [D]. 杭州: 浙江大学, 2013.

[21] 张群. 南岳山志研究 [D]. 武汉: 武汉大学, 2013.

[22] 王鹏. 徽州历史人物碑传研究 [D]. 合肥: 安徽大学, 2012.

[23] 王晓玲. 清代《史记》文学阐释论稿 [D]. 西安: 陕西师范大学, 2012.

[24] 赵卫红. 明清安丘曹氏家族文化与文学研究 [D]. 济南: 山东师范大学, 2012.

[25] 王启元. 晚明僧侣的政治生活、世俗交游及其文学表现 [D]. 上海: 复旦大学, 2012.

[26] 吴肇莉. 云南诗歌总集研究 [D]. 杭州: 浙江大学, 2012.

[27] 冉耀斌. 清代三秦诗人群体研究 [D]. 南京: 南京师范大学, 2012.

[28] 夏勇. 清诗总集研究（通论）[D]. 杭州: 浙江大学, 2011.

[29] 万国花. 诗家与时代: 龚鼎孳及其诗论、诗歌创作研究 [D]. 上海: 复旦大学, 2011.

[30] 刘青山. 法式善研究 [D]. 上海: 上海大学, 2011.

[31] 石飞天. 乾嘉诗人舒位研究 [D]. 桂林: 广西师范大学, 2011.

[32] 吴海. 清代的学术与传记 [D]. 南京: 南京大学, 2011.

[33] 崔琇景. 清后期女性的文学生活研究 [D]. 上海: 复旦大学, 2010.

[34] 刘和文. 清人选清诗总集研究 [D]. 苏州: 苏州大学, 2009.

[35] 宁夏江. 清诗学问化研究 [D]. 广州: 暨南大学, 2009.

[36] 郑幸. 袁枚年谱新编 [D]. 上海: 复旦大学, 2009.

[37] 刘崎岷. 王豫《江苏诗征》研究 [D]. 杭州: 浙江大学, 2009.

[38] 金桂台. 明代文学书信研究 [D]. 上海: 复旦大学, 2008.

[39] 杨亮. 宋末元初四明文士与诗文研究 [D]. 开封: 河南大学, 2007.

[40] 眭骏. 王芑孙研究 [D]. 上海: 复旦大学, 2007.

[41] 黄欢. 清代中后期文士题材人物画初探 [D]. 北京: 中央美术学

院，2007.

[42] 吕双伟. 清代骈文理论研究 [D]. 杭州：浙江大学，2006.

[43] 江枰. 明代苏文研究史稿 [D]. 上海：复旦大学，2005.

[44] 宏伟.《梧门诗话》标点与释评 [D]. 呼和浩特：内蒙古大学，2003.

后 记

我出生在内蒙古的一个小城里,从出生到硕士毕业,都没有离开过内蒙古。毕业后,在家乡的大学执教多年,很少有外出学习、交流的机会,感觉自己就像井底之蛙。于是渴望外出学习,渴望接触新鲜的研究方法与理念,渴望走近学界的大师和同行的愿望变得越来越强烈。

2016年9月,我顺利成为辽宁大学于景祥教授的博士生。入学伊始,老师就鼓励我要一步一个脚印,以优秀成绩完成学业。在求学中,他以这样的方式指导我:先放手让我自己一步一步、大胆、跌跌撞撞地走,在即将跌倒时,快速地扶上我一把;在我走错方向的时候,迅速地把我拉回来;在我停滞不前的时候,关爱我、帮助我、耐心地等待我再次找到前行的理由和动力,直到我终于走完了博士学业的历程。在研究和本书的撰写过程中,每每遇到怀疑和困惑时,我都会发短信、打电话向老师求助。在导师的悉心指导下,我渐渐明白了自己研究的意义,并坚定地继续下去。如果没有导师的指导,我一定还在兜兜转转,无法完成学业。经过与辽宁大学导师们的接触和交流,以及博士论文研究的训练,我这只井底之蛙更加明白了治学和为人之道:踏踏实实做学问,绝知此事要躬行。

我要特别感谢给我学术启蒙,带我走进中国古代文学研究殿堂的浙江师范大学的刘永良教授。刘教授在我学术道路上,从硕士论文、博士论文的撰写直至这本书与读者见面,提供了太多宝贵的修改意见,使我思路大开,撰写的过程变得松弛有度、得心应手。他渊博的知识、开阔的视野和敏锐的思维给了我非常多的启迪。

我也要对一直以来用爱和关切包围和保护着我的家人表达感激。我感激你们在包容我的同时,以一颗赤诚之心,提醒着我永远不要忘记自己是谁,来自哪里,肩负着谁的厚爱、厚望与重托。感谢父母帮忙照顾我年幼的儿子，感谢丈夫在我读博期间，独自一人扛起家庭的重担，为我撑起一片天，让我毫无后顾之忧地学习研究。正是家人的这份深情的爱与情意、希冀与重托，让我在想要退缩的时候，能坚定步伐；在迷茫和胆怯的时候，把自己和生命看得更清楚，从而更从容、更自信、更坚决地走过去，向着更高、更广、更美好的目标和境界前行！

最后，我要将此书送给我挚爱的宝贝儿子——刘天与小朋友。在这漫长的写作过程中，虽然妈妈极力调整心态，想让自己像预设中的那样"把陪孩子当换思维"，在吃饭睡觉的琐碎时间里全心投入陪伴我的"小捣蛋"，但也摆脱不了长期写作带来的烦躁与压抑……妈妈最爱的宝贝，谢谢你的理解和默默等待！希望你能理解妈妈，因为妈妈想成为让你骄傲的依靠。

李艳丽

二〇二一年七月于通辽市锦绣中华寓所